HEYNE BÜCHER

W0267669

Fantasy

Herausgegeben von Friedel Wahren

Von der Serie MAGIC. *Die Zusammenkunft*™
erschienen in der Reihe
HEYNE SCIENCE FICTION & FANTASY:

1. Band: William R. Forstchen, *Die Arena* · 06/6601
2. Band: Clayton Emery, *Flüsterwald* · 06/6602
3. Band: Clayton Emery, *Zerschlagene Ketten* · 06/6603
4. Band: Clayton Emery, *Die letzte Opferung* · 06/6604
5. Band: Teri McLaren, *Das verwunschene Land* · 06/6605
6. Band: Kathy Ice (Hrsg.), *Der Gobelin* · 06/6606
7. Band: Mark Summer, *Der magische Verschwender* · 06/6607 (in Vorb.)
8. Band: Hanovi Braddock, *Die Asche der Erde* · 06/6608 (in Vorb.)

Weitere Bände in Vorbereitung

MAGIC
Die Zusammenkunft™

CLAYTON EMERY

Die letzte Opferung

VIERTER BAND

Deutsche Erstausgabe

WILHELM HEYNE VERLAG
MÜNCHEN

HEYNE SCIENCE FICTION & FANTASY
Band 06/6604

Titel der Originalausgabe
MAGIC THE GATHERING™
FINAL SACRIFICE
Übersetzung aus dem Amerikanischen von
Anja Jäcke, Armin Abele und Christian Jentzsch
Das Umschlagbild malte Steve Crisp

Redaktion: Friedel Wahren

Erstausgabe bei HarperPaperbacks.
A Division of HarperCollinsPublishers, New York

Printed in Germany 1996
Umschlaggestaltung: Atelier Ingrid Schütz, München
Technische Betreuung: M. Spinola
Satz: Schaber Satz- und Datentechnik, Wels
Druck und Bindung: Presse-Druck, Augsburg

ISBN 3-453-09524-3

KAPITEL 1

»Noch mehr Wein, und zwar rasch, du verlauster Hurensohn! Ich habe Durst!«

Der Wirt eilte in den Keller und kehrte mit einem Krug seines besten Tropfens zurück: einem mehr als fünf Jahre alten Wein, so rot wie Blut, aus dem sonnigen Land jenseits der Berge. Vorsichtig, um nicht einen kostbaren Tropfen zu vergeuden, füllte der Wirt einen Becher und reichte ihn dienstbeflissen dem jungen Magier, um diesen nicht noch mehr zu verärgern.

Gurias von Tolaria nahm die Hand von der Schulter einer jungen Frau, ergriff den Becher und trank. Der Wein war hervorragend, besser als alles, was der Zauberer je zuvor gekostet hatte, aber er reichte keineswegs, um ihn gnädig zu stimmen. Er schüttete dem Wirt den Wein ins Gesicht und lachte gemein, als sich der Mann prustend die Augen rieb. Dann warf er ihm den schweren Becher an die Stirn. Hämisch grinsend berührte Gurias ein Amulett auf seiner Brust und ließ kleine Blitze aus den Fingerspitzen schießen. Die Schockwellen jagten durch die durchnäßte Kleidung des Wirtes, der wie gelähmt in einer Lache seines teuren Weines stand. Der Wirt kreischte und versuchte, auf seinen verbrannten Füßen in Sicherheit zu humpeln, doch Gurias ließ einen weiteren Blitz in den Rücken seines Opfers einschlagen.

»Du meine Güte!« schrie der Zauberer begeistert. »Welch ein Leben!«

Er stieß die beiden Bauernmädchen zur Seite, erhob sich und stolzierte durch den kleinen Schankraum, der nun ihm ganz allein gehörte. Die Dörfler standen nun schon seit der Mittagsstunde im kalten Nieselregen und warteten auf seine Befehle. Er hatte das gesamte Dorf warten lassen und erfreute sich an ihrem Elend. Vielleicht sollte er sie zu Bett schicken, damit sie am nächsten Tag ausgeruht seine Anweisungen ausführen konnten.

Denn Gurias hatte noch einiges mit ihnen vor. Bisher war er freundlich gewesen. Vor zwei Tagen war er ins Dorf eingezogen und hatte den Vogt mit seinen Zauberblitzen und seinem magischen Knüppel auf seinen Platz verwiesen. Als ein Dutzend Frauen und Männer mit Dreschflegeln und Mistgabeln auf ihn losgegangen waren, hatte er sie einfach eingefroren, sie in den Schlamm gestoßen und seinen magischen Knüppel auf ihnen tanzen lassen. Nachdem er die übrigen Dörfler angewiesen hatte, die ›Unordnung‹ zu beseitigen, hatte er die Taverne in Beschlag genommen und sich am Besten gelabt, was das Dorf zu bieten hatte. Aus der Menge hatte er zwei junge Frauen zu seiner Zerstreuung herbeizitiert und ihnen mit dem Knüppel Gehorsam beigebracht, als sie seinen Befehlen zu zögernd nachkamen.

»Aber ich will mehr«, murmelte der Magier, während er mit verschränkten Armen nachdenklich die Stube durchschritt. Die Bauernmädchen beobachteten ihn mit ausdruckslosen Gesichtern, die ihre Schande und ihren Zorn mehr schlecht als recht verbargen. Gurias war ein junger Mann von durchschnittlicher Größe und Erscheinung. Sein hochmütiges Gesicht wurde von rotblonden Locken umrahmt und von einem sorgfältig gezwirbelten Schnurrbart geziert. Er kleidete sich so, wie es seiner Vorstellung nach ein Magier tun sollte: er trug eine samtene rote Kniebundhose, ein blaues Brokatwams und einen dunkelblauen spitzen Hut mit roter Feder. Am Gürtel hing ihm ein langer Dolch. Sein magischer Knüppel stand unbeaufsichtigt neben der Theke. Die rauchgeschwängerte Luft des niedrigen düsteren Raums roch nach verschüttetem Wein und dem Angstschweiß der mißhandelten Mädchen.

»Ich will mehr«, wiederholte er. »Als ich anfing, war ich nichts weiter als ein einfacher Lehrling des alten Tobias. Der vertrottelte Greis, der oben im Hochland lebt, hatte ein Auge auf mich geworfen, weil ich so gewitzt bin – ich tüftelte einen Weg aus, wie man das Vieh von den Hügeln treibt, ohne die warme Stube zu verlassen. Aber Tobias hatte nicht die geringste Vorstellung davon, was Magie bewirken kann. Studieren, studieren und nochmals studieren – es ist so töricht! Nachdem ich alles gelernt hatte, was er mir beibringen konnte – und noch etliches mehr –, verließ ich ihn, um meinen eigenen Weg zu gehen.

Und dies hier soll der Anfang sein. Ihr habt Glück!« Er deutete mit dem Zeigefinger auf die beiden Frauen, die ängstlich zurückwichen. »Behandelt mich angemessen, und ihr werdet es weit bringen! Wenn mir die Leute aus den umliegenden Dörfern erst ihr Silber und ihre besten Pferde gebracht haben – und wenn sie sich weigern, werde ich den Vogt und die Dorfältesten in der Räucherkammer einsperren und ihnen Feuer unter dem Hintern machen –, dann werden wir zusammen nach Tiefenfurt ziehen. Ihr müßt keine Angst haben, ich werde euren Familien nichts antun. Wir nehmen einige Sklaven mit, die uns bei den Pferden behilflich sind, danach können wir sie verkaufen – sowohl Pferde als auch Sklaven –, und von dem Geld werden wir ein großes Zelt, vielleicht sogar einen Wagen erstehen. Ihr dürft mir meine Nächte versüßen, und ich werde euch mit kostbarer Spitze belohnen. Nun, wie gefällt euch das?«

Er fuhr herum, als sich die Tür leise öffnete. Im Eingang stand eine Frau, deren Kleidung besagte, daß sie nicht aus diesem Tal stammte.

Die Frau strahlte eine heitere Gelassenheit aus, die

im strengen Gegensatz zu der angespannten Stimmung im Schankraum stand. Sie war nicht groß, aber schlank, und das glänzende braune Haar fiel ihr in wilden Locken über die Schultern. Ihr Gesicht war von einem Leben im Freien tief gebräunt. Außer einem Gürtel aus geflochtenen Zweigen trug sie keinen Schmuck, und auch ihr schlichtes Gewand wies keinerlei Verzierungen auf. Gurias bemerkte, daß die Farbe der Ärmel des moosgrünen hellen Gewandes an das satte Grün von frischem Sommergras erinnerte.

Aber es war ihr Umhang, der Gurias' Aufmerksamkeit am meisten fesselte. Der dichtgewebte grüne Wollschal fiel ihr weich über Schultern und Rücken und war mit unzähligen kleinen Bildern geschmückt. Wie auf den legendären Wandteppichen, die man in alten Schlössern findet, waren mit leuchtendem Faden zahlreiche Szenen und Darstellungen auf den Umhang gestickt. Entlang des Saums jagte ein Satyr eine Nymphe um eine zerborstene Marmorsäule herum, auf deren Spitze einige Kobolde tanzten. Um das Kapitell ringelte sich eine riesige Schlange mit einem Elfenpfeil zwischen den Kiefern, dessen stählerne Spitze vom Rost zerfressen war. Hinter der Schlange erkannte man das Bild einer felsigen Bucht. Dunkelhäutige Menschen mit krausem Haar und leuchtenden Federn ruderten ein merkwürdig geschnitztes Kanu über das klare Wasser, ungeachtet der gewaltigen Flutwelle, die sich hinter ihnen auftürmte. Auf der Krone der Woge tanzte ein flammendes Pferd, dessen Feuerschweif durch den Himmel wehte. Die Flammen verschmolzen mit einem Sonnenstrahl, der ein wogendes Getreidefeld in goldgelbes Licht tauchte, auf dem ein riesiges hölzernes Pferd mit eisenbeschlagenen Flanken stand. Die fremdartigen Bilder gingen ineinander über und vereinigten sich zu einem vielgestaltigen Ganzen, das Gurias völlig in den Bann zog.

Nur widerwillig löste er den Blick von den kühnen

Stickereien und schaute in die sanften grünen Augen der geheimnisvollen Frau. Er grinste spöttisch. »Gib mir den Umhang, Weib! Ich will ihn!«

Die Stimme der Frau war ebenso sanft wie ihre Augen. »Meinen Umhang? Diesen armseligen Fetzen? Warum sollte ich ihn Euch geben? Seid Ihr etwa ein« – sie zögerte – »mächtiger Zauberer?«

Gurias lächelte. Diese Frau war scharfsinnig, anders als die dummen Ochsen und Hühner, die sich in diesem Schlammloch versammelt hatten. »Ich freue mich, daß du das sogleich erkannt hast. Ich bin Gurias von Tolaria – und dies ist ein Ort, den ich erobert habe. Ich besitze mehr Sprüche, als du zählen kannst. Ich habe mich dazu entschlossen, die Herrschaft über dieses Dorf und die umliegenden Ländereien anzutreten.«

»Ach so.« Die Frau blickte auf die Bauernmädchen, die sich heimlich nach einem Fluchtweg umsahen. Sie stieg über die Scherben des zerbrochenen irdenen Krugs und lehnte sich gegen die klebrige Theke. Sie streckte eine Hand nach dem magischen Knüppel aus, der aufrecht dastand, als wäre er zwischen die Dielenbretter getrieben worden.

»Finger weg!« brüllte Gurias. »Er ist magisch! Du wirst dich verletzen!«

Doch die Fremde beachtete seine Warnung nicht. Einen Augenblick lang hörte Gurias auf, über sich selbst nachzudenken, um sich zu fragen, wer diese Fremde wohl war. Sie kam nicht aus diesem Tal, denn dieser Umhang war ohne Zweifel die Kleidung einer Edelfrau, obwohl ihr Gewand so schlicht war, als käme es geradewegs vom Webstuhl. Reiste sie in einer Kutsche oder einer Sänfte? Warum hatte er ihre Ankunft nicht bemerkt? Und warum war sie trocken, obwohl es draußen immer noch regnete? Vielleicht kam sie von einem Gutshof aus der Nähe von Tiefenfurt. Womöglich war sie gar die Herrin des Anwesens? Es mochte sich lohnen, sie gefangenzunehmen und sich somit

Eintritt in ihr Haus zu verschaffen. Man stelle sich die Reichtümer vor …

Gerade eben griff sie nach dem Knüppel, und Gurias lehnte sich abwartend zurück. Es wäre lustig, mit anzusehen, wie der Knüppel ihr eine Lektion erteilte. Er hatte ihm beigebracht, jeden Menschen, der ihn berührte, kräftig zu verprügeln – außer ihn selbst. Er kicherte schadenfroh. »Na schön. Heb ihn auf. Es wird dir noch leid …«

Der Mund blieb ihm offenstehen, als die Edelfrau mit Leichtigkeit den Stock aufnahm und ihn neugierig untersuchte. »He! Du kannst doch nicht einfach …«

Gelangweilt stellte die Dame den Knüppel zurück, aber er fiel leblos zu Boden. Was war geschehen?

»Was hast du getan?« fragte Gurias und ging drohend auf die fremde Frau zu. Das Maß war voll! Sie hatte Strafe verdient. Er würde sie über die Theke legen und ihr den Hintern versohlen, wie er es mit den Bauernmädchen getan hatte …

Doch als der junge Zauberer nach dem am Boden liegenden Knüppel greifen wollte, hielt er plötzlich inne. Vor seinen Augen kräuselte sich die Luft in Erdfarben – erst grün, dann braun, dann blau und schließlich gelb –, und aus dem Boden wuchsen vier winzige grüne Wesen.

Gurias fielen fast die Augen aus den Höhlen. Wie kleine Puppen waren die Kreaturen in ordentliche grüne Gewänder gekleidet. Sie trugen grüne Strickmützen, und drei von ihnen hatten braune Spitzbärte. Eine der Gestalten war glattrasiert, und Gurias schloß, daß sie weiblich war. Sie war nicht größer als ein Eichhörnchen und lächelte ihn strahlend von unten an. Danach faßte sie die Zipfel ihrer Tunika mit beiden Händen und machte einen vollendeten Hofknicks. Gurias hätte gelacht, wäre er nicht so überrascht gewesen.

Denn in diesem Augenblick ergriffen die winzigen Wesen den umgefallenen Knüppel und rannten davon.

Die kleine Frau – ein LEPRECHAUN, wie Gurias erkannte – drehte ihm eine Nase und wackelte mit den Fingern, während sie ihm die Zunge herausstreckte.

»He!« brüllte der Zauberer und trat nach dem Wesen, verfehlte es jedoch. Dann setzte er den vier Dieben nach. Mit einem eleganten Satz sprang er über sie hinweg, fuhr herum und stellte sich breitbeinig vor das Fenster. »Jetzt hab ich euch!«

Die vier Winzlinge lachten hell wie Glöckchen im Wind, rannten geradewegs zwischen seinen Beinen hindurch – und durch die Wand.

Gurias starrte dümmlich auf die Stelle, an der sie verschwunden waren, und klopfte gegen die hölzernen Bretter. Dann fuhr er herum und blickte zornig auf die fremde Frau, die sich auf einem hohen Stuhl niedergelassen hatte. »Du bist eine Zauberin!«

»Druidin«, bestätigte sie mit einem Nicken. Erst jetzt bemerkte Gurias, daß sie noch sehr jung war, nicht viel älter als zwanzig, kaum vier Jahre älter als er.

»Oh, eine Druidin.« Er tat ihre Erklärung mit einer Handbewegung ab und schlenderte wie beiläufig auf sie zu. »Ich kenne eure Art. Ihr macht Regen und sorgt dafür, daß das Getreide wächst. Und … ihr heilt Bäume oder ähnliches.«

Als er sich ihr auf Armeslänge genähert hatte, griff er plötzlich nach ihren braunen Locken und zerrte ihren Kopf nach hinten. Er zog seinen langen Dolch und hielt ihr die Klinge an die Kehle. »Nun, ich bin kein Baumhätschler! Ich bin ein richtiger Zauberer!«

Gurias bemerkte nicht, daß die Frau einen Finger um den Zipfel ihres Umhangs krümmte und das Bild der rostroten Pfeilspitze berührte.

Was dem Magier jedoch auffiel, war die merkwürdige Veränderung seiner Dolchklinge. Erst heute hatte er dem Schmied befohlen, sie zu reinigen und zu schärfen, und nun war sie bereits wieder rostig. Vielleicht liegt es an der feuchten Luft, dachte er. Aber nein: Der Rost breitete sich in Sekundenschnelle über die gesamte Klinge aus, zerfraß das glänzende Metall und ließ die scharfe Spitze der Waffe vor seinen Augen zerbröseln. Die Zerstörung schritt unaufhaltsam fort, bis Gurias nur noch das Messingheft in der Hand hielt. Fassungslos starrte er auf die roten Rostflocken, die das Gewand der fremden Druidin übersäten.

Der Magier ließ erschreckt ihr Haar los und beäugte sie argwöhnisch. »Wer … wer bist du eigentlich?«

»Ich bin dein Verderben!« antwortete die Frau leichthin. Sie schüttelte die zerzausten Locken und ergriff eine Stickerei auf ihrem Umhang, die einen Wintersturm zeigte, welcher Graupelschauer vor sich hertrieb.

Augenblicklich wurde Gurias von einem eisigen Wind aus den entlegensten Schneewüsten des Nordens eingehüllt. Die beißende Kälte schnitt in seinen Körper wie ein glühender Dolch und überzog ihn mit einer dünnen Eisschicht, bis sich auf seiner tauben Haut schmerzhafte Frostbeulen bildeten. Mit klappernden Zähnen und haltlos zitternd stolperte er zur Feuerstelle, doch er spürte die Hitze nicht, selbst dann nicht, als er mit beiden Händen in die lodernden Flammen griff. Als er an sich hinabblickte, sah er, wie der Frost unaufhaltsam von den völlig vereisten Füßen die Beine heraufkroch. Er hatte das Gefühl, unter einer Schneewehe begraben oder in einem glitzernden Gletscher der höchsten Berggipfel eingefroren zu werden. Mit letzter Kraft tastete er nach dem Blitzstrahlamulett, das ihm an einer Goldkette um den Hals hing. Er würde diese Druidin töten, wenn er nur das Mana herbeibeschwören konnte, doch seine steifgefrorene Hand konnte das Amulett nicht greifen. Selbst sein Atem war eisig, und er fragte sich, ob auch seine Eingeweide gefroren.

Plötzlich verkrampfte er sich und fiel hintenüber auf den Boden. Die Eisschicht zerbröckelte, die den Körper des Magiers bedeckte, doch er konnte die tauben Glieder noch immer nicht bewegen. Er starrte an die von niedrigen Balken gestützte rußgeschwärzte Decke der Wirtsstube und verfluchte die Druidin. Bei Gwendlyns Rippe, er war zu jung zum Sterben! Und jetzt sollte ihn ein magischer Sturm töten? *Er* war der Zauberer! *Er* war dazu geboren, andere zu beherrschen, und nun lag er hilflos am Boden …

Durch die eisverkrusteten Augen erkannte der zitternde Gurias, wie sich die zwei Bauernmädchen, die er dazu gezwungen hatte, seine Wollust zu befriedigen, drohend vor ihm aufstellten. Ein schadenfrohes Lächeln umspielte ihre Lippen.

»Oh, n-n-neeein!« Gurias blieb noch Zeit für ein verzweifeltes Wehklagen, bevor ihm ein schwerer Holzschuh die Nase zerschmetterte.

Es dauerte schier unendlich lange, bis die kräftigen jungen Frauen ihren Rachedurst gestillt hatten. Ihre Tritte waren wohlgezielt und hart genug, um eine Tür einzutreten. Sie wechselten sich ab und achteten darauf, den Kopf des Magiers nicht zu treffen, damit er bei Bewußtsein blieb.

Irgendwann verflüchtigte sich der Eiszauber der Druidin, und die Tritte trugen ein wenig dazu bei, daß ihm wärmer wurde, aber das war nur ein schwacher Trost.

Gurias kam zu sich, als ihm jemand Wasser ins Gesicht schüttete.

Er lag auf einem biergetränkten Tisch und stellte fest, daß man ihn gefesselt hatte. Die Handgelenke waren fest an seinen magischen Knüppel gebunden, der ihm schmerzhaft auf Schultern und Genick drückte. Aus den Augenwinkeln sah er die vier LEPRECHAUNE auf dem Stock sitzen wie Hühner auf der Stange. Das pausbäckige Frauchen huschte ihm über die Schulter, griff mit einem boshaften Grinsen nach seinem spärlichen Schnurrbart und zupfte eines der wenigen Haare heraus. Gurias fluchte und schnaubte, woraufhin seine mißhandelte Nase erneut zu bluten begann. Er wußte nicht, was ihm am meisten weh tat: das blutverkrustete Gesicht mit der gebrochenen Nase und den aufgesprungenen Lippen oder der Rest seines zerschundenen blaugeschwollenen Körpers. Seltsam, dachte er mit einem Ächzen, ich habe in Tobias' alten staubigen Wälzern nie davon gelesen, daß Zauberern so etwas zustößt. Vielleicht hätte ich sie etwas aufmerksamer lesen sollen …

Um sich herum hörte er laute Stimmen. Der größte Teil des Dorfes hatte sich in dem winzigen Gasthaus versammelt. Der aus der Räucherkammer befreite Vogt, der appetitlich nach geräuchertem Schinken duftete, wandte sich an die Druidin: »Wir können Euch gar nicht genug danken, edle Dame. Ihr habt uns vor dem Untergang bewahrt. Dieser Bursche dort hatte gerade erst angefangen. Ihn hat wohl der Hafer gestochen! Bald wäre er richtig gemein geworden, hätte uns in Tiere verwandelt oder uns bei lebendigem Leib die Haut abgezogen, edle Dame …«

Die Stimme der Frau wehte wie eine Frühlingsbrise durch den aufgeheizten Raum. »Ihr müßt mich nicht ›edle Dame‹ nennen, mein guter Vogt. Meine Familie und meine Freunde nennen mich Greensleeves, und ich betrachte auch Euch als Freund. Es tut mir so leid, daß ich ihn nicht früher von seinem schändlichen Treiben abhalten konnte, aber wir wurden aufgehalten …«

»Greensleeves!« riefen einige Leute erstaunt aus und redeten wie wild aufeinander ein. Der Vogt sorgte für Ruhe und richtete erneut das Wort an die Frau. »Greensleeves, die Erzdruidin? Jene, die mit Gull dem Holzfäller diese berühmte Armee anführt? Aber … was tut Ihr *hier* an diesem von den Göttern verlassenen Ort, edle Dame … äh … Greensleeves? So hochgeborene Leute wie Ihr müßt Euch doch nicht mit unsereins abgeben!«

»Aber ganz im Gegenteil, guter Herr«, berichtigte die Druidin. »Es sind gerade die einfachen Leute, denen wir helfen möchten. Denn sowohl mein Bruder als auch ich sind einfache Menschen, denen durch finstere Magie ihre Heimat geraubt wurde.«

Die Dörfler tuschelten aufgeregt, und Gurias stöhnte. Das waren keine guten Neuigkeiten.

Greensleeves nahm wieder auf dem Hocker Platz. »Ich verstehe, daß ihr verwirrt seid. Bitte laßt es mich euch erklären. Hat jemand von euch schon einmal vom Flüsterwald gehört, der weit im Süden liegt? Ah, ich sehe, ihr kennt ihn. Nun, am östlichen Rand des Waldes gab es einst ein kleines Dorf namens Weißfels. Mein Bruder, ja, Gull der General, war der Holzfäller des Dorfes, und ich war die Dorftrottelin, schon seit meiner Geburt. Ich hatte nicht mehr Verstand als ein Eichhörnchen. Gull nahm mich immer mit in die Wälder, um Gesellschaft zu haben. Wir führten ein bescheidenes Leben. Unser Dorf war klein, so wie eures hier, aber es ging uns gut … Wie sehr ich euch um euer ruhiges arbeitsames Leben hier beneide.

Die Götter hatten andere Pläne mit uns. Eines Tages erschienen zwei Zauberer in unserem Tal, und sie kämpften gegeneinander, mit Söldnern, blaubemalten Barbaren, Dornenwällen, UTHDEN-Trollen, CLOCKWORK BEASTS und unzähligen anderen Wesen mehr. Wir Dörfler gerieten geradewegs zwischen die Fronten. Ein Erdbeben zerriß das Tal und brachte unseren lebensspendenden Fluß zum Versiegen. Ein Schwächezauber und ein Steinregen töteten viele Bewohner des Dorfes, auch unsere Mutter, unseren Vater und unsere Geschwister. Unsere gesamte Familie wurde ausgelöscht, bis auf unseren Bruder Sparrow Hawk, der vermutlich gefangengenommen und verschleppt wurde. Und als die Schlacht endlich vorüber war, fielen Plünderer, Vampire und Pestratten über die Überlebenden her. Alle flohen, bis nur noch Gull und ich übrigblieben. Gull beschloß, in die Wälder zu gehen.

Aber ich schweife ab. Kurz und gut, wir stießen auf einen Zauberer, der vorgab, uns helfen zu wollen: einen Unhold namens Towser – merkt euch diesen schändlichen Namen! Gull willigte ein, für ihn zu arbeiten, wir verließen den Flüsterwald, und ich kam langsam zu Verstand. Später erfuhren wir, daß die Magie des Waldes mein gesamtes Wesen so durchdrungen hatte, daß ich Zauberkräfte besaß – gewaltige Kräfte. Als Towser versuchte, mich zu opfern – er wollte mir das Mana aus der Seele saugen –, gelang es mir, Widerstand zu leisten. Zu dem Zeitpunkt hatte mein Bruder bereits die ersten Freiwilligen um sich geschart, und wir konnten Towser besiegen und vertreiben.

Aber gleich einer Schneelawine, die einen Hügel hinabrollt, konnten wir nicht mehr innehalten und wollen es auch nicht. Gull und ich fanden heraus, daß viele Dörfer von gierigen Zauberern heimgesucht und zerstört worden sind, denen es nach weltlichen Gütern und arkaner Macht gelüstet und die sich der Menschen wie Schachfiguren bedienen und sich ihrer entledigen, wenn sie sie nicht mehr brauchen. Wenn sie erst zu Macht gelangt sind, halten sie sich für Götter. Mein Bruder und ich haben es uns zum Ziel gesetzt, ihnen ihr übles Handwerk zu legen.«

Der gefesselte Gurias stöhnte laut auf. *Dies* also war die ›edle Dame und Druidin‹, die er zu bezwingen versucht hatte!

Greensleeves beendete ihre Erzählung. »So also haben wir einen Feldzug begonnen – einen Kreuzzug, wenn ihr so wollt –, um die Raubzüge der Zauberer zu beenden und sie zur Vernunft zu bringen. Wir zerschlagen ihre Armeen, nehmen sie gefangen, versuchen sie zu ändern und töten sie, falls es nötig ist. Einzig deshalb, um die Domänen für einfache Leute wieder sicher zu machen, damit sie ohne Angst und Blutvergießen friedlich leben können.«

Aus der Menge erscholl ein einzelner Jubelschrei, und gleich darauf jubelten alle so laut, daß die Wände des Schankraums erzitterten. Die Erzdruidin, eine der mächtigsten Zauberinnen der Domänen, errötete vor Verlegenheit.

Unzählige Fragen prasselten auf sie ein. Die Leute wollten wissen, wie sie helfen konnten, was als nächstes geplant war und ob sie der Armee beitreten durften. Dann richtete sich das Augenmerk der Leute von neuem auf Gurias. Sie stachen mit Fingern und kleinen Messern in seine frischen Wunden und freuten sich, wenn er vor Schmerz zusammenzuckte.

Schließlich gebot Greensleeves ihnen mit einer besänftigenden Geste Einhalt. Die Leute verstummten. »Ich werde einige eurer Fragen beantworten, aber dann muß ich gehen. Wir haben verschiedene Möglichkeiten, Zauberei aufzuspüren: Meine Magiestudenten und -studentinnen haben ein Artefakt, das anzeigt, wenn Magie die Struktur des Äthers stört, woraufhin wir Späher ausschicken, um die Quelle ausfindig zu machen. Als ich hörte, daß ein kleiner Zauberlehrling hier ein bißchen Unfrieden stiftet« – die Menschen spuckten Gurias an und quälten ihn noch mehr –, »mußte ich an meine verlorene Heimat denken und beschloß, euch zu helfen. Es tut mir sehr leid, daß es so lange gedauert hat, bis ich hier ankam. Dafür bitte ich euch aufrichtig um Verzeihung.«

Doch die Menschen wollten keine Entschuldigungen hören, sondern priesen ihre Retterin und ließen sie hochleben, während sie sich gleichzeitig mit den blutrünstigsten Vorschlägen überboten, was denn mit Gurias anzustellen sei. Dem zerschundenen Magier lief es abwechselnd heiß und kalt über den Rücken, als er die Drohungen hörte. Dabei war er doch nur ins Dorf gekommen und hatte getan, was jeder andere auch getan hätte. Warum nahm man es ihm übel, daß er die Bauern in ihre Schranken verwiesen hatte?

Aber am meisten sorgte er sich darum, was mit ihm geschehen würde, nachdem Greensleeves das Dorf wieder verlassen hätte.

Aber schließlich verabschiedete sich Greensleeves von den Dörflern und trat an Gurias' Seite. Mit einer beinahe zärtlichen Berührung legte sie ihm die Hand auf die Brust. Dann blickte sie ihn aus großen smaragdgrünen Augen an und schüttelte traurig den Kopf. Warum tat sie das? Hatte sie Mitleid mit ihm? Mußte er nun sterben?

Dann kräuselte sich die Luft vor seinen Augen, und grüne, braune, blaue und gelbe Wirbel hüllten ihn ein …

Ehe er sich's versah, verschwand er von dem Tisch in dem heißen stickigen Schankraum und fand sich auf dem Holzboden einer kleinen runden Hütte wieder, die von Dutzenden von Kerzen erhellt wurde. Entlang der Wände standen Tische, die unter magischem Zubehör beinahe zusammenbrachen: Tontiegeln, Retorten, irdenen Krügen, gläsernen Kolben, Totenschädeln, Lederbeuteln, winzigen Spieluhren aus Zinn, Statuetten, Geschmeide und etlichem anderen. Über den Tischen hingen Regale an den Wänden, die mit Büchern aller Größen und Farben vollgestopft waren, und von den Deckenbalken hingen Kräuterbündel, Tierknochen an ledernen Bändern und seltsam anmutende Fetische herab.

An einem Tisch arbeitete ein großer dunkelgekleideter Mann, und neben ihm stand ein kleinerer elfisch aussehender Mann mit einer riesigen Nase und einem spärlichen Backenbart. Er war wie ein Gaukler in vielfarbige Gewänder gehüllt.

»Schön, daß du wieder da bist«, sagte der dunkle Mann. Greensleeves lächelte und stellte sich auf die Zehenspitzen, um ihn zu küssen. Der großnasige Mann wandte taktvoll den Blick ab.

Die Erzdruidin deutete auf Gurias, der gefesselt und halb bewußtlos dalag. »Hier haben wir den Übeltäter, den dein PALANTIR entdeckt hat. Er hat ein Blitzamulett und beherrscht einen Lähmungszauber. Außerdem kann sein magischer Knüppel ganz allein jemanden verprügeln.«

Der Großnasige nickte. »Es wird Spaß machen, ihn auszuprobieren!«

»Denk daran, was du mit deinen Experimenten schon alles angerichtet hast, Tybalt«, mahnte Greensleeves.

Tybalt schauderte. »Ja, ich kann mich noch gut daran erinnern. Sollen wir ihm den Helm aufsetzen?«

Greensleeves nickte. »Wenn du willst. Er hat ein ganzes Dorf in Angst und Schrecken versetzt. Sieh ihn dir an, dann weißt du, daß man ihm das sehr übelgenommen hat.«

Sie wandte sich an den am Boden liegenden Schurken. »Wenn du etwas über Magie lernen willst, junger Mann, dann hör jetzt genau zu: Du wirst es noch oft erleben, daß andere dich beherrschen, bis du lernst, dich selbst zu beherrschen.«

»Er hat Glück, daß er noch lebt und deine Worte hören kann«, murmelte Tybalt und wandte sich ab, als Greensleeves erneut den großen Mann küßte. Dann trat sie durch die Tür und wandte sich nach rechts. Draußen herrschte tiefste Nacht, doch es regnete nicht.

Tybalt nickte dem großen Mann zu und unterdrückte ein Grinsen. »Binde ihn bitte los, Kwam.«

Auch der Magieschüler unterdrückte ein Grinsen, als er Gurias mit einem kleinen Obstmesser die Fesseln durchschnitt. Mühsam setzte sich der mißhandelte Zauberer auf, massierte sich die Handgelenke und schätzte die Entfernung zur Tür ab. Langsam kehrten seine Kräfte zurück. Die beiden Studenten, die mit seinem magischen Knüppel beschäftigt waren, schienen ihn nicht zu beachten.

Lautlos wie eine Katze sprang Gurias auf die Füße und schoß zur Tür. Er war einst der schnellste Läufer in seinem Heimatdorf gewesen, und wenn er einen guten Vorsprung herausholen konnte …

Er stürmte durch die Tür über die schmale Holzschwelle hinweg, geradewegs in die Dunkelheit … und stellte fest, daß er sich hoch oben in der Krone eines riesigen Baums befand.

Zweige peitschten ihm ins Gesicht, und Blätter rutschten ihm durch die Finger, als er verzweifelt versuchte, sich festzuhalten. Laut schreiend stürzte er in die Tiefe, bis er plötzlich von einem Netz aufgehalten wurde, das zehn Schritt tiefer zwischen den Stämmen aufgespannt worden war. Ein Bein und ein Arm schrammten durch die Maschen, so daß er mit dem Gesicht auf den rauhen Hanfseilen landete. Sein Herzschlag setzte wieder ein, zögernd und unregelmäßig. Er lebte! Aber er fühlte sich so gedemütigt …

Zehn Schritt über ihm hielten sich Tybalt und Kwam vor Lachen die Bäuche. Gurias' wundes Gesicht brannte vor Scham, während er sanft in dem Netz auf- und abschwang.

Tybalt johlte: »Ich *liebe* es, wenn sie das tun!«

KAPITEL 2

Gewaltig wie die Berge, die ihn ausgespien hatten, türmte sich Immugio vor seiner Armee auf, die sich vor den trutzigen Wehrmauern der Stadt versammelt hatte. Die Erde erbebte unter seinen mächtigen Schritten, und seine Füße sanken tief in den verkohlten, schlammigen, mit Unrat übersäten Boden ein. In der Hand hielt er eine lange neunschwänzige Peitsche, die aus der Haut eines ganzen Ochsen gefertigt war. Ursprünglich waren die ledernen Riemen mit eisernen Spitzen versehen gewesen, bis er die ersten vier Soldaten, die er bestrafen wollte, zu Tode geprügelt hatte. Immugio brauchte Soldaten, die ihm die Drecksarbeit abnahmen und die er peitschen konnte. Ein Kriegsfürst brauchte jemanden, über den er gebieten konnte.

Er tat dies nun seit einer Woche, und es machte ihm viel Spaß. Er pflegte seine harschen Befehle mit der Peitsche zu unterstreichen und genoß es, wenn seine Sklaven vor Angst schlotterten und noch schneller arbeiteten – für seinen Erfolg.

Die Armee umfaßte etliche hundert Soldaten, zumeist Orks und Goblins, die er scharenweise von den Hügeln getrieben hatte, aber auch zahlreiche Abtrünnige, die ihm ebenso ergeben dienten. Es war eine dreckige Bande von dreißig Halsabschneidern, die als Wegelagerer und Strauchdiebe durch die Wälder geschlichen waren, ehrbare Kaufleute um Hab und Gut gebracht, Wagenzüge überfallen und abgelegene Gutshöfe geplündert hatten. Sie waren Abschaum, dem es Spaß machte, zu foltern, zu vergewaltigen, zu plündern und zu brandschatzen. Immugio schlug diese

Männer genauso unbarmherzig wie die Orks. Es war ihm gleichgültig, ob sie ihn verabscheuten, solange sie gehorchten.

Bald schon würde er eine ganze Stadt beherrschen. Unter dem düsteren Herbsthimmel, inmitten von verwüsteten Feldern lag Myrion, eine gut befestigte Kleinstadt, die von den Einwohnern tapfer verteidigt wurde. Beherzt und unerschrocken hatten sie Immugios abgerissene Horde viermal innerhalb der letzten sechs Tage zurückgeschlagen, aber selbst der mächtigste Fels wird durch die tosende Brandung abgeschliffen. Und so gelang es dem Kriegsfürst, nach und nach ihre Widerstandskraft zu zermürben. Hunger und Erschöpfung taten ihr übriges, und bald schon würden die Orks und Abtrünnigen eine Bresche in die Mauer schlagen und sich an Plünderungen und Schändungen ergötzen.

Also trieb Immugio die Orkhorden mit der Peitsche zu schnellerer Arbeit an, damit die hastig zusammengezimmerten Katapulte und Speerschleudern in Stellung gebracht werden konnten. Die Abtrünnigen mühten sich im tiefen Schlamm und in der eisigen Luft mit dem Bau eines Belagerungsturms ab, der einen gewaltigen Rammbock in seinem Innern verbarg. Diese Kriegsmaschine würde das Blatt wenden, und bis zur morgigen Mittagsstunde würde Immugios Armee das Tor aufgebrochen und die Stadt erstürmt haben.

Aber Immugio hatte nicht vor, die Stadt zu zerstören, jedenfalls nicht vollständig, denn einige Überlebende sollten ihm als Sklaven dienen, die er beherrschen konnte und von denen er anerkannt wurde.

Immugio war als Sohn einer Ogerin des SHORTHAND-Stamms selbst das Resultat einer Schändung, denn der Ogerstamm war von Steinriesen aus den entlegenen Bergen im Westen überfallen worden. Man sah Immugio seine gemischte Herkunft deutlich an. Er hatte die Größe eines Riesen, aber den buckligen

Rücken eines Ogers. Sein langes schwarzes Haar war drahtig wie das Schweifhaar eines Pferdes, und unter seinem dichten Bart ragten die Hauer eines Ogers hervor. Zwei ungegerbte Bärenfelle bedeckten Immugios Hüften, und an einer Kette um den massigen Hals trug er die Totenmaske seines Riesenvaters, der für seine erbärmliche Existenz verantwortlich war. Der Ogermischling hatte dem Steinriesen nachgestellt und ihn aus dem Hinterhalt erschlagen. Noch während er starb, hatte er ihm die Gesichtshaut vom Schädel gezogen und sie langsam über einem offenen Feuer getrocknet. Nun sahen seine zitternden Feinde nicht nur eine, sondern zwei schreckliche Fratzen, wenn der Ogerriese auf sie zustampfte.

Immugio setzte seine Peitsche, seinen Verstand und seine Magie dazu ein, andere zu unterwerfen und zu quälen, denn er hatte nie etwas anderes kennengelernt. Seit seiner Geburt hatte er nicht einen Augenblick des Friedens erlebt oder auch nur ein freundliches Wort gehört. Sein ungestaltes Äußeres hatte ihm im Stamm seiner Mutter, in dem er aufgewachsen war, nichts als Spott, Mißhandlungen und gebrochene Knochen eingebracht. Doch als er seine Peiniger an Kraft und Größe endlich überragte, hatte er vielen als Gegenleistung die Schädel eingeschlagen und war aus seiner Heimat vertrieben worden. Er floh landeinwärts zum Stamm seines Vaters, erfuhr dort als Ogerbastard jedoch die gleiche Behandlung wie früher. Also erschlug er seinen Vater zum Abschied und zog nach Süden.

Dort machte er eine erstaunliche Entdeckung.

Er fand heraus, daß er die Erde und den Himmel in Bewegung setzen konnte. War es der unbändige Haß, der in ihm loderte, oder die seltsame Mischung zweier Rassen, die diese Kraft hervorgebracht hatte? Der Ogerriese wußte es nicht, aber er entdeckte, daß er mit einer Handbewegung Felsen von den höchsten Gipfeln der Berge herabfallen lassen konnte, daß allein die

Kraft seiner Gedanken Wolken, Regen oder Schnee herbeibeschwor. Seine Magie gab ihm die Kraft, ganze Wälder zu entwurzeln, Höhlen zum Einsturz zu bringen und Flüsse umzuleiten. Außerdem besaß er die Gabe, tief unter der Erde verborgene Gold-, Silber-, Kupfer- und Bleivorkommen zu riechen.

Nun endlich konnte er sich für die erlittene Schmach und die Qualen rächen, die man ihm zugefügt hatte. Seine ersten Opfer waren die kümmerlichen schwachen Menschen im südlichen Hochland, einfache Leute, die sich von dem wenigen ernährten, was sie dem kargen Boden abtrotzten. Immugio wollte ihr König werden – das sollte ihm leicht gelingen – und von diesem Königreich aus mit neuen Waffen und frischen Kräften in den Norden zurückkehren, um das gesamte Volk der Riesen auszulöschen. Dann wäre er der einzige Riese weit und breit, und niemand mehr wüßte, daß er ein Bastard war. Man würde ihn als allmächtig und göttergleich verehren.

Diese Stadt sollte die erste Sprosse auf der Leiter seines Erfolgs sein. Doch er hatte schmerzlich erfahren müssen, daß Menschen, die allein oder zu zweit schwach und hilflos waren, ihm zu mehreren ein ausgesprochen sturer und gewitzter Gegner sein konnten. Nachdem sie ihn bei seinem ersten Ansturm auf die Mauern mit Pfeilen beschossen und Steinen beworfen hatten, führte er nun jeden Angriff von hinten und trieb Männer und Orks mit der Peitsche voran. Viele der Männer waren Verbrecher, die man aus der Stadt gejagt hatte, und so wurden sie nicht nur von Habgier, sondern auch von Rachedurst getrieben. Lachend malten sie sich aus, welche Häuser sie heimsuchen und wen sie zuerst quälen wollten.

Es konnte nicht mehr lange dauern, freute sich Immugio. Nur noch einen weiteren Tag, und sie würden den stinkenden Unrat ihres Lagers hinter sich lassen und in die Stadt einfallen...

Immugio fuhr herum. Die Männer, die in sicherer Entfernung von den Stadtmauern den Belagerungsturm fertigstellen sollten, schrien plötzlich laut vor Angst. Der Halbriese sah, warum.

Plötzlich, wie aus dem Nichts, stand auf einem niedrigen Kamm eine halbe Meile hinter seiner Armee eine dichte Linie aus Kavalleristen und Fußsoldaten.

Die Linie war so lang wie die Riesenschlange aus der Sage: Männer, Frauen, Pferde, Zentauren, eine hohe fremdartige Holzkonstruktion und sogar ein zweiköpfiger Riese. In ihrer Mitte, umringt von einer Gruppe Lanzenreiter, ritt ein hochgewachsener Mann, der eine doppelschneidige Axt auf der Schulter trug.

Fluchend steckte Immugio die Peitsche in den Gürtel und rieb sich mit beiden Händen die Augen, aber die Erscheinung verschwand nicht. Auch seine Orks und seine Goblins hatten die gegnerische Armee erspäht und heulten vor Angst. Dies waren keine hilflosen Stadtbewohner mit nur wenigen Bütteln und Gardisten – nein, dies war eine Streitmacht wie die seinige, nur hundertfach mächtiger. Immugios Armee löste sich auf und rannte geschlossen auf die sicheren Höhlen und Spalten am Rande der Hochebene zu.

Der große Mann, offenbar der Anführer der Armee, hob seine Doppelaxt hoch in die Luft. Trompeten erschollen, Trommeln dröhnten, und vom ohrenbetäubenden Kriegsschrei aus tausend Kehlen erzitterte die eisige Luft. Sie griffen an.

Die Jagd war eröffnet, und sie waren die waidwunden Hasen, die von einer Meute Kriegshunde gehetzt wurden. Als die erste Welle der entsetzten graugrünen Orks den Rand der Hochebene erreichte, trat eine lange Reihe schwarzgekleideter Bogenschützinnen vor, hob die gespannten Bögen und ließ einen dichten Hagel tödlicher Pfeile durch die Luft sirren. Am entgegengesetzten Rand der Hochebene gingen weitere Bogenschützen in Stellung: finster dreinblickende

Elfen mit langem schwarzen Haar, bleichen tätowierten Armen und glänzenden grünen Tuniken aus Schlangenhaut. Die feingliedrigen Gestalten legten Pfeile auf, und wieder starben Orks.

Die Straßenräuber der Nachhut, die noch vor kurzem nach dem Blut Unschuldiger gelechzt hatten, flohen nun wie die Hasen, um bei Immugio Schutz zu suchen. Ihnen auf den Fersen folgten mehrere Phalangen von Fußsoldaten mit roten, schwarzen, weißen oder blauen Federbüschen an den Helmen. Die Erde unter ihren Füßen erzitterte, als sie unaufhaltsam wie eine tödliche Lawine vorwärtsmarschierten.

Immugio hatte keine Zeit, sich um seine in Panik geratenen Soldaten zu kümmern, denn ein größeres Truppenkontingent galoppierte geradewegs auf ihn zu.

Der gutbewachte große Mann auf dem Apfelschimmel, offensichtlich der General der Armee, brüllte einen Befehl. Die Kavallerie fächerte sich auf und nahm die fliehenden Söldner in die Zange. Vor und hinter dem Gefolge des Generals donnerten die Hufe von zweimal fünfzig Zentauren mit langen gefiederten Lanzen und bemalten Rüstungen über den kargen Boden der Hochebene. In ihrer farbenprächtigen Bemalung und mit den rosafarbenen flatternden Bändern an den Oberarmen glichen sie bunten Kardinalsvögeln.

Von drei Seiten eingeschlossen und die Stadt im Rücken, hatte Immugio keine andere Wahl, als sich zum Kampf zu stellen. Er konnte schließlich Erde und Himmel bewegen, also würde er es tun.

Er hob die baumlangen Arme, fuchtelte mit den Händen und brüllte etwas in seiner verstümmelten Mischsprache, und der Himmel antwortete. In Sekundenschnelle zogen sich dichte Wolken über ihm zusammen, ballten sich zu tiefschwarzen Gewitterwolken und schleuderten Blitze herab. Kälte, dachte Immugio. Er würde den wolkigen Nebel in Schnee verwandeln und einen Schneesturm herbeibeschwören, der die Stadt unter sich begraben und seine Flucht decken würde. Der Ogerriese lachte, als die ersten Flocken am Himmel glitzerten und ihm das brennende Gesicht kühlten.

Dann war alles vorbei. Kopfschüttelnd runzelte Immugio die Stirn und blickte nach oben. Die dräuenden Gewitterwolken wurden dünner und lösten sich langsam auf, und binnen weniger Augenblicke lugte die Sonne wieder hinter den letzten Wolkenfetzen am klaren Herbsthimmel hervor. Wer …?

Der kurzsichtige Ogerriese spähte umher, konnte jedoch die kleine Gestalt in dem bestickten Umhang nicht erkennen, die hinter den Kämpfenden stand und mit schlanken Fingern zum Himmel deutete. Immugio war jedoch überzeugt davon, daß sich ein Zauberer in der Nähe befand, denn niemals zuvor war es ihm mißlungen, die Wolken zu befehligen. Zum erstenmal war er ernstlich besorgt und hielt hastig nach einem Fluchtweg Ausschau. Dabei griff er ohne Nachdenken nach dem getrockneten Gesicht seines Vaters auf der Brust. Die Totenmaske verzog sich zu einem Grinsen, so als wisse sie, daß der Zeitpunkt der Rache gekommen war.

Aber der Ogerriese war zu langsam. Ehe er sich's versah, war er von einem doppelten Ring gerüsteter Zentauren umzingelt, die ihn nicht eine Sekunde lang aus den Augen ließen. Sie umwirbelten ihn wie Blätter im Herbstwind. Leichtfüßig wie Rehe auf einer blumenbestandenen Lichtung umtänzelten sie ihn in gegenläufigen Kreisen, niemals mehr als eine Lanzenlänge entfernt. Immugio tobte in dem doppelten Ring aus stählernen Spitzen. Der süßliche Geruch nach Kleeheu, Rauch, Lederfett und Metall stieg ihm in die Nase, und er ärgerte sich darüber, daß er sich von solch schmächtigen Gestalten bedroht fühlte.

Wutschnaubend hob der Ogerriese seine Ochsenlederpeitsche und schlug zu. Seine große Reichweite kam ihm zugute, und so gelang es ihm, an einer Lanze vorbei eine Zentaurin zu treffen. Die langen Riemen der Peitsche, an denen getrocknete Hautfetzen und Blut klebten, wickelten sich um Kopf und Rumpf der Angreiferin.

Aber die tödliche Schlinge hielt ihr Opfer nur für kurze Zeit gefangen. Als die Zentaurin aus dem Kreis ausscherte, um ihre Kameraden und Kameradinnen nicht zu behindern, zogen etliche sofort scharfe Kurzschwerter aus den Kriegsgeschirren und durchtrennten damit im Handumdrehen die würgenden Schnüre. Fassungslos blickte Immugio auf den armlangen ledernen Stumpf seiner Peitsche, als ihn plötzlich etwas in die Kniekehle stach.

Auf den Pfiff einer Anführerin hin galoppierte ein Zentaur in den Kreis und erbeutete einen Hautfetzen des Ogerriesen. Zornig fuhr dieser herum, was ihm nur einen weiteren Stich unter die Kniescheibe einbrachte. Immer wieder stachen sie zu, und zum erstenmal verwandelte sich sein rotglühender Zorn in nackte Angst. In kürzester Zeit würden sie ihn in Streifen geschnitten haben.

Heulend und fluchend bückte sich Immugio und schlug mit den Händen auf den Boden. Er grub die Finger tief in die schlammige Erde und befahl den Gesteinsschichten unter der Hochebene zu erbeben. Er fühlte, daß die Erde seinem Ruf folgte. Berge waren immer in Bewegung und warteten nur auf den geeigneten Anstoß, um zu erbeben. Die Erde erzitterte unter seinen Fingerspitzen, so als fürchte sie ihn. Immugio beachtete die Stiche in seinen Rücken nicht, als er die großen nackten Füße in den Boden stemmte und auf das Beben wartete, das diese Zentauren hinwegfegen würde…

Aber die Kraft des Bebens reichte kaum aus, um die Kieselsteine zum Tanzen zu bringen. Weit entfernt, am

Rand der Hochebene, hatte die kleine Zauberin die Erde beruhigt, ihr Zittern besänftigt und die Schockwellen in eine unbewohnte Gegend umgeleitet.

Immugio war entsetzt. Sein bester Spruch! Einfach wirkungslos gemacht! Er stand vor Angst wie gelähmt da und wurde prompt dafür bestraft. Unzählige stählerne Lanzenspitzen zerschnitten ihm die Arme und Füße. Diese erbärmlichen Würmer würden ihm die Beine unter dem Rumpf wegsäbeln.

»Genug!« Immugio sprang auf die Füße, senkte den Kopf und stürmte lauthals brüllend gegen den Kreis der Pferdemenschen an. Im Vorbeirennen würde er einige von ihnen zerschmettern, ihnen die Knochen aus dem Leib reißen und ihr Fleisch zu Brei zerstampfen, bevor er zu den weit entfernten Hügeln floh…

Doch ein weiterer Pfiff ertönte, und die Zentauren waren plötzlich wie vom Erdboden verschluckt. Als sie gesehen hatten, wie er zum Angriff ansetzte, waren sie wie ein Sperlingsschwarm davongestoben. Immugio lachte, als er erkannte, daß er freie Bahn hatte. Lediglich verwüstete Felder, schwelende Lagerfeuer und stinkender Unrat lagen zwischen ihm und den rettenden Hügeln. Er würde…

…noch mehr Stiche in den Rücken erhalten. Die Zentauren hatten sich neu formiert und holten den unbeholfenen Giganten mühelos ein. Von hinten und von beiden Seiten drangen sie abwechselnd auf den Riesen ein und stachen gerade so tief in sein Fleisch, daß sie ihre Waffen nicht verloren. Dann scherten sie wieder aus, um ihren von hinten herandonnernden Kameradinnen und Kameraden Platz zu machen.

Immugio hatte das Gefühl, als saugten ihm riesige Moskitos das Blut aus den Adern. Er heulte vor Angst und Zorn. Er würde hier draußen elendig verrecken. Sie würden seinen Schädel auf eine Stange spießen und einen Thron aus seinen Knochen machen. Das Gesicht seines Vaters schlug ihm gegen die haarige Brust und schien ihn zurückzustoßen, während es ihn auslachte.

Damit hatte er nicht gerechnet, und nun fiel ihm keine andere Lösung ein als blindlings draufloszustürmen, in der Hoffnung, die Hügel zu erreichen. Doch der Ansturm wurde schwächer, denn nur noch jeder zweite Zentaur bedrängte ihn mit der Lanze. Er schien ihnen zu entkommen.

Er sah nicht, daß einige Zentauren hinter seinem Rücken Lassos entrollten, sie über den Köpfen schwangen und zielsicher nach ihm warfen. Selbst aus dieser Entfernung trafen sie fast immer, denn ihr Blick war schärfer als der eines jeden Menschen.

Etwas verfing sich um Immugios Zeh, so daß er stolperte und der Länge nach in das schlammige Feld fiel. Roggenspreu geriet ihm in Augen und Nase, und er schnaubte laut. Sofort tanzten erst vier, dann acht, dann zwölf und schließlich sechzehn eisenbeschlagene Hufe auf seinem Rücken. Das Gewicht der gerüsteten Pferdemenschen nagelte selbst den massigen Körper des Ogerbastards am Boden fest. Immugio stützte sich auf die Hände, um sich hochzuwuchten, aber vier kräftige Zentauren schlangen ihm Lassos um die Handgelenke und brachen ihm beinahe die Finger, als sie mit aller Kraft an den Stricken zogen. Schmerz umnebelte sein Hirn, als die Zentauren ihm die Arme auf dem Rücken verdrehten und ihn wie ein Paket verschnürten.

Hilflos wand er sich am Boden und schloß die Augen, während er auf die tausend Schnitte wartete, die ihm das Fleisch von den Knochen schälten. Vielleicht waren sie gnädig und teilten ihm mit einem einzigen Hieb die Wirbelsäule, so daß er nichts mehr fühlen würde.

Die Totenmaske seines verratenen Vaters, die unter ihm im Schlamm begraben lag, bohrte sich ihm schmerzhaft in die Kehle.

Als nach einer ganzen Weile noch immer nichts geschehen war, öffnete der Riese langsam die Augen. Alle fünfzig Zentauren hatten ihn umringt und wickelten die Lassos auf oder schärften die Lanzenspitzen mit Wetzsteinen. Offensichtlich warteten sie auf jemanden.

Ein leises Hufgetrappel kündigte die erwarteten Besucher an. Diesmal waren es keine Zentauren, sondern es war ein Reiter auf einem Apfelschimmel, gefolgt von dreißig Ulanen mit grünen Armbändern: der General! Die Zentauren machten den Weg für den großen Mann mit der Doppelaxt frei.

Der General stieg ab, packte die Axt fester und schritt entschlossen auf den Riesen zu. Sein gebräuntes Gesicht war unter einem schlichten schwarzen Stahlhelm mit ledernem Visier verborgen. Langes braunes Haar fiel ihm über die Schultern. Er trug ein einfaches ungefärbtes Wollhemd, eine lederne Tunika, einen unverzierten Brustharnisch und einen ledernen Kilt, darunter eine enganliegende rote Hose und hohe Schnürstiefel. Am Gürtel hing ihm eine geflochtene Maultierpeitsche. Von allen Soldaten der Armee war seine Kleidung die schlichteste. Obwohl ihm an der linken Hand drei Finger fehlten, hatte er keine Mühe, die langstielige Holzfälleraxt zu halten.

Der Mann trat gelassen vor Immugio, bückte sich und blickte ihm in die blutunterlaufenen Augen. Als er feststellte, daß der Ogerriese lebte und bei Bewußtsein war, hob er beiläufig einen Fuß und setzte die schwere Ledersohle auf Immugios Nasenbein, unmittelbar zwischen die buschigen Augenbrauen. Dicht vor den Augen baumelte ihm die scharfe Holzfälleraxt.

Der große Mann sagte: »Ich bin Gull der Holzfäller. Ergibst du dich?«

Immugio nickte, so gut er konnte, und knurrte: »Ich ergebe mich.«

In der Ferne sprangen die Tore der Stadt auf, und heraus strömte eine jubelnde, singende, lachende und weinende Menschenmenge – die wackeren Verteidiger von Myrion. Gull lächelte, als er sie sah.

Irgendwo weit in der Ferne schüttete sich Immugios toter Vater vor Lachen aus.

Die dreißig kräftigen Zentauren hatten gerade den Riesen herumgerollt und ihn mit zahlreichen Seilen gefesselt, als Greensleeves erschien. Ihr Gefolge, vier mit Speeren, Schwertern und Schilden bewaffnete Leibwächterinnen, stellte sich schützend vor Greensleeves und ihre kleine Gruppe Magiestudentinnen und -studenten, unter denen sich auch der großnasige Tybalt und ihr Liebster Kwam befanden.

Eine geraume Weile beobachteten die Hauptleute der Armee das Treiben auf dem Schlachtfeld. Alle Orks, Goblins und Halsabschneider, denen die Flucht nicht gelungen war, waren niedergemetzelt worden, zunächst von Gulls und Greensleeves' Soldaten, danach von den rachedurstigen Bürgerinnen und Bürgern der Stadt, während Späher und Bogenschützinnen das Buschwerk nach Versprengten durchkämmten. Nach und nach trabten die verschiedenen Hauptleute herbei und berichteten, daß es keine Überlebenden mehr gab, so daß nur noch Immugio übrigblieb.

»Und was sollen wir mit ihm anfangen?« fragte Gull. »Sein Schädel ist viel zu groß für diesen steinernen Helm der Unterwerfung oder wie du ihn auch nennst. Wir könnten ihn ihm höchstens in die Nase schieben.«

Tybalt antwortete für seine Lehrmeisterin. In den Händen trug er einen Helm aus grünem Stein, das mächtigste Artefakt der Domänen. Der langnasige Student war für die Bewachung des Helms zuständig, denn er hatte als erster die Wirkung des Helms ergründet, obwohl er dabei beinahe den Verstand verloren hatte.

»Körpergröße ist kein Hindernis für die Magie«, erklärte er Gull. »Sieh gut hin.«

Vorsichtig näherte er sich dem am Boden liegenden Riesen, der sich ängstlich umschaute. Tybalt setzte ihm den Helm auf die fliehende Stirn, so als wolle er eine Suppenschüssel auf einem schrägen Tisch abstellen.

Plötzlich stöhnte Immugio laut auf und zerrte an seinen Fesseln. Unzählige Stimmen kreischten im Hirn des Ogergiganten. Wie wild warf er den Kopf hin und her, doch Tybalt ließ sich nicht abschütteln.

Der Helm war ein Werkzeug der Unterwerfung. Stärker als alle Ketten und Fesseln hielt er sein Opfer gefangen. Er war, wie Greensleeves und ihre Freunde wußten, vor vielen Jahrhunderten im Krieg der Brüder gefertigt worden. Die Weisen von Lat-Nam, die mächtigste Versammlung von Zauberern, die je zusammengekommen war, hatte den Helm erschaffen und ihre gesamte Willenskraft in ihn hineinströmen lassen. Hunderte von zauberkräftigen Stimmen dröhnten in Immugios Kopf, forderten seine Unterwerfung, den bedingungslosen Gehorsam und daß er der Zauberei für immer entsage. Er tobte, fluchte und kämpfte, doch vergeblich: er hatte den uralten Stimmen der längst verstorbenen Zauberer nichts entgegenzusetzen.

Schließlich, nach endlosen, hirnzerreißenden Qualen, krächzte der Ogerbastard: »Ich werde abschwören. Ich unterwerfe mich. Ich bin euer gehorsamer Diener.«

»Soviel dazu.« Greensleeves nickte. Sie rieb sich die Hände, strich sich das Haar aus der Stirn und ließ den Blick über die Hochebene streifen. »Können wir irgend etwas für diese armen Menschen tun? Ihre gesamten Felder sind verwüstet, und sie haben viele Tote zu beklagen.«

Ihr großer Bruder nickte. Ein halbes Dutzend Offiziere erwartete Gulls Befehle, ein jeder bereit, Hunderte von Soldaten auszusenden, um die Anweisungen des Generals zu befolgen. Eigentlich hätte sich der ehemalige Holzfäller inzwischen an die Achtung gewöhnen müssen, die mit seiner verantwortungsvollen Stellung einherging, aber ihm war noch immer nicht wohl dabei. »Es ist zu spät für eine neue Aussaat. Wir müssen von irgendwo anders her Nahrung herbeischaffen. Vielleicht können wir im Süden etwas erstehen. Und ich will die Hügel durchkämmen, um sicherzugehen, daß nicht noch mehr solcher Halsabschneider wie dieser Riesenbastard dort herumlungern. Wir müssen einen Wagenzug zusammenstellen, der Landwehr helfen, die Wege zu sichern, die Mauern wiederaufbauen, diese Leichen verbrennen ...« Er unterbrach sich, um verschiedenste Befehle zu erteilen.

Greensleeves nickte geistesabwesend, da sie mit ihren eigenen Angelegenheiten beschäftigt war. Sie betrachtete Immugio und rümpfte angewidert die Nase. An faulige Gerüche war sie gewöhnt, aber dieser Riese stank wie eine Jauchegrube und war mit Flöhen übersät. Wessen Totenmaske war es wohl, die er auf der lehmverkrusteten Brust trug? Beiläufig wandte sie sich an ihre Studenten: »Ein Riese, der zaubern kann, ist mir noch nie untergekommen. Obwohl – eigentlich ist er wohl eher ein Ogerriesenmischling, nicht wahr? Bisher kennen wir einen Schilftroll und eine Goblinfrau, die zaubern können. Und ich habe gehört, daß eine von Helkis Zentaurinnen magische Fähigkeiten besitzt, aber sie will mir nicht verraten, wer ...«

Angeführt von tanzenden Spielleuten und drei im Winde wehenden Bannern marschierte eine Gesandtschaft der Bürgerinnen und Bürger Myrions auf sie zu, um den siegreichen Heldinnen und Helden offiziell Dank abzustatten. Gull und Greensleeves unterbrachen ihre Überlegungen, um die Stadtältesten zu begrüßen.

Greensleeves scherzte: »Sie werden unsere Heldentaten in ihren Liedern besingen, meinst du nicht?«

Gull blinzelte ihr zu und klopfte mit der Axt gegen die Stirn des Riesen. »Meinst du wirklich?«

KAPITEL 3

Chundachynnowyth beachtete das Wimmern und Stöhnen um sich herum nicht weiter, als sie durch ihre Turmkammer huschte. Ihre Füße folgten den ausgetretenen Pfaden, die sich im Laufe der Jahrhunderte in den Granit gegraben haben. Sie blieb vor einer Nische stehen und leuchtete mit einer Kerze hinein, um den Fortschritt ihres Experiments zu begutachten.

Ein Mann hing in Ketten an der Wand. Sein Gesicht war aschfahl, sein Körper schlaff. Ohne die Hilfe von Chundachynnowyths Magie wäre er bereits vor langer Zeit gestorben. Die Haut war ihm von der Brust gezogen, die Muskeln waren abgeschält und die Rippen durchsägt worden. So vegetierte er unter qualvollen Schmerzen dahin, damit Chundachynnowyth seinen Herzschlag studieren konnte. An den Rippen oberhalb des gähnenden Loches in seiner Brust hatte sie mit Kupfernieten einen kleinen Kolben befestigt, der mit brodelnden Substanzen gefüllt war. Zwischen dem Kolben und dem Herzen verliefen einige Glasrohre. Als Chundachynnowyth näher trat, wimmerte ihr geschundenes Opfer in der Erwartung neuer Qual, doch die Magierin beachtete ihn gar nicht, sondern sprach gedankenverloren mit sich selbst. Die entsetzliche Szenerie schien beinahe absurd, da die Zauberin in sich hineinmurmelte wie eine vergreiste alte Dame beim Beschneiden ihrer Rosenstöcke.

»So, da wären wir also. Nun ein wenig Antimon hinzugefügt. Ein Gift, gewiß, aber in geringen Dosen durchaus als Tonikum zu verwenden. Dann werden wir sehen, ob es schneller oder langsamer schlägt... aha!«

Sie hatte eine Prise des Gifts in den Kolben gestreut, und ihr lebendes Versuchsobjekt wand sich unter Qualen, als das Gift sein Herz erreichte. Der Gefangene zerrte an den Fesseln und flehte. »Bitte! Bitte!« Doch Chundachynnowyth legte ihm lediglich die verwelkte Hand auf die Lippen und fror ihn vorübergehend ein. Sie tat es nur ungern, denn sie verbrauchte bereits einen großen Teil ihres Manas, allein um diese menschlichen Wracks am Leben zu erhalten. Wenn sie noch mehr Zauberkraft einsetzte, konnte dies das Ergebnis des Versuchs verfälschen. Das Herz des Mannes schlug wie wild, so als wolle es bersten, nahm dann jedoch allmählich seinen langsamen, unregelmäßigen Rhythmus wieder auf.

Chundachynnowyth ritzte etwas mit einem Hartholzstift auf eine Wachstafel. »Schön, schön. Schneller also. Gut zu wissen, gut zu wissen.«

Dann wandte sie sich ab und schlurfte an weiteren bemitleidenswerten Gefangenen vorbei, an deren freigelegten Hirnen, Lungen und Lebern ähnlich gräßliche Apparaturen befestigt waren. Alles in allem waren es acht Gefangene, Reisende, die Chundachynnowyth am Rande des nebligen Moors gefangengenommen hatte, in dem ihr kleines Schloß mit dem finsteren Wehrturm lag. Neben den Menschen waren ihr noch drei Elfen und ein Ork zum Opfer gefallen. Einige hingen mehr tot als lebendig in den Ketten und litten stumm vor sich hin, doch die meisten nahmen deutlich wahr, was mit ihnen geschah, und lebten in einem niemals endenden Alptraum, dem sie nicht entfliehen konnten. Auf den Tischen, die an der Westseite des Raumes standen, und in den Kellergewölben des Turms hielt sie zahlreiche Tiere in Käfigen gefangen, die ihr ebenfalls als Opfer für ihre grausigen Forschungen dienten.

Chundachynnowyth legte auf Kleidung wenig Wert

und trug tagein, tagaus dasselbe zerschlissene Lumpengewand und dieselbe zerrissene Schürze. Auch Essen, Freundschaft oder Liebe bedeuteten ihr nichts. Obwohl die grauhaarige Zauberin eine reinblütige Elfe war, wurde sie von einem verwachsenen Buckel entstellt. Sie war uralt, und das schon seit Jahrhunderten.

Chundachynnowyth hatte sich bereits vor langer Zeit von ihrem Volk abgewandt. Alles war ihr schal geworden, die Magie, das Dimensionsreisen, ja, das Leben selbst. Nun stand sie am Abgrund des Todes und war kurz davor, das Geheimnis des Lebens zu lüften. Es gab nur noch ein Ziel, das ihr wirklich wichtig war, und das verfolgte sie mit aller Macht.

So alt sie auch war, sie wollte noch länger leben – sie wollte ewig leben. Falls sie jemals andere Ziele gehabt hatte, so waren sie seit langem vergessen. Dereinst – vor Jahrhunderten – war sie über eine Schrift gestolpert, die das Geheimnis des ewigen Lebens verbarg, und nun verbrachte sie jeden Augenblick ihres Daseins damit, das Rätsel zu lösen. Sie hatte alte Geschichten und Lieder aufgeschrieben, Rezepte für Tränke und Tinkturen gesammelt und Artefakte an sich gebracht. Dann war sie hierhergekommen und hatte ihre Forschungen in Angriff genommen.

Es war ihr gleichgültig, daß sie mit fühlenden Wesen experimentierte. Sie bedeuteten ihr nichts, und sie hätte auch niemals erwartet, daß jemand Mitleid für sie empfand. Die Gefangenen waren dazu da, um ihre Forschungen weiterzubringen. Wenn sie starben, bedeutete dies nur, daß das Experiment fehlgeschlagen war und Chundachynnowyth es erneut versuchen mußte. Sie durfte niemals aufgeben, denn das bedeutete ihren sicheren Tod und damit die einzige echte Tragödie.

Die Zauberin legte das Wachstäfelchen behutsam auf einen Tisch und nahm ein anderes zur Hand. Es war Zeit, das Feuer unter dem kleinen Elfenmädchen wieder anzufachen, an dem sie den Schlafentzug als lebensverlängerndes Mittel ausprobierte. Doch selbst unter der Hitze der brennenden Glut, die ihm die Haut verkohlte, nickte das Mädchen immer wieder ein. Chundachynnowyth wollte versuchen, die verbrannten Hautstellen mit in Mineralöl gelöstem Schwefel zu bestreichen. Vielleicht brachten diese Schmerzen ihre Lebensgeister wieder zum Erwachen. Ohne Schlaf auszukommen, wäre ein unschätzbarer Erfolg für die lebenshungrige Zauberin. Sie hätte dann mehr Zeit für ihre Experimente gehabt…

Sie verursachten nicht mehr Geräusche als der Herbstwind, der seufzend um die Turmzinnen strich.

Greensleeves landete mit den Zehenspitzen auf dem breiten steinernen Fenstersims und hielt sich am Fensterrahmen fest. Dann überzeugte sie sich durch einen raschen Blick nach hinten, daß auch die Gemahlin ihres Bruders sicher angekommen war, bevor der Flugzauber sich auflöste.

Lily hatte gerade festen Halt gefunden, als sie die erbärmlichen Gestalten erblickte, die an die Wände geschmiedet waren. Der Gestank nach Verwesung, der den gesamten Turm durchzog, stieg ihr in die Nase, und sie preßte die Hände auf den Mund. Ohne ein weiteres Wort fuhr sie herum und übergab sich aus dem Fenster.

Greensleeves betete: »O Geist des Waldes! Steh uns und diesen armen Seelen bei!«

Lily, die Frau von Gull dem Holzfäller, mußte sich setzen, um wieder zu Kräften zu kommen. Sie war von Kopf bis Fuß in weiße Gewänder gehüllt: weiße Schuhe und Strümpfe, einen Rock aus feinster Seide, darüber ein kurzes Wams, wie eine Tänzerin es trug, und einen weichen Schal. Säume und Nähte waren mit leuchtenden Blumenmotiven bestickt, gelben Lilien, roten Rosen, blauen Veilchen. Ihr Bauch wölbte sich deutlich unter dem Rock, da sie Gull in Kürze ein zweites Kind gebären würde. Sie hatte eine Entschuldigung für ihren schwachen Magen.

Greensleeves wünschte, sie hätte ebenfalls eine Entschuldigung gehabt, während sie auf Zehenspitzen den Raum durchquerte. Obwohl sie bereits oft dem Tod und der Folter ins Auge geblickt hatte, wurde ihr bei diesem schauerlichen Anblick übel. Leise näherte sie sich einer Frau, deren geschorener Schädel in ein enges Eisengestell gezwängt worden war. Ihre Schädeldecke war aufgesägt worden, so daß das blutige Gehirn offenlag. Die Frau hing unbeweglich in ihren Ketten und gab mit keinem Zeichen zu verstehen, ob sie Greensleeves bemerkt hatte, lediglich ihr Körper zuckte in regelmäßigen Abständen.

Im dämmrigen Licht einiger Kerzen spähte die Druidin durch den Raum und zwang sich dazu, die astralen Muster zu verstehen, die den Raum wie ein wirres Netz durchzogen.

»O nein ...«, flüsterte sie. »Sie werden durch Zauberei am Leben erhalten. Bei Calerias Ohren, *warum?*«

Greensleeves biß sich auf die Unterlippe und überlegte, was sie jetzt tun sollte. Im Augenblick schämte sie sich zutiefst dafür, daß sie sich überhaupt mit Magie abgab, wenn man diese für solche Zwecke mißbrauchte. Eine Träne rann ihr über die Wange, doch sie nahm sich zusammen und stellte sich dem Schrecken. Zauberei war eine Kraft und konnte für gute und schlechte Zwecke benutzt werden. Oder überhaupt nicht ...

Die Druidin sah nur eine Möglichkeit, diese gequälten Seelen zu erlösen.

So sanft sie konnte, legte sie die Hand auf die gepeinigte Frau und flüsterte einen einfachen Spruch. Die Gefangene erbebte ein letztes Mal, als Greensleeves ihr das Mana, das sie am Leben hielt, auf einen Schlag entzog und es in sich aufnahm. Sie wappnete sich gegen den Schmerz und spürte, wie das verderbte, böse Mana jede Faser ihres Körpers verunreinigte.

Als die Druidin die Hand zurückzog, seufzte die Frau ein letztes Mal. Ihr Herz hörte auf zu schlagen, und ihre gemarterte Seele fand endlich Frieden. Greensleeves gab ihr noch ein Gebet mit auf den Weg, bevor sie sich dem nächsten Opfer zuwandte.

Lily saß auf dem Fenstersims, rieb sich den schmerzenden Bauch und wünschte sich, sie wäre daheimgeblieben. Sie war schließlich damit einverstanden gewesen, die Druidin zu begleiten, weil sie die einzige Zauberin der Armee war, die fliegen konnte. Eine Späherin, eine der PRADESH-Zigeunerinnen, war einigen Gerüchten gefolgt, die sie schließlich in dieses trostlose Moor geführt hatten. Sie war auf diese Insel gestoßen, hatte den Turm erkundet und die vermißten Reisenden gefunden. Als sie die entsetzlichen Apparaturen gesehen, die verderbte Magie gespürt und die alte Elfe bei ihrem finsteren Treiben beobachtet hatte, war sie rasch wieder ins Lager zurückgekehrt und hatte Bericht erstattet. Greensleeves, die wußte, daß sie es mit einer erfahrenen alten Magierin zu tun hatte, schlug vor, sich an eine abgelegene Stelle im Sumpf zu versetzen und dann mit Hilfe von Lilys Flugzauber lautlos in die hochgelegene Turmkammer einzudringen. Obwohl Lily ein Kind unter dem Herzen trug, war sie sofort dazu bereit gewesen, der Druidin zu helfen. Gulls Gemahlin hielt sich für keine richtige Zauberin, denn ihr einziger zuverlässiger Zauber war der Flugspruch. Dennoch hatte sie unbedingt zum Gelingen des gerechten Kreuzzugs beitragen wollen. Jetzt wünschte sie sich allerdings, möglichst rasch von hier zu verschwinden. Angewidert vom säuerlichen Geschmack im Mund, lehnte sich Lily aus dem Turmfenster und fragte sich, wie es wohl ihrem Gemahl erginge.

Greensleeves hatte inzwischen ein weiteres gepeinigtes Herz erlöst, einer weiteren gequälten Seele den ewigen Frieden gebracht. Die ganze Zeit haßte sie sich dafür, daß sie nicht mehr für die bedauernswerten Geschöpfe tun konnte. Plötzlich zuckte sie beim Geräusch einer knarrenden Tür zusammen.

»Was tust du da?«

Bevor Greensleeves reagieren konnte, ragte bereits eine schleimige Schreckensgestalt drohend vor ihr auf. Das Ding verströmte einen überwältigenden Gestank nach fauligem Fleisch und Verwesung, so daß die Druidin sich beinahe übergab.

Der von einer dünnen ledrigen Haut überzogene Körper der riesigen Schreckenskreatur war so grotesk entstellt, daß Greensleeves kaum begriff, was da vor ihr stand. Es sah aus, als wäre das Innerste eines Menschen nach außen gekehrt worden.

Am haarlosen Hinterkopf des Unholds klaffte ein zahnloses Maul, zwischen den Schulterblättern glotzte sie ein trübes Auge blicklos an, und aus einem spitzen Kinn wuchsen sechs gichtige Finger. Bleiche Knochen stachen aus der ledrigen Haut hervor und wanden sich um den mit spärlichen Haarbüscheln besetzten Körper, bevor sie wieder in seinem Innern verschwanden. Blutrote pulsierende Adern zogen sich wie ein Netz über den entstellten Körper, und aus einer aufgeplatzten Beule floß stinkender Eiter ein Bein hinab.

Schreiend wich Greensleeves vor diesem Monstrum zurück, stieß gegen einen Tisch und warf dabei die tönernen Tiegel und Krüge zu Boden. Vergessen waren alle ihre Sprüche, sie wollte nur noch weg von hier, auf der Stelle, bevor dieses Ding sie *berührte.*

In diesem Augenblick streckte das Monster einen verkrüppelten Arm aus, der aus dem Schulterblatt auf dem Bauch wuchs. Verdrehte warzige Klauen, die mit abgebrochenen gelben Zahnstümpfen besetzt waren, griffen nach ihrem Gesicht.

Am Eingang zur Turmkammer kreischte Chundachynnowyth: »Geht weg! Geht weg! Ihr zerbrecht meine Apparaturen! Ihr werdet noch alles verderben!«

Vor lauter Aufregung war sich die alte Elfe kaum bewußt, daß sie diese scheußliche Alptraumgestalt beschworen hatte. Sie hatte längst vergessen, daß sie überhaupt existierte.

Lily war bei dem Anblick beinahe ohnmächtig geworden, zwang sich nun jedoch, vom Fenstersims aufzustehen. Da sie nicht unmittelbar bedroht wurde, konnte sie handeln. Sie hatte weder Waffen noch Zaubersprüche und konnte sich mit ihrem schwangeren Leib nur mühsam bewegen. Sie trat zu einem Tisch, und da nichts anderes greifbar war, ergriff sie einen Glaskolben, der mit einer klaren Flüssigkeit gefüllt war, und schleuderte ihn auf das Monster. Das Wurfgeschoß flog quer durch den Raum, und die hervorspritzende Flüssigkeit traf sowohl Greensleeves als auch den Unhold. Lily warf weitere Tiegel und Kolben, doch sie prallten nur wirkungslos von dem Monster ab und zerbarsten an den Wänden oder auf dem steinernen Fußboden. Eine Lampe zerbrach, und brennendes Öl sammelte sich in den Vertiefungen des Steinbodens. »Flieg, Greensleeves, flieg!« Lily meinte ›versetzen‹, doch ihr fiel das Wort nicht ein. Wenn Greensleeves sich hier wegbeschwor, konnte Lily aus dem Fenster fliegen. Aber wo waren Gull und die übrigen?

Eine verkrüppelte, mißgestaltete Hand riß an Greensleeves' Haar, eine weitere an ihrem Umhang. Die vor Angst gelähmte Druidin kam nicht einmal auf den Gedanken, sich zu versetzen. Sie wollte einfach nur davonlaufen, um sich in Sicherheit zu bringen.

Die Zauberin Chundachynnowyth erinnerte sich daran, daß auch sie vor langer Zeit einmal gewußt hatte, wie man Lebewesen beschwor. In ihren jungen Jahren hatte sie selbst zahlreiche Kreaturen ›eingefangen‹. Wenn sie sich doch nur daran erinnerte ... Ah, ja!

Die alte Elfe leckte sich über die trockenen Lippen und hob die Hände. Vor ihrem geistigen Auge entstand ein Tiermensch mit gewaltigen Körperkräften, ein Wesen aus einer Fabelwelt. Sie murmelte Fetzen einer uralten Beschwörungsformel, an die sie sich noch genau erinnerte, legte die Fingerspitzen aufeinander und beschwor…

…einen Haufen trockener Knochen.

Die vor dem Monster zurückweichende Greensleeves rutschte auf einem großen Knochen aus und fiel der Länge nach zwischen klappernden Gebeinen auf den kalten, schmutzigen Steinboden. Die Schreckensgestalt machte einen schwankenden Schritt auf drei absurd verdrehten Beinen, öffnete ein reißzahnbesetztes Maul auf der Brust und leckte mit einer gespaltenen roten Zunge nach Greensleeves. Die Druidin kreischte. Sie schämte sich für ihr haltloses Entsetzen, konnte jedoch nicht dagegen an. Dies war schlimmer als ein Alptraum. Noch in Jahrhunderten würde dieses Ding sie in den tiefsten Stunden der Nacht heimsuchen – falls sie überlebte…

Sie versuchte sich aufzurappeln, glitt jedoch auf den morschen Knochen aus und fiel erneut zu Boden.

Lily hielt nach einer weiteren Waffe Ausschau, zerrte dann einen Hocker unter dem Tisch hervor und schleuderte ihn gegen das Ungeheuer, das nun endlich auch auf sie aufmerksam wurde. Es drehte sich um und stapfte langsam auf sie zu. Die Knochen zerbröselten unter seinen verstümmelten Füßen. Geistesabwesend bemerkte Lily, daß es menschliche Gebeine waren, nur der Schädel war der eines Stiers mit stumpfen Hörnern. Warum hatte die alte Elfenhexe das nur beschworen?

Chundachynnowyth fragte sich das auch. Warum war der Minotaurus nicht erschienen? War er vielleicht schon vor langer Zeit an Altersschwäche gestorben? Hatte sie ihn so lange schon nicht beschworen? Der Gedanke an den Tod und an Altersschwäche lenkte sie für einen Augenblick ab. Sie mußte unbedingt ihre

Experimente fortführen, damit der Tod sie nicht in seine eisigen Gefilde entführte. Doch zuerst mußte sie diese Eindringlinge vertreiben. Aber wie? Leise vor sich hinmurmelnd, ließ sie das Bild einer Höhle unter einem Vulkan vor ihrem geistigen Auge entstehen. Oder war es eine Grotte unter einer Steilküste ...?

Dann erinnerte sich die Elfe. Wieder preßte sie die Fingerspitzen gegeneinander, und vor ihr materialisierte eine weiße Wolke, ein quietschendes, flatterndes Durcheinander, das wie Rauchfetzen in der Luft wirbelte. Zuerst glaubte Lily einen Schwarm Fledermäuse vor sich zu sehen, aber diese Wesen hatten doppelte, seitwärts gebogene Mandibeln wie Gottesanbeterinnen und Facettenaugen wie Fliegen.

Auch hier, an diesem Ort fern ihrer Heimat, nahm die weiße Horde ihre ständige Suche nach Nahrung und Wärme sofort wieder auf. Innerhalb von Sekunden fiel ein Schwarm hungriger flatternder Fledermauswesen über die beiden Frauen her und verkrallte sich auf der Suche nach Läusen, Flöhen und Zecken in ihrem Haar.

Lily schrie, als die Biester sie wie eine Wolke Moskitos einhüllten. Verzweifelt zerrte sie an ihrem Wams, um es sich über den Kopf zu ziehen, schaffte es jedoch nicht, in dem Gewimmel die Schnüre zu lösen. Wie wild nach den Quälgeistern schlagend, stolperte sie gegen einen Tisch und stieß ihn mit lautem Getöse um.

Greensleeves hatte vor den Fledermausinsekten zwar keine Angst, denn schließlich waren es nur Tiere – wenn auch von merkwürdigem Aussehen –, aber sie wurde noch immer von dem verwachsenen Ungeheuer angegriffen, und die Flatterwesen nahmen ihr die Sicht. Ihre Angst verwandelte sich in Wut, und sie fluchte, daß ihr Bruder vor Neid erblaßt wäre. Doch dann rutschte sie in einer Öllache aus und stürzte wieder zu Boden.

Bei allen Waldgeistern, sie wollte einfach nur weg

von hier, weit weg! Nach Hause, in ihren geliebten Flüsterwald! Sie sehnte sich danach, im Schatten ihres Lieblingsbaums zu liegen, dem Gezwitscher der Vögel und dem Gekecker der Eichhörnchen zu lauschen, die Ruhe und den Frieden des Waldes zu genießen …

Chundachynnowyth erkannte ihren Vorteil. Die Frau in Weiß war von den Fledermäusen abgelenkt, und die Schnepfe in Grün war zwischen einem schweren Holztisch und ihrem absonderlichen Diener eingezwängt, der sie gleich in Stücke reißen würde. Was konnte sie noch herbeibeschwören? Und wo waren ihre Wächter? Sie hätten auf ihr Rufen hin gleich herbeieilen sollen. Chundachynnowyth legte die Fingerspitzen aneinander. Warum hatte sie nicht eher daran gedacht, die beiden Eindringlinge einfach einzufrieren? Sie schien ein wenig verwirrt zu sein …

Doch Greensleeves war nicht weniger verwirrt und zauberte, ohne daß es ihr bewußt war. Der Wunsch, zu fliehen und sich im Schutz ihres Lieblingsbaums zu entspannen, vermischte sich mit der Verantwortung für Lily, die sie nicht einfach hier allein zurücklassen konnte. Außerdem mußte sie hierbleiben, um auf ihren Bruder zu warten, und doch, im Schatten ihres Lieblingsbaums …

Als diese Gedankenfetzen mit ihrer Zauberkraft und ihren sehnsüchtigsten Wünschen verschmolzen, folgte der Baum ihrem Ruf …

Es war eine altehrwürdige knorrige Roteiche, fünfzig Schritt hoch, mit einer prächtigen ausladenden Krone, in der viele Tausende herbstlich leuchtender Blätter rauschten. Sie war die Königin des Waldes, stolze Gebieterin über ihre Schwestern und Brüder in ihrem grünen Reich, und nun hatte Greensleeves sie, ohne es zu wollen, ihrer heimatlichen Erde entrissen und in diese Turmkammer inmitten eines abgelegenen Sumpfes beschworen.

Grüne, braune, blaue und gelbe Farbwellen kräuselten sich, größer, als die Druidin es je zuvor gesehen hatte. Ehe sie sich's versah, erschienen Tonnen von Holz und Rinde in dem kleinen Raum, und als die Wellen verblaßten, kräuselte sich der riesige Baum vollständig ins Dasein. Sein volles Gewicht und seine Größe lasteten einen Moment lang auf dem kleinen Steinturm, bevor die gesamte Westwand von den mächtigen Ästen gesprengt wurde und sich ein Regen aus Steinbrocken in das Moor ergoß.

Der Granitboden zerbarst in unzählige Splitter, Staubwolken stiegen auf, die Außenwände bröckelten, und Dachziegel wirbelten durch die Luft. Von den mächtigen Wurzeln der Eiche fielen Tonnen von Erde in die unteren Geschosse des Turmes und begruben die Trümmer unter sich. Der stützenden Westmauer beraubt, stand der schwere Baum noch einen Moment lang aufrecht, bevor er umstürzte und Granitblöcke, Tische, patrouillierende Wächter und halbtote Gefangene mit sich riß. Schließlich krachte er schwer auf den sumpfigen Boden der kleinen Insel. Unabsichtlich hatte Greensleeves den Baum kaum eine Armeslänge von sich entfernt herbeibeschworen. Nun sprang sie zurück und hielt sich die Ohren zu, als der sterbende Baum seine letzte Rache nahm. Einen Augenblick lang erhaschte die Erzdruidin einen Blick auf flackernde Glühwürmchen, die in der kühlen Nachtluft über dem fauligen Wasser tanzten, und moosbehangene Zypressen, die unter dem Beben der Erde erzitterten. Dann stürzte der Baumriese in den modrigen Sumpf.

Die Wucht des Aufpralls riß die Frauen in der halbzerstörten Turmkammer von den Füßen. Wie durch ein Wunder teilte sich das schwarze Wasser des Moors und verschluckte Schilf, Binsen und kleinere Sträucher. Dicke Schlammklumpen wurden aus den Tiefen des Sumpfs heraufgeschleudert und verströmten einen bestialischen Gestank, bevor sie wieder auf das brackige Wasser klatschten. Die Baumkrone der geschundenen

Eiche, so groß wie der Turm selbst, brach mit einem ohrenbetäubenden Krachen ab, und die Äste zersplitterten wie Reisig unter dem Gewicht des Baumriesen. Die aufgeregten Schreie der Nachtvögel und das erschreckte Quaken der Sumpffrösche hallten meilenweit durch die Nacht.

Die Schreckensgestalt war verschwunden. Sie hatte versucht, sich vor dem materialisierenden Baum in Sicherheit zu bringen, war jedoch an der Wand zu Brei zerdrückt und von herabstürzenden Steinblöcken und Dachziegeln mitgerissen worden. Einigen Gefangenen war es nicht anders ergangen, stellte Greensleeves entsetzt fest. Dabei waren sie doch gekommen, um sie zu retten oder sie von ihrem Elend zu erlösen.

Als sich die Druidin aufrappelte, sah sie, daß sich die Risse in den Turmwänden rasch ausbreiteten. Doch dieses Gebäude war vor vielen Jahrhunderten von wahren Meistern erschaffen worden, die jeden einzelnen der gewaltigen Steinblöcke mit Hilfe von Magie eingefügt hatten, so daß der teilweise zerstörte Turm auch jetzt noch stehenblieb, obwohl ihm eine Außenmauer fehlte. Scharen von Moskitos, die vorher durch einen einfachen Schutzzauber ferngehalten worden waren, schwärmten nun in den Raum. Lily hatte sich die Hand an einem zerbrochenen Tonkrug aufgeschnitten und stöhnte vor Schmerz, als sie sich darauf aufstützte. Die meisten Kerzen und Öllampen waren umgefallen oder erloschen. An der zerborstenen Wand wanden sich im schummrigen Halbdunkel zwei halbtote Gefangene wimmernd in ihren Ketten. Greensleeves starrte im Sternenlicht auf die Überreste ihres Lieblingsbaums, den sie aus seiner Heimat gerissen und in diesen stinkenden Sumpf geworfen hatte.

Sie fuhr herum, als Chundachynnowyth kreischte: »Mein Turm! Meine Experimente! Ihr habt alles zerstört!« Das längliche Gesicht der Elfenfrau verfärbte sich blau, und ihr spitzes Kinn zitterte. »Ihr habt… Ihr habt…«

Greensleeves wich zurück, trat auf eine lose Fußbodenplatte und stürzte beinahe in die Tiefe, als sich diese löste, herabfiel und an einem frisch aufgeworfenen Erdhügel nach unten rutschte. Die Druidin sah sich rasch nach Lily um, die hinter einem umgestürzten Tisch kauerte und sich das Handgelenk rieb. Wo waren ihr Bruder und die Wächter? Und was sollte sie tun, um diese verrückte Elfenhexe aufzuhalten? Wenn es überhaupt noch nötig war…

Chundachynnowyth hatte aufgehört zu kreischen und griff sich mit schmerzverzerrtem Gesicht an die Brust. Ihr Atem kam pfeifend und stoßweise. Ganz langsam sank sie auf die Knie, fiel vornüber auf das Gesicht und krümmte sich in Todesqualen. Schließlich zuckte sie noch ein letztes Mal und lag dann still da. Mit ersterbender Stimme murmelte sie: »Meine Ex… peri… mente…«

Die sterbende Zauberin lag vor der einzigen Tür zur Turmkammer, hinter der sich die Wendeltreppe zu den tiefergelegenen Geschossen befand. Von draußen ertönte Waffengeklirr, und im flackernden Schein der Fackeln sah man die Schatten zweier kämpfender Männer an der Wand tanzen. Jemand brüllte etwas, dann war ein dumpfer Hieb zu hören.

Röchelnd taumelte ein Wächter in die Turmkammer. Über seinem schwarzen Schuppenpanzer trug er einen langen gelben Waffenrock, der das Abbild einer roten Sonne zeigte. Sein Gesicht war vollständig unter einem ledernen Helm verborgen. Aus einer klaffenden Brustwunde sprudelte helles Blut. Der Mann stolperte über die tote Elfe, krachte gegen einen Tisch und fiel der Länge nach auf den Boden.

Hinter ihm betrat Gull der Holzfäller die Turmkammer. Von seiner mächtigen Doppelaxt troff rotes Blut, das seine Kleidung besudelte. Er klappte das Visier hoch und wischte sich die Stirn. »Puh! Diese Hunde sind verdammt zäh...«

Die Stimme versagte ihm, als er die Szenerie des Grauens in der dunklen Turmkammer überblickte. Vor seinen Füßen starrte ihn das bleiche Gesicht der toten Elfenhexe an, im Hintergrund erblickte er seine leichenblasse Schwester, seine aus einer Handwunde blutende Gemahlin und die zerstörte Westwand. Aber am meisten entsetzte ihn der Anblick der angeketteten Gefangenen, in deren Körper riesige Löcher geschnitten worden waren: lebende, leidende Versuchsobjekte! Schließlich fand Gull seine Stimme wieder und krächzte: »Wir hätten früher kommen sollen...«

Hinter ihm betraten einige Soldaten seiner Grünen Lanzengarde den Raum, geführt von ›Muli‹, einer stämmigen, verbissen dreinschauenden Frau. Ihr folgten weitere Gardisten: eine Frau mit roten Korkenzieherlöckchen, die frech unter ihrem Helm hervorlugten, und ein ehemaliger Fischer, der trotz seiner erstaunlichen Leibesfülle recht behende war. Muli trat dem am Boden liegenden Wächter in die Seite, stellte fest, daß er noch lebte, zog eines ihrer beiden Kurzschwerter und schnitt ihm die Kehle durch. Angewidert spuckte sie aus. »Legionäre aus Akron! Pah!«

Gull holte tief Luft und stieß die bewegungslose Chundachynnowyth mit dem Fuß an. »Herzversagen. Ich hab's oft genug bei alten Kleppern gesehen.«

»Sie wollte ewig leben«, murmelte Greensleeves und brach in Tränen aus.

Alles stürzte auf sie ein: die gequälten, todgeweihten Gefangenen, die sie mit eigenen Händen erlösen mußte, der grauenvolle Unhold, der sie fast verschlungen hatte, die grausame Gleichgültigkeit der uralten Zauberin, ihre Angst um Lily und Gull, die Zerstörung ihrer geliebten Eiche. Vorsichtig, um auf dem brüchigen Fußboden nicht zu stolpern, kamen Gull und Lily auf sie zu und nahmen sie tröstend in den Arm.

Gull sagte: »Ist schon gut, Greenie. Alles wird gut. Wir sind in Sicherheit.«

Lily redete beschwichtigend auf sie ein. »Wir haben diese Leute gerettet. Nun ja, nicht wirklich. Aber zumindest haben wir ihr Leiden beendet – oder werden es noch tun.«

Gull fügte hinzu: »Wir kämpfen für das Gute. Wir verändern die Welt, und wir werden noch viel mehr erreichen.«

Greensleeves schniefte. »Ich weiß, ich weiß«, schluchzte sie. »Aber manchmal ist es so ... wir geben uns soviel Mühe ... Sonst tut es ja niemand ... Aber, ach, manchmal wünschte ich, ich hätte nie etwas von Magie gehört!«

KAPITEL 4

»Ach, Kwam! Ich bin das ständige *Kämpfen* so leid!«

»*Wir* kämpfen nie«, versuchte ihr Geliebter zu scherzen.

Greensleeves und Kwam schlenderten Hand in Hand durch den sommerlichen Wald. Die Druidin genoß die wärmenden Sonnenstrahlen auf dem Gesicht, den lauen Wind im Haar, den würzigen Geruch des Waldbodens, das Tschilpen der Kardinalsvögel und das Krächzen der Krähen. Schweigend strichen sie durch das Unterholz. Sie hatten sich aus dem Lager fortgestohlen, um ein wenig ungestört zu sein. Greensleeves wurde von Sorgen geplagt.

Obwohl sie und Kwam nun seit drei Jahren ein Liebespaar waren und sich die Druidin an der Seite des ernsten stillen Manns sehr wohl fühlte, fand sie es manchmal noch immer seltsam, nicht allein zu sein. Sie hatte den größten Teil ihres Lebens allein in diesen Wäldern verbracht. Damals war sie zwar eine einfältige Törin gewesen, dafür aber ohne Sorgen. Klugheit war manchmal ein Fluch. Dennoch hätte sie Kwam nicht missen mögen, denn sie liebte den sanften ruhigen Mann, der sie verstand und bei dem sie sich geborgen fühlte. Sie brauchte ihn, denn er machte sie glücklich, wie es früher nur der Flüsterwald vermocht hatte.

Als sie vor einem gähnenden Loch im Waldboden stehenblieben, brach sie beinahe in Tränen aus. Laut sagte sie: »Es tut mir leid. Ich wollte nicht, daß es geschieht.«

Das unregelmäßige Loch war zehn Schritt tief und

mindestens dreißig Schritt breit. Wurzelspitzen ragten wie anklagende Finger aus der aufgewühlten Erde, und der Boden rings um das Loch war von herbstlichem Laub und langsam vermodernden Eicheln bedeckt.

Hier hatte ihr Lieblingsbaum gestanden. Oft hatten sie und Kwam im kühlen Schatten der riesigen Roteiche gelegen und sich leidenschaftlich geliebt. Aber Greensleeves hatte sie getötet. Sie hatte um Hilfe gerufen, als jene schleimige Schreckensgestalt sie anfiel. Ohne zu überlegen, hatte sie irgend etwas herbeigerufen, während sie sich gleichzeitig nach der Sicherheit des Flüsterwalds gesehnt hatte. Dabei hatte sie ihren Baum beschworen und ihn für immer verloren. Die mächtige Eiche, die ihr das Leben – und wahrscheinlich auch die Seele – gerettet hatte, lag nun unter einer verkohlten Ruine in einem düsteren Sumpf. Nach Chundachynnowyths Tod hatten die tapferen Abenteurer das verwunschene Schloß mitsamt dem Turm angezündet. Greensleeves hätte zwar den toten Baum hierher zurückbeschwören können, aber dann wäre er lediglich von den Holzfällern und Troßleuten zu Feuerholz verarbeitet worden, was sie auf keinen Fall zulassen wollte.

»Und selbst das ist verschwenderisch und selbstsüchtig, denn nun müssen sie viele lebende Bäume fällen.«

Kwam erwiderte nichts, sondern hörte nur geduldig ihren traurigen Worten zu.

»Ich kann alle diese Kämpfe nicht mehr ertragen. Ich schaffe es einfach nicht. Ich hatte nicht einen Augenblick Frieden, seit ich erfuhr, daß ich zaubern kann. Wir ziehen aus, um ›Zauberer umzuhauen‹ – wie mein Bruder es so schön nennt –, dann kommen wir zurück und werden von Dutzenden von Hilfesuchenden gebeten, nein, gedrängt, daß wir wieder ausziehen und weitermachen. Wenn wir viel mehr Druidinnen wie mich hätten, dann könnten wir von mir aus Tag und Nacht für den Rest meines Lebens Zauberer umhauen. Und dann diese Elfenhexe, diese schrecklichen Dinge, die sie beschworen hatte … Igitt.«

Sie erschauerte, und Kwam nahm sie zärtlich in den Arm. Da er Nacht für Nacht an ihrer Seite schlief, wußte er, daß sie im Schlaf von schrecklichen Alpträumen heimgesucht wurde. Er fragte: »Hilft es dir nicht zu wissen, daß du ein halbes Dutzend Leben gerettet hast?«

»Aber wir haben sie doch gar nicht gerettet«, murmelte die Druidin, die sich eng an seine warme Brust schmiegte. In seinen Armen fühlte sie sich wieder wie ein kleines Mädchen. »Wir haben sie nicht gerettet. Ich habe sie lediglich getötet. Ich habe sie ausgelöscht wie flackernde Kerzen. Oh, es war entsetzlich! Ich hasse es, diese ganze Verantwortung zu tragen. Ich hasse es, daß ich auf alles eine Antwort haben muß. Nie habe ich auch nur einen Augenblick lang Ruhe.«

Kwam küßte sie aufs Haar. »Ein paar Minuten hast du jetzt. Du solltest sie genießen und kein Trübsal blasen.«

Greensleeves machte sich von ihm frei und trat einen Schritt zurück. »Du verstehst mich nicht! Ich wünschte, ich könnte einfach in den Tiefen des Flüsterwalds verschwinden und dort zusammen mit dir leben, die Natur beobachten, Heilkräuter suchen, mit meinen geliebten Tieren reden und in Frieden mein Leben verbringen.« Als er nicht darauf einging, fuhr sie ihn an: »Nun?«

Widerwillig schüttelte er den Kopf. »Es gibt keine einfachen Antworten im Leben. Manche würden sagen, ein paar Minuten Ruhe am Tag sind genug, denn viele schuften und plagen sich Tag und Nacht und haben trotzdem kaum genug zum Leben. Du möchtest allein leben, aber mit mir zusammen – das widerspricht sich. Und du möchtest Heilkräuter finden. Für wen? Tiere? Menschen? Ein ständiger Strom von Kranken würde zu deiner Hütte pilgern und um Hilfe bitten.«

»Das erlebe ich jetzt schon.«

»Eben. Weil du ihnen helfen kannst, kommen die Leute zu dir. Nur damals war es anders, damals, als du noch …«

»… schwachsinnig warst. Eine Närrin. Ein Dummkopf. Mach nur, sag schon. Ich weiß genau, was ich war.«

»Du warst etwas Besonderes. Von den Göttern geliebt. Mit dem Zweiten Gesicht gesegnet. Wenn du das verleugnest und es nicht wahrhaben willst, dann entziehst du dich deiner Verantwortung und mißachtest deine Gabe.«

Greensleeves wandte sich ab und starrte mit tränenverschleiertem Blick in den Wald. Sie wollte nicht hören, daß sie Verantwortung trug, der sie sich nicht entziehen konnte. Sie wollte Verständnis und keine Belehrungen. Dabei wußte sie ganz genau, daß sie nur jammerte, und dafür haßte sie sich. Sie kam sich vor wie eines von Kwams mechanischen Spielzeugen, mit überspannter Feder kurz vor dem Zerbrechen. Dem dunkelhaarigen Mann tat es leid, seine Geliebte so zurechtgewiesen zu haben, aber er sprach die Wahrheit. »Ich will dich doch nicht kränken, Liebste. Aber es ist nun einmal so: Wenn du außergewöhnliche Kräfte besitzt, ist es ganz natürlich, daß Menschen viel von dir erwarten. Wenn du eine Königin wärst, bäten sie dich darum, Fehden und Grenzzwistigkeiten zu schlichten. Wenn du eine Wundheilerin wärst, würden sie von dir erwarten, daß du sie gesund pflegst. Wenn du eine Windmühle wärst, dann verbänden sie dich mit einer Säge, einer Walkmaschine oder einem Mühlstein.«

»Dann bin ich also eine Maschine, die Wunder hervorbringt.«

Kwam zuckte nur mit den Schultern. »Selbst die

Götter werden um Hilfe angefleht. In jedem Gebet steckt auch eine Forderung. Seeleute beten um ruhige See, Bauern beten um Regen, Glücksspieler um Glück. Es sollte dich nicht überraschen, daß einfache Leute dich um Beistand und Hilfe bitten.«

»Aber ich bin doch nur eine von ihnen«, klagte die Frau.

Kwam schüttelte den Kopf. »Nein, Liebste, das stimmt nicht. Du bist keine von ihnen mehr, seit du zum erstenmal einen – was war es? Einen Dachs? – beschworen hast, um dein Leben zu retten. Du bist eine Magierin, einer der wenigen Menschen, die zaubern können.«

In seiner Stimme schwang Bitterkeit mit, denn Kwam liebte die Magie und studierte sie, doch er selbst besaß nicht die Kraft, Zauber zu wirken. In der Hoffnung, daß er, Tybalt, Ertha und Daru eines Tages vielleicht auch lernten zu beschwören, studierten sie unermüdlich Artefakte, Spruchrollen und Zauberbücher.

Greensleeves seufzte. »Das hat mir nicht gerade viel geholfen. Ich habe es nicht geschafft, meine Familie zu retten, ich kann meinen verschollenen Bruder Sparrow Hawk nicht finden ...« Sie war ihr Gejammer allmählich leid. »All dieses Gerede, und es führt doch zu nichts.«

Kwam trat dicht an sie heran und nahm sie fest in die Arme. Diesmal würde er sie nicht wieder loslassen. »Es würde dir helfen, ein klares Ziel vor Augen zu haben. Was erwartest du vom Leben?«

»Ich erwarte ... Ach, ich weiß nicht, was ich will.«

»Mehr Zeit für dich? In Ruhe gelassen werden? Mehr Zeit mit mir? Weniger Verantwortung?«

»Ja, das alles. Und noch etwas anderes. Ich will meinen Frieden finden.«

Kwam küßte sie auf die Stirn und strich ihr über das glänzende braune Haar. »Ich weiß zwar nicht viel, aber ich weiß, daß der Frieden nur aus dir selbst kommen kann.«

Greensleeves seufzte. »Also ist es sogar meine Schuld, daß ich keinen Frieden finden kann?«

Kwam wußte darauf nichts zu erwidern, und so drückte er sie nur fest an sich.

»Da ist sie ja!« ertönte ein Ruf, und die Liebenden fuhren herum. Vier kräftige Gardistinnen in voller Rüstung stampften mit klirrenden Waffen auf sie zu. Es waren Greensleeves' Leibwachen, die sich selbst die ›Hüterinnen des Hains‹ nannten. Ihre Anführerin war die stets besorgte Petalia, eine dunkelhaarige Frau mit großen blauen Augen.

Kwam trat einen Schritt zurück, und Greensleeves lächelte verstohlen, denn sie wußte aufs Wort genau, was Petalia nun sagen würde.

»Herrin, *bitte* streift doch nicht immer so umher! Ihr wißt doch, daß es in diesen Wäldern vor *Feinden* nur so *wimmelt,* die Euch nach dem Leben trachten! Ihr solltet Euch *wirklich* nicht ohne uns vom Lager entfernen.«

Die Druidin nickte verständnisvoll. Sie konnte ihren Leibwachen die Störung nicht übelnehmen, denn sie waren ihr so treu ergeben, daß sie sich dafür schämte, sie hinters Licht geführt und sich davongestohlen zu haben.

Jede der Hüterinnen trug ihr Haar unter dem Helm lang, und es floß ihnen seidig und glänzend über den Rücken. Sie waren mit eisenbeschlagenen Wappenschilden aus Ebereschenholz, Langschwertern und kurzen schweren Sauspießen bewaffnet, deren rasiermesserscharfen Spitzen etwa zwei Spannen lang und mit metallenen Knebeln unterhalb des Schneidblatts versehen waren. Auf Petalias Befehl hin kleideten sich die Hüterinnen alle gleich, mit grünen Hemden und Röcken, wattierten Brustpanzern und Helmen aus weißem Ochsenleder. Ihre Wappenschilde zeigten einen weißen Ärmel mit grünen Aufschlägen. Mit ihrer

Aufmachung ahmten sie Greensleeves' Kleidung nach, was diese insgeheim sehr belustigte.

Weniger lustig war allerdings, daß die Leibwachen ihr ständig folgten, so daß sie nicht einmal den Abtritt aufsuchen oder mit Kwam schlafen konnte, ohne daß mindestens zwei von ihnen anwesend waren. Insgesamt waren es sechs Gardistinnen, von denen zwei sich zur Zeit von der anstrengenden Nachtwache erholten. Gull hatte darauf bestanden, daß Greensleeves ständig bewacht wurde, da dreimal in den vergangenen zwei Jahren Meuchler versucht hatten, sie mit Gift, Dolch oder Magie aus dem Weg zu räumen. Nur mit Glück war sie dem Tod entgangen, und schließlich hatte Gull die Soldlisten durchgesehen und Petalia ausgewählt. Diese wiederum hatte aus den tapfersten Kriegerinnen des Heeres ihre kleine Truppe zusammengestellt, die ihre Aufgabe nun so verbissen wahrnahm, daß sie hinter ihren Rücken oft die ›Kampfhündinnen‹ genannt wurden.

Greensleeves mochte ihre Leibgardistinnen und war ihnen für ihre Treue sehr dankbar, obwohl es sie sehr bedrückte, daß sie ihres Schutzes bedurfte. Dies machte ihr einmal mehr klar, daß sie auf sich allein gestellt hilflos war.

Sie wußte, daß es Petalia nicht leicht mit ihr hatte. In der Rangfolge der Armee war die Hauptfrau Greensleeves' Untergebene, und so durfte sie ihre Herrin nicht offen tadeln. Sie konnte sie lediglich daran ›erinnern‹, daß sie Schutz brauchte. Ihre vorsichtige Ausdrucksweise sprach Bände. Die Druidin war nicht ›umhergestreift‹, sondern hatte einen Verschleierungszauber gewirkt, um sich davonzustehlen. Greensleeves versprach, es nie wieder zu tun, um ihre Beschützerinnen nicht noch mehr zu ängstigen.

Die Erzdruidin empfand es als Ironie des Schicksals, daß sie als Törin unter Bären, Wölfen und Elfen durch die Wälder gestreift war, ohne jemals Schaden zu erleiden, und nun – kaum, daß sie ihre magischen Fähigkeiten entdeckt hatte – ein Opfer von Haß, Neid und Ränkespielen geworden war.

Als Greensleeves sich mit Kwam und den Leibwachen wieder auf den Weg zurück ins Lager machte, überkam sie plötzlich ein Gefühl der Bedrohung. Sie blickte rasch zum Himmel, doch er war wider Erwarten wolkenlos und klar. Sie hoffte, daß die Zukunft für sie und ihre treuen Gefolgsleute nichts Schlechtes bringen werde.

Während die zwei Liebenden zwischen den wachsamen Gardistinnen durch den sommerlichen Wald schlenderten, versuchte Kwam, seine Geliebte dadurch abzulenken, daß er über seine neuesten Erkenntnisse berichtete. Wie stets hatten er und die anderen Magiestudenten Dutzende von magischen Artefakten untersucht: Werkzeuge, Kleidung, Bücher, Schriftrollen, Helme, Tiegel, Fläschchen und weitere Seltsamkeiten. Einiges davon hatten sie von besiegten Zauberern erbeutet, anderes war von den Spähern mitgebracht worden, und der Rest stammte unmittelbar aus den Werkstätten von Goldschmieden und Handwerkern.

»Wir untersuchen noch immer die Artefakte, die wir bei unserem letzten... äh... Beutezug mitgenommen haben«, erzählte Kwam gerade. Er zögerte, weil es ihm peinlich war, daß sie in der Burg der schurkischen Chundachynnowyth gehaust hatten wie die Barbaren, bevor sie sie schließlich angezündet hatten.

Begeistert fuhr er fort, über seine andere große Liebe zu sprechen – die Magie. Greensleeves liebte es, wenn er mit leuchtenden Augen und lebhaften Gesten die neuen Artefakte beschrieb.

»Wir haben so eine Art gesponnenes Gewebe, wie der Kokon einer Spinne. Daru hat den Zinnhund darauf ausgerichtet, und er hat gebellt. Wir wissen also, daß etwas Magisches darin ist. Vielleicht eine Libelle in einem Edelstein oder einem Kristall. In den Büchern der Bibliothekare steht etwas darüber, aber leider nichts über ihre Wirkung.

Wir haben eine alte Ölhaut aufgeschnitten, die mit Wachs versiegelt war, und einen mechanischen Fisch darin gefunden. Man muß ihn aufziehen, dann fliegt er im Zimmer herum, so als schwämme er durch die Luft!

Und dann diese Metallkugel! Ein Bauer hat sie beim Pflügen seines Feldes gefunden. Er hat sie in einem Handkarren hierhergefahren, da sie so schwer ist, daß selbst vier kräftige Männer sie nicht anheben können. Ihre Schale ist so hart, daß wir sie nicht einmal mit einem Diamanten, geschweige denn mit irgendwelchen Eisenwerkzeugen ankratzen können.

Und wir haben einen Helm aus Korallen gefunden, die wohl aus dem Südmeer stammen. Er ist viel zu groß für den Kopf eines Menschen. Er könnte einem Meeresgott gehört haben …«

Auch wenn Greensleeves wegen der Zukunft beunruhigt war, so konnte sie doch wenigstens die heimelige Behaglichkeit von ›Greensleeves' Hain‹ – wie das Hauptlager der Armee genannt wurde – genießen. Trotz der zahlreichen Menschen, die dort ihrem Tagwerk nachgingen, war es ein heiliger Ort, der ihr viel Freude bereitete.

Sie folgten einem Bach, einem rauschenden Wildwasser aus den Tiefen des Flüsterwalds, dessen Gurgeln und Gluckern ein unzusammenhängendes, aber beruhigendes Wispern war wie das Gurren eines Säuglings. Sie kamen zu einer Ansammlung von Felsen, die wie Treppenstufen für Riesen aussahen, und sprangen sie wie Kinder hinunter, bis sie vor einem Teich standen, der wie geschaffen für Kinder war, um darin herumzuwaten und Elritzen und Langusten zu jagen. Dann kamen die Bäume – riesige alte Eichen, moosbewachsen und knorrig.

Und hoch inmitten der Äste ein Dorf.

Greensleeves blieb auf einer felsigen Erhebung stehen und nahm Kwams Hand. Wie immer begeisterte sie der Anblick.

Bei den Behausungen handelte es sich hauptsächlich um kleine Hütten, die in einer Höhe von zwei bis zwanzig Schritten über dem Boden hingen. Dutzende von ihnen waren zwischen die Äste gequetscht wie riesige Vogelnester. Manche standen abseits auf Pfählen, während andere über Treppen zugänglich waren. Die am höchsten gelegenen konnte man über kleine Hängebrücken und schließlich Leitern erreichen.

Eine der höhergelegenen Hütten gehörte Greensleeves und Kwam: ihr Allerheiligstes. Die Hütte war von kleineren umgeben, in denen ihre Leibgarde schlief und wachte. In die Gabel eines anderen Baums schmiegte sich Gulls und Lilys Heim mit den Bienenwaben für Gulls Lanzengarde. Die am höchsten gelegene Hütte war das Heim der Magiestudenten. Sie war etwas abgesondert, falls einmal ein Zauber fehlschlug. Und es gab weitere Hütten für Köche, die Familien der Leibgardisten, Vorräte und vieles mehr. Sie waren aus Holz und mit Rinde verkleidet und sahen aus wie Buckel, die den Bäumen gewachsen waren. Und das hätte auch sein können, denn Greensleeves hatte den Bau überwacht: Nicht ein einziger Eisennagel war in einen Baum oder eine Hütte geschlagen worden. Alle Stützen, Streben und Verankerungen bestanden aus Holz, Baumrinde oder Hanf.

Diese Baumhausstadt war der Kern und das Herz von Gulls und Greensleeves' Armee. Die anderen Teile der Armee waren auf den Wald und die nähere Umgebung verteilt. Das am weitesten ausgelagerte Kontingent, die Rote Zenturie, kampierte vollständig außerhalb des Flüsterwalds, etwa drei Reitstunden entfernt. Die Armee war so zahlreich, daß sie sich nicht massieren konnte, um dem Land nicht zu schaden und keine Krankheiten zu verbreiten, also hielten sie Entfernung zueinander. Wenn es sein mußte, konnte Greensleeves selbstverständlich mit einem Winken ihrer Hand Hunderte herbeirufen. Wahrscheinlich verfügte sie über genug magische Macht, um den ganzen Wald zu entwurzeln und mit ihm zum Nebelmond zu fliegen, falls sie gewußt hätte, wie man fliegt.

Und es gab Zeiten, in denen sie sich fragte, ob sie nicht genau das tun sollte. Denn das Flüstern im Wald wurde immer leiser.

Sie konnte sich noch gut an die Zeit erinnern, als sie noch jünger und allein hier draußen gewesen war. Der Wald hatte in einem endlosen Brausen gezischt und geblubbert, als unterhielten sich tausend Leute gerade so leise miteinander, daß man sie nicht verstehen konnte, als flüsterten sich die Bäume untereinander Geheimnisse zu. Oder als führe der Wind durch die Zweige und teile ihnen Neuigkeiten mit. Die Geräusche hatten die normalen Leute verängstigt, so daß sich nur ein Simpel und ein sturköpfiger Holzfäller hier hinein wagten. Doch in den letzten drei Jahren war das Flüstern immer leiser geworden, und jetzt war es kaum mehr als ein Säuseln, nicht lauter als das Lied der Grillen im Spätsommer. Warum das Flüstern leiser geworden war, wußte Greensleeves nicht. Oder ob es zurückkehren würde, wenn sie eines Tages alle den Wald verließen. Oder ob es gänzlich verstummen und etwas Geheimnisvolles und Wunderbares aus der Welt verschwinden würde …

Und das war auch ihre Schuld.

Denn Greensleeves wußte, daß sie dem Wald auf andere Weise Schaden zugefügt hatten. Diese vielen Leute beeinträchtigten den Wald, mochten sie sich auch noch so große Mühe geben, es nicht zu tun. Die Druidin stand im Einklang mit der Natur der Dinge und spürte, wie der Boden zusammengepreßt wurde, roch, wie Unrat in das Grundwasser sickerte, spürte, wie Äxte und Sägen in die Bäume schnitten, als wäre es ihr eigenes Fleisch. Einige der Schäden behob sie mit

Magie, indem sie Erdwürmer beschwor, beschädigte Rinde heilte und Pflanzen zum Wachstum ermunterte, aber eben nicht alle.

Sie konnten nicht ewig in diesem Wald leben. Nicht, ohne ihn auf Dauer zu verändern.

»Und wenn ich nicht für die Bäume spreche, wer dann?«

»Was ist los, Liebste?« Kwam hatte ebenso wie ihre Garde geduldig gewartet, während sie ihren Gedanken nachhing. Es war ihr peinlich, daß sie laut gedacht hatte.

Kwam drückte ihre schwielige kleine Hand. »Du kannst jederzeit mit den Kreuzzügen aufhören. Wir könnten ganz allein leben, nur wir zwei. Oder *du* könntest ganz allein leben, wenn dir das lieber wäre, und ich käme dich besuchen. Du kannst tun, was du willst, weil du einzigartig, reizend und wundervoll bist.«

Die Erzdruidin, eine der mächtigsten Zauberinnen, die es je in den Domänen gegeben hatte, schniefte wie ein kleines Kind, während sie ihn umarmte. »Ach, Kwam… Ich wünschte, ich wüßte, was ich will…«

Ein Schreien, Kreischen und Lachen erregte ihre Aufmerksamkeit. Ein kaum zwei Jahre altes Mädchen in einem kurzen Kleidchen watschelte barfuß durch das Gehölz und jagte etwas im Kreis um einen Baumstamm. Das Mädchen kreischte, als sein Vater mit einem lauten »Buh!« hinter dem Baum hervorbrach, und wollte anfangen zu weinen, doch Gull hob es rasch auf, und sofort quiekte die Kleine wieder wie ein kleines Ferkel.

Hyacinth, die wie viele Frauen aus dem zerstörten Weißfels und auch wie ihre Mutter nach einer Blume benannt war, hatte helle Haut und rosige Wangen, genauso wie Gull und Greensleeves in ihrer Kindheit. Doch ihre Haare waren wie die von Lily so schwarz wie ein Rabenflügel.

Gull setzte das Kind wieder ab und lief davon, während sich seine Tochter wieder an die Verfolgung machte. Lily stemmte eine Hand in den Rücken und folgte ihrer Tochter auf deren Erkundungsausflug. Gull hatte angeordnet, daß seine Kinder so unabhängig wie möglich sein sollten und nach Belieben umherstreifen durften – innerhalb der sicheren Grenzen. Schließlich waren ständig zwanzig und mehr Grüne Lanzengardisten in der Nähe.

Kwam küßte Greensleeves, entschuldigte sich und ging wieder an seine Arbeit. Die Druidin kam mit ihrem Gefolge von Leibgardistinnen gerade noch rechtzeitig, um Hyacinth wieder kreischen zu hören. Sie hatte das Versteck ihres Vaters entdeckt und seinen Kilt gepackt, als er wegrennen wollte. Der schwache Zug veranlaßte Gull, ächzend zu Boden zu fallen, woraufhin seine Tochter voller Freude auf seinem Bauch herumtanzte. Lily verabschiedete sich, um ein Nickerchen zu machen, und lächelte ihrer Schwägerin im Vorbeigehen zu. Greensleeves mußte schnell reagieren, als Gull ihr seine quiekende Tochter zuwarf. »Fang, Tantchen!«

»Gull!« Der Druidin gelang es gerade noch, das strampelnde Bündel aufzufangen, das darum bettelte, wieder zurückgeworfen zu werden. Statt dessen hielt Greensleeves Hyacinth mit dem Kopf nach unten, bis ihr Gesicht ganz rot war, dann richtete sie sie wieder auf und ließ sie laufen, um Spatzen zu jagen.

Gull, der seine Schwester besser als jeder andere auf der Welt kannte, sprang auf, ging zu ihr und zauste ihr das Haar. »Warum das lange Gesicht, Sauertopf?«

Die Druidin kämmte sich mit den Fingern das Haar. »Sieht man mir das an? Und ich habe mir solche Mühe gegeben, mir nichts anmerken zu lassen …« Die beiden unterhielten sich, als wären sie allein, da sie gelernt hatten, die ständig anwesende Leibgarde nicht zu beachten. Andernfalls hätten sie immer schweigen müssen. »Gull, wirst du das Kämpfen nie leid?«

Das braune Gesicht des Holzfällers verzog sich, als er die Stirn runzelte, dann zuckte er die Achseln, und seine Miene hellte sich wieder auf. Er steckte beide Hände in den breiten braunen Gürtel. Greensleeves betrachtete seine verstümmelte linke Hand, an der die drei hinteren Finger fehlten. Sie hätte sie leicht wiederherstellen können, so wie die alte Chaney Gulls verkrüppeltes Knie wiederhergestellt hatte. Aber ihr Bruder hatte nie darum gebeten, und sie wollte ihm ihre Hilfe nicht aufdrängen. Sie fragte sich, ob er wegen seiner angeborenen Abneigung gegen Magie davon absah oder ob er die Verstümmelung als Symbol für eine Zeit behielt, als er noch ein einfacher Holzfäller gewesen war, der nichts mit Magie und den Sorgen und Kümmernissen der Welt zu tun hatte.

»Manchmal schon«, sagte er. »Zauberer zu verfolgen und gegen ihre Knechte, gegen Ungeheuer und Stürme zu kämpfen, kann eine Last sein. Manchmal habe ich das Gefühl, als stemmten wir uns gegen eine nie versiegende Flut. Aber das ist es wohl, was die Götter uns zugedacht haben. Früher habe ich Bäume gefällt, jetzt fälle ich Zauberer. Aber ich wäre wohl auch glücklich, wenn ich in Weißfels alt geworden wäre und irgendwann die Familie von Mutter und Vater übernommen und an Sparrow Hawk und die anderen unsere Geschichten und unser Handwerk weitergegeben hätte … Obwohl ich dann Lily nicht kennengelernt hätte.« Er zuckte wiederum die Achseln. Gull machte sich nicht viele Gedanken über den Sinn des Lebens.

»Aber wie lange können wir noch so weitermachen, Gull? Wie lange noch, bevor wir – nicht mehr können?«

»Ich weiß es nicht. Bis ich zu alt bin, um noch Ungeheuer zu erschlagen, schätze ich. Dann wird jemand anders in unsere Fußstapfen treten. Vielleicht General Hyacinth.« Er grinste, als er sich seine kleine Tochter mit einem stählernen Helm mit einem Federbusch darauf vorstellte. »Oder bis ich getötet werde, was wahrscheinlicher ist. Aber ich könnte auch beim Holzfällen sterben. Um so mehr Grund, heute mit meiner Tochter zu spielen. Aber wir haben noch eine Offiziersbesprechung.«

Der General nahm die Hände aus dem Gürtel und von einem Lanzengardist seine Axt entgegen. Dann legte er seiner Schwester einen Arm um die Schultern.

»Ja.« Greensleeves seufzte. Sie widersetzte sich nicht. »Wie immer um diese Tageszeit.«

In der Nacht konnte Greensleeves einfach nicht einschlafen, also löste sie sich vorsichtig aus Kwams Armen und stieg aus dem Bett. Splitternackt wanderte sie hinaus auf die Plattform, die ihre Hütte umgab, lehnte sich gegen die Brüstung und starrte durch das Laub auf das Sternengewirr. Die beiden Gardistinnen auf den einander gegenüberliegenden Seiten des Baums taten nach Kräften so, als sähen sie sie nicht.

Beide fuhren zusammen, als eine leise Stimme fragte: »Warum so trübsinnig, Kind?«

Greensleeves sah den Geist einer Frau hoch oben in den Zweigen der riesigen roten Eiche sitzen. »Hallo, Chaney.« Ihre Leibwachen versuchten den Geist nicht zur Kenntnis zu nehmen.

Da Greensleeves hellhäutig und nackt war, hatte sie das Gefühl, in einen Spiegel zu schauen: Chaney ähnelte Greensleeves jetzt – oder vielleicht war es auch umgekehrt.

Chaney war eine mächtige Erzdruidin gewesen, die Greensleeves unter ihre Fittiche genommen und ihr alles beigebracht hatte, was sie wußte: viele Jahre des Lernens, die mit magischen Mitteln auf wenige Monate verkürzt worden waren. Damals war Chaney bereits dem Tod nahe und infolge mehrerer Schlaganfälle halbseitig gelähmt gewesen. Sie starb jeden Tag ein paar Fingerbreit mehr wie ein alter Baum, doch sie hatte den Tod mit Magie abgewehrt, bis ihre Schülerin soweit gewesen war. Dann hatte sie ihren letzten Atemzug in Greensleeves' Mund gehaucht und damit ihre sterbliche Energie an sie weitergegeben, sie mit Macht über alle Maßen versehen.

Chaney war als vertrocknete Hülle gestorben. Jetzt war sie als junge Schönheit zurückgekehrt.

Als ›Schatten‹ – nicht als Geist oder Seele – war Chaney schlank. Ihr Gesicht war herzförmig, und ihr glänzendes langes Haar hatte die Farbe von Buchenblättern im Herbst. Wie immer trug sie ein einfaches weißes Wollkleid und war barfuß. Greensleeves fragte sich manchmal, ob Schatten tatsächlich den geisterhaften Boden berührten, auf dem sie gingen.

Die tote Druidin sagte zu der lebendigen: »Du machst dir Sorgen, wie du und deine Freunde diesem Wald schaden. Das brauchst du nicht, meine Liebe. Die Natur ist stärker, als sie aussieht. Ein Baum fällt und stirbt, doch aus seiner Rinde und seinen Gebeinen wird der Nährboden für tausend solcher Bäume in späteren Jahren. Der Wald wird das Getrampel einiger Füße schon aushalten und so lange ertragen, bis sie wieder verschwunden sind. Aber ich spüre, daß dich auch andere Dinge beschäftigen.«

Greensleeves verzog das Gesicht. War sie so durchsichtig, so dünn wie dieser Schatten, daß jeder ihre Gedanken lesen konnte? Dennoch fragte sie um Rat. »Welche … Verantwortung haben wir füreinander, Meisterin? Muß ich mich um jedes Betrübnis kümmern, das mir vorgetragen wird? Muß ich jedes Problem lösen? Müssen wir jeden bösen Zauberer suchen und bestrafen? Eine Katze hätte nicht genug Leben, um auch nur jeden hundertsten von ihnen zu bestrafen, wenn alle diese Geschichten stimmen.«

Die tote Druidin lächelte unverbindlich. »Du beschwerst dich darüber, daß die Leute mit ihren Nöten zu dir kommen, und dann kommst du mit deinen zu mir?«

»Oh. Äh…« Greensleeves hätte sich ohrfeigen können. Genau das tat sie.

»Verantwortung…« Chaneys Schatten hörte nicht richtig zu. Sie wurde durch etwas im Äther abgelenkt. »Ich kann mich kaum erinnern… mich kaum auf die Taten der Sterblichen konzentrieren. Ihre Sorgen kommen mir so unbedeutend vor… Aber ich kann mich erinnern, daß man eine Verpflichtung eingeht, wenn man eine Verantwortung auf sich nimmt… Natürlich ist es eine Frage der Opferbereitschaft. Wir müssen alle bereit sein, das letzte Opfer zu bringen…«

Greensleeves unterdrückte einen Seufzer. Eine Antwort, die sich im Kreis drehte, war nutzlos. Chaney war nach ihrem Tod oft erschienen und hatte Geheimnisse und Gedanken angedeutet, die so unverständlich waren, als wären sie in einer fremden Sprache geäußert worden. Es war schwer, mit den Toten Kontakt aufzunehmen, weil die Toten so wenig mit den Lebenden zu tun hatten.

Doch Chaney erschreckte Greensleeves, als sie sagte: »Andere reden von dir, Kind, und wollen dir Böses antun.«

»Schon wieder oder immer noch?« fragte Greensleeves. »Wir haben uns in den letzten Jahren so viele Feinde gemacht, daß ich sie kaum noch zählen kann. Aber soweit ich weiß, habe ich sie noch unter Kontrolle.«

Obwohl es merkwürdig war, daß Petalia auch etwas von Leuten gefaselt hatte, die ihr Böses antun wollten. Chaney sprach von jenseits des Schleiers und benutzte genau dieselben Worte. Ihr lief ein kalter Schauer über den Rücken, und sie schlug die Arme um sich.

Chaneys Blick irrte in die Ferne. »Ich hoffe, ich sehe dich wieder, Tochter. Vielleicht sinke ich bald in die Arme von Gäas Lehen, der Seelensammlerin der grünen Wälder… Aber für deine Verpflichtungen mußt du immer bereit sein, das letzte Opfer zu bringen…«

Mit diesen Worten aus der Nachwelt verblaßte die Druidin.

Greensleeves blieb nicht mehr als der leere Ast, der wie ein Loch in ihrem Leben war, und das Wort ›Opfer‹. Doch hatte sie nicht bereits genug geopfert? Sie hatte fast keine Zeit für sich selbst, seit Jahren schon nicht mehr.

Greensleeves betrachtete den Himmel und sah, daß die Sterne von Wolken verdeckt wurden. Natürlich hatte sie das auch gewußt, ohne hinzusehen, weil sie sich im Einklang mit dem Wetter und der Welt befand, aber es war eine alte Gewohnheit.

»Die Welt ist zu oft und zu sehr bei uns.« Dann gähnte sie und wandte sich wieder der Hütte zu. »Und ich leite aus meinen Fragen immer nur neue Fragen ab. Gute Nacht, Bly und Doris.«

»Gute Nacht, Milady«, säuselten die Gardistinnen.

Greensleeves schlüpfte wieder in Kwams Arme. Sie zog das Laken unter das Kinn und lauschte. Die Nacht war kühl, still und friedlich, das magische Flüstern nur ein Hauch. Ihr Herzschlag entsprach dem Puls des Waldes.

Doch irgend etwas sagte ihr, daß sich am Horizont Gewitterwolken zusammenbrauten.

KAPITEL 5

Eine Flocke grauer Asche schwebte auf strahlendweißem Sand.

Wenngleich es in der blendenden Sonne kaum zu sehen war, vermehrten sich die Flocken und trieben dabei umher, als würden sie von einem Sandteufel durcheinandergewirbelt. Schließlich bildeten die Flokken die Umrisse eines großen gerüsteten Mannes. Seine Rüstung war ein einziger Mischmasch, ein Teil aus feinem rot ziselierten Silber, der Rest aus gewöhnlichem Stahl, der an manchen Stellen verrostet war. Der Helm mit geschlossenem Visier war mit großen Hörnern versehen, die an den Spitzen gesplittert waren. Der Zauberer setzte den klobigen Helm ab. Unverhüllt war er fett, beinahe kahl und nicht allzu sauber. Er hatte nur noch ein Auge. Das war Haakon der Erste, selbsternannter König der Brachen.

»Das wurde auch Zeit!« fauchte eine Frau in einem mit gelbem Jett besetzten braunen Kleid. Sie schien betrunken oder zumindest angetrunken zu sein, da ihre Aussprache ziemlich undeutlich und verschwommen war. Ihr langes schwarzes Haar, einst voll und glänzend, hing ihr matt und strähnig auf die Schultern und halb ins Gesicht. »Wir haben ohne Euch angefangen!«

»Ohne mich seid ihr nichts!« knurrte Haakon. »Ihr Götter! Hier ist es heißer als in der Hölle! Warum mußten wir uns auf dieser höllischen Insel treffen?«

Er wich vor der sengenden Sonne in den Schatten eines Pavillons zurück, der mit frischgeschnittenen Blättern – so groß wie Elefantenohren – gedeckt und durch blätterüberdachte Gehwege bienenstockartig mit verschiedenen Hütten verbunden war. Ein ganzes Anwesen aus Bambus und Palmwedeln. Jenseits des Pavillons befand sich ein Strand aus weißem Sand, der wie Diamanten funkelte, und ein tropisches Meer, so tiefblau wie ein Saphir. Der Horizont war mit den Punkten winziger Inseln übersät. Landeinwärts sah man einen Dschungel aus dichten Blättern, die in der Meeresbrise rauschten.

Im Schatten des Pavillons standen neun seltsame Gestalten, die wenig gemeinsam hatten außer Magie und Haß.

Haakon, der trotz der Brise in der tropischen Glut briet, entledigte sich weiterer Teile seiner Rüstung. Zwei Zauberer wichen vor dem Gestank seiner Körperausdünstungen zurück. Als er sich auf einen Bambusstuhl fallen ließ, eilte ein schlanker braunhäutiger Mann mit einem Tablett herbei. Darauf standen Becher, die aus Kokosnüssen geschnitzt und mit einem nach Hefe riechenden Gebräu gefüllt waren. Haakon nahm sich zwei Becher und trank gierig, wenngleich er sich zwischen den Schlucken beschwerte: »Bäh! Nennt Ihr das Bier? Pah! Eher tränke ich Pferdepisse!«

Dacian, die dunkelhaarige Frau, rülpste und orderte einen weiteren Becher. »Darauf trinke ich, bei Ragnars Felsen! Mögen uns die Götter Regen aus richtigem Wein schicken!« Sie trank den Becher aus und warf ihn dann nach dem Bediensteten, der mit tief geneigtem Haupt rückwärts davonschlich.

»Mißhandelt meine Helfer nicht, Dacian.« Der Gastgeber winkte, um den Bediensteten fortzuschicken, der auf ein Dorf mit ebenfalls palmwedelgedeckten Hütten zulief, das gerade noch hinter einer Biegung der Küstenlinie zu sehen war. Fischerboote waren auf den Strand gezogen, aber Spuren von Leben waren nicht zu erkennen. Die Dörfler hatten gelernt, unsichtbar zu bleiben.

Towser trug Regenbogengewänder, blau am Saum,

gelb an der Hüfte und rot an den Schultern. Sein Haar war blond und aus dem Gesicht gekämmt. Früher hatte er einen Lindenblütenextrakt eingekämmt, um dem Haar Halt zu geben, aber hier gab es keinen, also benutzte er Seekuh-Fett, das einen ranzigen Geruch verströmte, den kein noch so starkes Parfüm überdecken konnte. Er sah jung aus, nicht älter als zwanzig, doch um Augen und Mund zogen sich feine Linien, und die Augen waren alt. »Ich habe diese Eingeborenen gerade erst gezähmt. Ich mußte ihren König und ihre Königin und ein weiteres halbes Dutzend töten, bevor sie sich unterwerfen wollten. Sie sind dickschädelig, aber durchaus gefügig.«

»Mir sind Eure erbärmlichen Hausgehilfen völlig gleich!« höhnte Dacian. »Bringt ihnen bei, Weinberge anzulegen, dann sind sie nützlich!«

»Ihr hattet bereits genug Wein!« meldete sich eine andere Frau zu Wort. »Und er flüstert Euch ein Geschwätz ein, von dem uns die Ohren schmerzen, während es uns von unserem eigentlichen Anliegen ablenkt!« Die Sprecherin war prachtvoll anzusehen, majestätisch wie eine Königin, und hatte eng am Kopf liegendes blondes Haar. Sie trug ein dünnes Kleid in einem vollen Rotton und spielte mit einem langen Stab mit goldenem Knauf, der so gestaltet war, daß er ihr ähnelte. Sie war Fabia von der Goldenen Kehle, Priesterin des Kults der Unsichtbaren. Fabia verfügte über ausgedehnte Überredungs- und Überzeugungskräfte und hatte einst eine abgelegene Kolonie mit Anhängern aufgebaut, die sie verehrten. Dann war sie dazu übergegangen, weitere Anhänger zu ›gewinnen‹, indem sie Handelskarawanen und Schiffe überfallen und die Begleiter und Besatzungen entführt hatte. Als Gull und Greensleeves die Gerüchte gehört hatten, waren sie und eine Handvoll anderer eines Nachts zu ihrer Insel gerudert, hatten sich Fabia im Schutz eines Tarnzaubers genähert und sie in einen Sack gesteckt.

Ihrer Anhänger und Besitztümer beraubt, hatte sie festgestellt, daß ihr ohne Verehrer sogar ihre eigene Gesellschaft zuwider war.

»Hört schon auf zu zetern«, zischte eine kleine Frau, die auf einem Stuhl thronte. Sie hatte lockiges rotes Haar und trug eine goldbestickte blaue Tunika, einen breiten beschlagenen Gürtel und hohe Stiefel. Sie war eine Meereszauberin und hatte einen Speer mit einer sich stark verjüngenden langen Klinge bei sich. Er sah alt und kostbar aus, war aber eine Fälschung. Die echte Lanze des Meeres, mit der sie die See aufgewühlt und den Fischern das Leben zur Hölle gemacht hatte, wenn sie ihr keinen Tribut zahlten, hatte Greensleeves ihr abgenommen. Sie war Dwen von der Weißen Insel. »Ihr macht mich alle krank! Ihr zankt euch wie Katzen, die man gemeinsam in einen Beutel gestopft hat!«

»Wir könnten ebensogut in einem Beutel gefangen sein. Und geblendet und gelähmt noch dazu.« Immugio, der Mischling aus Riese und Oger, war zu groß für einen Stuhl, also lag er im kühlen Sand und achtete nicht darauf, daß sich sein Lendenschurz aus Bärenfell verschoben hatte. Die Totenmaske, die er seinem Vater vom Gesicht gerissen hatte, war inzwischen weitaus weniger einschüchternd. Sie war fleckig, rauchgeschwärzt und fettig, und ihre Lippen kräuselten sich zu einem hämischen Grinsen. Der Riese knurrte: »Ich hoffe, einige Eurer Helfer erweisen sich als widerspenstig, denn das gäbe mir einen Vorwand, sie zu verspeisen. Die Grütze und der Fisch haben mich so hungrig gemacht, daß ich einen Menschen wie einen Hummer zerreißen und mich an seinen Eingeweiden laben könnte.«

Dacian schnitt eine Grimasse ob der Vorstellung und rülpste dann. Fabia sah hinaus aufs Meer, als hätte der Riese nichts gesagt. Sie verkehrte nur mit ›vollkommenen‹ Menschen. Alle anderen, ob sie sprachen oder nicht, waren Tiere. Dwen stieß ihren Speer gegen einen abgeschälten Pfahl, als könne sie es kaum noch erwarten, wieder zu verschwinden.

Thunderhead, die Goblinkönigin, schlürfte Kokosnußbier und kicherte. Schon diese geringe Menge Alkohol reichte aus, um ihren wirren Verstand zu benebeln. Sie trug ein zerfleddertes Wildschweinfell, das von Läusen und Flöhen nur so wimmelte, und einen zerschlissenen Umhang, der früher einmal als Vorhang in einem Schloß gedient hatte. Ihre Haut war graugrün, ihr Haar grau, und um die Brauen zog sich eine Krone aus verbogenen Hufnägeln. Sie reichte einem erwachsenen Menschen nur bis zur Taille. Der Becher sah in ihrer Hand wie ein Faß aus. »Ja, ja. Ich wüßte eine Leber ohne Würmer darin wohl zu schätzen! Bringt ein junges Mädchen her, Towser, und macht sie verrückt, damit wir ihr die Beine abhacken können!«

Einige stöhnten. Der einzige, der ruhig blieb, war Gurias, der behauptete, aus Tolaria zu stammen, obwohl er nie dort gewesen war. Unter den rotblonden Locken und dem gezwirbelten Schnurrbart und in der roten Kniebundhose und dem blauen Brokatwams war ihm heiß. Die rote Feder auf seinem blauen Hut hing schlaff herab und berührte fast seinen Augenwinkel. Gurias hegte ebenfalls einen Groll, denn trotz seines Blitzamuletts, seiner die Kraft raubenden Zauber und seines magischen Knüppels war er ein Sklave. Ihm gefielen diese gefährlichen Zauberer nicht, und er wünschte, er wäre anderswo, aber Towser hatte ihn beschworen, und so blieb er. Er selbst verfügte nicht über die Kraft, sich nach Belieben zu versetzen.

Die einzige Person, die sich nicht beklagte, war Karli vom Singenden Mond, eine Wüstenzauberin mit dunkler, fast schwarzer Haut und weißblonden Haaren. Sie trug ein fließendes Hemd und eine Hose, rote Schnallenschuhe, die ihr die Kraft des Fluges verliehen, und eine Jacke, auf die viele Knöpfe genäht waren – ihr Grimoire, in dem jeder Knopf für einen Zauber stand. Sie genoß das Unbehagen der anderen Zauberer und verspottete sie mit Blicken aus ihren funkelnden dunklen Augen. Sie war die einzige, die mit Towser auf gleicher Stufe stand. Die beiden saßen nahe beieinander und unterhielten sich immer wieder im Flüsterton. Stockend, denn Karli hatte ihre Sprache erst kürzlich gelernt.

Zwei weitere Anwesende hielten sich nicht im Pavillon auf. Ganz für sich allein am Strand stand ein älterer Mann mit wallendem Grauhaar und ledernem Stirnband. Trotz der Hitze trug er eine Hermelinstola und eine Tunika aus Ziegenhaut, auf die ein roter Adler gemalt war. Im Gürtel trug er einen magischen Streitkolben. Er pfiff und hob den Arm, und plötzlich stürzte ein flammender rotbrauner Adler aus dem Himmel herab. Die Flammen erloschen, als er auf dem ausgestreckten Unterarm des Mannes landete. Hinter ihm im Schatten schlief ein riesiger zottiger Wolf. Ludoc war ein Bergzauberer.

Irgendwo im Dschungel lungerte ein graugrüner Troll herum, warzig und mit strähnigem Haar. Er war ebenfalls ein Zauberer, konnte sich jedoch keinen besseren Namen ausdenken als Leechnip.

Towser hatte diese Versammlung einberufen, indem er den Zauberern das Kommen befohlen oder sie selbst herbeibeschworen hatte. Karli half ihm dabei, denn sie und Towser waren anders als die neun anderen.

Die neun Nörgler – der gerüstete Haakon, der Ogerriese Immugio, die betrunkene Dacian, der junge Gurias, die prächtige Fabia, Königin Thunderhead, die ungeduldige Dwen aus dem Meer, Ludoc aus den Bergen und der Schilftroll Leechnip – waren alle versklavt, aber nicht von Towser. Jeder einzelne hatte gegen Gulls und Greensleeves' Armee gekämpft und verloren, und jeder war mit dem steinernen Helm der Unterwerfung gekrönt worden und als Resultat durch unsichtbare Bande an Greensleeves gebunden. Die Erzdruidin aus dem Flüsterwald konnte sie jederzeit rufen und Rechenschaft von ihnen verlangen. Jeder von ihnen war jetzt ebenso ein Sklave, wie sie die ›Bauern‹, gewöhnliche Leute, versklavt hatten. Und in jedem brannte der Haß.

Und durch eine Eigenschaft des magischen Steinhelms konnte jeder mit den anderen gebundenen Zauberern Kontakt aufnehmen, eine Tatsache, von der Greensleeves nichts wußte. Ursprünglich hatten sich Dacian und Haakon getroffen, um eine Versammlung von Zauberern mit dem Ziel einzuberufen, gegen Greensleeves und Gull vorzugehen. Dann hatten sie mit der Wüstenzauberin Karli Kontakt aufgenommen, die den Helm selbst einmal besessen hatte. Und schließlich hatten sie sich mit Towser in Verbindung gesetzt.

Und sich als Towsers Sklaven wiedergefunden.

Towser und Karli waren die einzigen ›freien‹ Zauberer der Versammlung. Sie hatten gegen die Geschwister gekämpft und waren ihnen entkommen. Mit diesem Vorteil – sie konnten sich vor Greensleeves nach Belieben verstecken – hatten sie die Herrschaft über die Versammlung an sich gerissen.

Und im Laufe der Zeit mit anderen versklavten Zauberern Kontakt aufgenommen. Und heute hatten sie sich alle hier versammelt.

Aus einem Grund, der noch offen war ...

Das Genörgel hörte nicht auf, während das Bier floß, doch schließlich warf Towser seine Kokosnußschale hinter sich. Er rieb sich den Schaum vom Schnurrbart und rief laut: »Genug! Ich habe euch Narren nicht beschworen, damit ihr euch zu Tode sauft oder meine Diener verschlingt. Es wird Zeit, daß wir miteinander reden. Wo ist dieser Narr, Ludoc?« Towser pfiff, und der grauhaarige Bergzauberer stapfte auf den Pavillon zu, während ihm der Wolf mit hängender Zunge folgte. »Ich schätze, wir brauchen Leechnip nicht zu holen. Er wird tun, was man von ihm verlangt, oder leiden.«

Towser entriß Dacians zitternden Händen einen Becher und warf ihn aus dem Pavillon. Ihres kostbaren Getränks beraubt, protestierte sie lautstark, doch Towser brachte sie mit dem Handrücken zum Schweigen.

»Genug der Bauchschmerzen. Wir – Karli und ich – sind bereit anzufangen. Wir äußern unsere Meinung, ihr bekommt die Befehle. Dann könnt ihr alle wieder in eure Höhlen, Sümpfe und Bierstuben kriechen.«

Towser sah sich in dem Kreis die wütenden und mürrischen Gesichter eines nach dem anderen an, doch niemand erhob Einwände, also fuhr er fort. »Das ist schon besser. Tut, was ich verlange, dann werden wir gut miteinander auskommen. Ich bin zu dem Schluß gekommen, daß es an der Zeit ist, unseren Feldzug zu beginnen. Wir gehen zum Angriff über!«

Jetzt erhoben alle Einwände.

Dacian jammerte: »Wir können uns nicht gegen Greensleeves wehren! Sie ist zehnmal so mächtig wie wir alle zusammen! Sie ist wie eine Göttin! Sie sollte längst zwischen den Ebenen wandeln! Nur die Götter wissen, warum sie in diesem Tal der Tränen bleibt! Ich konnte einmal zwischen den Ebenen wandeln, aber dieser verdammte Helm bindet mich an diese Ebene!«

Ludoc, der ob des Gewichts seines Adlers ein wenig Schräglage hatte, knurrte: »Und Gulls Armee wird mit jedem Tag besser. Und jeder einzelne Soldat ist ihm treuer ergeben als ein Kriegshund. Sie nennen eine Zenturie sogar ›Schwarze Hunde‹.«

»Und die Artefakte«, flötete Fabia. Sie strich sich über das Haar, um ihm wieder den richtigen Sitz zu geben. »Ihre Grimoire stapeln sich bis unter die Decke, heißt es, und sie haben genug magische Waffen, um eine ganze Kompanie damit auszurüsten!«

»Das ist wohl wahr«, stimmte Towser zu. »Ich habe sie gesehen.«

»*Was?*« rief ein halbes Dutzend Stimmen gleichzeitig. »Ihr habt Greensleeves' Schätze *gesehen?*«

»Hat sie meine Lanze noch?« wollte Dwen wissen. »Sie ist hundert dieser jämmerlichen Kinkerlitzchen wert! Ich brauche sie zurück. Sie kann das Meer aufwühlen wie ein Stock eine Pfütze! Sie kann das Wasser bis auf den Grund teilen, Regen und Blitz herabrufen …«

»Ihr langweilt uns«, knurrte Immugio, ohne sich zu bewegen. Er hatte sich auf die Ellbogen gestützt und war schläfrig. »Ich kann den Blitz mit einem Fingerschnippen herabrufen.«

»Steckt Euch den Finger in die Nase!« entgegnete Dwen. »Ich könnte eine Flut herbeirufen, die Euch wie eine Ratte ertränkt! Oder wie einen fetten Eber!«

»Wir werden sehen, wer fett ist, Knirps!« Der Riese machte Anstalten, sich zu erheben, hielt jedoch beim Klang von Towsers Stimme jäh inne.

»Setzt Euch und schweigt! Wir sind hier, um unser Los zu verbessern, nicht um uns wie Kinder aufzuführen!«

Der Riese knurrte und erhob sich weiter. Er war selbst halb geduckt größer als Towser. »Ich bin es leid, daß Ihr mir sagt, was ich tun soll! Ich kann keine Narben an Euch erkennen. Ihr verkriecht Euch hier im Schatten weit weg von Gulls Armee, die Leute haben eine andere Hautfarbe, und das Meer ist warm. Welch ein Feigling …«

Towser zog beiläufig einen silbernen Zauberstab aus dem Gürtel und strich damit über das Knie des Riesen.

Immugio heulte auf, als sein Bein so stark zuckte, daß es beinahe gebrochen wäre. Vor Schmerzen zischend griff er danach, doch seine Hände krümmten sich zu Klauen, bis die Finger aussahen, als müßten sie brechen. Der Riese hob die Hände, doch sein Rücken wurde von einem starken Krampf erfaßt. Er konnte sein Wasser nicht mehr halten, als sich sein Rückgrat bog wie ein junger Baum im Wind. Seine Kiefer schlugen so heftig zusammen, daß er sich einen Zahn abbrach. Und die entsetzlichen Qualen hörten nicht auf, da ein Muskel gegen den anderen kämpfte und er keinen einzigen mehr beherrschte. Dann, allmählich, ließ die Wirkung des Zaubers nach, die mißhandelten Muskeln entspannten sich, und er lag keuchend und stöhnend da.

Die anderen Zauberer beendeten ihre Nörgeleien und Streitereien und hörten zu. Sie hatten ihre Lektion gelernt.

Towser steckte das DISRUPTING SCEPTER in den Gürtel zurück. »Wie ich schon sagte, befolgt meine Befehle, dann werden wir siegen. Ihr werdet von Greensleeves' Joch befreit, sie und ihr Bruder werden sterben, und ihre Armee wird in alle Winde zerstreut. Wir werden ihre Artefakte plündern und sie unter uns aufteilen, und dann könnt ihr in eure Heimat zurückkehren und euer erbärmliches Leben weiterführen. Und jetzt rührt euch nicht, während ich etwas hole.«

Nichts bewegte sich, abgesehen von den Palmwedeln in der Meeresbrise und Ludocs Adler, der sich aufplusterte und mit den Schwanzfedern wippte.

Towser kam mit einem Holzkasten aus einer der Hütten zurück. Der Kasten war so lang und so breit wie ein Kindersarg.

Die Zauberer reckten die Hälse, um hineinsehen zu können, als Towser den Deckel hochklappte. Vielleicht war ihre einzige Gemeinsamkeit eine Sucht nach Magie, und dieser Kasten schien sie im Übermaß zu enthalten.

»Hier in diesem Kasten«, sagte Towser, »sind die Mittel, um uns zu befreien. Oder besser: um uns auf die Straße der Freiheit zu führen, denn ihr werdet Grips und Mumm brauchen und außerdem zusammenarbeiten müssen.« Leise murmelnd fügte er hinzu: »Mögen uns die Götter beistehen.«

Er griff in den Kasten und nahm ein Artefakt heraus. »Seht her! Unsere Erlösung!«

Towser hielt eine Silberkette in der Hand, an der ein sonderbares Pentagramm hing. Die Zacken des Sterns bestanden aus gelbem Holz und waren von einem Ring aus Eisen umgeben. Weiter innen war noch ein Ring, jedoch aus einem roten Edelstein, und im Zentrum ruhte eine in Bernstein eingeschlossene Ameise.

»Was ist das?« fragte Dwen zögernd, respektvoll. Niemand wollte vom DISRUPTING SCEPTER kosten. Immugio zitterte immer noch am ganzen Leib und war erst jetzt in der Lage, sich aufzusetzen.

»Etwas sehr Altes«, erwiderte Towser. »Älter als alles Leben. Dieses Pentagramm bindet den Träger an den Boden, ans Erdreich. Außerdem bindet es den Träger gewissermaßen auch an sich selbst, so daß er stärker wird und mehr erreichen kann. Aber das ist zweitrangig. Wichtig ist die Bindung an den Boden.«

»Ich verstehe nicht ...«, begann Fabia. Dann ging ihr ein Licht auf. *»Bindung?* Ihr meint, wenn einer von uns das trägt, kann er bleiben, wo er *ist,* wo er sein *will?«*

Die meisten anderen Zauberer begriffen, was das bedeutete, und verlangten lautstark nach dem Pentagramm. Towser brachte sie zum Schweigen, indem er die Hand hob. »Richtig. Da es den Träger an einen Ort bindet, kann er nicht zwischen den Ebenen wandeln, aber er kann auch nicht beschworen werden – von niemandem. Greensleeves kann versuchen, euch zu beschwören, bis sie schwarz wird, ihr seid dennoch so fest verwurzelt wie ein Baum.«

»Aber es ist nur eines da!« knurrte Ludoc, der in seinen Fellen schwitzte. »Wir können es nicht alle benutzen!«

Anstelle einer Antwort griff Towser mit der anderen Hand in den Kasten und holte ein halbes Dutzend Pentagramme heraus. »Jetzt nicht mehr! Mit einem Unsichtbarkeitszauber und einer großen Portion Glück bin ich in Greensleeves' Magiehütte eingedrungen und habe ihr das erste gestohlen. Sie hat es einmal gebraucht, so heißt es, aber dann nicht mehr, also hat sie es ihren Studenten gegeben. Dann habe ich keine Mühen gescheut und mehr Geld auf den Tisch gelegt, als ihr jemals zu sehen bekommen werdet, um Kopien anfertigen und die Magie des Originals in sie verankern zu lassen.«

»Dann ... sind wir frei!« schrie Dwen.

Alle lachten, gackerten, heulten, rieben sich die Hände und kreischten, sogar Immugio.

Towser ließ sie gewähren, dann hob er die Hände und gebot Schweigen, das augenblicklich eintrat, da ihm die versammelten Zauberer gebannt lauschten. »Und das ist nicht alles. Mein Plan hat viele Facetten, mehr als jeder Diamant. Zuerst werden wir frei sein und dann triumphieren. Laßt mich noch etwas anderes beschwören, dann seht ihr den zweiten Teil unserer Erlösung. Aber gebt Obacht«, fügte er hinzu, »denn dies ist kein Artefakt ...«

Towser öffnete sein Grimoire, ein in Messing gebundenes Buch, das an seinem Gürtel hing, schlug eine Seite auf, wich ein paar Schritte vor der Menge zurück, so daß ihn die anderen Zauberer nicht hören konnten, und murmelte einen Zauberspruch.

Auf dem glitzernden Sand des Strandes erschien ein winziger Lichtpunkt, der sich binnen weniger Sekunden zur Größe eines Menschen ausdehnte und danach immer noch wuchs.

Die Zauberer staunten.

Der Mann war über sieben Fuß groß und so muskulös, daß er wie ein gehäuteter Bär aussah. Er trug einen schwarz- und rotgestreiften Kilt, einen ledernen Kriegsharnisch, hohe Stiefel und Armbänder aus rotem Leder. Rot wie Blut. Auf seinem Kopf saß ein phantastischer Eisenhelm. Dünne rubinrote Platten im Helm ließen die Augen mattrot leuchten, und kunstvoll gestaltete Reißzähne verliehen ihm das wilde Aussehen eines Säbelzahntigers. Gebogene Hörner, die denjenigen eines Rentiers nachempfunden waren, wanden sich um den Helm und ragten in Augenhöhe nach vorn. An einem massiven, beschlagenen Gehänge hing ein furchterregendes zweihändig zu führendes Schwert, so lang, daß es den Boden streifte.

Der Krieger verschränkte die Arme vor der Brust, wobei sich seine Muskeln kräuselten wie ein Nest voller Pythons, und musterte die versammelten Zauberer mit gerunzelter Stirn. Er war nicht überrascht, beschworen worden zu sein, bemerkten einige, also mußte er Towsers Ruf erwartet haben.

Fabia, die Priesterin ›vollkommener Menschen‹, war von soviel Männlichkeit ganz hingerissen. »Wer *ist* das?«

»Ein keldischer Kriegsfürst«, verkündete Towser lächelnd. »Aus dem öden Land der Kelden hoch im Norden, wo die Starken überleben, indem sie die Schwachen vernichten. Er steht in meinen Diensten. *Er* und seine besondere Ausbildung haben noch mehr gekostet als diese Pentagramme.«

»Welche ›besondere Ausbildung‹?« Alle gafften. Gurias, der jüngste von ihnen, hatte zum erstenmal gesprochen.

Towser runzelte die Stirn. »Die Einzelheiten sind unwichtig. An dieser Stelle reicht es zu sagen, daß dieser Kriegsfürst sich Gull dem Holzfäller als überlegen erweisen wird.«

»Hat er Truppen?« fragte Immugio. Der Ogerriese hatte sich mittlerweile wieder erholt. »Ein Kriegsfürst nützt nichts ohne Soldaten, die er befehligt.«

»Wir bekommen Truppen«, antwortete Towser leichthin. Die Meeresbrise hatte ein wenig aufgefrischt und wehte ihm das fettige Haar übers Gesicht. »Ihr habt Orks ...«

»Sie wurden alle getötet.«

Towser seufzte. »Wir bekommen andere. Fabia hat immer noch ein paar Anhänger. Dwen hat ihr Höhlenvolk. Karli kann mehr Krieger versammeln, als die Wüste Sandkörner hat. Truppen sind kein Problem. *Und* diesmal werden sie zuverlässig sein. Kein Ausweichen vor der Schlacht, keine Flucht.«

»Warum nicht?« fragte Ludoc. »Wie wollt Ihr Kampfeslust in ihnen wecken? Das heißt, so große Kampfeslust, daß sie Gulls Freiwillige besiegen können.«

Towser bedeutete dem Kriegsfürst mit einem Nicken, daß er antworten solle.

Der große Mann wandte sich vom Pavillon ab und dem Dorf der braunhäutigen Eingeborenen zu. Er legte die Hände trichterförmig vor den Mund und brüllte: »Zu mir!«

Die Zauberer drängelten sich, um etwas sehen zu können, als aus dem Dschungel ein Dutzend, dann zwei Dutzend und schließlich alle Eingeborenen der Insel von der ältesten Großmutter bis zum kleinsten Kind in den Armen seiner Eltern auftauchten.

Der Kriegsfürst hob seine gewaltige Hand und winkte sie vorwärts. Zögernd, doch unwiderstehlich, schritten die Eingeborenen vorwärts. Sie waren alle gutaussehende Leute, gesund, gut genährt, braungebrannt und stark vom Fischen und Schwimmen. Als sie sich dem Kriegsfürst wie ein einziges riesiges Tier bis auf wenige Fuß genähert hatten, klatschte er in die Hände.

»Kämpft!«

Augenblicklich verzerrten sich die milden Gesichter der Eingeborenen zu häßlichen, haßerfüllten Fratzen. Ein Mann hieb seinem Nachbarn die Faust gegen den Kopf. Ein Junge senkte den Kopf und rammte ihn seiner Mutter in den Bauch. Eine Frau ließ ihr Kind fallen, das totgetrampelt wurde, während sie sich in die Haare eines Mannes verkrallte und sie ihm büschelweise ausriß. Ein anderer Mann, der zu Boden gegangen war, packte ihr Bein und verbiß sich darin, bis Blut floß. Zwei Männer über ihm traten ihn mit nackten Füßen, bis er bewußtlos oder tot war, dann fingen sie an, sich gegenseitig zu treten. Eine Mutter versuchte ihrer Tochter die Augen auszukratzen und biß ihr ein Ohr ab.

Die Zauberer sahen dem Gemetzel benommen zu. Binnen weniger Minuten lebten nur noch die stärksten und schnellsten der Eingeborenen. Sie waren mit ihrem eigenen und dem Blut anderer verschmiert und kämpften immer noch. Als die letzten beiden vor Erschöpfung oder Blutverlust zu Boden gingen, zuckten nur noch ein paar Dörfler. Die übrigen waren grausam verstümmelt und lagen für immer still.

Towser wandte sich von dem Spektakel ab und gab dem Kriegsfürst einen Wink. Der Blutgeruch war durchdringend, doch die Meeresbrise wehte ihn ins Landesinnere. Möwen und andere Seevögel flogen in Scharen herbei, um die Toten und Sterbenden anzupicken.

»Da habt ihr eure Antwort. Ein keldischer Kriegsfürst inspiriert andere, ebenso mutig und rücksichtslos zu kämpfen wie er – alle Soldaten werden zu fanatischen Selbstmördern. Glaubt ihr, Gull und Greensleeves können einer größeren Streitmacht widerstehen, die solch ein Blutbad anrichtet?«

Benommen schüttelten die Zauberer einmütig den Kopf. Sie nahmen die Pentagramme entgegen, die Towser ausgab, und hängten sie sich um den Hals.

»Während Greensleeves sich vergeblich bemüht, euch zu beschwören – und es ist Monate her, seit sie sich zuletzt bemüht hat –, werdet ihr Truppen sammeln und auf meinen Befehl warten, die Falle zu stellen. Es ist nur noch eine Frage von Tagen, bis wir ein für allemal wieder frei sind!«

Ludoc und Immugio, härter und blutdürstiger als die übrigen, jubelten. Doch die anderen Zauberer blieben ruhig. Sie versuchten, die neuen Informationen zu verarbeiten und die veränderte Situation zu durchdenken, um sie zu ihrem eigenen Vorteil auszunutzen. Niemand traute Towser als Sklavenmeister. Wenn er die Artefakte ausgeben konnte, konnte er sie auch wieder zurücknehmen. Also überlegte sich jeder Zauberer, wie er seine Haut retten, sich befreien und die anderen benutzen konnte, um möglichst vorteilhaft bei der ganzen Angelegenheit abzuschneiden.

Fabia von der Goldenen Kehle sah eine Möglichkeit. Sie strich sich ihr goldenes Haar zurück, stolzierte dann zu dem keldischen Kriegsfürst und berührte seinen muskulösen mit ihrem weichen Arm. Sie wirkte einen Zauber, um seine Gedanken zu lesen, fand sie jedoch umwölkt und verwirrt. Das Denken des Mannes war so simpel wie das eines Kindes.

Sehr nützlich, dachte sie. Sie wirkte einen weiteren Zauber, der von Gwendlyn Di Corci, der großen Verführerin, ersonnen worden war, und gurrte: »Meine Güte, seid Ihr aber stark. Meisterlich. Sagt, wenn Eure Dienste bei Towser beendet sind, seid Ihr dann Euer eigener Herr?«

Die Antwort des Kriegsfürsten ließ eine Weile auf sich warten. »Towser will, daß ich Gull den Holzfäller töte, und das werde ich tun. Ich habe kein anderes Ziel.«

Fabia schmiegte sich an den riesigen Mann und strich mit ihrem Zeh über seine nackte Wade. »Aber wenn das erledigt ist, werdet Ihr doch gewiß ein neues Ziel haben wollen. Habt Ihr daran gedacht… irgendwo König zu sein, mit einer Königin an Eurer Seite…«

»Ich werde Gull den Holzfäller töten!« schrie der Kriegsfürst plötzlich. Er streckte die Arme aus und ballte mächtige Fäuste. Fabia fiel auf ihren Allerwertesten. »Tod Gull und Greensleeves!«

Fabia erhob sich, streifte den Sand von der Kleidung

ab und rang um ihre Würde. Sie fuhr wütend herum, als Towser lachte. »Der Kriegsfürst gehört mir, Fabia. Sein Körper und seine Seele, bis ich mit ihm fertig bin. Sucht Euch einen anderen Spielgefährten.« Der regenbogengestreifte Zauberer wies mit dem Daumen auf das Feld mit den toten Dörflern. »Ihn vielleicht.«

Immugio, der sich bereits zwischen den Leichen befand, rieb sich die Hände und schnalzte mit der Zunge. »Heute abend werden wir herzhaft essen!«

KAPITEL

6

»Also«, sagte Gull, »an der großen Frage hat sich nichts geändert: Was tun wir als nächstes?«

Ein Chor von Stimmen antwortete ihm, denn alle hatten eine ausgeprägte Meinung zu diesem Thema, das seit Tagen diskutiert wurde.

Niemand bemerkte, daß Greensleeves eintraf, sich in ihren bestickten Umhang hüllte und sich an eine lange Bank setzte. Jeden Mittag beim Essen fand eine Besprechung aller ›Offiziere‹ der Armee statt, und zwar unter einem Pavillon, der eigentlich kaum mehr als ein Dach über vier Pfählen in Greensleeves' Hain war. Die meisten Offiziere waren anwesend, darunter auch einige, welche die Druidin kaum kannte. Dieser Tage waren so viele neue Gesichter in ihrer Armee, daß sie sich oft wie eine Fremde vorkam. Gulls Leibwachen, die Grünen Lanzenreiter, umringten den Pavillon. Sie standen bequem mit angewinkelten Speeren. Ein Stück weiter, wo sich der Bach verbreiterte, kümmerten sich Stallknechte und Helfer um die Pferde der Offiziere.

Am Kopf der Tafel saß ihr Bruder Gull, mit jedem Fingerbreit seines Körpers ganz der Kriegsfürst, wenngleich er von sich – der übliche Scherz – immer nur behauptete, ein Holzfäller zu sein. Er trat nie besonders würdevoll auf, was durch die Anwesenheit seiner Tochter Hyacinth, die auf seinen Schultern saß, noch unterstrichen wurde. Die Kleine hielt sich an den Haaren und Ohren ihres Vaters fest und trommelte mit den Beinen auf sein Lederwams.

Greensleeves' Schwägerin Lily war ebenfalls anwesend. Sie hatte sich an einen der Pfähle gelehnt, um ihren schmerzenden Rücken und ausladenden Bauch zu stützen. Lily hatte eines Morgens ›vorübergehend‹ den Posten der Quartiermeisterin übernommen, nachdem der alte Donahue in der Nacht friedlich im Schlaf gestorben war. In Geschäftsdingen ebenso ausgebildet wie in den Künsten der Kurtisane, war sie eingesprungen, um für den gleichmäßigen Nachschub von Vorräten, Waffen und Kleidung zu sorgen. Zu jedermanns und auch Lilys Überraschung legte sie auf diesem Gebiet überragende Fähigkeiten an den Tag und behielt die Stellung auf Dauer. Sie würde ihren Posten ausfüllen, solange es ihr die Schwangerschaft erlaubte.

Was Lily *nicht* ausfüllte, waren magische Funktionen. Von Notfällen abgesehen, hielt Lily (ebenso wie Gull) es für zu gefährlich, mit Mana umzugehen, während sie ein Kind austrug oder eines aufzog. Es konnte leicht zu anstrengend für Körper und Geist werden. Manchmal beneidete Greensleeves Lily um ihr einfacheres Leben.

Varrius, der bronzefarbene schwarzbärtige Befehlshaber der Armee, berichtete über seine ›Zenturien‹: Kompanien von einhundert Soldaten, ein Ausdruck, den er aus einer Küstenstadt der Söldner mitgebracht hatte. Es gab vier volle Zenturien, die nach Farben und seit kurzem auch nach Tieren benannt waren: die Roten Skorpione, die Blauen Robben, die Weißen Bären und, merkwürdigerweise, die Schwarzen Hunde.

Helki war ebenfalls da, die Zentaurin in ihrer bemalten Rüstung mit den Federn und Bändern. Sie befehligte die Rosa Kavallerie, eine gemischte Kompanie aus Menschen und Zentauren, und ihrem Gefährten, der gegenwärtig im Feld war, unterstand die Gelbe oder Goldene Kavallerie. Das Dach des Pavillons hatte eigens eine Wölbung, damit die Zentaurin aufrechtstehen konnte. Greensleeves mochte Helki wegen ihrer Kühnheit und unbedingten Ergebenheit, aber auch wegen ihrer Sentimentalität: Zentauren konnten in diesem Augenblick von ihrer Heimat singen und im nächsten zu weinen anfangen.

›Klimper‹-Jayne war da und trug die ernsten Farben des Waldes: Grau, Braun und Moosgrün. Ihre einzige Zierde war eine Sigille, die auf beide Schultern gestickt war, eine schwarze Feder. Sie war das Symbol der Raben, der Kundschafter, die Augen und Ohren der Armee waren und lautlos eine Wache aus einer Postenlinie entführen oder töten konnten. Dieser Tage zogen die Kundschafter einiges wahrhaft gefährliche Volk an: Leute von der Grenze, die ihr Leben lang gekämpft hatten und keine Hemmungen hatten, mit einem Messer und einer Garrotte bewaffnet in Feindesland zu schlüpfen. Erst kürzlich hatte sich ein Trupp Pradeshzigeuner als Kundschafter verdingt. Sie waren es auch, die ihrer Hauptfrau den Beinamen ›Klimper‹ gegeben hatten, als sie *sie* bei einem Kundschafterwettstreit überrascht hatten, weil ihr Messer ›geklimpert‹ hatte. Sie konnten so verstohlen sein, daß der Rest der Armee sie für Geister hielt.

Ebenfalls anwesend war Hermine, die schlehenäugige Anführerin der ausschließlich mit Frauen besetzten Kompanie der D'Avenant-Bogenschützinnen, die sich ganz in Schwarz kleideten. Greensleeves hatte sich oft gefragt, was diese Frauen dazu trieb, sich nur dem Bogen und einander zu widmen.

Und sie sah auch Uxmal, der auf einem Stuhl stand, denn er reichte Gull kaum bis zum Gürtel. Selbst in einer Armee komischer Käuze und Außenseiter fielen Uxmal und seine Truppe noch auf. Eines Morgens waren dreißig von ihnen ins Lager gestapft. Sie kamen aus dem Süden und sprachen mit einem absonderlichen Akzent, der harte T-Laute in weiche D-Laute verwandelte. Sie konnten nur Gnome oder Zwerge sein und waren mit ihren geflochtenen schwarzen Bärten und goldenen Ringen sehr dunkel. (Sie waren alle bärtig, obgleich Wetten liefen, daß einige von ihnen

Frauen waren.) Sie trugen hellgestreifte grobe Kittel, spitze Hüte, aber keine Schuhe, denn ihre Fußsohlen waren so hart wie Feuerstein. Jeder Zwerg besaß ein oder zwei seltsame Packtiere: graubraune zottige Kreaturen, die Llamas genannt wurden. Sie seien von weither gekommen, hatte Uxmal stockend erklärt, um sich der Armee von Gull und Greensleeves anzuschließen. Sie wollten helfen und brauchten keine Bezahlung. Ihr Gott werde sie belohnen, beharrten sie, ohne jedoch genauer auf das Wie einzugehen. Als Gull fragte, was sie könnten, zückten sie Schaufeln, Spaten und Spitzhacken und hatten bis zum Mittagessen ein Schanzwerk ausgehoben. Gull hieß sie wie alte Freunde willkommen und nannte sie die Pioniere. Greensleeves gefiel ihre blubbernde musikalische Sprache und ihr unbeschwertes grunzendes Gelächter.

Schließlich war noch ein grauäugiger Fanatiker da, Nazarius, der einen Trupp namens Korlis' (wer immer das war) Märtyrer anführte. Sie lebten, um in der Schlacht zu sterben, und stürzten sich immer ins dichteste Kampfgetümmel. Außerdem weigerten sie sich zu verschwinden. Gull und die anderen Offiziere waren sich einig, daß sie nützlich waren: Sie kämpften wie tolle Hunde, versetzten den Feind in Angst und Schrecken, zogen Pfeilhagel auf sich und durchbrachen immer wieder feindliche Linien. Außerdem würden sie ohnehin sehr bald alle tot sein. Von den ursprünglichen vierundfünfzig waren nur noch sechzehn übrig.

Die sogenannten Märtyrer waren nicht die einzigen Versprengten, die den Weg in ihre Armee gefunden hatten. Die Nachricht vom Kreuzzug gegen Zauberer hatte sich bis in Länder verbreitet, von denen sie noch nie gehört hatten, und aus allen Himmelsrichtungen strömten Leute herbei, um sich ihnen anzuschließen. Krüppel kamen, die sich auf den Händen fortbewegten. Ausgerissene Bauernjungen kamen mit Mistgabeln und Schweinen. Ein Schmied war mit zwei Maultieren gekommen und hatte sich, ohne dazu aufgefordert worden zu sein, daran gemacht, Stiggurs CLOCKWORK BEAST zu reparieren. Eine blonde Frau bezeichnete sich als verdurische Zauberin, obwohl noch niemand sie bisher hatte zaubern sehen. Ein muronischer heiliger Derwisch predigte das Verderben von einem Karren herunter, wenngleich ihm nur Korlis' Märtyrer zuhörten. Eine Kompanie Kartographen, angeführt von der Ältesten Kamee zu Gulls Rechten, fertigte Karten von den Gebieten an, die die Armee durchquerte, und befragte jeden, der sprechen konnte, um die weißen Flecke auf ihren Karten auszufüllen. Eine Schar Bibliothekare zeichnete Legenden, Gerüchte und Geschichten auf. Es gab Lederhandwerker, Schuster, Waffenschmiede, Köche und Helfer, Holzfäller und Lehrer.

Und natürlich Greensleeves' eigenes Kontingent von Magiestudenten, die ihre Zeit damit verbrachten, arkane Gegenstände und Schriftrollen zu sammeln und verstehen zu lernen.

Die Druidin ließ noch andere Verbündete vor ihrem geistigen Auge vorbeiziehen. Ihre Freunde aus den Tiefen des Waldes, elfische Bogenschützen, die von einer vernarbten Frau mit einer Augenklappe angeführt wurden. Hunderte Angehörige des Ameisenvolkes, die in einem tropischen Vulkan lebten, in dem es wie in einer Fledermaushöhle nach Ameisensäure roch, uralte Schöpfungen, die noch aus der Zeit der Bruderkriege übriggeblieben waren. Wenn sie beschworen wurden, kämpften sie mit hirnloser Wut und ohne Angst. Und Greensleeves konnte noch viel mehr Kreaturen beschwören, angefangen von Scharen krakeelender Goblins über graue Wölfe bis hin zu Elementaren aus vergessenen Ebenen im oberen Äther.

So viele Wesen und Dinge, die sie im Kopf behalten mußte. Als sie sich eine Handvoll Weintrauben nahm und geistesabwesend ein paar der Beeren aß, stellte sie fest, daß sie nicht hungrig war. Ihr Verstand und ihre Seele waren zu voll von anderen Dingen. So viele Dinge mußten erwogen werden. Beispielsweise waren die Elfen zum Kampf bereit, gewiß, kannten jedoch kein Zögern und griffen auch sofort Orks und Goblins an, auf welcher Seite diese auch kämpfen mochten. Und die Ameisensoldaten konnten nicht in der Kälte kämpfen, und sie haßten aus unbekannten Gründen das Geräusch von Trommeln und griffen alle Musiker an. Was ihre Freunde aus dem Wald betraf, so schlugen ihr die Leute immer vor, sie sollte Wölfe und Bären zur Schlacht rufen, während Greensleeves nicht müde wurde, ihnen zu erklären, daß Tiere in der Natur nicht bis zum Tod kämpften, sondern nur um ihre Stellung innerhalb einer Gruppe, und daß sie, wenn sie zu unterliegen drohten, aufgaben oder flohen. In einer Schlacht konnten sie daher nicht mehr als eine Ablenkung sein.

Und sie war der Schlachten so müde.

Wie üblich war die Offizierstafel auch heute mit Brot, Fleisch und Obst überladen und von winkenden Händen und gerunzelten Stirnen umgeben. Gull saß ihnen vor, der jedem zuhörte, wenn nötig auch diskutierte und dann Entscheidungen auf der Grundlage von gesundem Menschenverstand und Gerechtigkeit traf, die im allgemeinen von allen sofort angenommen wurden.

Es wurden viele Dinge besprochen. Eine Knappheit an Eisen, Schwierigkeiten mit verseuchtem Wasser im Goldenen Tal, ein Messerduell zwischen Roten, Waisen, die übergeschnappt waren, neue Kampftaktiken, die von den Zentauren entwickelt worden waren, und vieles mehr. Gedankenverloren hörte Greensleeves nur mit einem Ohr zu.

Plötzlich wurden ihr die Trauben aus den Fingern gerissen. »Was ...?«

Hinter ihr griff Doris zielstrebig unter den Tisch und

zog ein Bündel hervor, das sich wand und spie und um sich trat. »Tststs«, machte Greensleeves. »Ach, du bist es.«

Das sich windende Bündel war ein Goblin, der einzige in ihrer Armee, ein ungehobelter kleiner Dieb namens Egg Sucker. Er hatte graugrüne Haut und graue Haare mit dem weißen Streifen eines Stinktiers in der Mitte und trug einen schmutzigen Fetzen Hasenfell. Er hatte den Mund voller Trauben, die er jetzt auf Doris' weiße Lederrüstung spie. »Laß mich los, laß mich los! Ich hab nichts genommen!«

»Doch, das hast du wohl!« Doris schüttelte ihn. Er wog nicht mehr als ein Hund. »Du hast Miladys Trauben gestohlen, und zwar direkt aus ihrer Hand!«

»Hab ich nicht! Und ich wollte sowieso einen Hähnchenflügel, aber keiner gibt mir einen!«

Doris schüttelte den Goblin so kräftig, daß ihm die Zähne klapperten, aber Greensleeves gebot ihr Einhalt und sorgte dafür, daß der Goblin abgesetzt wurde. Die Druidin riß einen Flügel von einem Brathähnchen ab und gab ihn Egg Sucker. »Da. Bist du jetzt zufrieden?«

Egg Sucker beäugte den Flügel, als wäre er vergiftet, dann riß er ihn Greensleeves förmlich aus der Hand. »Ist nicht viel Fleisch dran. Ich krieg immer die Reste, die kein anderer will. Und keinen Keks?«

Greensleeves verdrehte die Augen und gab ihm auch noch einen Keks. Er griff zu, fuhr herum, um wegzurennen, und lief genau gegen Doris' Beine. Als er sich hindurchzuquetschen versuchte, klemmte die stämmige Leibwächterin seinen Kopf zwischen ihren Knien ein. »Was sagst du zu Milady?«

»Laß los, *das* sage ich!« Seine Stimme klang ziemlich gedämpft. »Warum hacken die Leute bloß immer auf mir rum? Ich hab nichts getan!«

Greensleeves lachte. »Egg, warum stiehlst du dir immer Essen, wenn wir doch bereit sind, dir welches zu geben? Ach, laß ihn los, Doris. Du fängst dir höchstens ein paar Flöhe ein.«

Als er wieder frei war, schoß Egg Sucker davon wie ein Hase. Aus sicherer Entfernung höhnte er: »Ha! Ich stehle euch immer alles unterm Hintern weg, ihr großen Tölpel! Ihr fetten Faultiere könnt mich nie …«

Rückwärts laufend vergaß er den Bach, stolperte über einen Stein und fiel ins Wasser. Prustend tauchte er auf und schrie: »Ich hasse Wasser!« Dann mußte er mit ansehen, wie sich der Keks in seiner Hand auflöste. Eine dicke Forelle schwamm mit dem Hähnchenflügel davon. Heulend tauchte er ihr hinterher.

Mittlerweile lachte der halbe Tisch, doch die ernste Kamee, die Federn, Tintenfässer und ganze Karten an den kleinen Dieb verloren hatte, fragte: »General, warum duldet Ihr diese Pest? Er ist schlimmer als unnütz! Er stiehlt, fängt Streitereien an …«

Gull zuckte die Achseln, was seine Tochter durchschüttelte, so daß sie zu kichern anfing. »Egg ist so eine Art Maskottchen. Er ist noch ein Überlebender des ersten Überfalls auf … des ersten Überfalls.« Er meinte die Schlacht, bei der Weißfels zerstört worden war. »Ich verstehe selbst nicht, warum er bei uns bleibt. Er hätte leicht mit anderen Goblins fliehen können, gegen die wir gekämpft haben. Aber ich habe nichts gegen ihn. Er ist unser Glückstalisman.«

»Eher ein Unglückstalisman«, murmelte Varrius, der ebenfalls den Verlust von Gegenständen aus seinem Zelt zu beklagen hatte.

»Nun, jedes Glück ist besser als gar nichts, wie mein Vater immer zu sagen pflegte. Also.« Er hob die Hände und zeigte sieben Finger. »Wir kommen zu der Frage zurück, was als nächstes anliegt. Aber bevor wir dieses Pferd noch einmal aufzäumen, möchte ich, daß ihr Kamee zuhört. Sie hat Neuigkeiten, die uns vielleicht weiterhelfen.«

Die ernste Sprecherin der Kartographen und Bibliothekare entrollte ruhig und gelassen eine frisch gezeichnete große Karte. Während andere die Ecken mit Steinen beschwerten, begann sie: »Nach allem, was wir wissen, hat diese Armee den größten Teil des Nordendes dieses Kontinents befriedet und erforscht ...«

»Hat sie das?« fragte Gull. »Das haben *wir* getan?«

»Größtenteils«, schränkte Kamee ein. Sie strich mit einer tintenfleckigen knorrigen Hand über die Karte. »Hier, südöstlich von uns lag einmal Weißfels. Dort haben wir angefangen. Der Flüsterwald, das wissen wir jetzt, erstreckt sich über zwanzig Wegstunden nach Westen und geht dann in einen gewöhnlichen Wald über, in dem sich der Sternkrater befindet. Weiter nach Westen schließt sich ein Sumpf an, dann kommen ein paar Hügel, dann die ICE RIME HILLS und schließlich das Meer an einem Hafen namens Concord. Zwölf Wegstunden nach Norden kommen wir zum ehemaligen Standort des Basaltmonolithen, und nicht weit jenseits der nördlichsten Halbinsel an dieser Küste ...«

Sie fuhr fort, während sie mit der Hand die Gegenden auf der Karte zeigte, die sie beschrieb, und während die Leute fasziniert zusahen, wie sich der Kontinent vor ihnen ausbreitete. »Im Nordosten liegen die SMOKE MOUNTAINS, wo wir Gurias von Tolaria und den Halbriesen Immugio besiegt haben. Unsere Kundschafter haben die Berge überschritten und keine Anzeichen von Zauberern gefunden, die sich an gewöhnlichen Leuten vergreifen, also sind sie nach Osten abgebogen und auf ein weiteres Meer gestoßen. Die Einheimischen nennen es SEA OF WHALES nach den riesigen Walen, die in jedem Winter dort vorbeiziehen. Das Meer im Westen wird im allgemeinen SEA OF FIRE genannt, wegen der prächtigen Sonnenuntergänge. Im Norden gibt es eine Meerenge, die THE RIP genannt und von Seeleuten wegen ihrer unberechenbaren Strömungen gemieden wird.

Wir haben die Namen der umliegenden Kontinente

aufgeschrieben. Im Norden liegt ICEHAVEN. Im Westen ein Archipel namens SPICE ISLANDS. Im Osten STONEHAVEN nach den hoch aufragenden Bergen an seiner Küste. Doch wohlgemerkt, so werden sie von den hiesigen Seefahrern genannt. Die Einheimischen haben ihnen zweifellos andere Namen gegeben.« Sie fügte hinzu, daß der Kontinent, auf dem sie sich befanden, meistens Aerona genannt wurde, und zwar nach einer alten Göttin der Fruchtbarkeit, die sich geopfert hatte, damit die Leute Getreide in ihrem Leib pflanzen konnten.

»Aerona«, sagte Gull verwundert. »Ja! So ist er vom alten Wolftooth und von Morven dem Seefahrer immer genannt worden. Aber wenn ich mir vorstelle, daß wir Meeren, die wir nie gesehen haben, Namen geben...«

Während die Offiziere die Karte studierten, rief Kamee Greensleeves zu: »Wie geht es Euren gefangenen Zauberern, Greensleeves?«

»Wie? Ich bitte um Verzeihung.« Die Druidin schüttelte den Kopf. Er war voll mit diesem und jenem. »Oh, es geht ihnen gut, nehme ich an...«

»Gut?« fragte Gull. »Wir wollen nicht, daß es ihnen gutgeht, Greenie. Wir wollen, daß es ihnen hundsmiserabel geht.«

Greensleeves runzelte die Stirn, da sie sich über ihren Bruder und sich selbst ärgerte. Sie mußte zugeben, daß es schon einen Monat – oder noch länger? – her war, seit sie ihre ›Haftentlassenen‹ zum letztenmal beschworen hatte. Greensleeves brauchte nur an den unsichtbaren Strängen im Äther zu ziehen, um sie herzuholen. Sie war davon ausgegangen, daß sie nicht viel Unheil anrichten konnten, wenn sie sie einmal im Monat herzitierte. Aber... »Es tut mir leid, ich war nachlässig, aber ich war beschäftigt. Und...«

Gull, wie immer besorgt um seine kleine Schwester, fragte geduldig: »Und was, Greenie?«

»Ich...« Sie hielt inne, riß sich zusammen. »Ich muß

zugeben, daß ich nicht sehr glücklich mit dieser Regelung bin. Schließlich bin ich eine Druidin, und als solche ist es meine Pflicht, den Wald zu schützen und jene, die nicht für sich selbst sprechen können. Ich muß die Bedürfnisse der denkenden Wesen gegen die der nichtdenkenden abwägen ... Ich bin keine Kerkermeisterin«, schloß sie, »und es gibt einfach zu viele Zauberer, als daß ich sie alle im Auge behalten kann. Ich könnte Tage damit verbringen, sie zu beschwören und nachzusehen, ob sie sich gut benehmen.«

Augenblicklich brach an der Tafel wieder der ewige Streit aus – was genau sollte die Armee mit einem gefangenen Zauberer *tun?* –, doch Gull hob die Hände, um dem zuvorzukommen. »Wartet, wartet. Ich bin gewiß der erste, der zugibt, daß Greenie mit der Bewachung unserer Gefangenen eine vielleicht zu große Last aufgebürdet worden ist, aber ich bin verwirrt. Wie viele haben wir denn nun eigentlich mit diesen mystischen Ketten gebunden?«

Greensleeves zuckte die Achseln. »Ich habe den Überblick verloren. Ein Kampf ist wie der andere, und sie gehen immer mehr ineinander über.«

Lily räusperte sich in ihrer Eigenschaft als Quartiermeisterin, blätterte in einem Stapel von Papieren und Pergamenten und zog eines heraus. »Wir haben gekämpft gegen ... ach, du meine Güte. Greenie hat recht, es sind zu viele. Wir haben gebunden, mal sehen, Haakon, Dacian die Trunksüchtige, Dwen von der Weißen Insel, die Goblinkönigin Thunderhead, diesen verlausten Schilftroll Leechnip, den alten Ludoc mit seinem flammenden Adler, Fabia die Priesterin, diesen jungen Tunichtgut Gurias und Immugio den Ogerriesen ... Wir kennen andere, die nicht gebunden sind. Laßt mich sehen ... Mit der LEPRECHAUN QUEEN haben wir einen Kompromiß geschlossen. Garth Einauge aus dem Hause Oor-Tael in Kush hat sich auf seine Weinberge zurückgezogen, wird aber helfen, wenn er gebraucht wird. Dieser arglistige ›Sohn von Adun Oakenshield‹ hat sich erhängt. Diese furchtbare Elfenhexe, Chunda-irgendwas, ist gestorben. Und… ein paar Zauberer sind uns vom Haken gesprungen. Diese dunkle Wüstenfrau mit dem weißen Haar, Karli vom Singenden Mond. Die Frau in dem Büffelkleid, die die Vögel auf uns gehetzt hat. Derjenige mit den Widderhörnern, der Steine geworfen hat. Die Zwillinge in grüner Seide… Das rote Mädchen, das so schnell laufen konnte… das sind alle.«

»Und Towser«, knurrte Gull, »der unser Dorf vernichtet, unsere Familie getötet und unseren Bruder Sparrow Hawk versklavt hat.«

Lily nickte. »Ja, und er.« Dem Gull als Pferdeknecht und sie als Tanzmädchen gedient hatten, bis sie beide verraten worden waren.

»So viele«, murmelte Gull. »Wer hätte gedacht, daß der Erfolg eine Last sein könnte? Aber Greenie hat recht. Für eine Person ist das zuviel. Wir *müssen* eine einfachere Methode finden, um diese Schurken an die Kette zu legen…«

Und schon waren sie wieder mitten in der alten Kontroverse. Varrius, der Soldat, winkte mit beiden Händen. »Diese Magier (ich bitte um Verzeihung, Lady Greensleeves) sind wie Vampire! Das beste wäre, ihnen den Kopf abzuschlagen, ihnen den Mund mit Knoblauch zu füllen und sie tief zu vergraben! Das würde sie ein für allemal an die Kette…«

Kamee warf ein: »Wir können sie nicht kaltblütig umbringen! Und wir brauchen diese Zauberer! Wenn es uns gelingt, sie zum rechten Weg zu bekehren, können sie die Kranken heilen, uns die Herstellung von Heiltränken zeigen…«

Uxmal brummte mit vollem Mund: »Sie müßden Gräben und Ladrinen ausheben. Und die Peidsche spüren, wenn sie zu langsam sind…«

Helki schüttelte ihre lange Mähne und brachte die

Blätter über ihr zum Rauschen. »Es wäre besser, wenn wir sie alle an einem Ort einsperrten, in irgendeinem abgelegenen Schloß ...«

Hermine von den D'Avenant-Bogenschützinnen schüttelte ihren Bogen. »Zielscheiben! Das ist alles, wofür sie zu gebrauchen sind.«

Als der Streit ausuferte, hüllte sich Greensleeves in ihren bestickten Umhang, erhob sich von der Tafel und ging über die sonnenlichtbesprenkelte Lichtung. Vier Leibwachen folgten ihr.

Mit gerafften Röcken erklomm Greensleeves die Wendeltreppe um der großen roten Eiche. Eine ihrer Leibwachen ging vor, eine folgte, und zwei blieben am Fuß der Treppe.

Oben angelangt, ging die Druidin sofort in die runde Kammer, in der die Magiestudenten ihre kostbaren Artefakte untersuchten. Anwesend waren Daru, eine untersetzte Frau mit maisgelbem Haar, und der hochgewachsene dunkelhaarige Kwam. Bei Greensleeves' Eintreten entschuldigte sich Daru und drückte sich an einer Leibwache vorbei.

Ein ganzer Wald, in dem ich frei herumlaufen kann, und ich verbringe meine Zeit damit, von einer Person zur anderen zu laufen, dachte Greensleeves.

»Kwam, ich weiß nicht, was ich tun soll.«

Der Magiestudent legte ein Grimoire beiseite, das er am Fenster gelesen hatte, und lehnte sich mit verschränkten Armen zurück, um sich ganz auf Greensleeves zu konzentrieren. »In welcher Beziehung, Liebste?« Sie unterhielten sich in vertraulichem Tonfall, als stünde Doris nicht mit dem Rücken zu ihnen in der schmalen Tür.

»In bezug auf mich, auf meine Verantwortung. Ich soll diese Zauberer im Auge behalten, die wir besiegt haben, und ich habe meine Pflicht vernachlässigt.«

Kwam nickte, was alles mögliche bedeuten konnte. »Ich weiß, daß es schwer ist, Greensleeves.« (Warum erregte es sie so, wenn er ihren Namen nannte? Nicht einmal ihre geistige Erschöpfung konnte den Schauer abschwächen, der ihr über den Rücken lief.) »Es stimmt, du hast die Last, was ungerecht ist. Aus einer vorübergehenden Lösung ist ein dauerhaftes Problem geworden. Aber wer hat davon geträumt, eine Herde widerspenstiger Zauberer zusammenzutreiben wie streunendes Vieh?«

Die Druidin trat zu einem unregelmäßig geformten kleinen Fenster in der Holzwand. Sie starrte hinaus in den Wald. Aus diesem Blickwinkel waren keine menschlichen Eingriffe in die Natur zu erkennen. »Ich wünsche mir nur, daß sie verschwinden.«

Kwam umfaßte von hinten ihre Schultern und zog sie sanft an sich. »Aber wenn wir sie irgendwie ändern könnten... Wir können noch soviel von ihnen lernen...«

Greensleeves fuhr herum. »Ach, Kwam! Nicht du auch noch!«

Verletzt und beschämt wich er zurück. »Nun – nein, du hast recht. Ich würde sie auf meine Weise benutzen, wenn ich könnte, und dafür will ich dich benutzen, und das ist eigensüchtig. Es tut mir leid.«

Greensleeves sank in seine Arme und schmiegte sich an seine Brust. »Mir tut es auch leid. Du bist nicht eigensüchtig. Wenn einer es ist, dann ich. Aber ich will kein Kerkermeister sein!«

Kwam tätschelte ihr den Kopf und küßte ihr glänzendes braunes Haar. »Ich verstehe. Du solltest auch keiner sein.«

Sie umarmte ihn wieder und genoß seine Wärme, dann wandte sie sich ab. »Aber ich muß. Einstweilen. Ich war träge und nachlässig, während alle anderen in unserer Armee so schwer gearbeitet haben. Und vielleicht ergibt sich ja eine Lösung für das Problem, wenn wir sie herbeschwören... Und besser spät als nie, hat Mutter immer gesagt. Paß auf, ich beschwöre Haakon.

Doris kann ihn bewachen, und du kannst ihn mit Fragen überhäufen. Frag ihn, wie er die Dämonen beschworen hat, ohne in Stücke gerissen zu werden. In Ordnung?« Sie lächelte tapfer, und Kwam erwiderte das Lächeln.

Greensleeves ging in die Mitte des kleinen Raums und schloß die Augen. Kwam trat zurück, und die beiden Leibwachen packten ihre Speere fester.

Die Druidin konzentrierte sich auf die unzähligen Fäden in ihrem Verstand. Sie war wie eine Spinne im Netz, und die Fäden berührten Personen und Gegenstände. Sie schwebte auf einer Wolke und konnte alle sehen und berühren, indem sie durch ein Teleskop lugte. Sie hielt ein Kartenspiel in der Hand, und während sie es mischte, konnte sie das Bild jeder Person und jedes Gegenstands finden. Aber das war noch nicht alles. Denn die Zauberer, die sie beherrschte, rührten sie auch, und merkwürdigerweise fühlte sie sich für sie verantwortlich und dazu verpflichtet, sie zu beschützen.

Selbst Haakon, den König der Brachen. Sie berührte eine winzige Steinzacke, die auf ihren Umhang gestickt war, und spürte den Faden zu dem Mann, einem stinkenden Grobian, den die Trauer über seine eigenen Unzulänglichkeiten niederdrückte. Sie mochte Haakon nicht, der unverfroren, verstockt und ruchlos war, doch er hatte unter ihrem Joch gelitten, hatte er doch ein Auge verloren, als er Dämonen beschworen hatte, um zu entkommen. Seine eigene Schuld, sagten die meisten. Doch Greensleeves kannte die Sirenenmelodie der Magie und wußte, wie ihre Flamme den Zauberkundigen verbrennen konnte …

Warum …?

Als ihr Geist durch den Äther wanderte und an dem unsichtbaren Faden zog, fand Greensleeves Haakon – und doch auch wieder nicht. Er war da, auf eine hohle Art und Weise, als hätte sie die Rüstung gefunden, aber nicht den Mann, der darin steckte. Und doch war er ganz nahe. Viel zu nahe.

Aber sie konnte ihn nicht beschwören.

Kopfschüttelnd vergewisserte sie sich, daß sie die aufgestickte Zacke berührte. Nein, irgend etwas verankerte den Mann – ein Bindungszauber. Der ihr seltsam vertraut vorkam. Woher kannte sie dieses Gefühl?

»Kwam!« Sie schlug die Augen auf und stellte fest, daß sie drei Personen angesichts der Verzögerung verwirrt anstarrten. »Wo ist mein Nova-Pentagramm?«

»Was?« Der Schüler durchwühlte Papiere und Artefakte und öffnete ein kleines Holzkästchen – leer. »Es ist verschwunden!«

»Ach, du meine Güte!« Greensleeves berührte einen auf ihren Umhang gestickten Kardinalsvogel. Die Sigille für Dacian die Rote, die jetzt normalerweise betrunken und harmlos war. Sie würde sich gewiß beschwören lassen …

Nein. Der Faden war da, aber irgend etwas hielt Dacian fest.

Blinzelnd starrte Greensleeves durch ihre Leibwachen hindurch. Doris fragte: »Milady, ist alles in Ordnung?«

»Ich – kann die Zauberer – nicht mehr beschwören …«

Ihre letzten Worte gingen im Donnern von Hufen unter. Eine Stimme drang durch Fenster und Tür.

»Zu den Waffen! Zu den Waffen! Wir werden angegriffen!«

Auf einem abgekämpften Pferd jagte ein Skorpion der Roten Zenturie ins Lager. Helm und Lanze fehlten, und an einem Arm lief das Blut herunter. Mit wehendem Haar zügelte die Frau das Pferd, sprang aus dem Sattel und nahm keuchend vor Gull und seinen Offizieren Haltung an.

»Hauptfrau Dionnes Empfehlungen, General – aber wir werden angegriffen! Dämonen, Schatten – große schwarze Katzen mit Flügeln! Wir haben zwanzig Mann verloren – gleich in der ersten Welle …«

Bevor Gull antworten konnte, jagten zwei Gold-Zentauren aus der entgegengesetzten Richtung ins Lager. Einem steckte ein Pfeil im Arm. »General! Hauptmann Holleb bittet Euch zu kommen! Kriegsmammuts und blaue Barbaren und Bogenschützen kommen von Westen! Die Hölle ist los!«

Greensleeves erschreckte Gull, als sie vom Balkon des Baumhauses herunterrief: »Bruder! Die Zauberer sind los! Sie haben ihre Fesseln abgestreift!«

Und das war ganz allein ihre Schuld.

Offiziere und Gefolgsleute liefen in alle Richtungen, bestiegen Pferde, schrien Befehle. Gull ließ die Hauptleute gehen. Zuerst brauchten sie Informationen.

Er rief zu seiner Schwester hinauf, die bereits mit gerafften Röcken die Treppe heruntereilte: »Greenie, geh nach Osten! Du kannst gegen die Schatten und Dämonen kämpfen! Ich gehe nach Westen und kümmere mich um die Kriegsmammuts! Dann können wir …«

Er hielt verblüfft inne. Sie mußten ihre Kräfte teilen. Bislang hatten sie immer gemeinsam angegriffen. Die Einigkeit war ihre Stärke. Jetzt war dieser Vorteil dahin. Das sichere Zeichen für große Gefahr.

Gull konnte nur noch hinzufügen: »Ich schicke einen Boten, wenn wir Hilfe brauchen, oder lasse alle Trompeten zugleich blasen. Sei vorsichtig.« Dann sprang er in den Sattel seines Apfelschimmels Ribbons. Seine dreißig Grünen Lanzenreiter, von denen zehn gerade aus dem Schlaf gerissen worden waren, saßen ebenfalls auf, und die Streitmacht donnerte den beiden Zentauren mit den gelben Armbändern hinterher.

Als Greensleeves den Waldboden erreichte, fand sie ihr Pferd Goldenrod bereits gesattelt vor. Ihre Hüterinnen des Hains waren aufgesessen und bereit, alle sechs, denn sogar die verschlafen dreinblickende Nachtwache war geweckt worden. Greensleeves'

Hände zitterten, als sie die Zügel ergriff. Plötzlich überfiel sie die Vorahnung, daß alle ihre sorgfältigen Vorbereitungen in Kürze zunichte gemacht würden.

Doch das würde sie niemandem verraten.

»Achtung, Schwestern! Wir werden sehen, wo wir am besten helfen können!«

Sie beschrieb eine Geste in der Luft, schien eine Handvoll davon einzufangen. Pferde wieherten, als sie ein Schimmer von Magie umgab, Braun am Boden für die Erde, Grün für Gras und Leben, Blau für den Himmel und Gelb wie die Sonne, das ihre Köpfe umgab wie Glorienscheine.

Doch als sie verblaßten, entfuhr es Greensleeves unwillkürlich: »Ihr Geister des Waldes, schon wieder eine Schlacht!«

KAPITEL 7

Vor ihren Augen tobte eine heftige Schlacht wie ein verrückt gewordenes Kinderspiel.

Greensleeves und ihre sechs Leibwachen waren auf einem niedrigen Hügel am Rande des Flüsterwalds wiederaufgetaucht.

Ihre Leibwachen fuhren augenblicklich herum, um ihren Rücken zu sichern, und entdeckten die Angehörigen der Soldaten und die Lagerhelfer, die dort kauerten. Sie warteten den Ausgang der Schlacht ab und halfen, so gut sie konnten, indem sie Waffen und Wasser brachten, die Verwundeten pflegten und die toten Gegner ausplünderten. Einige der Kräftigeren schleppten bereits Verwundete in den schützenden Wald.

Gulls Hauptleute durften nach Belieben kampieren, solange sie die Regeln der Ordnung und Reinlichkeit befolgten. Im Lager der Roten und Blauen Zenturien, die von Berufssoldaten angeführt wurden, waren die Zelte in langen pfeilgeraden Reihen parallel zum Wald aufgebaut. An den vier Ecken stand jeweils eine Wache, und die Offizierszelte bildeten die Mitte.

Der Rand des Flüsterwalds verlief hier in nordsüdlicher Richtung. Greensleeves kannte die Gegend sehr gut, denn zehn Wegstunden südlich lagen die Ruinen des Dorfes, in dem sie geboren worden war. Das Gelände fiel vom Waldrand steil ab zu einem gewundenen Flußbett: eine leicht zu verteidigende Stellung mit einem eindeutigen Fluchtweg in den Wald. Im Norden und Osten stieg das Land sanft zu den fernen blauen Hügeln an. Zu steinig für Ackerbau und zu abgelegen für Schafweiden, leuchteten auf den unberührten Wiesen gelbe, blaue und rote Wildblumen.

Diese Blumen würden nächstes Jahr noch strahlender leuchten, da sie mit Blut getränkt wurden.

Eine halbe Meile weiter thronten die östlichen Abteilungen von Gulls Armee auf einem kleinen Hügel, um dem Feind zu begegnen. Die drei Einheiten hatten einen Keil gebildet, um die Flanken zu schützen und sich für alle Fälle eine Rückzugsmöglichkeit über den gewundenen Fluß offenzuhalten. Eine Seite des Keils bildete die Rote Zenturie der Skorpione in Schuppenpanzern, roten Kilts und mit roten Büschen auf den Stahlhelmen, die von Hauptfrau Dionne angeführt wurde, einer olivhäutigen Frau mit schwarzen Locken. Die andere Seite nahm die blaue Zenturie der Robben in ihren blauen Tuniken, Schuppenpanzern und blauen Helmbüschen unter dem bronzehäutigen und schwarzbärtigen Hauptmann Neith ein. Die Mitte und zugleich die Stoßkraft des Keils bildete die Rosa Kavallerie, zur Hälfte Zentauren und zur Hälfte berittene Menschen und Hauptmann Helki. Die Zentauren waren in ihren bunten Rüstungen und mit ihren rosafarbenen Helmbüschen und Armbändern eine farbenprächtige Erscheinung. Andere Kavalleriesoldaten trugen lediglich rosafarbene Armbänder. Sie waren eine gemischte Truppe, darunter auch Wüstenreiter in blauen Gewändern, die einmal unter Karlis Joch gestanden hatten, ein ehemaliger Schwarzer Ritter aus Jerges, drei in Pelze gehüllte Schwestern auf zottigen Ponys aus dem fernen Norden und andere, deren einzige Gemeinsamkeit ihre gediegene Reitkunst war. Überall verstreut, in Senken und im hohen Gras, lauerten Kundschafter in Grau und Braun mit ihrer Rabenfeder-Sigille, und ihre Langbogen hoben und senkten sich in stetem Rhythmus, da sie unermüdlich auf Vorreiter und deren Offiziere schossen. Die aufragenden Lanzen waren mit roten, blauen und rosafarbenen Bändern geschmückt, die tapfer in der Sommerbrise flatterten.

Heute mußten sie auch tapfer sein, denn sie standen einer ehrfurchtgebietenden Streitmacht gegenüber.

Als Greensleeves sah, wer sie anführte, keuchte sie entsetzt: »Bei den Zinnen von PENDLEHAVEN, nein!«

Haakon, der König der Brachen, Ludoc mit seinem Wolf und dem flammenden Adler und Leechnip, ein Troll-Zauberer, dirigierten das Kampfgeschehen von einem weiter entfernten Hügel aus.

Drei Zauberer, die alle von Gulls und Greensleeves' Armee besiegt worden waren. Getrennt besiegt worden waren. Doch hier gemeinsam kämpften.

»Wie ist das möglich?« dachte Greensleeves in ihrer grenzenlosen Verblüffung laut. »Wie haben sie miteinander Verbindung aufgenommen? Sie waren Hunderte von Wegstunden auseinander! Und sie waren Rivalen, keine Verbündeten! Wie – o nein!«

Nun verstand sie. Diese Zauberer hatten nur eines gemeinsam.

Greensleeves selbst.

»Milady?« fragte Petalia, die Anführerin der Leibwache. »Sollen wir angreifen?«

»Was?« Greensleeves schüttelte den Kopf und faßte sich an die Stirn. »Meine Schuld! Das ist alles irgendwie meine Schuld! Aber ich weiß nicht, warum!«

»Milady?« Die Leibwachen sahen einander verwirrt an.

Greensleeves verdrängte ihre selbstquälerischen Gedanken. Sie konnte sich zumindest in die Schlacht stürzen und versuchen, den Schaden wiedergutzumachen, den sie angerichtet hatte. Sie nahm die Zügel und trieb Goldenrod vorwärts. »Mir nach!«

Die Reihen von Gulls und Greensleeves' Armee wurden verheert.

Die gerüsteten Arme hoch in die Luft gereckt, hatte Haakon eine Horde Dämonen beschworen: Ungeheuer mit einer Haut wie getrocknetes Leder, glühendroten Augen und langen weißen Reißzähnen von der Größe eines Kindes. Hunderte von ihnen fielen über Greensleeves' Schützlinge her, obwohl sich die Leichen der Dämonen in vorderster Linie bereits kniehoch auftürmten. Rote und blaue Krieger arbeiteten paarweise zusammen, wie es ihnen von ihrem alten Befehlshaber Rakel von Benalia beigebracht worden war. Der eine der beiden spießte die Dämonen mit seiner langen Lanze auf, während sein Partner mit Schwert oder Axt focht, um andere Dämonen abzuwehren und sie davor zu bewahren, getötet zu werden. Doch viele Speere waren abgebrochen oder unter der Vielzahl der Dämonen begraben worden, und die meisten Partnerschaften mußten sich mit Handwaffen wehren. Vom Rücken ihres galoppierenden Pferdes aus sah Greensleeves unzählige Dämonen, deren Kopf gespalten oder abgetrennt worden war, doch viele Soldaten waren verwundet, hatten von den langen weißen Reißzähnen der Dämonen Bißwunden an Armen und Schenkeln erlitten oder Kratzwunden von ihren schmutzigen, dolchartigen Klauen im Gesicht davongetragen. Die Dämonen waren so zahlreich, daß sie wie eine schwarze Woge wirkten, die ihre Soldaten überflutete, und die Ungeheuer in den hinteren Reihen kletterten über ihre Kameraden hinweg, um über die Menschen herzufallen.

Inmitten der Dämonen schwebten Bündel zerfetzter Lumpen wie Nebelfetzen im strahlenden Sonnenlicht. Das, vermutete Greensleeves, waren Schatten, die sich von wütender Angst nährten. Zwar konnten sie keinen anderen Schaden anrichten, als jemanden bis auf die Knochen zu verängstigen, aber sie waren eine schreckenerregende Ablenkung, unter der sich die Reihen der Soldaten wanden und duckten wie unter einem Schwarm riesiger Moskitos. Furcht war die Waffe der Schatten, und selbst die tapfersten Truppen mochten fliehen, wenn das Entsetzen überhandnahm und ihre Reihen nachgaben.

Im Rücken des Keils und an anderen Stellen auf dem Hügel schlug sich die Kavallerie mit einem Dutzend geflügelter Katzen herum, die langgestreckte große Körper und buschige Ohren hatten und schwärzlich glänzten wie frisch geförderte Kohle. Die Katzen sprangen los, als wollten sie Mäuse fangen, dann schlugen sie plötzlich mit den Flügeln und segelten auf die Brust eines Reiters zu. Wenn sie einer Lanzenspitze oder einem Schwerthieb ausweichen konnten, bissen und krallten sie, schnappten nach Hälsen, zerrissen Fleisch und brachen Knochen. Ihr geschmeidiges schwarzes Fell lenkte viele Klingen ab, und sogar die mächtigen Zentauren mußten mit ihren Bronzeschwertern doppelhändig zuschlagen, um ihr schwarz brodelndes Blut zum Fließen zu bringen. Drei Zentauren und zwei Kavalleriesoldaten waren bereits gefallen; einer davon war durch einen einzigen Biß enthauptet worden. Greensleeves mußte hilflos mit ansehen, wie sich eine Teufelskatze mit den Vordertatzen im Rücken einer Zentaurin verkrallte und sie dann mit den Krallen der Hintertatzen aufschlitzte.

In der Konklave der Zauberer im Rücken der Schlacht fuchtelte der alte Ludoc mit beiden Händen in der Luft herum. Greensleeves wußte, daß der in Ziegenhaut und eine Hermelinstola gekleidete Mann ein Bergzauberer war. Jetzt beschwor er Sandteufel, so groß wie Apfelbäume, und hetzte sie auf die Reihen von Greensleeves' Armee. Vier kleine Wirbelstürme durchbrachen die Flanke der Kavallerie und warfen Zentauren und Pferde um.

Greensleeves verlor die Zauberer aus den Augen, da Petalia ihre Pferde den Kalksteinhang hinunter und durch das gurgelnde Flußbett führte. Wassertropfen flogen durch die Luft und zeichneten Regenbögen über ihren Köpfen. Während die Pferde den Anstieg am anderen Ufer bewältigten und sich damit dem Kampfgetümmel auf Bogenschußweite näherten, strich sich Greensleeves das feuchte Haar aus dem Gesicht. Hatte sie nicht eben …?

Ja. Sie stieß die erlesensten Flüche ihres Bruders aus. Nun, da sie dem Geschehen näher kam, sah sie einen goldenen Kreis auf Ludocs Brust baumeln. Das Nova-Pentagramm. Chaney hatte es ihr vor Jahren gegeben, auf daß Greensleeves ihre Furcht vor dem Wahnsinn und der Unzulänglichkeit besiegen und endlich lernen sollte, sich durch die Ebenen der Welt zu bewegen.

Also hatte Ludoc es ihr gestohlen … Nein.

Greensleeves blinzelte und stellte sich in die Steigbügel, um besser sehen zu können. Der schmierige Troll Leechnip, der hinter einem Felsen hockte, trug *auch* ein Nova-Pentagramm! Und Haakon ebenfalls, obwohl es vor dem Hintergrund seiner golden und rot ziselierten Rüstung nur schwer zu erkennen war.

Drei Pentagramme? Was, bei Chatzuks Fluch, ging da vor sich?

»Gleichgültig!« rief sie laut. »Darum kümmere ich mich später!«

»Milady, gebt acht!«

Petalia hob ihren Schild, um sie beide zu schützen, und lenkte ihr Pferd vor das von Greensleeves. Die Hauptfrau grunzte, als etwas ihren Schild traf und strahlendhell aufblitzte. Plötzlich roch es nach verbrannter Farbe und verkohltem Holz.

Oben auf dem Hügel hatte Haakon eine Rakete aus seinen Fingerspitzen abgeschossen. Er schoß noch weitere auf Greensleeves ab, und die kleinen Kometen, die vor dem Sommerhimmel fast unsichtbar waren, explodierten in der Nähe und wirbelten Erde, Gras, Steine und Wildblumen auf. Petalia rief den Leibwachen zu, Greensleeves zu umringen, und Augenblicke später sah diese nur noch Frauenrücken in wattierter weißer Rüstung und im Wind wehende Haare vor sich.

Die Tüchtigkeit ihrer Leibwachen verfluchend, mühte sich Greensleeves, den Feind zu erblicken. Ludoc beschwor gerade eine Schar Höhlenbären, doch die riesigen Tiere scheuten vor dem Lärm und dem fremdartigen Geruch der geflügelten Katzen und wütenden Zentauren zurück und stoben über die Wiesen davon. Nicht weit von der Roten Zenturie entfernt scharrte ein wütender Stier mit den Hufen und schüttelte vor Wut den Kopf. Er blinzelte angesichts der plötzlich auftauchenden Wolke eines bläulichen Nebels, der gräßlich stank und die Soldaten würgte.

Die Zauber und Kreaturen wechselten in so rascher Folge, daß Greensleeves nicht mehr wußte, wer was beschwor. Obwohl sie das nicht kümmerte. Sie sprang vom Pferd und scheuchte es aus dem Weg. Ihre Leibwachen folgten dem Beispiel. Greensleeves konnte nicht von einem Pferderücken herab beschwören. Sie brauchte Boden unter den Füßen.

Die Druidin zupfte an ihrem Umhang, betrachtete ihn und entdeckte ein gesticktes Zierbild, eine Brücke, über die eine von vier Schimmeln gezogene Kutsche fuhr. Unter der Brücke befand sich kein blaues Wasser, sondern schwarzer Schlamm. Während sie den Finger auf die Stelle legte, stellte sie sich den tatsächlichen Ort vor, einen Sumpf weit im Westen des Flüsterwalds. Mit der freien Hand zog sie einen imaginären Kreis um die Zauberer in der Ferne und formulierte einen einfachen Zauber.

Augenblicklich stutzten der schwergerüstete Haakon und der grauhaarige Ludoc, als sie ins Wanken gerieten, da sich der Hügel, auf dem sie standen, in der Mitte öffnete und in Matsch verwandelte. Binnen weniger Augenblicke versank Haakon bis zu den Knien, dann bis zu den Hüften. Ludoc erkannte die Gefahr, schleuderte seinen Adler in die Luft, wo er sofort entflammte, und warf sich dann flach auf den Bauch.

Beide waren von zähflüssigem schwarzen Schlamm umgeben.

Plötzlich heulten die Männer vor Schmerzen auf, denn Greensleeves hatte nicht nur ein Schlammloch beschworen, sondern eines, in dem heiße Quellen brodelten. Ludoc fluchte und versuchte aus dem kochendheißen Schlamm herauszuschwimmen, der seine Kleidung durchtränkte. Haakon zappelte nur wie ein Fisch auf dem Trockenen. Er war mittlerweile bis zu den Armbeugen versunken und sank immer tiefer. Greensleeves mußte ihn bald an einen anderen Ort versetzen, weil er sonst ertrinken würde.

Dann ging ihr auf, daß sie Haakon gar nicht versetzen konnte, wie sie es früher getan hatte, da ihn sein Nova-Pentagramm so sicher an Ort und Stelle verankerte, wie ihn das Schlammloch hinunterzog.

Doch Greensleeves brauchte keine große Magie. Sie ließ ihren Geist durch den Wald wandern und stellte sich einen frisch abgefallenen Ast vor: einen Witwenmacher, wie ihr Bruder ihn nennen würde. Sie hob den Ast im Geiste auf und versetzte ihn in das Schlammloch. Der wild um sich schlagende Haakon fand plötzlich einen großen Ast vor seinem Kinn. Verzweifelt packte er ihn, hielt sich daran fest, zog sich hoch. Ludoc hatte den Rand des Schlammlochs fast erreicht, und Leechnip war irgendwohin geflohen.

Da weiteren Beschwörungen zunächst einmal ein Riegel vorgeschoben war, wandte sich Greensleeves den bestehenden Gefahren zu. Die Dämonen setzten immer noch ihren Soldaten zu, und die geflügelten Katzen wüteten inmitten der Kavallerie. Greensleeves' Hand wanderte zu einem Baum, der auf den linken Rand des Umhangs gestickt war, und ihr Finger legte sich auf die rotbraune Ameise, die über seine Rinde krabbelte. Sie flüsterte einen Zauberspruch.

Inmitten der wütenden Dämonen erhoben sich fünf,

dann zehn, dann fünfzig, dann hundert der absonderlichsten Soldaten aus dem Boden.

Sie waren fünf Fuß groß und behaart, rötlichbraun und mit einer Rüstung bedeckt, die sich aber als Panzer entpuppte. Auf Hälsen, so dünn wie ein Finger, ruhten Köpfe mit runden Facettenaugen, die aus Platten bestanden. Auf die Köpfe waren mit bräunlichem Zeug tropische Blätter gepappt, die Helmbüsche nachahmten. Jeder Soldat trug eine Waffe mit dreieckiger Klinge und kurzem Heft, die halb Schaufel und halb Speer war.

Ohne noch der Aufforderung zu bedürfen, setzten sie ihre Waffen gegen die Dämonen ein. Es waren yotische Soldaten, Ameisensoldaten, geschlechtslose Arbeiter, die der Legende zufolge entweder von Urza oder Mishra zu einer Bürgerwehr geformt worden waren, um die Städte ihrer Verbündeten zu schützen, wenn deren eigentliche Soldaten fort waren. Niemand wußte, ob sich die Yotier aus Ameisen, Menschen oder beidem entwickelt hatten. Doch Yotier waren gewaltige Kämpfer, denn sie existierten nur, um Feinde anzugreifen, insbesondere nichtmenschliche Feinde, die gegen Menschen vorgingen.

Alle Ameisenmänner kämpften gleich, mit absonderlichen Stoß- und Drehbewegungen, als wollten sie mit einer Schaufel ein Loch in eine Lehmwand graben. Sie arbeiteten wie die Zähne eines Zahnrads in einer großen Maschine oder wie Vögel, die alle von einem Teller pickten. Ihre stumpfen Spaten-Speere stachen Dämonen in die Kehle, rissen lederige Haut auf und spalteten Knochen. Und die Yotier erlitten dabei selbst keinen Schaden, da die Dämonen ihrem Panzer ebensowenig anhaben konnten wie einem Schildkrötenpanzer. Langsam, aber stetig öffnete sich ein Loch um jeden Yotier, während der Wall toter Dämonen rings um sie herum wuchs.

Greensleeves warf einen Blick auf die bösen Zauberer. Haakon hatte es mittlerweile aufs Trockene geschafft. Er war bis zu den Augenlöchern seines Helms mit schwarzem Schlamm verschmiert. Ludoc war verschwunden. Wohin?

»*Pst!*« Eine Leibwächterin, Doris, hob den Speer. Zu ihrer Rechten erschienen plötzlich drei Bergziegen, alle weiß und zottig und mit Hörnern, so lang wie Heugabelzinken. Eine vierte Ziege erschien, auf deren Fell immer noch der Schnee irgendeines weit entfernten Gebirges funkelte. Das Zeichen Ludocs aus den Bergen.

Die vorderste Ziege senkte den Kopf und stürmte auf sie los. Doris sprang vor, rammte die Speerspitze in den Boden und hielt den Schaft fest. Mit gesenktem Kopf rammte die Bergziege den Speerschaft und brach seitlich aus. Doris rief etwas, als die zweite Ziege losstürmte.

»Kümmert ihr euch darum, bitte!« Greensleeves konnte sich nicht mit ganz normalen Kreaturen abgeben. Sie mußte sich um die Teufelskatzen kümmern. »Tut ihnen nichts, wenn ihr ...«

Sie stieß einen Schrei aus, als sie jemand mit seiner stämmigen Kehrseite umstieß. Petalia hatte ihre Herrin aus dem Weg geschoben, um einer Ziege den Speer in die Rippen zu stoßen, als das kräftige Tier vorbeilief. Rotes Blut befleckte weißes Fell, während die Ziege noch dreißig Schritte weiterlief, bevor sie plötzlich den Kopf senkte und einen Purzelbaum über die eigenen Hörner schlug.

Greensleeves rappelte sich auf und schlug sich den Staub von den schwieligen Händen, während sie versuchte, überall zugleich hinzusehen. Die Raketen Haakons hatten das Gras in Brand gesetzt, und die verzauberten Flammen fraßen sich von allen Seiten auf Greensleeves und ihre Leibwachen zu, doch die Druidin wedelte nur mit den Händen und ließ Wasser aus dem Fluß auf die Flammen herabregnen, die zischend erloschen. Das ist albern, dachte sie. Wenn drei Zauberer keine gefährlicheren Dinge beschwören können als Ziegen und Feuer…

Doch dies war nur einer von zwei Angriffen, machte sie sich klar, denn von Westen her griffen Kriegsmammuts und Blaue Barbaren Gulls Zenturien an.

Bisher hatte sie noch keine Zeit gehabt, darüber nachzudenken, doch jetzt raubte ihr der Gedanke den Atem, als wäre sie gegen eine Steinmauer gelaufen.

Wie viele Zauberer zogen eigentlich gegen sie zu Felde?

Noch bestürzender war die Erinnerung an das letzte Mal, als sie ›blau bemalte Barbaren‹ gesehen hatte. Diese Krieger waren vom Zauberer Towser beschworen worden, der ihr Dorf zerstört hatte. Die Druidin fragte sich, ob ihrem Bruder das mittlerweile auch wieder eingefallen war. In den letzten drei Jahren hatte er sich mehr als einmal gewünscht, Towser in die Finger zu bekommen.

War *Towser* in der Nähe? Gehörte *er* etwa zu diesem Teufelspakt, der sich gegen sie verschworen hatte? Hatte er die Nova-Pentagramme gestaltet?

Unwillkürlich winkte Greensleeves ab, als sie ihre Überlegungen zurückstellte. Sie hatte zuviel zu tun. Viel zuviel. Sie mußte drei Zauberern und ihren Kreaturen Einhalt gebieten und dann rasch weiterziehen und versuchen, den Rest ihrer Armee zu beschützen.

Ihre Leibwachen hatten die Bergziegen vertrieben und den umherirrenden Stier abgewehrt. Yotische Ameisensoldaten hatten die Anzahl der Dämonen um ein Drittel verringert. Ebenso blindlings wie umgekehrt hatten sich die Dämonen auf die Ameisensoldaten gestürzt, so daß der Hauptkampf nun zwischen kleinen pechschwarzen Leibern und rotbraunen Ameisenmännern tobte. Greensleeves' menschliche Soldaten nutzten die Atempause, um sich neu zu formieren, am Boden liegende Lanzen und Speere aufzuheben und sich auf die geflügelten Katzen zu stürzen. Als diese von Dutzenden langer Stahlspitzen bedroht wurden, ließen sie sich fauchend zurückfallen. Viele Soldaten schossen Pfeile auf Haakon ab, die jedoch alle von seinem unsichtbaren Schild abprallten. Helki, die Hauptfrau der Zentauren, rief zum Sammeln, um den Hügel zu stürmen, über den Haakon herrschte.

Doch die Soldaten wurden wiederum aufgehalten.

Zwischen ihnen und Haakon wirbelte etwas in der Luft, das wie Ascheflocken von einem Lagerfeuer aussah. Die Asche verhärtete sich, erstarrte und bildete eine unregelmäßige Mauer, die aussah wie eine Reihe schiefstehender Zähne. Viele Soldaten erstarrten und wichen unwillkürlich zurück. Sogar Helki erbleichte und tat zwei, drei schnelle Schritte rückwärts.

Die ›Zähne‹ waren Grabsteine. Grabsteine aus grauem Schiefer, weißem Granit, rötlichem Sandstein. Dutzende von Grabsteinen, in die geflügelte Totenköpfe, Engel, Ungeheuer, Glyphen, Runen, Flüche geritzt waren. Alle waren zu dieser oder jener Seite geneigt, als sei der Friedhof, von dem sie beschworen worden waren, verfallen und zugewachsen. Um viele der Grabsteine waren noch Efeuranken gewickelt. Die Armee scheute vor dieser Linie zurück, da die Soldaten befürchteten, die Seelen der geraubten Toten könnten Jagd auf sie machen.

Hauptleute brüllten, Sergeanten schrien und bellten, Soldaten zogen sich vor der Grabsteinmauer und den fliehenden geflügelten Katzen zurück. Umgeben von den Haufen toter Dämonen und gefallener Kameraden, richteten sie ihre Reihen neu aus, wischten sich den Schweiß ab, tranken aus Feldflaschen, wischten Klingen ab, trösteten die Sterbenden und bereiteten sich auf den nächsten Angriff vor.

Doch Haakon hatte sich hinter den Hügel zurückgezogen, der immer noch ein Schlammloch war, und von Ludoc und Leechnip war nichts zu sehen. Einige Dämonen kämpften noch mit den Yotiern, aber die Menschen und Zentauren hatten eine Atempause. Greensleeves fragte sich, was sie jetzt tun sollte. Die Stellung halten? Oder den Rückzug in den Wald befehlen? Sie wünschte, ihr Bruder wäre bei ihr gewesen, um ihr die Entscheidung abzunehmen. Sie mußte Dionne oder Neith fragen. Und sollten sie versuchen, die flüchtigen Zauberer gefangenzunehmen – noch einmal? Sie sollten …

»HELL'S CARETAKER!« rief Petalia. Greensleeves fuhr herum und sah sich von einem Wall aus Frauenleibern umgeben. Ihre Leibwachen hatten sich paarweise geordnet, um sie zu verteidigen. Wovor?

Dann sah sie es. Ein Überraschungsangriff. Ein Ungeheuer näherte sich ihnen, wie sie es sich nie hätte träumen lassen.

Ein Minotaurus! war ihr erster Gedanke. Doch es war kein Minotaurus.

Der Riese ging aufrecht, er war fast doppelt so groß wie ein Mensch. Er schien aus lebenden Steinen zu bestehen, die wie Meereskiesel poliert waren. Doch unter einer abgerundeten Stahlmaske – einst vergoldet und gepflegt, jetzt mit Rostflecken übersät – mit einem durchgehenden Augenschlitz und einem Eisengitter vor der Mundöffnung saß ein Hals, der so dick und braun wie ein Pferdenacken war und auch eine schneeweiße Mähne aufwies. Aus dem Gesicht oder der Maske stießen Hörner, die über den zottigen Kopf hinausragten. Der Körper war mit Streifen einer verrosteten Rüstung gegürtet und ansonsten unbekleidet. Hände und Füße endeten in Scheren wie bei einem Skorpion.

»UR-DRAGO!« stieß Bly hervor. »Ur-Drago, DIE SUMPFPLAGE!«

Eine Legende, wie Greensleeves wußte, um Kinder zu erschrecken. Und doch hier und lebendig. Aus einem Sumpf. Das mußte Leechnips Beitrag sein. Wie zur Bestätigung führte der nackte graue Troll zwanzig Schritt hinter seinem Sklaven Freudensprünge auf und kreischte vor boshaftem Lachen, wobei ihm das Nova-Pentagramm gegen die magere Brust schlug.

Diese Gedanken gingen Greensleeves für einen Augenblick durch den Kopf, dann hatte sie das Ding erreicht.

Das Ungeheuer fuhr zwischen die Hüterinnen des Hains wie ein fallender Baumstamm, doch die Frauen wichen keinen Fußbreit. Greensleeves wurde zurückgedrängt. Sie hörte Knochen brechen, eine Frau vor Schmerzen aufschreien, einen Speerschaft knacken, als er den steinernen Leib der Kreatur traf. Das Sonnenlicht stach ihr in die Augen, als sie auf die Wiese fiel. Blumenduft kitzelte ihre Nase.

Ur-Drago trat auf Blys Leiche, und sein steinerner Fuß zerquetschte sie zu Brei. Blys leblose Augen waren vor Entsetzen weit aufgerissen und starrten blicklos in den Himmel, als habe sie ein Schrecken aus ihrer Kindheit nach all den Jahren doch noch gepackt. Eine weitere Wächterin, Alina, starb, da ihr eine steinerne Hand wie ein Schraubstock das Genick gebrochen hatte. Doch die Überlebenden schwangen heldenhaft Speere und Schwerter. Petalia stemmte sich gegen ihren Speer und drückte so stark zu, daß sich Hautfetzen aus ihren schwieligen Handflächen lösten. Sie rammte die Klinge in die Armbeuge des Ungeheuers und versuchte, ihm das Herz zu durchbohren.

Doch Greensleeves wußte, daß dies keine rotblütige Landkreatur war, sondern eine Schöpfung aus reiner Magie. Petalias Speerschaft brach unter der Belastung, und die Spitze steckte zwar tief im Körper des Dings, hatte aber keinen Schaden angerichtet. Ur-Drago – war es mit diesem Namen irgendeine Drachenschöpfung? – tastete mit seinen Scheren nach Petalia und hätte ihr beinahe den Kopf abgetrennt, da er ihren Angriff überhaupt nicht zur Kenntnis zu nehmen schien.

Das Ding stapfte auf die zwei Leichen. Um Greensleeves anzugreifen.

Sie konnte es nicht bekämpfen. Sie verfügte über keinerlei Zauber, um es bewegungsunfähig zu machen, jedenfalls fiel ihr im Moment keiner ein. Ein Schlammloch konnte es nicht aufhalten, da es in den Sümpfen lebte. Eine Dornenhecke, Steinspeere oder Lehm würde es einfach zerschmettern. Jedes Lebewesen, das sich gegen diese Kreatur stellte, würde zerquetscht. Es mußte fortgeschickt werden, so weit fort, daß kein Mensch oder Lebewesen je wieder unter ihm zu leiden hätte.

Greensleeves kannte solch einen Ort, ein dunkles Loch voller Angst, das sie in ihren Träumen gefunden hatte. Sie kannte es gut, denn sie mied es, wo es nur möglich war.

Doch um das Ungeheuer fortzuschicken, mußte sie es berühren.

Während Greensleeves rückwärts taumelte, sah sie Caltha mit zerschmettertem Schlüsselbein und Kuni aus einer Kopfwunde blutend zu Boden gehen. Nur noch zwei Leibwachen waren übrig, um der Kreatur entgegenzutreten, und sie hängten sich einfach an sie, um sie von Greensleeves fernzuhalten. Petalia rief Greensleeves zu, sie solle schnell wegrennen. Hinter sich hörte die Erzdruidin das Donnern von Hufen, Zentauren oder Kavallerie, die zu ihrer Rettung kamen, wahrscheinlich mit angriffslustig gesenkten Lanzen. Doch nichts Irdisches konnte dieses Ungeheuer aufhalten.

Also murmelte sie ihren Zauber, einen Bannzauber, den sie mit einem Tasten in weite Ferne kombinierte, einem Tasten nach einem so weit entfernten Ort, daß sie innerlich fror, wenn sie nur daran dachte.

Sie behielt den geballten Zauber fest in der geschlossenen Hand, doch er kämpfte, um sich zu befreien. Ihre Finger verkrampften sich, und ihr Arm zitterte.

Wenn sie diesen Zauber verpatzte, sich von seiner Gewaltigkeit hypnotisieren ließ, wäre sie diejenige, die für immer gebannt wurde.

Petalia schrie auf, als das Ungeheuer auf ihren Knöchel trat und ihn brach wie einen morschen Stock. Trotzdem klammerte sie sich ebenso an ihm fest wie zwei weitere. Greensleeves schrie: »Laßt es los! Laßt es *los! Bitte!*«

Die beiden anderen Wachen gehorchten erschreckt, doch Petalia, ihre Anführerin, konnte Befehle widerrufen und tat es nun. »Lauft, Milady!«

Greensleeves knirschte mit den Zähnen und hielt den Zauber noch zurück, während sie mit der freien Hand nach Petalia griff. Doch sie benötigte ihre ganze Kraft, um die Faust geschlossen zu halten. Ihr Schädel dröhnte.

Sie hatte keine Wahl. Bevor noch mehr starben, mußte sie den Bannzauber loslassen.

Sie sprang vor, berührte mit der Faust eine der Scheren des Ur-Drago und öffnete die Hand. Das Ungeheuer wollte sie mit der Schere packen, doch sie wich rasch zurück, stolperte dabei jedoch und fiel. »Petalia! Bitte ...«

Zu spät.

Das Nichts stürzte sich auf sie wie eine Flutwelle.

Um Ur-Dragos Schere entstand ein Strudel aus einer so tiefen Schwärze, daß es weh tat, sie anzusehen. Binnen eines Herzschlags erfaßte die Schwärze Ur-Dragos Arm, Rumpf, Kopf, Knie und Hüfte. Und auch die sich immer noch an ihn klammernde Petalia.

Ein Heulen ertönte, ein Dröhnen, als sollten alle Geräusche aus den Ohren und aus der Welt gesogen werden. Der schwarze Strudel hüllte Ur-Drago und die Leibwache vollständig ein. Mit einem Knacken wurden beide in ein Loch im Himmel gesogen, das wie ein falsch plazierter Eingang zu einem Bergwerksstollen aussah.

Doch dies war nicht bloß ein Loch. Dies war der Schlund, ein unendlicher Quell der Dunkelheit, der – Greensleeves wußte nicht wo – lag. Zwischen den Welten? Zwischen den Ebenen? Zwischen Leben und Tod? Zwischen Traum und Wirklichkeit?

Es gab keine Möglichkeit, es zu erfahren. Nur in ihren düstersten Alpträumen hatte Greensleeves den Schlund gesehen, und sie war immer davor zurückgeschreckt wie vor einem tiefen Abgrund, um am nächsten Morgen zitternd und schweißgebadet aufzuwachen.

Und hier war diese Leere vor ihr und sog das Ungeheuer in sich auf. Und ihre ergebenste Anhängerin.

Greensleeves rief etwas und streckte die Hand aus, um Petalia festzuhalten, auch wenn sie mitgerissen werden sollte.

Doch die Leibwächterin wußte, was geschah, sah die Gefahr für ihre Herrin und weigerte sich, die Hand zu ergreifen, um Greensleeves nicht in die Schwärze zu ziehen.

Durch einen Tränenvorhang sah Greensleeves die beiden in einem unendlich langen Tunnel der Dunkelheit verschwinden. Beide wurden umhergewirbelt und verloren dabei die Farbe, bis sie Geister waren, Seelen der Verdammten, die zu früh in den Tod geschickt worden waren.

Dann schloß sich der Schlund mit einem ohrenbetäubenden Donnern.

KAPITEL 8

Zentauren, Kavallerie und Fußsoldaten drängten sich um die Erzdruidin. Heiler kümmerten sich um Calthas zerschmettertes Schlüsselbein und Kunis angekratzten Schädel, konnten jedoch nichts mehr für Bly und Alina tun. Auf dem Schlachtfeld räumten Soldaten und Lagerbewohner hinter den yotischen Ameisensoldaten auf, indem sie verwundeten Dämonen die Kehle durchschnitten. Die geflügelten Katzen waren verschwunden. Sie rannten und flogen unbeholfen zu den Hügeln in der Ferne.

Von den drei abtrünnigen Magiern war nichts zu sehen.

Umringt von müden und blutbefleckten Kriegern, war Greensleeves zu einem Häufchen Elend zusammengesunken und weinte. »Ach, Petalia!«

Die Hauptfrau der Hüter war so freundlich gewesen, so geduldig, hatte sich wie eine Mutter um sie gekümmert und die anderen Leibwachen immer wieder angehalten, ihr Bestes zu geben und Greensleeves um jeden Preis, sogar um den Preis ihres Lebens, zu beschützen. Jetzt waren zwei von ihnen tot, und Petalia hatte das Leben verloren oder, noch schlimmer, lebte noch in irgendeiner Höllengrube, war dort bis in alle Ewigkeit gefangen, weil sie Greensleeves geliebt und ihre Pflicht getan hatte.

Greensleeves weinte vor Kummer und Schmerz und weil sie sich schämte, denn sie war nie der Ansicht gewesen, ihr Leben sei das eines ihrer Anhänger wert.

Doch sie durfte ihrem Kummer jetzt keinen freien Lauf lassen, denn es gab noch soviel zu tun.

Zuviel, dachte sie. Sie fühlte sich wie eine Weide im Sturm: geschmeidig, biegsam, geduldig, aber zu stark beansprucht und kurz vor dem Zerbrechen.

Immer noch weinend kroch sie auf Händen und Knien zu den beiden toten Leibwachen. Vielleicht konnte sie noch etwas retten. Noch etwas tun und eine Korrektur vornehmen.

Soldaten hatten die beiden verstümmelten Leichname gerade hingelegt und sie mit ihren Umhängen zugedeckt, doch Greensleeves zog die Tücher beiseite und legte die Hände auf die starren Gesichter.

Noch warm. Es bestand noch Hoffnung.

»Ihr Geister des Waldes. Knochen und Wurzeln meiner Ahnen. Immerwährendes Leben im tiefen Grün, hört meine Bitte. Haucht diesen beiden, die so tapfer gekämpft und sosehr geliebt haben, wieder Leben ein. Laßt sie leben und wieder die Sonne auf dem Rücken spüren. Ihr Geister, ich flehe euch an …«

Sie murmelte weiter, rief das Mana des Waldes, und zwar aus allen seinen Bereichen: aus den sonnenüberfluteten Lichtungen, aus dem Gestrüpp am Waldrand, aus den dunkelsten Tiefen, wo sich nichts im Schatten der riesigen Bäume bewegte. Sie rief das Mana, beugte es ihrem Willen, leitete es ihren toten Schützlingen zu, die noch nicht endgültig von ihnen gegangen waren.

Soldaten keuchten und wichen zurück. Greensleeves hielt die Augen geschlossen und sammelte weiterhin magische Macht.

Unter ihren Händen veränderten sich die noch warmen Leichname. Blutverschmierte Haut wich Federn und Fell. Die noch in ihnen verbliebene Wärme nahm zu und breitete sich aus, obwohl die eigentlichen Leiber kleiner wurden.

Dann, als sie ein Zucken unter jeder Hand spürte, ließ Greensleeves los.

Ein Hase, langbeinig und mit weichem grauen Fell,

hoppelte unter ihrer Hand weg. Unter der anderen schlug ein Fasan mit den Flügeln und erhob sich kreischend in die Lüfte.

Von Bly und Alina waren nur noch ein paar Kleidungsstücke und abgelegte Waffen übrig.

Todmüde duldete Greensleeves die stützenden Hände an ihren Ellbogen, die ihr beim Aufstehen halfen. Dann holte sie tief Luft, wischte sich über das Gesicht und staubte sich die Hände ab. Sie schaute sich um und sah, daß ihre Leute das Schlachtfeld kontrollierten. Kundschafter meldeten, daß die Zauberer längst verschwunden seien, wegbeschworen.

Greensleeves glättete ihre Röcke, während man ihr Roß Goldenrod einfing. Sie versuchte sich Worte des Lobes für ihre Leibwachen auszudenken, Worte, wie Gull sie gefunden hätte. Er war mittlerweile sehr gut darin, Reden und Ansprachen zu halten. Doch ihre angeborene Schüchternheit siegte, und sie sagte nur: »Danke für eure Tapferkeit. Es tut mir leid um eure toten Kameradinnen... Caltha, du bist verletzt. Du mußt hier bleiben.«

»Milady, nein! Bitte!« Die dunkelhaarige Frau, die fast noch ein Mädchen war, gestikulierte mit ihrer provisorischen Armschlinge und zuckte zusammen, während ihr die Tränen über die Wange liefen. »Ich kann mit euch reiten!«

Bevor Greensleeves antworten konnte, übernahm Kuni mit ihrem braunen Gesicht, den glatten schwarzen Haaren und einem blutverschmierten Verband anstelle eines Helms das Kommando. »Nein, Caltha. Du brauchst jetzt Ruhe. Milady, ich bin jetzt die neue Hauptfrau. Wir brauchen mehr Hüterinnen, und ich verpflichte Micka dort. Sie ist tapfer und wird sich bewähren.«

»Nein!« sprudelte es aus Greensleeves hervor. »Verpflichte niemanden! Ich habe gerade Petalia getötet oder ihr noch Schlimmeres angetan, und wir haben Bly und Alina verloren!« Sie weinte wieder: Sie wollte nicht, daß ihretwegen noch jemandem etwas zustieß.

Doch die Hüterinnen des Hains waren stärker als Greensleeves selbst. Mit einem Kopfnicken bedeutete Kuni dem großen Bauernmädchen Micka, die Reihen der Roten Zenturie zu verlassen und Kleidung und Rüstung der toten Alina anzulegen. Doris sammelte die Kleidung der kleineren Bly auf. »Wir werden noch jemanden finden ...«

Sie wurden durch Hufschläge unterbrochen. Ein blutverschmierter Bote der Weißen Zenturie kam im Galopp auf sie zugeritten. »Bitte, Milady Greensleeves, wir werden im Süden von Magie angegriffen!«

»Ich vergaß«, sagte die Erzdruidin, »daß die Kämpfe noch nicht vorbei sind. Sie haben kaum angefangen.«

Trotz des üblen Zustands des Boten hatten die Truppen im Süden nicht so stark gelitten wie ihre Kameraden im Osten.

Greensleeves und ihre vier Leibwachen nahmen hinter einigen Birken im südlichen Teil des Flüsterwalds Gestalt an. Weil der Boden an dieser Stelle sandig und trocken war, wuchsen die Bäume weiter auseinander und auch nicht so hoch. Vereinzelte Eichen breiteten ihre Äste weit aus. Birken bildeten leuchtendweiße Flecken wie Schäfchenwolken vor einem braungrünen Himmel. Das Gras war grob und zäh, doch ein Bach sorgte für Wasser, bevor er ein Stück weiter im Boden versickerte.

An dieser Stelle lagerte nur eine einzige Zenturie, die Weißen Bären, die von einer hochaufgeschossenen Frau mit einem dichten Schopf blonder Haare namens Cerise befehligt wurde. Da sie sich innerhalb des Waldes befand, hatte Cerise ihr Lager auf andere Weise aufgeschlagen als ihre Kameraden im Osten. Die Offizierszelte drängten sich in einem Buchenhain in der Mitte. Darum herum hatte man die nicht sehr dicht stehenden Bäume ein wenig gestutzt und die Zelte in konzentrischen Kreisen errichtet. Den Außenrand des

Lagers bildete eine Brustwehr, ein säuberlich aufgeschütteter Erdwall und ein parallel dazu verlaufender Graben, denn hier lagerten auch Uxmals Zwergen-Pioniere. Jenseits des Grabens waren alle Bäume im Umkreis von hundert Schritt gestutzt worden, was Greensleeves nur widerwillig gestattet hatte. Daher hatten die Soldaten und Pioniere eine befestigte Rückzugsmöglichkeit im Innern des Waldes und zugleich freie Sicht hinaus.

Die kleine Truppe war weniger als eine Meile südlich von Greensleeves' Hain stationiert, wo sich die Offiziere trafen und planten. Sie schützte die ›Hintertür‹ zum Hain und konnte rasch zu Hilfe gerufen werden, wenn der Hain selbst angegriffen wurde. Ein breiter Pfad wand sich vom Lager zum Hain, und links und rechts dieses Pfades lagerten viele Angehörige der nichtkämpfenden Truppe: Handwerker, Köche, Pfleger, das Krankenhaus der Heiler, Lilys Quartiermeister-Korps und andere. Stiggur und Dela, die ›schwere Infanterie‹, war hier mit ihrer CLOCKWORK BEAST ebenso untergebracht wie Liko, der zweiköpfige Riese, der jetzt dank Greensleeves' Regenerationszauber wieder zwei gesunde Arme hatte. Auch Korlis' Märtyrer lagerten hier und hielten die Leute mit ihren wirren Gesängen ebenso wach wie die kupferhäutigen Zwerge, deren Kleidung mit bunten Tressen geschmückt war und die spitze Hüte trugen und oft die ganze Nacht hindurch sangen. Alle diese Arbeiter und Soldaten befanden sich jetzt innerhalb der Brustwehr. Viele von ihnen trugen Waffen, während die übrigen ihren normalen Beschäftigungen nachgingen.

Als Greensleeves ihr Pferd den Pfad entlangdirigierte, sah sie, daß ein Haufen Leichen vor der Brustwehr lag: hauptsächlich grünliche, kahlköpfige, in Lumpen gehüllte Orks und ihre kleineren Vettern, graugrüne Goblins mit grauen Haarbüscheln, alle von Pfeilen durchbohrt. Weiter hinten auf dem Schlachtfeld, näher zum Waldrand, lagen menschliche Leiber, von denen einige kurze rote Umhänge trugen, die Greensleeves kannte, während der Rest nackt war.

Bei dem einzigen lebendigen Wesen, das außerhalb der Brustwehr zu sehen war, handelte es sich um die CLOCKWORK BEAST mit Liko daneben. Sie wurde von Dela gesteuert und marschierte mit rhythmisch dröhnenden Schritten vor dem Waldrand auf und ab. Stiggur, der so hager war wie eh und je, stand auf dem Rücken der Bestie und beobachtete den Wald. Die schwankende, klirrende, klappernde, surrende CLOCKWORK BEAST sah aus wie vier Baumstämme, die eine Schmiede trugen.

Die uralte Bestie bestand aus dicken dunklen Eichen und Eisenplatten. Ihre Eingeweide sahen aus wie das Innenleben einer Mühle, ein Labyrinth aus Holzapparaten, Zahnrädern, ledernen Flaschenzügen und Auslegern. Ihre einzige Antriebsquelle war Magie, vermuteten die Leute. Der Junge Stiggur, der sich der Bestie seit drei Jahren annahm, hatte die Konstruktion verändert und ergänzt, so daß sie jetzt wie eine wandelnde Festung aussah. Niedrige Wälle auf dem Rücken waren mit Kupfer abgedeckt. Am Rumpf war eine riesige Armbrust angebracht, während die eisernen Flanken der Bestie mit Köcherreihen voller Ersatzpfeile behangen waren. Mit dem kleinen Kran an der Brust konnten Lasten hochgezogen werden, während an den Seiten Strickleitern befestigt waren. Der Sitz des Lenkers wurde durch abnehmbare kleine Wälle geschützt und hing in einem Geschirr. Und dann waren da noch die Verzierungen. Die Eisenplatten waren aufgerauht und mit braunen und weißen Flecken bemalt worden, so daß sie wie das Fell eines Pferdes aussahen. Den Kopf schmückte eine künstliche Mähne aus entflochtenen Stricken. Trotzdem war die Bestie ein ungeschlachtes, häßliches Ding. Aber nützlich. Wenn sie in Begleitung eines zweiköpfigen Riesen auf ein

Schlachtfeld stürmte, konnte sie ganze Kavallerie- und Infanterieeinheiten in die Flucht schlagen, die befürchteten, von ihren gewaltigen, klobigen Füßen zertrampelt zu werden. Außerdem schoß die riesige Armbrust sechs Fuß lange Pfeile ab, die beide Wände einer Scheune auf eine halbe Meile glatt durchschlagen konnten – wenn sie trafen.

Als Stiggur Greensleeves und ihre Begleitung erblickte, packte er das Ende des Kranseils und sprang einfach in die Luft. Die Sperrklinke ließ das Seil klirrend abrollen, bis Stiggur sicher gelandet war.

Der Vorposten verkündete Greensleeves' Ankunft, und Hauptfrau Cerise kletterte von einer hölzernen Beobachtungsplattform in der Mitte des Lagers herunter. Ihre Offiziere zurücklassend, kam sie Greensleeves zum Rapport entgegen. Stiggur gesellte sich ebenfalls zu ihnen, um seine Beobachtungen zu melden.

»Greensleeves!« rief der Junge. »Wir haben sie zurückgeschlagen! Wir waren ihnen klar überlegen! Welch ein Gemetzel!«

Die Erzdruidin winkte ab, um den Jungen zum Schweigen zu bringen. Eigentlich war er eher ein junger Mann, da er mittlerweile um die sechzehn sein mußte, und er trug hirschlederne Kleidung wie sein Held Gull. Cerise zugewandt, lauschte sie dem Rapport, blieb jedoch im Sattel, um über die Brustwehr schauen zu können.

»Die Kriegshunde fingen an zu bellen, Milady«, begann die Hauptfrau. (Irgendwann hatte jemand Greensleeves mit ›Milady‹ angeredet, und jetzt konnte die Druidin der Armee diese Sitte nicht mehr abgewöhnen.) »Raben kamen gelaufen und meldeten einen Riesen dort draußen. Diesen großen Bastard Immugio. Wir kannten ihn aus der Schlacht von Myrion. Er hat Orks und Goblins beschworen, so zahlreich wie die Fliegen, die uns aus dem Wald angegriffen haben. Nicht freiwillig, das kann ich Euch sagen.

Ihre Anführer mußten sie mit Peitschenhieben aus dem Schutz der Bäume jagen. Zum Schluß muß ihnen Immugio irgendwie Angst eingejagt haben, weil sie plötzlich zum Sturmangriff ansetzten. Aber wir haben es ihnen tüchtig gegeben, und sie haben sich zurückgezogen. Von unseren Leuten sind nur zwei verwundet, beide leicht. Stiggur hat mit seiner Riesenarmbrust auf Immugio geschossen und eine Birke neben ihm gespalten ...«

»Der Bastard hat sich *geduckt*, sonst hätte ich ihm die Gurgel gespalten!« mischte sich der Junge ein.

»Dann kamen diese Narren mit den roten Umhängen und schrien wie die Furien ...«

»Fabias Kult der Unsichtbaren.« Greensleeves unterdrückte einen Seufzer. »Das war vor Eurer Zeit.«

»Ach so, danke, Milady. Nun, unsere eigenen Narren, Korlis' Märtyrer, sahen das als persönliche Herausforderung an, und bevor ich sie aufhalten konnte, legten sie ihre Tuniken ab, als wären sie in den Flitterwochen, und stürmten über die Brustwehr. Wie Ihr seht, sind sie immer noch dort draußen.«

»In der Tat«, sagte Greensleeves, während sie den Hals reckte. Die Märtyrer waren auf äußerst blutige Weise ins Jenseits eingegangen, in die Arme Korlis', wer immer das auch war.

Greensleeves schlug die Hände vor die Augen. »Meine Güte ... Immugio und Fabia von der Goldenen Kehle.« Zwei weitere Zauberer, die durch einen halben Kontinent voneinander getrennt lebten. Sie hatten sich nicht gekannt, und trotzdem schienen sie jetzt eine Verbindung eingegangen zu sein.

Und Greensleeves wußte, daß sie das Verbindungsglied war.

Kopfschüttelnd fragte sie: »Die Goblins? Hat der Riese sie mitgebracht? Fabia kann es nicht gewesen sein, weil sie alles verachtet, ausgenommen ›vollkommene‹ Menschen.«

Cerise schüttelte den Kopf. Sie war stolz auf ihre Löwenmähne und verschmähte einen Helm. »Nein, Milady. Sie werden von einem Goblin angeführt. Von einer Frau. Sie trägt eine Krone, die wie ein Ring aus Hufnägeln aussieht. Sie ...«

Greensleeves rieb sich die Stirn. Wie sie befürchtet hatte, war es die Goblin-Königin Thunderhead. Noch eine, die ihr vom Haken gesprungen war.

»Wahnsinn«, murmelte sie. »Wahnsinn zu glauben, wir könnten diesen Zauberern und ihrer unaussprechlichen Bosheit Fesseln anlegen.«

»Milady?« fragte Cerise. »Habt Ihr irgendwelche Befehle? Sollen wir unsere Stellung hier halten oder uns in den Hain zurückziehen ...«

»Da kommen sie!« bellte Uxmal der Zwerg. Sofort umklammerten alle ihre Waffen fester oder legten einen Pfeil auf die Sehne. Nicht einer von Greensleeves' Soldaten fürchtete sich, und wenn doch, zeigte es niemand.

Doch sie selbst hatte Angst. Nicht vor der gegenwärtigen Bedrohung, sondern vor dem allgemeinen Schrecken, den sie verbreiten würden. Es schien so, als hätten sich alle Zauberer, die sie besiegt hatten, zusammengeschlossen, um sie gemeinsam anzugreifen. Konnte ihre Armee, so stark und entschlossen sie auch sein mochte, solch einer Streitmacht widerstehen?

Aus den Bäumen erscholl plötzlich ein Klirren und Kreischen. Orks krochen vorwärts, wobei sie mit ihren eisernen Schwertern auf Lederschilde schlugen und brüllten. Sie machten einen Höllenlärm, aber kaum Fortschritte. Die Reihen der Orks waren mit kleineren Goblins gespickt, die mit Speeren oder Keulen bewaffnet waren, deren Spitzen aus Feuerstein bestanden. Einige von Fabias rotgewandeten Fanatikern bildeten die Flanken. Dahinter marschierte Immugio, groß wie ein Berg. Er schrie und krakeelte, achtete jedoch darauf, daß immer dicke Baumstämme zwischen ihm und der CLOCKWORK BEAST waren.

An der linken Flanke der verteidigenden Armee rief Stiggur laut: »Hyah!« Eine gespannte Sehne sirrte, und ein Pfeil, so lang wie ein Kanu, zischte durch das Geäst der Birken und tötete drei Orks, die im Tod zur Seite geschleudert wurden. Neben Stiggur erhob sich eine hagere kleine Gestalt: Egg Sucker. Der Goblin steckte sich die Daumen in die Ohren und schnitt seinen eigenen Artgenossen unter den Birken Fratzen, dann drehte er sich um und schlug seine zerlumpten Felle hoch, um ihnen sein knochiges nacktes Hinterteil zu zeigen.

Greensleeves bemerkte, daß über der getrockneten Totenmaske auf Immugios Brust ein Nova-Pentagramm hing. Sie reckte den Hals und schaute hierhin und dorthin, sah jedoch weder Fabia noch die Goblin-Königin Thunderhead. Sie zerbrach sich den Kopf, was sie tun sollte.

Cerise rief den Bogenschützen zu, anzulegen und sich bereitzuhalten, den Feind mit einem vernichtenden Pfeilhagel einzudecken, doch Greensleeves bedeutete ihr zu schweigen und konzentrierte sich. Die Armee brannte auf einen Kampf und konnte diese gemischte Horde aus Orks und Goblins leicht besiegen, doch die Erzdruidin wollte so viele Leben wie möglich retten. Bevor dieser Tag zu Ende war, fänden noch viel mehr Schlachten statt.

»Haltet Eure Bogenschützen bitte zurück, Cerise. Die Pioniere sollen sich mit Seilen und Schlegeln bereithalten und lange Pflöcke zuschneiden, etwa eine Armspanne lang.«

Die disziplinierte Hauptfrau fragte nicht nach, wenngleich sie sich wunderte, als sie zu Uxmal marschierte und den merkwürdigen Befehl weitergab.

Greensleeves glitt von ihrem Pferd und stellte sich zwischen ihre unerschütterlichen Leibwachen. Die

Ork-Armee verstärkte ihr Gebrüll und schlich näher, wenngleich sie sich immer noch außerhalb der Pfeilschußweite hielt. Die Orks bedachten sie mit Flüchen und obszönen Gesten. Goblins hüpften umher wie Kinder. Fabias Fanatiker schlichen an den Flanken des Pöbelhaufens vorwärts, die Bronzeschwerter hoch erhoben. Der stiernackige Immugio hob die knorrigen behaarten Hände und brüllte einen Kampfruf, den seine Armee mit gleicher Münze beantwortete.

Greensleeves' Armee wartete ab, was ihre Anführerin tun würde.

Die Erzdruidin berührte eine Stelle auf ihrem bestickten Umhang, auf der ein langhaariger Mann abgebildet war, der versunken unter einem Baum lag. Dann deutete sie auf die heulende Armee.

Augenblicklich unterbrachen viele Orks und Goblins ihr Kampfgeschrei und verstummten. Die meisten von Fabias Fanatikern blieben wie angewurzelt stehen. Benommen sahen sie sich ihre Umgebung an, als sähen sie den Wald zum erstenmal. Einer berührte die Rinde einer Birke, entdeckte eine kleine Raupe und rief andere zu sich, damit sie sich die Raupe ebenfalls ansähen. Ein anderer zeigte auf die Wolken und auf imaginäre Bilder. Andere schlossen sich an, bis jemand eine Wildblume pflückte und daran roch, wonach viele andere seinem Beispiel folgten.

Die zum großen Teil hypnotisierte Armee geriet ins Stocken. Nichtverzauberte Menschen und Orks versetzten ihren benommenen Kameraden wütende Stöße und schlugen sie gar, wenn sie freundliche oder veträumte Antworten gaben.

»Welch ein Zauber ist *das?*« fragte Micka disziplinlos. Kuni schnauzte sie an, sie solle den Mund halten.

»Gelassenheit«, sagte die Druidin zu ihnen. »Und hier ist noch einer.« Sie berührte ein weiteres Bild auf ihrem Umhang und beschrieb eine scheuchende Bewegung mit beiden Händen.

Ein Summen weckte die Aufmerksamkeit der Wachsamen in dem halbbenommenen Pöbelhaufen. Das Summen wurde lauter und steigerte sich zu einem hohen Jaulen.

Aus Büschen, Sträuchern und Blättern auf der Erde erhoben sich gelbschwarze Gestalten.

Faustgroße Bienen.

Laut schreiend schlugen die Orks nach den Mörderbienen und wurden prompt gestochen. Sie konnten nicht wissen, daß die Bienen nur angriffen, wenn sie selbst angegriffen wurden, und brachten die Insekten erst durch ihre heftige Reaktion richtig in Wut.

Die Menschen und Orks, welche die Gelassenheit überkommen hatte, sahen neugierig zu, wie ihre wütenden Kameraden von den riesigen Bienen überwältigt wurden. Binnen weniger Augenblicke schrien ganze Scharen der Orks vor Schmerzen und wandten sich zur Flucht. Sie zogen einen gelbschwarzen Wirbelwind hinter sich her.

Ihr Anführer Immugio beachtete die Bienen nicht, deren Stacheln seine dicke Haut nicht durchdrangen. Er schrie seine zerbrechende Armee an, schlug sie, trat um sich und tötete ein paar mit bloßen Füßen. Dann duckte er sich, als ein weiterer Riesenpfeil durch die Blätter über seinem Kopf rauschte. Stiggur hatte sich zurückgehalten, griff jedoch nun ebenfalls an, da er sah, daß die Bienen sich auf die Orks stürzten.

Als die Orks tiefer in den Wald flohen, fingen die Soldaten in Greensleeves' Nähe zu jubeln und schließlich zu lachen an. Cerise lächelte und schüttelte ihre Löwenmähne. »Teuflische Art, eine Schlacht zu gewinnen! Aber wofür ...«

»... sind die Seile und Pflöcke?« fragte Greensleeves. »Paßt auf.«

Sie hob einen kleinen Zweig auf, der vor ihr am Boden lag.

Blinzelnd zielte die Druidin mit dem Zweig auf eine

große Eiche, die neben dem Riesen stand. Dann zerbrach sie den Zweig.

Ein lautes Knacken warnte Immugio, der aufsah, als die Baumkrone abbrach. Er heulte noch einmal auf, bevor die Krone auf ihn fiel und ihn mit ihrem Gewirr von Zweigen und dem schieren Gewicht des massiven Holzes zu Boden schmetterte. Blätter raschelten, und Zweige brachen, als sich der Riese aus der Falle zu befreien versuchte.

Greensleeves nickte in die entsprechende Richtung, doch die Zwergen-Pioniere sprangen bereits lachend und in ihrer seltsamen gutturalen Sprache singend über die Brustwehr. Cerise befahl zwei Kompanien der Weißen Bären, sie zu begleiten, und dem Rest, sich ruhig zu verhalten.

»Oh, wartet!« Aber es war bereits zu spät. Bevor Greensleeves sie aufhalten konnte, fuhren die Soldaten unter die benommenen Menschen und Orks, die immer noch im Bann des Gelassenheitszaubers standen, und metzelten sie nieder. Augenblicke später war keiner von den Feinden mehr am Leben.

Doch die stämmigen Zwerge machten ihre Sache gut. In Windeseile warfen sie Seile über den gefangenen Riesen und fesselten seine Arme und Beine. Andere schwangen Schlegel, um die frischgeschnittenen Pflöcke in den Boden zu rammen, und wieder andere befestigten die Seilenden an den Pflöcken. Es dauerte nicht lange, bis Immugio vollkommen bewegungsunfähig war.

Greensleeves schüttelte den Kopf ob des grundlos vergossenen Blutes, doch jetzt ließ sich nichts mehr daran ändern. Sie erwog, Immugio zu verhören, um zu erfahren, wer sonst noch an diesem Angriff teilnahm, kam jedoch zu dem Schluß, daß ihr der Riese ohne Folter wohl nur Unflätigkeiten an den Kopf werfen würde.

Als Greensleeves sich über die Stirn wischte, ging

ihr auf, wie erschöpft sie plötzlich war: das ständige Wirken von Magie forderte seinen Tribut. Doch im Westen wurde ebenfalls gekämpft und vielleicht auch noch an anderer Stelle. Jemand bot ihr einen Krug mit Wein an, doch sie verlangte statt dessen Wasser und bekam es auch. Zwischen tiefen, gierigen Schlucken schilderte sie die Ereignisse im Osten und Westen. Cerise nickte nur und wartete auf weitere Befehle.

Greensleeves konnte nur sagen: »Ich habe keine Befehle. Ich meine, äh, achtet einfach nur darauf, daß niemand an Euch vorbei zum Hain kommt. Laßt ständig zwischen den einzelnen Schauplätzen hin und her pendeln, damit Ihr auf dem laufenden seid. Äh ...«

Lily war aus dem hinteren Teil des Lagers zu ihnen gestoßen. Ein Kindermädchen trug ihre Tochter, da die hochschwangere Lily schon Mühe genug hatte, ohne zusätzliche Last zu gehen. Sie legte eine Hand auf Greensleeves' Arm, und die Erzdruidin bedeckte sie mit ihrer eigenen, froh über die menschliche Berührung.

»Ich störe nur ungern, Greenie, aber im Westen hat es einen schrecklichen Tumult gegeben. Ich fürchte, Gulls Truppen sind auf etwas – auf etwas gestoßen, dem nur schwer beizukommen ist.«

Die Erzdruidin nickte. »Ich tue, was ich kann, Schwester. Danke.«

Sie bestieg Goldenrod und stellte fest, daß sie nicht mehr nur drei Leibwachen hatte, sondern vier. Eine kleine flinke Frau mit Schlitzaugen namens Miko wurde ihr vorgestellt: Kuni hatte sie von den Bären verpflichtet. Mit dünner, aber deutlicher Stimme sagte Miko, es sei ihr eine Ehre, sich den Hütern anzuschließen.

»Ja, danke, aber ...« Die Druidin betrachtete die Tunika, den Rock und die weiße Ochsenfell-Rüstung der kleinen Frau. Die Sachen hatten Bly gehört und waren immer noch naß von ihrem Blut. Doch Miko schien das nichts auszumachen. Die Druidin schüttelte nur den Kopf und nahm die Hände ihrer zwei neuen Leibwachen. »Miko und Micka. Ich danke euch nochmals. Ich werde versuchen, euch die Arbeit so leicht wie möglich zu machen.«

Und euch am Leben zu erhalten, betete sie innerlich. Inmitten dieser Zerstörung und Vernichtung. Die einzig und allein ihre Schuld war.

Die Kämpfe im Westen waren völlig anders, als sie dort auftauchten, und sie konnte kaum glauben, daß die beiden Schlachten nur ein paar Meilen voneinander entfernt stattfanden.

Greensleeves blieb im Sattel und schaute an den Stämmen der riesigen roten Eichen und gewaltigen goldenen Birken vorbei. Zuerst erkannte sie nicht, was geschah.

Der Wald war hier sehr dicht, zu dicht, um zu kämpfen, hätte ihr Bruder gesagt. Auch befand sich hier nicht das eigentliche Lager der Schwarzen Zenturie, das fast eine Meile weiter westlich lag. Gulls Armee hatte sich offenbar auf dieses Waldstück zurückfallen lassen. Greensleeves hatte versucht, sich so nahe wie möglich an den Bruder heran zu versetzen, konnte ihn aber nicht einmal sehen. Die Schlacht war ein Chaos.

Abgesehen von dicken Baumstämmen, undurchdringlichem Gestrüpp und hohen Felsen, die ihr die Sicht versperrten, wallte auch noch an drei oder vier Stellen dichter Rauch auf, und es wehte kein Wind, der ihn vertrieb. Einen Augenblick lang machte sich Greensleeves große Sorgen, weil der Wald dieser Tage sehr trocken war. Ein Blick zum Himmel verriet ihr, daß eine Brise im Anzug war, aber kein Regen. Wenn sie konnte, würde sie Regen machen müssen.

Daher sah Greensleeves nur undeutliche, schemenhafte Gestalten zwischen Baumstämmen. Schwarze Hunde mit ihren schwarzen Helmbüschen, Hosen und Armbändern marschierten in zwei Richtungen vorbei.

Eine Kompanie schwarzgekleideter D'Avenant-Bogenschützinnen trabte in Richtung Süden vorbei und kniete auf einen Befehl ihrer Hauptfrau nieder. Dann machte sie ihren Befehl rückgängig und ordnete an, die Bogen zu senken und weiterzutraben. Ein Trupp Gold-Kavallerie, Soldaten und Zentauren, galoppierte am Rande ihres Gesichtsfeldes durch den Wald. An ihrem Bestimmungsort erklangen Schreie. Ein bestialisches Trompeten brachte die Luft zum Erzittern und die Blätter zum Erbeben: der Schrei eines Mammuts. Doch Greensleeves konnte die riesige Bestie nirgendwo sehen. Und wo war ihr Bruder?

Höchst bemerkenswert war eine kaum zwanzig Fuß entfernt reglos daliegende Gestalt. Die Barbarin hatte sich zusammengerollt, als schliefe sie, doch die klaffende Wunde in der Seite verriet, daß sie tot war. Ihr Haar war weiß und zu einem Knoten zusammengebunden. Ihre Haut war mit blauen Tätowierungen übersät. Sie trug eine Lederrüstung und Riemensandalen. Ihre Waffen waren verschwunden. Der Gesichtsausdruck war trotz der weißen Hauer friedlich, die ihr aus dem Unterkiefer ragten.

Greensleeves starrte die Leiche an. Diese blauen Barbaren hatte sie nur ein einziges Mal gesehen, vor langer Zeit, als ihre Abenteuer begonnen hatten. Sie waren Leibeigene Towsers, des Zauberers mit dem struppigen Haar, den Regenbogenstreifen und der verlogenen Art.

Er mußte in der Nähe sein.

»Milady, dort!« Kuni zeigte in eine Richtung. Durch eine Lücke in den Rauchwolken erblickte sie Grüne Lanzenreiter: Gulls persönliche Leibwächter. Mit leichtem Druck ihrer Knie lenkte Greensleeves ihr Pferd in diese Richtung. Ihre vier Leibwachen umringten sie.

Doch bevor sie ein Dutzend Schritte weit gekommen waren, riß Micka, das große Bauernmädchen, ihr

Pferd so energisch herum, daß es ihm fast den Hals brach.

»Holla! Für Greensleeves!«

Aus den Rauchwolken ritt ein Trio wüst aussehender, krummsäbelschwingender Männer im vollen Galopp auf sie zu.

KAPITEL 9

Die Reiter trugen zerlumpte Hemden und bauschige Matrosenhosen in blassen, aber nicht zueinanderpassenden Farben und dazu Schärpen, Ohrringe und Kopftücher. Zwei waren dunkel, von vielen Jahren auf See braungebrannt, der dritte schwarz von Geburt an, ein Mann aus dem fernen Süden.

Greensleeves wußte, wer sie waren: Piraten. Sie waren entweder Leibeigene oder standen im Sold von Dwen, einer Meereszauberin, in deren Besitz sich die sagenhafte LANCE OF THE SEA befunden hatte – bis Gull und Greensleeves sie ihr abnahmen. Die Zügel ihrer Pferde waren gelb und mit Blutspritzern übersät. Offensichtlich hatten die Piraten Mitglieder der Gold-Kavallerie überfallen.

Von den vier verbliebenen Leibwachen war Kuni mit ihrem bandagierten Kopf die langsamste. Sie bellte den anderen Befehle zu. Micka, Miko und Doris stießen einen Kriegsruf aus, senkten die Lanzen und stürmten den Reitern entgegen. Kuni baute sich mit stoßbereiter Lanze und erhobenem Schild vor der Druidin auf.

Die Piraten teilten sich, brüllten, um ihren Gegnern angst und sich selbst Mut zu machen, und ließen blutbefleckte rostige Krummsäbel über den Köpfen kreisen. Doch sie erfuhren rasch, daß es nicht dasselbe war, ein Pferd zu stehlen und zu reiten und beritten zu kämpfen.

Micka, groß, blauäugig und blondhaarig, klemmte sich die Lanze in die Armbeuge, duckte sich tief in den Sattel und zielte gut. Die blattförmige lange Spitze traf einen Piraten in den Bauch und trat im Rücken wieder aus. Gleichzeitig riß Micka ihren Schild hoch und wehrte den letzten schwachen Säbelhieb des sterbenden Piraten ab. Dann ließ sie die Lanze los, bevor sie ihr aus der Hand gerissen werden konnte. Der sterbende Pirat sackte im Sattel zusammen, und der Lanzenschaft bohrte sich in den Boden. Micka zog ihr Schwert und ritt auf einen anderen Angreifer zu.

Doris' Gegner, der schwarze Pirat, sah, wie sein Freund beinahe in zwei Hälften gespalten wurde, und lernte etwas daraus, aber nicht genug. Als Doris mit ihrer Lanze zustieß, wich er seitlich aus, während er halb aus dem Sattel glitt, um seinen Bauch vor dem Stahl zu bewahren. Doch Doris konnte ihn auch dort erreichen. Sie schwenkte die Lanze seitlich herum und schlug ihm den Schaft gegen die Rippen, dann trieb sie ihr Pferd gegen das seine. Der Pirat war bereits aus dem Gleichgewicht, und Doris' Hieb und der Zusammenprall der Pferde warfen ihn gänzlich aus dem Sattel. Er schrie auf, als er mit der Schulter auf den Boden schlug und sich den Knöchel brach, der sich im Steigbügel verfangen hatte. Er litt nicht lange, denn Doris riß ihr Pferd so gewaltsam herum, daß es sich auf die Hinterbeine stellte und laut wieherte, und ließ die lange Lanze hinuntersausen. Die Spitze drang dem Piraten in die Brust, durchstach Herz und Lunge und bohrte sich so tief in den weichen Waldboden, daß sie im Wurzelgeflecht darunter steckenblieb und Doris sie zurücklassen mußte.

Als dem dritten Piraten klar wurde, daß er plötzlich allein war, sah er sich gehetzt um, trat dann seinem Pferd rücksichtslos die Fersen in die Weichen und hielt auf die breiteste Lücke zwischen zwei Bäumen zu, die er entdecken konnte. Doch die kleine Miko, die darauf bedacht war, ihren Wert zu beweisen, wendete ihr Pferd und machte sich an die Verfolgung. Bei der wilden Hatz durch den Wald verfing sich ihre Lanze im Gewirr niedrig hängender Äste und Zweige und wurde ihr aus der Hand gerissen; also mußte sie ihr Schwert ziehen. Der fliehende Pirat drehte sich um, da er wissen wollte, ob er verfolgt wurde – ein Fehler. Als sich der Zügel dadurch auf einer Seite spannte, zögerte sein Pferd. Der Pirat sah, daß ihm eine wütende Amazone auf einem braunen Pferd auf den Fersen war. Er versuchte aus dem Sattel zu springen, doch Mikos Schwert spaltete ihm das Rückgrat. Sterbend stürzte der Pirat aus dem Sattel, krachte gegen einen Baumstamm und blieb reglos liegen.

Doris, Miko und Micka vergewisserten sich, daß ihre Gegner tot waren, dann sammelten sie ihre Lanzen ein und ritten japsend und mit geröteten Gesichtern, aber zufrieden zu Greensleeves zurück. Kuni zeigte in die Richtung, die sie zuvor eingeschlagen hatten. »Milady?«

Greensleeves nickte benommen. Sie hatte nicht einmal Zeit gehabt, einen Zauber zu wirken oder sich auch nur einen zu vergegenwärtigen.

Sie hoffte, daß sie ebensoschnell wie die Leibwachen wäre, wenn sie einmal *wirklich* gebraucht wurde.

Auf einer kleinen Lichtung stand eine hastig errichtete zweiseitige Barrikade aus vier gefällten Bäumen, von denen man Äste und Zweige abgehackt und diese dann hinter der Barrikade aufgestellt hatte, so daß sie eine Art Dach bildeten. Hinter der Barrikade hatten Gulls Grüne Lanzenreiter Schutz gesucht. Sie standen Schulter an Schulter und bildeten einen Kreis auswärts gerichteten Stahls. Daß sie sich nach allen Richtungen absicherten, bestätigte Greensleeves' ersten Eindruck: Dies war eine Schlacht ohne feste Fronten, eine Abfolge kleinerer Gefechte, die im Wald verstreut stattfanden. Doch es waren keine dreißig Lanzenreiter mehr, nur noch zwanzig, die fast alle blutbespritzt waren und zahlreiche Wunden und Schrammen aufwiesen. Sie hatten zehn Schwarze Hunde verpflichtet, um wieder auf ihre volle Stärke zu kommen.

Als Greensleeves sich der Barrikade näherte, sah sie, daß überall Leichen zwischen den Bäumen lagen. Grüne Lanzenreiter und Schwarze Hunde mit tiefen tödlichen Wunden, Piraten und Blaue Barbaren, die von Speeren und schwarzen Pfeilen durchbohrt worden waren, und ein paar fellbekleidete blaßhäutige Leute. Einige gegnerische Leichen waren auf die Barrikade geschleudert worden oder bei dem Versuch gestorben, sie zu überwinden.

Die Sommerhitze hatte Gull dazu bewogen, sein Hemd auszuziehen, so daß seine Arme nun nackt waren, da er nur noch sein hirschledernes Wams trug. Seine gewaltige Doppelaxt zog den Gürtel auf einer Seite herunter. Er war mit Blut verschmiert, sowohl mit seinem eigenen als auch mit dem anderer, hielt jedoch keinen Augenblick lang in seiner Arbeit inne. Er bellte Boten Befehle zu, schickte sie zu den anderen Zenturien und zu seiner Frau, der Quartiermeisterin. Er befragte dunkelgekleidete Kundschafter. Er befahl Soldaten, die zu stark verwundet waren, sich aus der vordersten Front zurückzuziehen. Er schwang sogar seine große Axt, um Zweige abzuhacken, die ihm in die Quere kamen. Greensleeves war stolz auf ihren großen Bruder, der immer nur hatte Holzfäller sein und sein Leben lang in Weißfels wohnen wollen, doch vom Schicksal in Schlachten geworfen und in den Generalsrang erhoben worden war. Dafür, daß Gull nur widerwillig Krieger war, machte er seine Sache als Heerführer bemerkenswert gut.

Die ganze Zeit über kamen verwundete Schwarze Hunde aus dem Wald zur Barrikade getaumelt. Gull gönnte ihnen kaum Ruhe, sondern befahl ihren Sergeanten, sie neu zu formieren. Greensleeves war entsetzt über ihre Verfassung und ihre geringe Zahl. Von den ursprünglichen hundert Schwarzen Hunden waren weniger als sechzig übriggeblieben, kaum achtzig Kavalleristen, ein Trupp D'Avenant-Bogenschützinnen, zwanzig Grüne Lanzenreiter und eine Handvoll Kundschafter. Hier mußten die Kämpfe am heftigsten getobt haben.

Nachdem Gull dafür gesorgt hatte, daß sich die Reihen seiner Kämpen neu formierten, wandte er sich an seine Schwester, die im Sattel geblieben war. »Greenie! Es geht ziemlich hart her! Sie haben uns in Wellen angegriffen und uns schwer zugesetzt, während wir uns zurückfallen ließen. Wir haben Dacian dort draußen gesehen und Dwen, die Meereszauberin. Und Towser, dieser Sohn eines Teufels, muß hier auch irgendwo sein, weil unter den Angreifern auch seine Blauen Barbaren sind. Und Kriegsmammuts mit kleinen Häusern auf dem Rücken und Bogenschützen darin. Ich habe nach Stiggurs CLOCKWORK BEAST und Liko schicken lassen. Wie steht es sonst?« Er warf einen Blick auf die vier blutbefleckten Leibwachen und erriet das Schicksal der anderen, sagte jedoch nichts. Er hatte heute schon zu viele Leute sterben sehen – aber er machte sich Sorgen um die Sicherheit seiner ›kleinen Schwester‹.

Die erzählte ihm rasch von der Schlacht im Osten, dem Scharmützel im Süden und den anderen Zauberern. »Es ist wie das Ende der Welt, Gull! Jeder Zauberer, gegen den wir gekämpft haben, ist heute hier.«

Gull schüttelte den Kopf. »Aber es ergibt keinen Sinn. Sie haben uns an drei Fronten angegriffen, aber die Angriffe sind so armselig! Meine Soldaten kämpfen und sterben wie Helden, aber ich glaube, wir werden nur zermürbt. Dort draußen wartet ganz bestimmt noch mehr auf uns. Eine Falle, bereit zum Zuschnappen.«

Greensleeves nickte. Ihr Bruder kleidete ihre eigenen Befürchtungen in Worte. »Ich bin ganz deiner Meinung. Unsere Siege waren zu leicht errungen. Es ist so, als seien das die ersten Regentropfen eines Wolkenbruchs.«

»Genau.« Geistesabwesend wühlte Gull in einem Beutel und zückte einen Schleifstein, um seine Axt zu schärfen, als hätte er wie vor langer Zeit gerade das Holzfällen unterbrochen, um eine Pause zu machen. »Und *warum?* Was könnten sie für ein anderes Ziel haben, als uns niederzumachen? *Warum* soviel Magie, nur um uns durch den Wald zu jagen? Und wie, in aller Welt, haben sich diese Zauberer überhaupt zusammengefunden? Dacian und Dwen stammen aus verschiedenen Gefilden! Wie ...«

»Das ist meine Schuld«, warf Greensleeves ein.

»*Deine* Schuld?«

»Ich habe sie mit dem Steinhelm unterjocht!« In ihrer Erregung schlenkerte sie wieder mit den Händen, wie sie es als Närrin immer getan hatte. Goldenrod scheute, und Gull hielt das Pferd am Zügel fest. »Das einzige, was sie gemeinsam haben, bin ich! Irgendwie, ich weiß nicht wie, haben sie miteinander Verbindung aufgenommen. Vielleicht ist es eine Eigenschaft des Helms, die seine Schöpfer einsetzen wollten, um ihren Hörigen nachzuspüren. Wir kennen immer noch nicht das Geheimnis des verdammten Dings!«

»Magie«, spie Gull verächtlich. »Das alte Lied. Man kann ihr nicht trauen. Man konnte es noch nie.«

Greensleeves reagierte nicht auf die Bemerkung. Sie hatte dieses Argument schon zu oft gehört. Gull haßte Magie, weil sie seine Heimat zerstört hatte, und damit war das Thema für ihn erledigt. Für ihn wäre die Magie immer eine Kraft für viel Böses und wenig Gutes.

Wie um Gulls Auffassung zu unterstreichen, erbebte plötzlich die Erde unter ihren Füßen. Gleichzeitig war ringsherum von überallher ein prasselndes Geräusch zu hören. »Erdbeben!« rief eine Frau. »Steinregen! Bedeckt eure Köpfe!« schrie ein Mann.

Gull fragte lediglich: »Schon wieder?«

Greensleeves wurde so rasch aus dem Sattel gerissen, daß sie vor Überraschung quiekte. Doris hatte sie gepackt. Kuni schrie etwas. Augenblicke später lag Greensleeves unter den vier Leibwachen, die mit ihren Schilden einen Schutzwall über ihren Köpfen bildeten.

Die Steine fielen immer schneller herab, und überall prasselte und krachte es wie bei einem Hagelschauer. Der Lärm der Steine – Meeressteine, bemerkte Greensleeves, rundpoliert –, die gegen Holz und Eisen prasselten, war ohrenbetäubend. Nach kurzer Zeit stapelten sich überall um sie herum Steinhaufen. Ein wieherndes Pferd verstummte und brach zusammen, als ihm der Schädel zertrümmert wurde. Ein anderes zerriß die Zügel, mit denen es an einen Baum gebunden worden war, und rannte blindlings los. Jemand schrie auf, als ein Stein den Schutz durchbrach. Jetzt wußte Greensleeves, warum die Lanzenreiter alle verschrammte, geschwollene Gesichter hatten. Sie suchte nach einer Möglichkeit, sich des tödlichen Steinhagels zu erwehren, doch ihr fiel nichts ein. Der arme Goldenrod ...

Greensleeves spürte die Erde unter sich erbeben. Doch dies war kein Erdbeben, wurde ihr plötzlich klar, sondern vielmehr das Ergebnis von Grabungen. Jemand grub einen Tunnel unter ihnen oder an ihnen vorbei. Dunkel, weil sie damals noch geistig beschränkt gewesen war, erinnerte sie sich, wie Dacian das Dorf Weißfels mit Tunneln unterhöhlt hatte, die UTHDEN-Trolle gegraben hatten, winzige Lebewesen, die versessen auf Münzen und Metall waren. Doch warum jetzt Tunnel? Um in den Rücken von Gulls Armee zu gelangen? Warum sich die Mühe machen, wenn diese Armee ohnehin in alle Winde zerstreut war?

Über das Prasseln und Krachen rief Gull seinen Truppen zu: »Beim letztenmal haben sie danach sofort angegriffen! Sobald der Steinregen nachläßt, macht euch zum Kämpfen bereit!«

Noch mehr Kämpfe, dachte Greensleeves, vielleicht die bisher schlimmsten. Noch mehr Leute würden sterben, ihre treuen Anhänger. Wie Bly, Alina und die arme Petalia. So viele Tote, und das alles für ihren Kreuzzug, Zauberer davon abzuhalten, andere zu unterjochen. War es das wert? Hatten sie nicht unzählige Dörfer, sogar eine ganze Stadt davor bewahrt, geschändet und ausgeplündert zu werden? Doch warum fiel ihnen keine bessere Methode ein als zu kämpfen?

Der Steinregen ebbte ab, und schließlich verstummte das Prasseln.

Gull sprang augenblicklich auf. »Los, auf mit euch! Sie werden gleich kommen! Bemannt die Barrikade!«

Greensleeves' Leibwachen erhoben sich. Als erstes sah sie ihr sanftes Pferd Goldenrod, das halb von Steinen bedeckt tot auf der Seite lag.

Ein Kundschafter brüllte: »Es ist ein Großangriff!«

Gull stützte sich auf die Schultern zweier Grüner Lanzenreiter und stemmte sich hoch, um über die Barrikade zu sehen. Als er losließ, landete er auf einem Steinhaufen. »Herr der Grube! Jetzt geht es uns an den Kragen! *Laßt die Trompeten erschallen!*«

Die Angreifer näherten sich im Laufschritt.

Kriegsmammuts, auf deren Nacken fellbekleidete Reiter saßen, trotteten steifbeinig zwischen den riesigen Bäumen hindurch und auf Gulls dünne Verteidigungslinie zu. Die zottigen Bestien waren so groß, daß Greensleeves' Bruder auch mit erhobenen Händen kaum hätte ihren Bauch berühren können. Ihre stampfenden Schritte brachten den Waldboden zum Erzittern. Auf das zottige rotbraune Rückenfell waren Kriegsplattformen geschnallt, die bei jedem Schritt gefährlich schwankten. Auf den Plattformen knieten Bogenschützen, die wie die Reiter so blaß wie Vampire waren, zotteliges blondes Haar hatten und Kleidung aus Hirschleder oder Polarfuchs- und Wolfspelze trugen. Ihre Bogen waren kaum gekrümmt, die Pfeile hatten Spitzen aus Feuerstein. Neben den Mammuts liefen noch mehr säbelbeinige Höhlenmenschen, die Keulen und kurze Speere schwenkten, und die Blauen Barbaren mit ihren Hauern, die ein wildes Geheul ausstießen. Dazwischen waren auch vereinzelte Piraten zu sehen, die ebenso kampflustig zu sein schienen.

Und angeführt wurden sie von…

Gulls Soldaten bemannten die Barrikade, die Speere erhoben, Pfeile auf den Sehnen, Schwerter und Äxte in den Händen und Schilde an Ort und Stelle. Gull hatte sich in der Mitte postiert, und seine Lanzenreiter umgaben ihn mit einem schützenden Ring. Der General spie in die Hände und ließ einmal seine Axt kreisen. »Der große Schweinehund gehört mir!«

Greensleeves hatte plötzlich einen dicken Kloß im Hals. Denn der Angriff wurde von dem größten Mann angeführt, den sie je gesehen hatte.

Der Mann war gewaltig. Und furchterregend.

Er war muskelbepackt, größer als Gull und vermutlich doppelt so schwer. Er trug einen roten Kilt, einen Lederharnisch und einen gräßlichen Eisenhelm mit rubinroten Augen und Reißzähnen. In den Händen hielt er ein mächtiges zweihändiges Schwert, und er trug keinen Schild. Kein Feind, das war klar, würde lange genug leben, um einen Hieb von ihm zu erwidern.

Der Kriegsfürst heulte am lautesten von allen. Seine Stimme klang wie splitternder Fels. »Gull! Ich bin deinetwegen hier. Ich werde dich töten!«

»Nicht ohne Kampf!« brüllte der Holzfäller zurück. Das Geschrei war auf beiden Seiten lauter als Donnerhall. »Soldaten, stillgestanden! Kavallerie, marsch!«

Mit lautem Aufschrei schossen Kavalleriesoldaten und Zentauren zu beiden Seiten der Barrikade hervor, überflügelten die Spitze der anstürmenden Herde und hielten ungeachtet der Gefahr geradewegs auf die sechs Kriegsmammuts zu. Die Bogenschützen auf den Rückenplattformen der Bestien stießen ihr eigenes

Kriegsgeschrei aus. Bogensehnen surrten, und Pfeile regneten auf die Gold-Kavallerie herab.

Von ihren vier Leibwachen umgeben, kauerte Greensleeves ein Stück weit hinter der Barrikade und war am Verzweifeln. Vier- oder fünfhundert Wahnsinnige griffen sie an, dazu ein halbes Dutzend Kriegsmammuts, und angeführt wurden sie von diesem unglaublich großen Kriegsfürsten, selbst einem Mammut unter Menschen. Gulls Streitmacht war kaum halb so groß. Und ihr Bruder kämpfte in vorderster Front.

Der Kriegsfürst blieb zwanzig Schritt vor der feindlichen Linie stehen. Er winkte den Höhlenmenschen ringsherum zu und heulte: »Kämpft! Kämpft! Kämpft!«

Die erste Welle traf auf die Barrikade.

Blaue und weiße Haut traf auf Lanzen mit grünen Bändern und Schwerter mit schwarzem Knauf. Greensleeves mußte über die Schultern ihrer Leibwachen hinwegschauen, aber sie sah das Chaos dennoch, als die Linie der Angreifer gegen die Barrikade brandete wie eine Flutwelle gegen eine Steilküste. Sie war nahe genug, um das Blut zu riechen, das Kratzen von Stahl auf Knochen und das Klirren der Waffen zu hören. Höhlenmenschen, Frauen wie Männer, heulten wie Wölfe, wenn sie gegen die Barrikade anrannten. Sie stürzten sich in die lange Reihe der nach vorn gerichteten Speere. Eine Höhlenfrau starb blutspuckend, als ihr eine Lanze die Kehle aufschlitzte. Ein Barbar duckte sich unter eine Lanze hinweg, um sich auf der nächsten aufzuspießen. Eine Frau sprang mit beiden Füßen auf die Sterbenden, ließ ihre Keule niedersausen und starb gleich darauf. Auf der ganzen Breite der Barrikade starben Höhlenmenschen an kaltem Stahl. Doch obwohl die Schwarzen Hunde sich ihrer Haut mit Speer und Schwert wehrten, wurden sie von der schieren Zahl der Angreifer zurückgedrängt, förmlich unter einer Lawine aus Fleisch begraben.

In vorderster Front, doch durch seine fürsorglichen Leibwachen behindert, mähte Gull alle Höhlenmenschen nieder, die in seine Nähe kamen, während er seinen Truppen beständig zurief, standzuhalten, Schulter an Schulter zu kämpfen und sich nicht überrumpeln zu lassen.

Der Kriegsfürst, dem das Leben seiner Krieger gleichgültig zu sein schien, kannte nur einen Befehl: »Kämpft!«

Benommen von der Grausamkeit und Wildheit des Schauspiels vor ihren Augen, griff Greensleeves in die Schlacht ein. Trotz des selbstmörderischen Angriffs der Kavallerie und der Zentauren, die stachen und hieben und kämpften, um die Marschrichtung der Bestien zu ändern, stampften die Mammuts weiter auf die Barrikade zu. Mittlerweile waren sie so nahe, daß die Bogenschützen auf ihrem Rücken Pfeile in die Reihen der Schwarzen und Grünen abschossen. Niemand konnte die Ungeheuer aufhalten – nur ein Anwender von Magie.

Sie berührte ihren Umhang an einer Stelle, wo eine orangefarbene Gestalt über einem Lagerfeuer flatterte, und wedelte mit den Händen, als wolle sie Fliegen verscheuchen.

Augenblicklich tauchten bei den Köpfen der sechs Mammuts aus dem Nichts winzige flammende Wesen auf: Feuerkobolde, nicht größer als Kolibris. Und wie alle Kobolde hatten auch diese eine boshafte Ader. Solch großen Zielen konnten sie nicht widerstehen.

Flackernd und schwarze Rauchfahnen hinterlassend, zischten sie durch die Luft und in das Fell unter den Augen der Mammuts, das, trocken, fettig und zottig, wie es war, augenblicklich Feuer fing, knisternd verglühte und die Augen der Tiere mit Rauch füllte.

Die riesigen Bestien liefen Amok.

Eins der Tiere bäumte sich auf und stampfte dann so fest mit allen vier Beinen auf den Boden, daß die Gurte rissen, welche die Plattform auf seinem Rücken hielten. Die Bogenschützen verloren den Halt und fielen zwanzig Fuß tief auf den Boden. Ein anderes Mammut, dessen Fell sich auf einer Seite entzündet hatte, drehte sich um sich selbst, wobei es mehrere Piraten zu Tode trampelte, bis es gegen seinen Nachbarn stieß und dadurch aufgehalten wurde. Seine Bogenschützen purzelten haltlos von der Plattform herunter. Das dritte Mammut schloß die Augen und rannte mit dem Kopf voraus gegen eine gewaltige Eiche, wobei es sich selbst den Schädel einschlug und den Baum halb entwurzelte.

Die letzte Bestie stürmte einfach geradeaus. Greensleeves schrie auf, da Höhlenmenschen und Blaue Barbaren wie Eier unter den mächtigen Füßen zertrampelt wurden. Das Mammut schlug eine gewaltige Bresche in die Barrikade und zermalmte auch einige Grüne und Schwarze. Gull befahl seinen Soldaten lauthals, die Bresche mit Speeren zu füllen.

Der Kriegsfürst nutzte das Chaos aus. Er winkte die zweite Reihe der Blauen Barbaren vorwärts. »Kämpft! Kämpft!«

Die Barbaren waren schlauere Krieger als die Höhlenmenschen und zudem im Kampf geübt. Zwar brüllten und tobten auch sie in ihrer Wut, aber sie behielten halbwegs klaren Kopf. Sie kämpften in kleinen Gruppen und schlugen die Lanzen mit ihren Krummschwertern aus Bronze und bleigefüllten langen Keulen zur Seite und schützten sich mit ihren Lederschilden. Doch auch sie waren vor Kampfeslust halb wahnsinnig. Sie stiegen auf die Leichen der toten Höhlenmenschen und teilten wütende Hiebe nach links und rechts aus, um so eine Bresche in den Wall aus Speeren zu schlagen. Obwohl sie von den D'Avenant-Bogenschützinnen mit einem Pfeilhagel eingedeckt wurden, zwangen sie die Schwarzen Hunde und Grünen Lanzenreiter mit ihren ungestümen Hieben, auf ihre Schwerter als Waffen zurückzugreifen. Nach kurzer Zeit war Gulls Linie an mehreren Stellen durchbrochen, und immer noch drängten Hunderte von Barbaren und überlebenden Höhlenmenschen kreischend und heulend nach und starben.

Scheinbar innerhalb weniger Augenblicke war die Barrikade beiseite gefegt und die Reihe von Gulls Soldaten durchbrochen und aufgerissen worden wie ein Ameisenhaufen von einem Bär.

Bevor Greensleeves irgend etwas beschwören konnte, tobte im Wald ein unübersichtliches Handgemenge – nicht mehr zwischen geordneten Linien, sondern zwischen wild um sich schlagenden Einzelkämpfern. Ihre Leibwachen drängten sie zurück und stachen dabei mit ihren Lanzen nach Feinden, die Greensleeves entdeckt hatten. Doch die Druidin hatte nur noch Augen für die mißliche Lage, in der sich ihr Bruder befand.

Nachdem der Kriegsfürst bisher nur mittelbar für den Tod Dutzender gesorgt hatte, griff er nun eigenhändig in das Kampfgeschehen ein. Er schwang sein riesiges zweihändiges Schwert und pflügte durch die Reihen seiner Gegner und Verbündeten gleichermaßen.

Ihrem Bruder entgegen.

Unbegreiflicherweise wurde Gull von seinen eigenen Grünen Lanzenreitern behindert, da sich seine hingebungsvollen Leibwachen alle Mühe gaben, sich zwischen ihn und den Kriegsfürst zu postieren, wie sie es bei jeder Bedrohung getan hätten. Während ringsumher hundert kleinere Kämpfe tobten, umringten die Grünen Gull und engten seinen Bewegungsspielraum ein. Gull versuchte sie zurückzubeordern, nur um mit ansehen zu müssen, wie sie von dem gewaltigen Bihänder wie Korn niedergemäht wurden. Ihr Blut bespritzte beide Männer.

Schließlich stieß Gull selbst Grüne beiseite, um seinem Feind zu begegnen: in einem Duell auf dem Feld der Ehre.

Der Kriegsfürst brüllte: »Heute stirbst du, Gull der Feigling!« Er holte mit dem Schwert aus und schlug in Hüfthöhe zu, um Gull in zwei Hälften zu zerteilen, tötete mit diesem Hieb jedoch nur noch mehr Grüne. Gull sprang brüllend über ihre Leichen hinweg und kämpfte nun selbst wie ein Berserker.

Der stämmige Holzfäller schwang seine acht Pfund schwere große Axt. »Nimm *das*« – mit einem markerschütternden Klirren lenkte er die Schwertklinge ab –, »du *Schweinehund!*«

Doch die Wucht des Schwerthiebs wirbelte ihn halb herum. Er konnte sich kaum auf den Beinen halten, während ihm die riesige Klinge über den Kopf hinwegpfiff. Ein Grüner stieß mit seiner Lanze nach dem Kriegsfürst und wurde von einem heftigen Tritt beiseite geschleudert. Die Muskeln in den Armen des Kriegsfürsten spannten sich, und er ließ sein Schwert geradewegs herabsausen.

Gull war zu sehr außer Atem, um weitere Drohungen auszustoßen. Er wich dem Hieb seitlich aus und sah das Schwert in den Boden fahren. In diesem Augenblick sprang Gull vor und stieß mit dem Axtschaft nach der Kehle des Kriegsfürsten – ein tödlicher Hieb, wenn er träfe.

Doch der Kriegsfürst hatte ihn vorausgesehen.

Der Kriegsfürst hob nur die Schulter, und der Eichenschaft prallte von seinen stahlharten Muskeln ab.

Während Gull die Axt zurückzog, erkannte er, daß er seinem Gegner zu nahe war. Die Grünen, die ebenfalls vorgesprungen waren, konnten von ihren Lanzen keinen Gebrauch machen, da sie Gefahr liefen, Gull zu treffen.

Ein gewaltiger Arm ließ einen Ellbogen wie einen Hammer auf Gulls Schulter herabsausen, und Gulls Schlüsselbein brach mit einem trockenen Knacken.

Vor Schmerzen stöhnend, duckte sich Gull nach links weg, um sich von dem Kriegsfürst zu lösen. Doch der schwang seine andere Hand, die den Schwertknauf umklammerte, schnell und hart.

Der Schlag riß Gulls Kopf herum und brach ihm fast das Genick. Der Kriegsherr landete Treffer auf Brust und Hals, grausame Hiebe, die einen Baum gefällt hätten, und einen Tritt, der Gull die Kniescheibe brach. Der Holzfäller wurde in die Schar seiner Lanzenreiter geschleudert, von denen mittlerweile nur noch bedauernswert wenige standen.

»Gefällt dir das, Gull?« höhnte der Kriegsfürst keuchend. Er ließ sein Schwert kreisen, um die Lanzenreiter von dem rücklings daliegenden Gull zu vertreiben. »Ich bin noch längst nicht fertig!« Ein weiterer Tritt brach Gull ein paar Rippen und drehte ihn halb auf die Seite. Muli, die aus einer Kopfwunde heftig blutende Hauptfrau der Lanzenreiter, sprang vor, um Gull zu schützen, doch der Kriegsfürst schlug sie mit seinem blutigen Schwert beiseite.

Greensleeves stöhnte laut auf. Der Kriegsfürst spielte mit Gull, *genoß* das Gemetzel, ließ Gull leiden, bevor er ihn tötete.

»Warum?« flüsterte sie fassungslos. »Warum haßt er meinen Bruder sosehr? Sie sind sich noch nicht einmal *begegnet!*«

Völlig benommen richtete sich Gull auf Hände und Knie auf und versuchte aufzustehen, doch er war sogar zu schwach und zu verwirrt, um seine Axt zu heben. Ein weiterer Lanzenreiter versuchte ihn aus der Gefahrenzone zu ziehen.

Vor Häme heulend, ließ der Kriegsfürst den Knauf seines furchtbaren Schwerts auf Gulls Kopf niedersausen.

Der Holzfäller fiel mit dem Gesicht auf den Boden, tot oder bewußtlos.

Doch der Kriegsfürst versetzte ihm noch immer

nicht den Todesstoß. Er trat Gull in die Rippen, um ihn aufzuwecken. »Du gehörst jetzt mir, Gull! Wenn ich will, kann ich dir das Fleisch von den Knochen schälen! Wenn ich will, kann ich dir das Herz herausreißen und es essen! Wenn ich will, kann ich aus deinem Schädel einen Trinkbecher anfertigen lassen, um meinen Rachedurst zu stillen!«

Warum? hallte es in Greensleeves' Verstand. Warum dieser Haß von einem Fremden? Und welche Rache?

Mittlerweile hielten sich auch die Grünen Lanzenreiter zurück, von denen nicht mehr als eine Handvoll übriggeblieben war, weil sie ihren geliebten Anführer tot wähnten. Und sie waren praktisch allein. Im Laufe des Zweikampfs hatte sich Gulls Armee immer mehr aufgelöst. Kleinere Gruppen Schwarze Hunde hatten sich angesichts des zahlenmäßig stark überlegenen Gegners in dem verzweifelten Bemühen zu überleben unwillkürlich vor der weißblauen Flutwelle zurückgezogen.

Der vermeintliche Tod des Anführers tat ein übriges, und weitere Soldaten flohen, während sich die Kavallerie vom Feind löste. Männer und Frauen ächzten und weinten, ein gemeinsamer Ausdruck der Trauer über ihren großen Verlust. Die weniger als hundert überlebenden Anhänger Gulls flohen jedoch nicht kopflos, sondern zogen sich mehr oder weniger geordnet zurück, da sie immer noch hofften, daß ihr Anführer vielleicht noch am Leben sein könnte.

Greensleeves wurde von ihren Leibwachen zurückgezerrt. Sie war benommen von der außerordentlichen Grausamkeit der Schlacht und von dem Schrecken, der über ihren Bruder hereingebrochen war. Sie verfluchte sich, weil sie nicht einen einzigen Zauber zu seinem Schutz gewirkt hatte. Der grausame Angriff war zu schnell erfolgt.

Und jetzt war es zu spät, denn die Tritte des Kriegsfürsten entlockten Gull keine Reaktion mehr. Er konnte nicht mehr Katz und Maus mit ihm spielen, also hob er langsam das Schwert mit beiden Händen, die Spitze nach unten gerichtet, um es Gull in die Brust zu stoßen.

»Milady, bitte!« flehte Kuni. Sie packten Greensleeves am Ellbogen, um sie zu bewegen, mit ihnen zu kommen. Kuni ließ ihr Schwert kreisen, um Blaue Barbaren abzuwehren, deren Blutdurst noch nicht gestillt war. Eine Handvoll Schwarzer und Grüner kämpfte sich zu Greensleeves durch, um den anderen Anführer ihrer Armee zu beschützen, denn ihr General war tot oder wäre es jeden Augenblick. Kuni beschwor Greensleeves: *»Milady, Ihr müßt ...«*

»Nein!« rief die Druidin. Sie streckte die Arme aus und schob die Leute in ihrer Nähe beiseite, nachdem sie unwillkürlich einen Schildzauber für sich selbst gewirkt hatte. *»Nicht ohne meinen Bruder!«*

KAPITEL 10

Der Kriegsfürst machte Anstalten, mit seinem Schwert zuzustoßen.

Greensleeves legte den Finger auf eine Stelle ihres Umhangs, wo zwei Füchse ein goldenes Feld betrachteten. Sie überkreuzte zwei Finger der anderen Hand und zeigte auf den Kriegsfürst.

Das riesige Schwert sauste herab und stach – in den Boden.

Wo sich zuvor der Kriegsherr über Gull gebeugt hatte, standen jetzt zwei verwirrte Barbaren.

Zehn Schritt entfernt sah sich der Kriegsfürst nach seiner Beute um.

Greensleeves hatte den Kriegsfürsten im Raum versetzt, ihn gegen zwei Barbaren ausgetauscht. Zwei deshalb, weil er soviel wog wie zwei normale Leute.

Überlebende Schwarze Hunde und Grüne Lanzenreiter stießen die Barbaren beiseite und beugten sich über ihren gefallenen Anführer.

Doch der Kriegsfürst heulte: »Kämpft! Dort!« Und jeder Soldat auf seiner Seite hob die Waffe und schrie – plötzlich wieder kampfeslustig. Sogar die Verwundeten und Sterbenden suchten sich eine Waffe oder krochen mit nackten blutenden Händen auf die Stelle zu, die ihnen der Kriegsfürst gezeigt hatte. Der Kriegsfürst schulterte sein Schwert und führte sie an.

Greensleeves scheuchte ihre Leibwachen vorwärts. Fünf Schritt von Gull entfernt, strich sich die Druidin die braunen Haare aus dem Gesicht und berührte eine pralle runde Sonne auf ihrem Umhang. Ihre Fingerspitzen sprühten Funken.

Soldaten auf beiden Seiten heulten auf.

Vor ihren Augen entstand eine vielfarbige Mauer aus blendendem Licht. Überall in der Luft gingen kleine Sonnen auf, Hunderte von ihnen, wie riesige flackernde Kerzenflammen. Auf zehn Schritt in jeder Richtung blinkten, blitzten, schimmerten und explodierten Lichter. Während die Streitmacht des Kriegsfürsten zurückwich, dessen halbnackter Leib von der Hitze versengt wurde, starrten Blaue Barbaren und Höhlenmenschen nur ehrfürchtig auf das Schauspiel.

Jeder Fingerbreit der Mauer war schmerzhaft schön, und es war unmöglich, nicht hinzusehen, obwohl das grelle Licht in den Augen schmerzte und die Leute blendete und dazu bewog, sie mit der Hand abzuschirmen. In Kopfhöhe pulsierte ein riesiges rotes Licht so schnell wie ein schlagendes Herz. Daneben kräuselte sich eine gewundene Kette grüner Lichter im Rhythmus eines unhörbaren Takts. Eine blaue Sonne ging auf, dehnte sich binnen weniger Augenblicke zur Größe eines Wagenrads aus und explodierte in einem Funkenregen. Auf und ab, hin und her, blinkten und pulsierten die Lichter, bis fast alle Soldaten auf beiden Seiten innehielten, um das Schauspiel zu betrachten.

Dann erlosch die Wirkung des Zaubers und hinterließ nur farbige Punkte vor den Augen der Betrachter.

Greensleeves rief den benommenen Schwarzen und Grünen zu: »Holt meinen Bruder!«

Nach einem Augenblick der Verblüffung gehorchten sie und stürmten vorwärts zu Gull. Doris, Micka, Kuni und Miko riefen etwas, als die Druidin die flatternden Enden ihres Umhangs festhielt und ebenfalls zu ihm lief.

Doch der Kriegsfürst handelte noch schneller. Der riesige Mann heulte: »Denkt nicht! Greift an!« Seine Soldaten faßten den Gegner ins Auge und folgten seinem Befehl. Sie waren halbblind, doch es waren

Hunderte, die gut fünfzig von Greensleeves' Leuten gegenüberstanden.

Sie mußte etwas tun.

Grüne und Schwarze schritten über Leichen und Waffen hinweg und zogen Gull an den Armen. Sein rechter Arm war ausgekugelt und stand in einem unmöglichen Winkel vom Körper ab, doch Gull rührte sich nicht, und einen Augenblick lang befürchtete Greensleeves, er sei tot. Aber dann sah sie dicht unter dem Haaransatz ein dünnes Rinnsal von Blut aus einer Schramme sickern, und sie wußte, daß Tote nicht bluteten.

Nun, da sie Gull gerettet hatte …

Sie berührte einen gespaltenen Berg auf ihrem Umhang, dann hockte sie sich hin und legte die Handflächen flach auf den aufgewühlten feuchten Boden. Dieser Zauber würde schnell wirken, weil sie den Boden unter dem Flüsterwald kannte. Sie brauchte nur einen Impuls nach unten zu schicken, einen Kanal für die Energie zu finden und einen Keil hineinzutreiben.

Die Erde erbebte.

Leute verloren den Halt und purzelten umher wie getrocknete Erbsen in einem Krug. Waffen entfielen Händen, Männer und Frauen stolperten und stürzten, Blätter fielen vom Himmel, Erde sprudelte aus Spalten im Boden und kam dann wieder herunter wie brauner Regen. Nur Greensleeves blieb an Ort und Stelle und hielt die Hände am Boden. Doris taumelte rückwärts und stolperte über sie, während ihre Rüstung klirrte. Sogar der keldische Kriegsfürst glitt aus und stürzte schwer. Er hinterließ einen Abdruck im Boden, der eine Handspanne tief war.

Dann, als die Leute sich aufrafften und ihre Waffen und Helme aufsammelten, kam das Nachbeben. Die unregelmäßigen Erdstöße brachten die Zähne zum Klappern und verursachten den Leuten Übelkeit. Die meisten fielen wieder auf die Knie oder warfen sich flach auf den Boden und hielten sich an der bebenden Erde fest.

Greensleeves brüllte Befehle, und die taumelnden Soldaten ergriffen Gull erneut und hievten ihn auf die Schultern zweier stämmiger Lanzenreiter. Unbeholfen wie Kinder erhoben sich die beiden und trabten auf Greensleeves und ihren Schutzwall zu.

Keine zwanzig Fuß entfernt war der gestürzte Kriegsfürst der erste, der Blätter und Erde abschüttelte, wie ein Hund es mit Wasser tut, und sich erhob. Seine schweißnasse bronzefarbene Haut glitzerte trotz daran haftenden Schmutzes. Die Muskeln seiner Oberarme waren so dick wie Greensleeves' Taille. Sie hörte seinen Atem, da seine Lungen wie Blasebälge arbeiteten, um den gewaltigen Körper mit Luft zu versorgen. Wie konnte jemand so groß sein? Er mußte verzaubert sein, mit Mana aufgeladen, um ihm einerseits die vollkommene Gewalt über seine Hörigen zu geben und ihn andererseits so groß und stark zu machen.

Einen kurzen Augenblick lang fragte sie sich, wer er war und warum er sich an die Zauberer ausgeliefert hatte, die ihn so seiner Natur entfremdet hatten. Doch sie kannte die Antwort auf diese Frage. Es hatte ihn nach Macht gelüstet, und er hatte sie bekommen – für einen bestimmten Preis.

Magie hatte immer einen Preis.

Die Lanzenreiter, die Gull trugen, kamen an Greensleeves und ihren Leibwachen vorbei, und Kuni schnaubte, denn jetzt waren sie die einzigen, die dem Kriegsfürsten gegenüberstanden. Während dieser schwankend sein gewaltiges Breitschwert ausrichtete, starrte Greensleeves ihn gebannt an. Sogar die Wangen des Mannes waren muskulös. Hinter den eisernen Reißzähnen seines Helms verbargen sich gesunde weiße Zähne und ein rötlicher Stoppelbart. In der jähen Stille dampfte er wie die Esse eines Schmieds, strahlte reine Energie ab. Er hob das Schwert über den Kopf und stieß einen Schlachtruf aus …

… und wurde durch eine Birke ersetzt.

Greensleeves hatte erneut den Vertauschungszauber gewirkt und ihn diesmal durch eine vergleichbare Menge Holz ersetzt. Der Kriegsfürst stand jetzt fünfzig Schritt entfernt in dem Loch, in dem zuvor die Birke gestanden hatte. Andere Birkenstämme umgaben ihn wie weiße Gitterstäbe. Mit einem Brüllen der Enttäuschung zwängte er zwei Bäume beiseite und zerbrach sie dabei wie dünne Zweige.

»Beordert die anderen zu uns!« befahl Greensleeves, und die im Wald versprengten Schwarzen und Grünen kamen in lockerer Formation zu ihnen gelaufen.

Die Barbarenarmee und die Piraten standen verwirrt und benommen herum. Greensleeves sah die Erschöpfung in ihren Augen und wußte, daß der Zauber der Kampfeslust ein zweischneidiges Schwert war. Die in seinem Bann Stehenden kämpften eine Zeitlang wie Furien, waren aber zu Tode erschöpft, wenn der Zauber erlosch. Wie Rennpferde, die zu sehr vorwärtsgepeitscht worden waren, ließen sie sich hängen und warteten müde auf Befehle. Schwarze und Grüne, ebenfalls erschöpft, aber nicht ausgebrannt, trugen Gull auf den Schultern, während sie einen Ring aus auswärts gerichtetem Stahl bildeten. Greensleeves war wieder von ihren Leibwachen umgeben, so daß sie den Hals recken mußte, um über die gerüsteten Schultern hinwegzusehen.

»Es wird Zeit zu gehen!« rief sie. »Stillgestanden!«

Sie reckte eine zur Klaue gekrümmte Hand in den Himmel und berührte mit der anderen eine Wolke auf ihrem Umhang. Dann ließ sie die erhobene Hand niedersausen, als wolle sie den Himmel zerreißen.

Regen prasselte auf die Erde nieder.

Der Regen fiel so stark, daß niemand weiter als einen Schritt sah. Wasser ergoß sich auf alles und jeden, ein blendender Wolkenbruch, so laut wie ein Wasserfall. Die Welt war eine graue Mauer. Die Temperatur sank, und die Leute zitterten vor Kälte. Der Boden unter ihren Füßen verwandelte sich augenblicklich in Morast, und viele Leute stolperten, da ihre Füße darin steckenblieben.

Zurück zum Hain, dachte sie. Er liegt drei Meilen entfernt. Sammeln und neu gruppieren. Die Weißen Bären zu Hilfe rufen. Das Kommando an Varrius übergeben und ihm die Führung des Kampfes überlassen. Versprengte einsammeln und die Verbindungen zu den anderen Einheiten wiederherstellen. Falls nötig, eine Flucht vorbereiten. Greensleeves war mächtig genug, um die ganze Armee auf einen anderen Kontinent zu versetzen. Trost für meinen Bruder finden. Eine Gelegenheit zum Nachdenken suchen. Und Kwam sehen.

Ich hätte hier mehr tun können, schalt sie sich. Irgendwie die ganze Armee des Kriegsfürsten zerstören. Einen Abgrund im Boden öffnen, der sie verschlungen hätte. Sie mit Höllenfeuer verbrennen. Sie in einem Meer ertränken. Den Schlund öffnen. Dort draußen waren Leute gestorben, gute Freunde, und das hätte sie möglicherweise mit einem Winken ihrer Hand verhindern können.

Doch alles, was sie je gelernt hatte, sträubte sich gegen das Kämpfen. Als Erzdruidin hatte sie die Aufgabe, das Gleichgewicht zu wahren, Kräfte gegeneinander abzuwägen und so wenig Mana und Reserven wie möglich zu benutzen. Wenn sie ihrer Macht freien Lauf ließ, blindlings zuschlug, Leben auslöschte und das Gleichgewicht störte, war sie nicht besser als die von Gier getriebenen Zauberer, die sie aufhalten wollte. Doch nach einem Blick auf die Toten ringsumher war es ein schwacher Trost zu wissen, daß sie ihren Grundsätzen treu geblieben war.

Während ihr der Regen auf den unbedeckten Kopf

fiel und ihr über das Gesicht und in den Kragen lief, wurde Greensleeves von Zweifeln geplagt. Was hätte Chaney getan? Was würde sie beim nächstenmal tun? Was sollte sie überhaupt mit dieser ganzen Macht anfangen?

Der Hauptmann und die meisten Sergeanten der Schwarzen Hunde waren tot, und die Soldaten wußten nicht, wer jetzt das Kommando hatte. Schließlich rief ihnen ein verwundeter Sergeant durch das Trommeln des Regens zu, daß alle versammelt seien.

Greensleeves winkte müde und beschwor einen Streifen Braun auf dem Boden, dann Grün, dann Blau und schließlich Gelb.

Durch einen regenverhangenen gelblichen Dunst sah sie, wie sie die abscheuliche Maske des Kriegsfürsten anstarrte.

Dann waren sie verschwunden, wieder zurück im Hain.

Und mitten in der Katastrophe.

Greensleeves' geheiligter Hain war überrannt worden.

Sie hatte ihre stark dezimierte und übel zugerichtete Streitmacht geradewegs zum Feind geführt.

Zu einem Feind, der so bunt war wie ein Vogelschwarm und so tödlich wie Adler. Die Männer und Frauen trugen weichfallende blaue Hosen und regenbogenfarbene Hemden. Ihre Köpfe waren mit irisierenden juwelenbesetzten Turbanen umwickelt, und um die Schultern flatterten ihnen golden gesäumte Umhänge. Krummsäbel funkelten und blitzten. Es gab Hunderte von diesen Wüstenkriegern, und sie waren überall zu finden, sogar am Ufer des murmelnden Bachs. Und im tiefer gelegenen Hain waren hundert weitere Wüstenkrieger auf glänzenden schwarzen Pferden.

Benommen, durchnäßt und halb ertrunken sahen sich Greensleeves und ihre Soldaten um. Hoch oben in der Tür der Magiehütte stand Karli vom Singenden Mond mit ihrer dunklen Haut und den weißen Haaren in prächtiger Kleidung und mit einer Jacke, die mit Knöpfen und Medaillons verziert war. Diese Jacke war ihr Grimoire, ganz ähnlich wie Greensleeves' bestickter Umhang. Neben ihr stand dieser junge Nichtsnutz Gurias, der mit seinen niedrigen Gelüsten ein Dorf in Angst und Schrecken versetzt hatte. Er trug ebenfalls ein Nova-Pentagramm über seinem Wams, während Karli, die nicht vom Steinhelm versklavt worden war, keines trug.

Augenscheinlich hatten die beiden Zauberer die Magiehütte geplündert und Schriftrollen und Artefakte geraubt. Plötzlich aufwallende Furcht drehte Greensleeves den Magen um. Wo waren Kwam und die anderen?

Der Pavillon war zerstört, niedergerissen und zerfetzt. Die große Tafel war zerschmettert, Essen und Flaschen zertrampelt. Viele Hütten und die tiefer hängenden Baumhäuser waren verwüstet worden. Man hatte die Türen eingeschlagen und sie in Brand gesetzt. Seilbrücken und Netze waren zerschnitten worden und hingen in Fetzen herab. Eine Handvoll Weißer Bären, die von Cerise als Rückendeckung und Boten geschickt worden war, lag in Stücke gehackt an der Stelle, wo sie umzingelt worden waren.

Greensleeves war überlistet worden.

Wie ihr Bruder befürchtet hatte, waren die jämmerlichen Angriffe von drei Seiten nur Finten gewesen, um ihre Armee aufzuteilen. Dann war der Hauptangriff von Westen erfolgt, angeführt vom Kriegsfürst. Doch auch dieser Angriff hatte sie nur zermürben und zum Rückzug zwingen sollen.

Zum Rückzug in den geheiligten Hain, dem Herzen der Armee.

Die Tunnel fielen ihr wieder ein. Während des Steinhagels kurz vor dem Angriff des Kriegsfürsten hatte sie gespürt, wie unter ihr Tunnel gegraben wurden. Dacian mußte sie für diese Wüstenkrieger beschworen haben. Mit einem Blick erfaßte Greensleeves die Tunneleinmündungen im Norden, die wie riesige Maulwurfshügel aussahen. Sie hatten Bäume umgestürzt, die mit entblößtem Wurzelwerk dalagen.

Der Feind hatte Tunnel gegraben, weil Greensleeves die Erschütterung im Mana des Waldes gespürt hätte, wenn sie sich versetzt hätten. Sie hatte sich zwar auch über die Tunnel gewundert, sie dann aber in der Hitze der Schlacht wieder vergessen.

Und jetzt würde sie dafür büßen. Eine frische Streitmacht wartete hier im Hinterhalt, die ihrer bemitleidenswerten Truppe zahlenmäßig zehn zu eins überlegen war. Gull war bewußtlos, lag vielleicht sogar im Sterben. Und sie hatte es mit zwei weiteren Zauberern zu tun.

Dies alles schoß Greensleeves in einem Augenblick durch den Kopf. Ringsumher erhoben sich ein Summen, ein Knurren, ein zorniges Murmeln wie von Kriegshunden, die von der Leine gelassen werden wollten.

»Geister des Waldes, verleiht mir Kraft!«

Vom Balkon der Magiehütte rief Karli herunter: *»Tötet sie! Vernichtet Greensleeves!«*

Gurias war der erste, der handelte, als warte er schon seit langem auf die Gelegenheit, sich für die erlittene Demütigung zu rächen.

Er schoß einen Blitzstrahl auf Greensleeves ab, indem er in die Hände klatschte und dann den Finger auf die Erzdruidin richtete.

Einen gewaltigen Blitzstrahl sah Greensleeves. Er hatte von den erfahreneren Zauberern gelernt. Doch noch bevor sein Zauber vollendet war, wirkte sie bereits einen Schildzauber, der den Blitzstrahl mühelos abwehren würde. Die unsichtbare Mauer schützte sie selbst und die vordersten Soldaten und Leibwächter. Vielleicht konnte sie den Zauber sogar aufhalten …

Doris, die nichts vom Schildzauber ihrer Herrin ahnte und deren blonde Locken jetzt naß und plattgedrückt waren, sprang in die Flugbahn des Blitzstrahls.

»Nein!« schrie die Druidin.

Die grüngekleidete Leibwächterin hob ihre einzigen Waffen – Schwert und Schild –, die schlechtestmögliche Verteidigung, da das Schwert aus Stahl bestand und der Schild mit Eisen umrandet war.

Der Blitzstrahl traf beide, fuhr durch Doris' Körper, sprengte ihr Herz, brachte das Blut in ihren Adern zum Kochen und verbrannte sie in einem einzigen Augenblick. Ein verkohlter Haufen sank gegen Greensleeves' Röcke.

»Doris! O nein!«

Für einen Augenblick blieb die Zeit stehen. Gurias lachte und frohlockte über den Erfolg seines Zaubers. Karli kreischte Befehle. Wüstenkrieger näherten sich ihnen von allen Seiten. Doch Greensleeves hörte nichts von alledem.

Warum? Eine weitere Seele verloren, aus Treue gestorben. *Warum* gaben ständig Leute ihr Leben, um *sie* vor dem Tod zu bewahren? Und warum konnte sie sie nicht besser beschützen?

Und *warum* griffen diese Zauberer sie fortwährend an?

Greensleeves schwirrte der Kopf von den Ereignissen des Tages. Sie war gejagt und verfolgt worden und hatte mit ansehen müssen, wie ihr Bruder niedergestreckt, ihre Leibwachen getötet, in den Limbus gesogen und ihre Soldaten eingeschüchtert, herumgehetzt, verwundet und bei jeder Gelegenheit ausgelöscht worden waren, und das alles aus Liebe und Treue. Der Kummer darüber, über all die Verschwendung, drohte die Druidin zu überwältigen.

Aber all das war das Werk dieser Zauberer …

Entsetzt erkannte Greensleeves, daß ihr Kummer plötzlich hinweggeschwemmt wurde. Wut, kalt und tödlich, breitete sich in ihrem Bauch aus.

Sie hob eine Hand zum Himmel, als wolle sie eine Wolke herunterziehen, und zeigte mit der anderen wie mit einem langen Pfeil auf Gurias und Karli auf dem Balkon der Magiehütte. »Ich gebe euch einen *Blitz!*«

Der bewölkte Himmel explodierte, als ein Blitzstrahl herunterschoß. Der Blitz blendete jeden; vor dem Gestank nach verbrannter Luft wichen alle zurück, vor der Hitze fuhren alle zusammen.

Der knisternde Blitzstrahl fuhr in die Druidin, und alle Energien des Himmels sammelten sich in Greensleeves' Arm. Dann schrie sie einen alten und gefährlichen Zauber heraus, und die Energie bildete eine brennende Kugel zwischen ihren Fingerspitzen.

Dann schoß die Kugel aufwärts und auf die Magiehütte zu.

Karli hatte gerade noch Zeit, in den Himmel aufzusteigen, indem sie mit ihren rosafarbenen Flugschuhen mit den aufgerichteten Zehen eine Brise einfing.

Der hochmütige junge Gurias war völlig hilflos.

Der Blitz traf den jungen Zauberer und verwandelte ihn in eine rote Dampfwolke. Kleidung, Juwelen, Haare, Schuhe, das Nova-Pentagramm, alles zerfiel in einem einzigen Augenblick zu Asche. Nur sein Schädel blieb intakt, und der wirbelte durch die Luft und landete auf dem weichen Moos des Waldbodens.

Der Blitz raste weiter und traf die riesige rote Eiche.

Unmeßbare Energie bohrte sich tief in den Baum, versengte die Rinde, durchdrang das Holz des Stammes, verdampfte im Bruchteil eines Augenblicks den Saft darin. Zischender Dampf, der unter der Rinde nicht entweichen konnte, brachte den Stamm mit ohrenbetäubendem Krachen zum Explodieren.

Splitter, Äste, Blätter, Holz- und Rindenstücke, so groß wie Särge, flogen durch die Luft. Eine Abteilung

Wüstenkrieger, die unter dem Baum stand, wurde von den umherfliegenden Bruchstücken erschlagen. Andere wurden von der Druckwelle zu Boden geschleudert. Manche trugen nur ein paar Schrammen davon, wieder andere wurden von Splittern durchbohrt. Ein Ast, so groß wie ein Drache, zischte davon wie von einem Katapult abgeschossen, landete inmitten der Kavallerie im unteren Hain und tötete ein Dutzend Reiter und Pferde. Ein Stück Baumstamm, Dutzende von Fuß lang und tonnenschwer, fiel auf einen Trupp Infanterie. Wurzeln barsten förmlich aus dem Boden und wirbelten Erde und Felsbrocken – so groß wie Schädel – auf, die auf andere Wüstenkrieger herabregneten. Und die halbe Schar des Feindes wurde von Blattresten überschüttet, die so fein gemahlen waren wie Hafermehl.

Greensleeves blieb aufrecht stehen, da sie einen Schildzauber für sich und ihre Soldaten gewirkt hatte. Der Sergeant der Schwarzen Hunde, der einzige überlebende Offizier der Einheit, befahl mit erhobener Stimme, um den Lärm, die Schreie und das Sausen in ihren Ohren zu übertönen, die Waffen zu zücken und nach außen zu richten, denn er wußte, daß der Angriff erfolgen würde, sobald sich der Feind wieder gefaßt hätte.

Doch Greensleeves strich sich das nasse Haar aus dem Gesicht und rief: »Nein! Ich kümmere mich um sie! Um *alle!*«

Die Reiter auf den schwarzen Pferden im unteren Hain waren am weitesten von der explodierenden Eiche entfernt und daher auch die ersten, die sich davon erholten. Sie dürsteten nach Rache für den Tod ihrer Kameraden. Mit lautem Geschrei, das an das Heulen der Wüstenschakale erinnerte, gaben sie ihren glänzenden Pferden die Sporen und stürmten Greensleeves und dem Ring aus Stahl entgegen, der sie umgab.

Sie kamen nicht weit.

Die Druidin klatschte in die Hände und beschwor ein Rudel DURKWOOD-EBER, große zottige Tiere mit grauschwarzem, silbern gesprenkeltem Fell und gewundenen langen Hauern, die ihnen weit aus den vorspringenden Schnauzen ragten. Die vorübergehend verwirrten Eber scharrten in der Erde, dann griffen sie die größten Dinge in ihrer Umgebung an, die sich bewegten.

Schwarze Pferde scheuten und rammten einander, warfen ihre Reiter ab. Sie stiegen auf die Hinterbeine und fielen auf den Rücken, wobei sie ihre Reiter im Sattel zerquetschten. Viele Reiter, die es gewöhnt waren, Wildschweine zu jagen, griffen die Eber mit ihren langen Krummsäbeln an oder durchbohrten sie mit Lanzen. Doch der Angriff war ins Stocken geraten, was für Greensleeves' Truppen wertvolle Augenblicke des Aufschubs bedeutete.

Die Druidin schlug erneut zu. Sie berührte eine geringelte grüne Gestalt am Saum des Umhangs und rief einen uralten Namen, der beinahe unaussprechlich war.

Eine unglaublich lange grünbraune Gestalt wand sich um die Stämme der riesigen roten Eichen. Die Gestalt, die wie eine lebendig gewordene Hecke aussah, stieß ein gewaltiges Zischen wie das Rauschen eines Hochofens aus. Kein Drache, sondern ein Lindwurm, eine beinlose Echse, die Dutzende von Fuß lang war. Ein riesiges Maul, so scharfkantig wie gesplittertes Glas, klaffte weit genug auf, um ein Pferd zu verschlingen. Greensleeves hatte diese Bestie in den Wäldern weit im Westen verfolgt, wo sie sich von Rotwild und Ziegen ernährte, und ihr Leben aufs Spiel gesetzt, um so nahe an sie heranzukommen, daß sie sie an sich binden konnte. Jetzt zahlte sich das Wagnis aus.

Alle Pferde, die noch von ihren Reitern gezügelt wurden, gerieten in Panik, und das verängstigte Wiehern der Tiere hallte durch den Hain. Die lange, wogende, unsagbar fremdartige Gestalt des Wurms schlängelte sich ins Freie, und die Pferde blähten die Nüstern, als sie die moschustrockene Schlangenwitterung aufnahmen. So schnell brachen die Tiere aus, daß sie ein Dutzend Soldaten unter ihren Eisenhufen zertrampelten, denn die Soldaten flohen ebenfalls voller Panik vor dem riesigen Wurm. Sogar Greensleeves' eigene Truppen wichen unwillkürlich zurück, doch die Druidin befahl ihnen, ruhig zu bleiben, da der Wurm sie nicht angreifen, sondern vor ihnen umschwenken würde.

Ihre Grünen und Schwarzen waren nicht überzeugt, gehorchten jedoch mit zitternden Knien. Sie sahen entsetzt mit an, wie ein Pferd, das in ein Loch getreten und sich das Bein gebrochen hatte, von den mit Barthaaren besetzten mächtigen Kiefern entzweigebissen wurde. Die Reiterin war aus dem Sattel gesprungen, doch das gewaltige blutverschmierte Maul schleuderte sie gegen den verstümmelten Kadaver des Pferdes und löschte ihr Leben aus wie eine Kerzenflamme.

Ein Schwarzer Hund stieß einen Schrei aus, als plötzlich ein Licht über ihm aufleuchtete. Karli vom Singenden Mond, die von allen vergessen mit ihren Flugschuhen in den Baumwipfeln hing, hatte eine EFREET beschworen, eine Dämonin aus der südlichen Wüste.

Das Wesen leuchtete so hell, daß die Soldaten die Augen abschirmen mußten. Die EFREET hatte die Gestalt einer Frau mit länglichem Gesicht und war nackt und so bleich wie der Tod. An Kopf, Füßen und Händen loderten Flammen, zwölf oder fünfzehn Fuß hoch. Sie wirbelte einmal in einem feurigen Kreis herum, dann stürzte sie sich wie ein Phönix auf Greensleeves' kampfbereite Soldaten. Sie rochen ein fremdartiges Parfüm und spürten die Hitze auf den aufwärtsgerichteten Wangen, als die EFREET im Abstand von einer Lanzenlänge an ihnen vorbeirauschte.

Greensleeves stutzte nicht einmal. Sie hob langsam den waagerecht ausgestreckten Arm und löste damit den murmelnden Bach aus seinem Bett. Wasser, Schaum, Fische und Frösche wirbelten durch die Luft wie ein blauer Regenbogen und ergossen sich auf die EFREET. Ihr Feuer erlosch mit einem lauten Kreischen. Die Dämonin überschlug sich dreimal und prallte gegen einen Baumstamm. Greensleeves und die anderen, die von dem Regen ohnehin schon bis auf die Haut durchnäßt waren, wischten sich noch mehr Wasser aus dem Gesicht.

Greensleeves sah sich um. Die EFREET lag schlaff und bewußtlos zwischen den Baumwurzeln. Der Lindwurm verschlang Pferde und vertrieb die anderen nach Süden. Der Stumpf der explodierten Eiche schwelte. Fische zappelten in Pfützen zu ihren Füßen.

Jemand schrie. Von hinten stürmte eine Kompanie Wüstenkrieger mit erhobenen Krummschwertern heran. Von links griffen fünf fette Ogerinnen mit riesigen Hauern in den grellen Gewändern von Tanzmädchen an. Jede schwang ein langes Messer mit wellenförmiger Klinge.

Greensleeves stand wie ein Fels und reckte beide Arme in den Himmel.

Augenblicklich erwachte das Wasser aus dem Bach, das zum Teil im Boden versickert war, zum Leben. Es erhob sich wie eine Flutwelle, von Lehm, Steinen, Gras, Blättern und Zweigen durchsetzt, um dann zu einer Eismauer zu gefrieren, einer schmutzigen, zehn Fuß hohen Barrikade. Wie vom Donner gerührt hielten die Wüstenkrieger inne, während die Ogerinnen in ohnmächtigem Zorn mit ihren Messern auf die Mauer einstachen.

Greensleeves hielt nach Karli Ausschau und sah sie nach Westen fliegen, aus dem Hain hinaus. Die Zauberin floh.

Und als sie hinter den Baumwipfeln verschwunden

war, verschwanden auch ihre beschworenen Lakaien. Wüstenkrieger, Reiter, Pferde, Ogerinnen – alle lösten sich in Luft auf. In einer grellen Stichflamme hob sich die EFREET wie eine Rauchwolke aus den Baumwurzeln und schoß Flammenstrahlen ab, die einige Baumwipfel in Brand setzten. Dann jagte sie ihrer Herrin nach.

Mit rauchenden Händen und funkensprühenden Augen suchte Greensleeves nach weiteren Feinden, die sie bestrafen konnte.

Es waren keine mehr zu sehen.

Der Wald brannte an manchen Stellen, da es ein trockener Sommer gewesen war, doch Greensleeves schnippte mit den Fingern und beschwor einen Wolkenbruch, der die Brände nach kurzer Zeit löschte. Sie und ihre Gefolgsleute konnten nicht noch nasser werden. Sie schnippte noch einmal mit den Fingern, und der Wolkenbruch endete. Am Himmel ballten sich graue Wolken, da das Wettergleichgewicht gestört war.

Der Lindwurm irrte im Kreis umher, da er die verschwundenen Pferde vermißte. Greensleeves bannte ihn mit einer weiteren Berührung ihres Umhangs. Dann schmolz sie die Eismauer, wodurch sich der Boden in Schlamm verwandelte. Der Qualm der erloschenen Feuer und ein eisiger Nebel, der von der Eismauer aufgestiegen war, hingen schwer in der Luft.

In der anschließenden Stille waren das Murmeln des Baches, der wieder sein Bett ausfüllte, und das Tropfen des Wassers von den Bäumen laut zu hören. Die Leute unterhielten sich nur flüsternd. Im Süden ertönte ein Schrei, als die Verstärkung der Weißen Bären mit einigen Heilern im Gefolge eintraf. Die Leute hielten angesichts der Szenerie der Zerstörung inne, nahmen sich dann jedoch rasch Gulls und der anderen Verwundeten an. Trotz der fieberhaften Betriebsamkeit schien die feuchte schwere Luft alle Geräusche zu verschlucken.

Greensleeves betrachtete ihren Hain. Die meisten Hütten waren zerstört, verwüstet oder verbrannt. Der Bach war verschmutzt und schlammig, Blumen, Gräser und Moose waren zertrampelt, Baumwipfel waren versengt und häßlich, und überall lagen Holz- und Rindenstücke herum. Von einer Rieseneiche war nur noch der gesplitterte Stumpf übrig, ein Geist ihrer selbst.

Sie rieb sich mit schmutziger Hand über das müde Gesicht, dann öffnete sie die Augen und sah Kwam und die Magiestudenten vor sich stehen. Andere Gefolgsleute kletterten von den Bäumen herab, um sich der Verstärkung anzuschließen.

»Beim ersten Anzeichen von Magie haben wir alle zusammengerufen und sind in den Wald geflohen«, berichtete Kwam. »Wir hatten keine Möglichkeit, diesen Feind zu bekämpfen.«

Müde ergriff Greensleeves seine schlanke Hand. »Das war klug. Ich bin froh, daß euch allen nichts geschehen ist.«

Tybalt sah sich um. Er hob Gurias' Schädel auf und warf ihn in seiner Erregung von einer Hand in die andere. »Meine Güte, Greensleeves! Welch ein Triumph! Genug Stoff für ein Dutzend Lieder! Du hast ganz allein – wie viele? – sechs oder sieben mächtige Zauberer besiegt!«

Die Druidin nickte. »Das habe ich getan, ja.«

Dann fing sie zu jedermanns Entsetzen an zu weinen.

KAPITEL 11

Greensleeves saß bei ihrem Bruder und wollte wieder anfangen zu weinen.

Gull lag in einem Zelt, das in den traurigen Überresten von Greensleeves' Hain errichtet worden war. Es regnete beständig, und die Tropfen prasselten stetig auf die Zeltleinwand. Lily saß bei ihrem Mann, ihre unruhige Tochter auf dem Arm. Doch Lily wollte das Kind nicht frei herumlaufen lassen, als lauerten immer noch Ungeheuer und Mörder in ihrem ehemals so freundlichen Wald. Ein Heiler namens Prane war soeben gegangen, um bei der Familienzusammenkunft nicht zu stören, doch niemand redete viel. Greensleeves betrachtete den grauen Tag durch den geöffneten Zelteingang und verscheuchte ein Insekt von der Wange.

Gull konnte sprechen, aber nur mühsam. Tage nach seinem Zweikampf mit dem Kriegsfürst war er immer noch ein Schatten seiner selbst. Eine Zeitlang hatten sie befürchtet, er werde nie mehr aus der Ohnmacht erwachen, in die er nach dem Hieb mit dem Schwertknauf gefallen war. Doch schließlich war er wieder erwacht, um unter den Schmerzen eines zerschmetterten Schlüsselbeins, einer ausgekugelten Schulter, eines verstauchten Halses, von Wunden an Brust und Hals, einer gebrochenen Kniescheibe und verschiedener unbedeutenderer Schrammen und Kratzer zu leiden. Greensleeves und Amma, die oberste Heilerin, hatten die gebrochenen Knochen gerichtet, wenngleich sie stark schmerzten, während sie wieder zusammenwuchsen. Doch Gull war fast so stark wie die Eichen, die er einst gefällt hatte, und in ein paar Tagen würde er wieder auf den Beinen stehen.

Der Wald erholte sich ebenso langsam. Kundschafter hatten ihn durchstreift und gemeldet, daß die Zauberer spurlos verschwunden seien. Sogar der gefesselte Immugio war entkommen. Sie hatten nur ihre Toten und Zerstörung hinterlassen.

»Ich verstehe nicht«, flüsterte Gull durch seine gequetschte Kehle, »warum der Kriegsfürst mich so *gehaßt* hat. Er hat nicht einfach nur seine Pflicht getan, er sehnte sich förmlich danach, mich persönlich zu töten.«

Greensleeves nickte matt. »Ja, er hat mit dir gespielt und dich aus schierer Freude so zugerichtet. Deswegen hast du auch so viele Verletzungen und bist nicht einfach nur aufgespießt und tot. Er war so grausam, so ...«

»Ja?« Gull wandte den Kopf, um sie unter stark geschwollenen Lidern zu betrachten, zuckte zusammen und lag dann still. »So – was?«

Die Druidin schüttelte den Kopf. »So – vertraut? Ich war ihm nahe genug, um seine Stimme zu hören; sie erinnerte mich an jemanden, aber an niemanden, den ich kenne, wenn das einen Sinn ergibt.«

»Nein, es ergibt keinen Sinn«, krächzte ihr Bruder.

»Das dachte ich mir. Trotzdem, er hatte gesunde Zähne und rote Haare. Ich habe seine Bartstoppeln gesehen. Ich habe mich gefragt, warum ein Mann – oder auch eine Frau – das Leben aufgeben sollte, um eine solche ... Bestie zu werden.«

»Um Macht zu erlangen«, sagte Gull. »Wie die Zauberer.«

»Ja.« Sie wußten wenig über keldische Kriegsfürsten. Die Kelden, so hieß es, waren ein kriegerischer Stamm aus einem rauhen, unwirtlichen Land im fernen Norden. Sie wählten Kinder aus ihren eigenen Reihen und denen benachbarter Stämme aus, die vermittels einer geheimen Zeremonie zu Kriegsfürsten gemacht wurden, bei der sie totalen Gehorsam für totale Macht schworen. Dann zogen sie als Söldnerführer, Freibeuter und Piraten nach Süden, um später mit ihrem Vermögen heimzukehren.

»Wir haben jetzt so viele Feinde, es sollte uns nicht überraschen, wenn uns manche bekannt vorkommen. Wahrscheinlich haben wir mittlerweile mehr Feinde als Freunde.«

»Nein«, sagte Lily. »Das ist nicht wahr. Hier im Lager haben wir viele gute Freunde, und in den Dörfern und Städten, die wir vom Joch der Zauberer befreit haben, gibt es Tausende von anderen Leuten, die tagtäglich eure Namen preisen.« Sie zuckte zusammen, als das Kind in ihrem Leib um sich trat, und tätschelte ihren Bauch. »Vergeßt das nicht. Ihr kämpft diesen guten und gerechten Kampf für diese Leute und für die Seelen eurer toten Familie.«

»Und wir sorgen dafür, daß unsere Freunde sterben«, erwiderte die Druidin. »Wie viele haben wir verloren? Und wie viele mehr werden in den nächsten Tagen noch an ihren Wunden sterben? Und wie viele mehr *wollen* sterben? Als Kuni fragte, ob jemand Hüterin werden wolle, meldeten sich dreiundsechzig Frauen! *Dreiundsechzig!* Obwohl jede weiß, daß sie getötet werden könnte, wahrscheinlich sogar getötet werden wird! Schrecklich! Oder schlimmer noch – daß sie in den Tiefen der Hölle landen wie die arme Petalia ...«

»Sie lieben dich, das ist alles«, sagte Lily. Hyacinth wand sich aus den Armen ihrer Mutter und hüpfte ungeachtet des Regens nach draußen. Lily seufzte. Als Quartiermeisterin der Armee kannte sie die Zahlen nur allzugenau. Über neunzig Soldaten waren getötet oder schwer verwundet worden, hauptsächlich Schwarze Hunde. Die Überlebenden hatten geschworen, neue Mitglieder zu rekrutieren und sich neu zu formieren, doch einstweilen waren sie auf die anderen Zenturien verteilt worden, so daß die stolzen Hunde nur noch in der Erinnerung vorhanden waren. Sie hatten fast zwanzig Kavalleristen verloren, ein Zehntel ihrer Gesamtzahl. Und einige Heiler und andere Angehörige der nichtkämpfenden Truppe waren im Zuge der Kämpfe ebenfalls ums Leben gekommen. Wie viele die Amputationen und Wundinfektionen überleben würden, blieb abzuwarten. Doch Lily widersprach. »Unsere Verluste sind unwichtig. Es zählt lediglich, daß wir überlebt haben und noch kämpfen können, jetzt gleich, wenn es sein muß.«

Greensleeves schüttelte den Kopf. Sie erhob sich und stellte sich neben den Eingang, um hinaus in den Regen zu starren. Einige Leute, die mit über den Kopf gezogenen Umhängen vorbeihuschten, fragten sich, warum sie es regnen ließ: Druiden konnten schließlich dem Wetter gebieten, oder etwa nicht? Warum ließ sie es dann nicht in der Nacht regnen?

Doch Greensleeves ließ der Natur für eine Weile ihren Lauf. Sie würde keine Veränderungen am Hain, an den Bäumen oder an den Herden vornehmen, nicht einmal mit der Absicht, die Wunden der Natur heilen zu helfen. Sie hatte dem Wald schon zu großen Schaden zugefügt und mochte alles nur noch schlimmer machen.

Sie sagte: »Ich weiß nicht, wie ich das wiedergutmachen soll. Es war mein Fehler, daß sich die Zauberer von ihrem Joch befreien konnten. Hätte ich sie öfter beschworen, sie überprüft, hätte ich ...«

»Sei still, Greenie!« krächzte Gull. »Du hast sie nicht von der Kette gelassen. Sie haben Magie benutzt, um sich zu befreien. Wahrscheinlich war es Towsers Werk: Er gehört zur heimtückischen Sorte. Wir haben ihn nie unterjocht, also hatte er die ganze Zeit die Möglichkeit, andere Zauberer gegen uns aufzuwiegeln.«

Greensleeves drehte sich um. »Aber wenn ich ...«

»Schweig still, Schwester!« bat Lily. »Du quälst dich unnötig. Wir sind vor langer Zeit übereingekommen, daß es nur eine vorläufige Lösung sein konnte, die Zauberer freizulassen und auf diese Weise unter Aufsicht zu haben, und daß wir uns etwas anderes überlegen müßten. Aber *wir* haben es unterlassen, dir zu helfen. Es war einfach zuviel für eine Person, sogar für eine Person mit deiner Macht.«

Die Druidin nickte; sie war zu müde zum Streiten. Sie setzte sich wieder auf ihren Stuhl und überprüfte Gulls Verbände. »Vielleicht. Ihr Angriff war gut geplant. Jemand ist in die Magiehütte eingedrungen, hat mein Nova-Pentagramm gestohlen und Kopien davon angefertigt, um mich daran zu hindern, sie zu beschwören. Ich habe es versucht und nicht geschafft.«

»Ich bin froh...«, keuchte Gull. Die beiden Frauen betrachteten ihn neugierig. »... froh, daß Towser nicht bei diesem Angriff gestorben ist. Ich will ihn ganz langsam erwürgen, und zwar mit – bloßen Händen. Für Vater, Mutter, Rainfall, Angelwing, Poppyseed, Lion und Cub und auch für den armen Sparrow Hawk. Er soll wissen, wer ihn tötet, damit er es ebenso genießen kann wie ich...« Die Stimme versagte ihm, und er hustete so stark, daß er hochfuhr und daß ein paar Wunden wieder aufbrachen. Lily drückte ihn mit beiden Händen auf das Feldbett zurück und zog die Decken hoch, als er zu zittern anfing.

Prane kam mit einem warmen Heiltrank. Es bedurfte aller drei, um Gull aufzurichten, damit er ihn trinken konnte. Kurz darauf döste er ein. Greensleeves bückte sich und küßte ihm die blaugrün verfärbte Stirn.

Dann setzte sie sich wieder und sagte zur Quartiermeisterin: »Laß uns nicht mehr streiten, denn es führt zu nichts. Aber wir müssen uns den Tatsachen stellen. Der Wald leidet unter unserer Anwesenheit und ist kein sicherer Zufluchtsort mehr für uns. Und hier zu lagern, war ohnehin nur eine vorübergehende Lösung für die Zeit zwischen unseren Feldzügen. Wir müssen weiterziehen.«

»Wohin?« Lily runzelte die Stirn. »Es kommt mir so vor, als hätten wir bei jeder Offiziersbesprechung darüber beraten, wohin wir gehen sollen. Schwebt dir irgend etwas vor?«

»Nein. Nein.« Greensleeves fühlte sich alt und verbraucht, als sie sich erhob. »Aber ich glaube, ich weiß, wo wir die Antwort finden können.«

Tybalt und Kwam waren in eine andere Baumhütte umgezogen, die weiter vom Zentrum des Hains entfernt lag und zuvor als Wachstube benutzt worden war. Sie war noch kleiner als die ursprüngliche Magiehütte. Zwei Wände bestanden aus großen Zweigen, die anderen beiden aus sonderbar geformten Planken. Doch die Gesichter der Magiestudenten waren sehr lang, als Greensleeves mit ihren Leibwachen im Kielwasser die Leiter erklommen hatte und in der Hütte stand.

»Es ist nicht mehr viel übrig, was wir studieren könnten…« Tybalt hielt traurig eine mechanische Klaue hoch. »Das ist alles, was von diesem fliegenden Hufeisen übriggeblieben ist. Ein Jammer. Ich stand kurz davor herauszufinden, was es mit ihm auf sich hatte…«

Kwam schnaubte leise. Tybalt stand immer kurz davor, die Bedeutung hinter irgendeinem Ding zu entdecken.

Tybalt hielt einen Streifen Pergament hoch, auf dem eine wütende Menge abgebildet war, die einen Hund über ein Feuer hielt. »Das hier war, nehme ich an, ein Zauber, mit dem sich Tiere beherrschen lassen. Aber halbverbrannt…«

Greensleeves schüttelte den Regen ab und räusperte sich. Die Hütte war so klein, daß ihre Leibwachen draußen auf der Leiter blieben. »Es ist wohl besser, wenn wir diesem Zauber nicht auf den Grund gehen. Wo ist der Helm?«

Kwam räumte einen Haufen mit verkohlten Überresten beiseite, öffnete einen geschnitzten Kasten aus Zedernholz und nahm einen grünlichen Steinhelm heraus. Seine Oberfläche war gekräuselt und von Linien und Furchen übersät, so daß er einem menschlichen Gehirn ähnelte. »Den haben wir im Laub unter der Magiehütte gefunden. Ich nehme an, Karli hat versucht, ihn wieder an sich zu bringen, und der Helm hat sich geschützt, indem er ihr durch die Finger geglitten ist. Er will einfach nicht bei ihr sein.«

Kwam hielt ehrfurchtsvoll den Stein. Er sieht schlicht aus, aber das beweist nur, daß der Schein trügt, dachte Greensleeves. Wie bei Kwam. ›Stille Wasser sind tief‹, hatte ihre Mutter Bittersweet immer gesagt, und bei ihrem Liebsten war das gewiß der Fall.

Vorsichtig nahm Greensleeves den Helm und betrachtete ihn. »Dieser Helm... wir mögen nicht viel über ihn wissen, aber eines ist klar: Diese heimtückischen Zauberer haben nur zwei Dinge gemeinsam, nämlich mich und diesen Helm. Ich kann es eigentlich nicht sein, also muß es dieses Ding sein.«

Kwam blinzelte. Tybalt zupfte sich an der Nase. Die Hütte schwankte mit dem Baum in einer starken Windbö. Greensleeves kam der Gedanke, daß die beiden schon längst dieselbe Schlußfolgerung gezogen haben mußten, da sie nicht widersprachen. War sie tatsächlich so schwer von Begriff?

Tybalt sagte: »Wir wissen ein wenig. Die Weisen von Lat-Nam haben ihn erschaffen, wahrscheinlich um die Brüder Urza und Mishra davon abzuhalten, die Domänen zu erobern. Die Legenden erzählen, wie ganze Gefilde ausgeplündert und zu Kriegsmaterial verarbeitet wurden. Ganze Kontinente wurden in Schlachten verwüstet, die von Horizont zu Horizont reichten.«

»Aber wir glauben, daß die Weisen ausgelöscht wurden und die Brüder siegreich waren«, fügte Kwam hinzu. »Obwohl der Helm tatsächlich jeden zu unterjochen vermag, dem wir ihn aufsetzen.«

Greensleeves nickte abwesend. »Ja, weil diese großen Zauberer in gewisser Weise immer noch darin enthalten sind. Sie haben ihre Gedanken gebündelt, um die Befehle in den Helm einzuarbeiten. Aber es muß noch mehr…«

»Ah!« Alle erschraken bei Tybalts Ausruf. Er hielt seinen violetten Hut fest, während er in der Hütte herumhüpfte wie ein Kind. »Das ist es! Die Weisen haben ihren Geist miteinander *verbunden,* um die Befehle zu formulieren! Wenn *wir* also neuen Zauberern – Zauberern der Gegenwart – den Helm aufsetzen, verbinden wir sie untereinander! Welch anmaßende *Narren* waren wir doch, dies nicht zu erkennen!«

»Das stimmt. So muß es sein.« Kwam rieb sich die Stirn. »Wir haben uns drei Jahre lang unser eigenes Grab geschaufelt.«

Greensleeves fügte hinzu: »Mein Vater Cinnamon Bear sagte immer: ›Freunde kommen und gehen, aber Feinde sammeln sich an.‹ Ja, wir haben Zauberer eingefangen wie die Fische, sie gezähmt und dann laufen lassen. Aber wir haben die Angelschnüre in ihren Mündern zurückgelassen, und jetzt haben sich die Schnüre verwickelt und drohen, uns zu Fall zu bringen.«

Der Helm fühlte sich schwer an in ihren Händen, oder vielleicht war sie auch nur müde, also setzte sie sich auf einen Stumpf. »Wir haben den Helm benutzt, um uns in Schwierigkeiten zu bringen, vielleicht können wir ihn auch benutzen, um uns daraus zu befreien.« Als sie die verwirrten Blicke der beiden sah, fügte sie hinzu: »Als ich den Helm dieses eine Mal getragen habe, konnte ich die Gedanken der alten Weisen spüren und hören, ja sogar in ihren Geist schauen, während sie mich anschrien. Dort ruhen alle möglichen Geheimnisse: Geschichten, Lieder, Zauber.«

Die beiden Magiestudenten schwiegen. Sie wußten, was dieser Helm bewirken konnte. Ein Nichtzauberer, Tybalt, hatte ihn zuerst zu Studienzwecken aufgesetzt und dabei fast den Verstand verloren. Jeder Zauberer, dem sie ihn aufsetzten, litt darunter und tobte, bis er sich unterwarf. Nur Greensleeves hatte bisher seinen Forderungen widerstanden und ihre geistige Gesundheit behalten, und das auch nur, weil sie als Kind eine Törin gewesen war und ein grundlegendes Verständnis vom Wahnsinn besaß.

Jetzt redete die Druidin, als wäre sie allein. »Aber es gibt ein Geheimnis, das mir entgangen ist. Hier drinnen.« Sie tippte mit dem Finger gegen den grünen Helm.

»Wie können wir helfen?« fragte Kwam, und Greensleeves lächelte ihm zu. Deshalb liebte sie ihn: Er ließ sie sich selbst sein, half, wenn man ihn darum bat, und achtete ihr Urteilsvermögen.

»Paßt einfach nur auf mich auf. Wenn ich … zu leiden scheine …«

Sie konnte nicht ausreden. Lange nachdem sie zu Verstand und zur Magie gekommen war, hatte Greensleeves die Angst vor dem Wahnsinn verfolgt, die Angst davor, daß ihr Verstand wieder zu einer öden Wildnis wurde. Selbst jetzt noch überfielen sie manchmal absonderliche Gedanken aus der Finsternis, und dann mußte sie sich alle Mühe geben, um sie zu bannen. Aber das wußte niemand, nicht einmal ihr Liebster.

Dann, bevor sie sich noch mehr Sorgen machen konnte, setzte sie sich den Helm auf.

Stimmen wie Hammerschläge in ihrem Schädel. Ein Heulen wie bei einem Sturm auf See. Blendende Lichter, welche die Umrisse eckiger Gestalten beleuchteten. Zauberer, die redeten, redeten und nochmals redeten.

Greensleeves kämpfte um ihren geistigen Zusammenhalt. Ihre Gedanken wurden hin und her geschoben, auseinandergezerrt und zerpflückt. Hundert Zauberer schrien sie an, alle gleichzeitig, eine Kakophonie, doch jede Stimme drang so klar zu ihr durch wie der Klang einer Glocke. Eine zarte Stimme wie die eines Schmetterlings, die darauf bestand, daß sie half, anstatt zu behindern. Ein Knurren, als würden Steine zermahlen. Ein Oger, der damit drohte, ihr das Hirn aus dem Schädel zu reißen und es zu verschlingen, falls sie sich nicht unterwarf. Eine junge Stimme, die lockte, versprach und schmeichelte. Eine alte Stimme, die über das Gleichgewicht schwadronierte. Eine trockene Stimme wie ein eiskalter Bohrer. Und viele, viele mehr.

Und während sie der Druidin ihre Predigten hielten, lagen die Tiefen ihres Verstandes offen vor ihr, alles, was sie je gewußt hatten.

Bruchstücke von Zaubern huschten vorbei wie Blätter im Wind. Zeilen aus Liedern. Bilder und Wesen, die sie nicht verstand, wirbelten ringsumher. Eine geisterhafte Gestalt mit einem riesigen Kopf wie dem eines Kindes. Explodierende Berge, die mit Augen übersät waren. Fische aus Mana, die in einem ätherischen Meer schwammen. Gesichtslose Skelette, die vor Honig triefende Dolmen anlegten. Ein weißer Narr, der mit einem blinden Kojoten tanzte. Ein gespaltenes Hirn, das ein grelles Licht ausstrahlte. Bilder, bei denen sie lachen oder weinen, singen oder sich verstecken wollte.

Im Verstand dieser großen Zauberer erhaschte Greensleeves einen Blick auf Götter bei der Arbeit, und sie fühlte sich so winzig und unbedeutend wie eine Ameise. Doch sie sah auch die Leute in ihnen und woher sie kamen: aus mystischen Bergen und vergessenen Tälern, aus glitzernden Wasserfällen, Spukschlössern und windgepeitschten Wüsten. Und Heime wie die von ganz gewöhnlichen Personen, in denen

Mütter am Feuer saßen und häkelten und Kinder spielten.

Und sie sah auch, wie diese Zauberer durch die Magie und diesen Helm miteinander verbunden waren und dadurch ihren Verstand sprechen lassen konnten, wie Greensleeves' Feinde jetzt miteinander Verbindung aufnehmen konnten. Sie waren in den Beutel desselben Jägers geworfen worden wie verletzte Wachteln und wechselseitig aneinander gebunden.

Ein Versehen ihrerseits, das wußte sie. Ein fataler Fehler, die Verbindung übersehen zu haben.

Aber sie mußte noch mehr herausfinden.

Greensleeves kämpfte und schob die Schreihälse beiseite, als bahne sie sich einen Weg durch eine feindselige Menge. Weil sie hinter ihnen den Grund für ihre Angst spürte, den Grund dafür, daß sie Unterwerfung befahlen.

Vor drei Jahren hätte sie sie nicht beiseite schieben können, hätte nicht gewußt, wie. Damals hatte sie ihre ganze Kraft aufwenden müssen, um sich ihre geistige Gesundheit unter dem geistigen Ansturm zu bewahren. Jetzt drängte sie sich an diesen Zauberern vorbei, als wären sie nicht mehr als Lämmer auf der Weide, denn sie war selbst dem mächtigsten von ihnen gewachsen.

Und sie sah, warum sie beunruhigt waren und Unterwerfung befahlen.

In ihrer Welt herrschte Krieg, und sie wurden belagert.

Unter einem Klirren und Donnern erbebte die Erde. Draußen, durch steingerahmte Fenster, sah sie Kriegsmaschinen, die den gesamten Horizont ausfüllten, von den Bergen über die Stümpfe eines abgeholzten Waldes bis zu einem verseuchten Meeresstrand. CLOCKWORK BEASTS zu Hunderten in allen Größen und Gestalten rückten über eine verwüstete Ebene vor. Ein scharfer Wind brachte den Schwefelgestank nach brennendem

Steinöl mit sich. Feuer fiel vom Himmel, und ein Säureregen brannte das Fleisch von den Knochen. Soldaten, nicht menschlich, sondern riesige Mutationen von aufrechtgehenden Tieren und Dämonen, schrien und schnaubten, während sie die Schanzen angriffen und starben. Ein eiserner Turm mit Augen und drei Armen zerschmetterte Katapulte, Belagerungsmaschinen und umherhuschende Soldaten. Metallskelette, die Schwerter schwangen, wurden von weißglühenden Feuerbällen in Schlacke verwandelt. Mechanische Vögel, so groß wie Segelschiffe, warfen Eier ab, die explodierten, wenn sie auf die Erde fielen. Männer und Frauen mit Flügeln und Schwertern starben beim Angriff auf die Piloten. Ein Turm aus Elfenbein brannte, und vor dem staubigen Gestank kreischten Kamele und Elefanten auf. Währenddessen tickte eine Uhr auf einem Regal und zählte die Zeit bis zum Weltuntergang herunter.

In der Universität flogen die Argumente hin und her wie die Steine draußen. Der Plan würde gelingen. Er würde nicht gelingen. Er mußte gelingen, oder sie würden alle sterben. Sie würden ohnehin alle sterben. Der Helm kann die Brüder in Schach halten. Nur wenn ihn jemand trägt – und wer würde das wagen? Aber der Rest des Plans könnte gelingen. Die Zauberer nicht nur in Schach zu halten, sondern sie gänzlich aufzuhalten. Wer erklärte sich bereit, den Helm auszuprobieren? Niemand, und jetzt war es zu spät. Nicht, wenn wir den Plan verstecken, ganz tief vergraben. Aber dazu blieb keine Zeit. Die Mauern standen in Flammen. Blut floß und wurde schwarz, wenn es aus den Pfeilwunden troff.

Es war zu spät, und da kamen bereits die Feuerbälle …

Greensleeves schrie auf und warf sich zu Boden, hielt sich Augen und Ohren zu und flehte um Gnade.

Dann endete die Vision, und das Schweigen war ohrenbetäubend.

Ihre schweißverklebte Stirn wurde plötzlich kühl.

Kwam stand über ihr, den Steinhelm in den Händen. Er hatte ihn ihr abgenommen. Er legte ihn beiseite, faßte sie sanft um die Schultern und musterte sie mit besorgtem Blick. »Ist alles in Ordnung?«

»Ja. Ja«, keuchte Greensleeves. Sie war von Kopf bis Fuß durchnäßt, ihre Hände zitterten, und ihr Herz hämmerte, als wäre sie zehn Meilen gerannt. Die Brise, die von draußen durch die Hütte pfiff, ließ sie frösteln. Sie nahm Kwams Hand, ein Trost, an dem sie sich festhalten konnte. »Ja. Ich glaube, ich kenne – das Geheimnis.«

»Welches Geheimnis?« platzte es aus Tybalt heraus.

»Es ist mir keineswegs bekannt«, stellte Greensleeves richtig. Sie lehnte den Kopf an Kwams Brust, schöpfte Kraft aus seiner Nähe. »Aber ich weiß, wo dieses Geheimnis sein könnte. Wenn wir es doch nur finden könnten. Nach allem, was ich weiß« – Greensleeves saß auf dem Boden und hielt die Knie umschlungen, während Kwam sie an sich drückte –, »haben die Weisen den Helm erschaffen, um den Brüdern Urza und Mishra Einhalt zu gebieten. Es wären hundert Zauberer nötig gewesen, um sie zu unterwerfen, wenn das überhaupt möglich war. Sie haben den ersten Teil beendet, indem sie die Befehle, sich zu unterwerfen, in den Helm einarbeiteten – obwohl sie vermutlich einen Fehler begangen haben, weil sie ganz sicher nicht die Absicht hatten, eine Verbindung zwischen den widerspenstigen Zauberern herzustellen. Aber den zweiten Teil haben sie nie vollendet, worin dieser auch bestanden haben mag. Die Brüder bekamen Wind von dem Plan und griffen die Universität mit Armeen und Kriegsmaschinen an. Ich habe CLOCKWORK BEASTS wie Stiggurs Konstruktion zu Hunderten gesehen. So alt ist sie schon, glaube ich …«

Sie holte tief Luft. »Aber sie haben es gesagt. *Die Zauberer nicht nur in Schach zu halten, sondern sie gänz-*

lich aufzuhalten. Und den Plan zu verstecken, ganz tief zu vergraben.«

Tybalt marschierte in der kleinen Hütte auf und ab. »Also ist das Geheimnis immer noch da und liegt unter der Universität begraben!« Seine Augen glänzten ob der Aussicht auf soviel Magie.

»Wenn es existiert«, dämpfte Greensleeves. »Sie hatten wenig Zeit für ihre Arbeit. Am Ende überhaupt keine mehr, fürchte ich.«

Kwam murmelte: »Aber ... die Universität der Weisen in Lat-Nam ... Niemand weiß, wo sie ist. Seit Jahrhunderten suchen Zauberer danach.«

Greensleeves nickte müde und sah aus der kleinen Tür der Hütte auf die grünen raschelnden Blätter der großen roten Eichen, die mit dicken Sommerregentropfen behangen waren. »Dann wird es Zeit, daß jemand sie findet.«

In dieser Nacht konnte Greensleeves trotz ihrer Erschöpfung nicht schlafen.

Eines hatte sie endlich herausgefunden: Chaneys Schatten war in den Nächten, wenn Greensleeves nicht schlafen konnte, nicht bei ihr. Der Schatten weckte sie absichtlich. Merkwürdig, daß ihr das zuvor nicht aufgefallen war. Aber warum sollten sich die Toten auch an Erschöpfung und die heilende Wirkung des Schlafs erinnern?

Also mußte Chaney irgendwo dort draußen sein und warten, wenn sie wach lag.

Nackt wie üblich verließ Greensleeves die winzige Hütte, nicht ihr richtiges Zuhause, denn das war verwüstet worden, sondern eine Heimstatt, die hastig wiederaufgebaut worden war. Sie ging an ihrer Leibwache vorbei, einer weiteren Frau, die von den Weißen Bären verpflichtet worden war. Für einen Moment schämte sich Greensleeves, weil sie den Namen der Wächterin vergessen hatte.

Eine blasse junge Gestalt, die ein wenig zu schimmern schien, hockte im Geäst einer Eiche. Greensleeves beugte sich über das Geländer und begrüßte sie.

»Ich habe Neuigkeiten für dich, Kind«, sagte die tote Druidin.

»Du verläßt mich«, sagte Greensleeves.

»Ja.« Der Schatten wandte den Kopf und bewegte die Lippen, als rede er mit jemand anderem, bäte ihn vielleicht, noch zu warten. Zu ihrer ehemaligen Schülerin sagte sie: »Es wird Zeit. Der Wald braucht Zeit, um zu heilen, mehr als die Hilfe jeder Druidin oder jedes Schattens einer Druidin. Und du wirst weit weg gehen, also hält mich wenig. Die Arme von Gäas Lehen sind weit geöffnet, aber wenn ich sie verpasse, muß ich ewig hierbleiben. Und das wäre eine lange Zeit.«

Greensleeves nickte nur. Auf ewig im Flüsterwald umherzustreifen, schien ihr ein durchaus gnädiges Schicksal zu sein. Doch der Wald mußte heilen, da sein uraltes Flüstern fast verstummt war.

»Ich hinterlasse dir diese Worte«, sagte der Schatten. Sie beugte sich vor, fiel jedoch nicht von dem Ast herunter, sondern schwebte einfach in der Luft. »Wir können nichts Bedeutendes erreichen, wenn wir nicht alles geben: jede Faser, jeden Nerv, jeden Tropfen Schweiß und Blut. Sogar unsere Seele. Sei bereit, für das, was du erreichen willst, das letzte Opfer zu bringen. Immer, rückhaltlos. Wenn es dir an Mut mangelt, wirst du scheitern.«

Greensleeves nickte wiederum. Sie hatte das schon einmal gehört. Die Bedeutung war unklar, aber Fragen waren sinnlos. Der Schatten dachte nur zum Teil an sie. Als Chaneys Körper diese Sphäre verlassen hatte, waren auch die meisten Gedanken mitgegangen.

Der Schatten erhob sich und schwebte rückwärts, als wolle er im Baum eintauchen wie eine Dryade. »Ich verabschiede mich, Kind. Vergiß nicht, daß ich dich liebe und immer sehe. Viel Glück. Und möge der Geist des Waldes durch dich atmen.«

Dann war sie verschwunden.

Es dauerte einige Augenblicke, bis Greensleeves klar wurde, daß es diesmal endgültig war. Chaney würde nicht zurückkehren. Sie spürte einen Kloß im Hals und einen Stich in der Brust, aber das war alles. Chaney war schon vor langer Zeit gestorben, und Greensleeves hatte damals um sie getrauert. Dieser Schatten war nur das Echo ihrer Stimme, wenn er überhaupt real und kein Phantasiegespinst von Greensleeves war.

Es gab viele Dinge in ihrem Verstand, über die sie nichts wußte. Aber vielleicht hatte jeder diese Schwierigkeit.

Müde ging sie wieder zu Bett. Als sie an der Leibwache vorbeikam, die ihr eine gute Nacht wünschte, sagte sie: »Es tut mir leid. Ich habe deinen Namen vergessen.«

»Wichasta, Milady.« Sie war schlank, hochgewachsen und dunkelhäutig. »Aus Hauptfrau Dionnes Zenturie der Weißen Bären.«

Seltsam, dachte Greensleeves, daß mir, einer kleinen nackten Druidin, eine kräftige Wächterin in weißer Rüstung und mit stählernen Waffen mit soviel Respekt begegnet. »Ja, danke, Wichasta. Ich weiß deine Hilfe zu schätzen und werde deinen Namen nicht noch einmal vergessen.«

»Das macht doch nichts. Gute Nacht, Milady.«

Kwam war wach und hatte eine Kerze angezündet. So, wie er dalag, auf einen Ellbogen gestützt, während das Kerzenlicht über seine braune Haut und sein seidiges Brusthaar flackerte, staunte Greensleeves darüber, daß er warm, begehrenswert, liebevoll und freundlich zugleich aussah.

Sie ließ sich in ihr Bett fallen und strich sich mit den Fingern durch das Haar, um etwas zu tun zu haben.

»Sie ist fort, nicht wahr?« fragte Kwam leise.

Die Druidin nickte. »Woher weißt du das?«

»Ich habe es dir angesehen.«

Greensleeves lehnte sich zurück, wobei sie sich träge am Bauch kratzte. »Sie hat wieder davon geredet, ›das letzte Opfer‹ zu bringen. Was mag das sein? Wenn es mein Leben ist, bin ich gern bereit, es herzugeben, um alles Kämpfen zu beenden. Ich *hasse* es so! Und doch werden immer mehr Leute getötet, und der Wald wird verwüstet! Ich habe diesen armen, irregeleiteten Jungen Gurias, der nur ein hochnäsiger Schnösel war, mit einem Blitz getötet und nebenbei noch einen Baum gesprengt. Wozu soll das gut sein? Ich gäbe alles dafür, um dem Kämpfen ein Ende zu bereiten!«

»Ich glaube dir.« Kwam küßte ihren Hals. »Es liegt ebensowenig in deiner Natur zu kämpfen wie in der einer Weide. Du sollst das Leben hüten und bewahren, sowohl das der Leute als auch das des Landes, und nicht Tod und Vernichtung über sie bringen. Und dafür liebe ich dich. Also verändere dich bitte nicht. Ich liebe dich genauso, wie du bist.«

Doch Greensleeves seufzte. »Ich gäbe mein Leben bereitwillig her, um andere zu retten: Ich bin nicht wichtiger als alle anderen. Aber es ist alles so trübe wie ein aufgewühlter Teich. Wie sieht mein Schicksal aus, das Chaney in der Zukunft sieht? Welche anderen Opfer kann ich bringen, wenn ich keine Zeit für mich oder dich oder den Wald habe, nicht einmal dafür, um Leuten zu helfen?«

Kwam strich ihr das Haar aus der Stirn. »Welches Schicksal dich auch erwartet, wir werden uns ihm gemeinsam stellen. Dessen sei gewiß.«

Sie lächelte und streichelte seine Wange. »Mein lieber, süßer Kwam. Du nimmst mich so, wie ich bin, mit allen Fehlern, Launen, Unsicherheiten und allem anderen?«

Anstelle einer Antwort küßte er sie, und sie erwiderte den Kuß.

KAPITEL 12

»Ich dachte immer, Vieh zieht das Tiefland vor«, keuchte Gull.

Außer Atem winkte Greensleeves ab. »Sie sind – *kein* – Vieh! Paß auf – was du sagst! Warte – laß uns ausruhen.«

Die Gruppe ließ sich auf Felsen am Rand des schmalen, ausgetretenen Pfades sinken, der sich den Berg hinaufwand. Sogar Helki lehnte sich gegen einen Felsen und hielt sich die Brust, die sich heftig hob und senkte. Niemand schaute auf, um nachzusehen, wie weit sie noch gehen mußten, denn ihr Ziel lag hoch oben in den Wolken.

»Erklär mir noch mal«, japste Gull, »warum du uns – nicht einfach – dorthin versetzen kannst.«

»Weil wir – sofort getötet würden. Jedenfalls wurde – mir das gesagt.« Greensleeves zückte eine mit Wolle umwickelte Wasserflasche, nahm einen Schluck und ließ sie dann kreisen.

Gut dreißig Personen quälten sich den Pfad hinauf. Die kleine Gruppe hatte den Rest der Armee weit im Westen des Flüsterwalds gelassen, jenseits der ICE RIME HILLS und in der Nähe eines großen Meerhafens namens OYSTER BAY. Dort sollte sich die Armee unter dem Befehl von Varrius und Quartiermeisterin Lily neu verpflegen und neu gruppieren, alle notwendigen Reparaturen vornehmen und neue Soldaten rekrutieren. In der Zwischenzeit hatten sich Gull und Greensleeves mit dieser kleinen Gruppe in das Land am Fuße dieser Berge versetzt, mit den Einheimischen geredet und ihre Wanderung begonnen.

In Winterkleidung gehüllt, um sich vor der Kälte in der dünnen Luft zu schützen, stapfte die Gruppe seit sechs Tagen den Berg hinauf, manchmal auf Händen und Knien. Die Gruppe bestand aus Greensleeves mit ihren vier von Kuni angeführten Leibwachen und Gull, der ebenfalls von vier Leibwachen unter der Führung von ›Muli‹ Muliya begleitet wurde. Die Leibwachen hatten sich geweigert, ihre Anführer allein gehen zu lassen. Holleb und Helki waren ebenfalls dabei. Die Zentauren waren mit isolierten Hufeisen beschlagen und bereuten längst, daß sie komplette Rüstung und Kriegsgeschirr trugen. Die Anwesenheit von fünf von Hermines D'Avenant-Bogenschützinnen hatte sich längst als sehr vorteilhaft erwiesen: dreimal hatten sie jetzt ziegenähnliche Gemsen aus den höchsten Felsspitzen geschossen, deren Fleisch ihren Proviant ergänzte. Außerdem waren Kamee mit zwei Bibliothekaren und einem Kartographen dabei, die mit Körben voller Pergamente, Bücher und unvollständigen Karten ausgerüstet waren. Ein Heiler namens Prane war für den Fall mitgekommen, daß sich jemand bei einem Sturz oder anderweitig verletzte, aber bis jetzt hatten sie Glück gehabt. Kwam war dabei, um die Magiestudenten zu vertreten, jedenfalls war das die offizielle Begründung. Uxmal, der Zwerg aus dem Süden, und Quexotl, ein Gefährte von ihm, waren mitgekommen, weil sie die Berge sehen wollten, die sie an ihre Heimat erinnerten. Irgendwo weiter vorn waren ›Klimper‹-Jayne und ein Trio ihrer farblos gekleideten Kundschafter. Und nahe bei Gull hockte ein Häufchen wie ein kranker Waschbär: Egg Sucker in seinen zerlumpten Fellen. Gull hatte darauf bestanden, daß er mitkam, weil ihn ohne den Schutz des Generals ganz gewiß irgend jemand im Lager getötet hätte.

»Vielleicht ist es eine Prüfung«, sagte Greensleeves nicht zum erstenmal. »Man muß schon sehr entschlossen sein, wenn man so weit geht, um sich eine einzige Frage beantworten zu lassen.«

»Es ist allerdings eine verdammte Prüfung«, japste Gull. Der Berg war nicht nur über Meilen hinweg so steil wie eine Treppe, sondern je höher sie kamen, desto dünner wurde auch die Luft. Und er war als Folge seines Zweikampfs mit dem Kriegsfürst immer noch ein wenig steif. »Und zwar eine Prüfung, wie schlau man ist. Wenn man so weit klettert, besagt das schon einiges.«

Seine Schwester runzelte die Stirn. »Daß man so schlau ist, diesen Berg ohne Hilfe zu erklimmen?«

»Nein«, knurrte Gull, »daß man zu dämlich ist, um im Tiefland zu bleiben – oh!«

Er zuckte zusammen, als neben ihm plötzlich lautlos ein Kundschafter scheinbar aus dem Boden wuchs. Klimper-Jaynes neuste Rekruten waren lautlos wie Geister und tödlich wie Klapperschlangen, und Gull konnte es nicht leiden, wenn sie sich unbemerkt neben ihn schlichen. Er schwor, daß sie Magie benutzten, doch Jayne stritt das ab. Andererseits war sie, seitdem sie diese Leute befehligte, ihrerseits äußerst verschwiegen und geheimniskrämerisch geworden.

Dieser Kundschafter war ein stämmiger Mann mit blondem Bart und zwei Zöpfen, die auf seiner bepelzten Brust baumelten. Sein Name war Percival. Gerüchte besagten, er habe einmal drei Matrosen getötet, die ihn ›Percy‹ genannt hatten. »Wir haben ihren Höhleneingang gefunden.«

Gull starrte in die eisblauen Augen des Mannes, blinzelte jedoch zuerst. »Wissen sie, daß wir hier sind?«

Der Mann schnaubte. »Nein.«

Gull erhob sich, wobei er sich auf den Schaft seiner Axt stützte. »Vielleicht sollten wir ein wenig Lärm machen, um uns anzukündigen ...«

Doch Percival war schon wieder verschwunden.

Klimper-Jayne traf sie weiter oben und zeigte ihnen

ihren Bestimmungsort. Noch weiter oben war ein langer horizontaler Schlitz in der steilen Bergwand zu sehen. Auf einem Vorsprung davor marschierte ein Wächter mit einer großen Streitaxt auf der Schulter auf und ab.

Kein Mensch.

Jayne nickte hinauf. »Dieser Pfad führt zu einem flachen Stück, auf dem uns der Wächter in aller Ruhe begutachten kann. Dann mündet er in einen Kamin mit Stufen, die in den Fels gehauen sind. Es gibt keinen anderen Weg in ihre Festung, nicht ohne Seile, Hämmer und Kletterhaken.«

»Dieser Pfad reicht uns. Wir haben nichts zu verbergen. Und wenn wir dieses Flachstück erreichen, werde ich niederknien und es küssen.« Gull drehte sich um und rief nach hinten: »Wir sind bald da! Hoffen wir, daß es dort oben eine heiße Quelle gibt, damit wir unsere schmerzenden Glieder etwas einweichen können!«

Ächzend erklomm die Gruppe den Kamin, wobei ihre schweren, gefühllosen Füße immer wieder auf den spiegelglatten Stufen ausglitten. Gull mußte sich tief bücken. Die einzigen, die nicht mitkamen, waren die Kundschafter, die in der windgepeitschten felsigen Einöde blieben, um nach hinten abzusichern, und Helki und Holleb, für die der Weg zu schmal und zu steil war.

Gull kletterte voran, die Axt unbeholfen in einer Hand. Er bezweifelte, daß man sie abweisen werde. Wenn die HURLOONER sie hätten töten wollen, hätten sie das bereits bei einem Dutzend Gelegenheiten tun können. Dennoch war es eine Erleichterung, als sie endlich eine steinerne Kammer betraten, die von ihren Schritten widerhallte.

Und zum erstenmal Minotauren begegneten.

Die Minotauren der HURLOON MOUNTAINS waren riesig, gewaltig und überragten Gull um mindestens zwei Fuß. Sie atmeten schwer, und ihr Atem, der in der kühlen Luft dampfte, roch so süß wie frisches Gras. Sie hatten kurze Schnauzen und goldüberzogene Hörner. Alle trugen gewundene, fließende Tätowierungen, die bis unter ihr zottiges weißes Lockenhaar reichten und teilweise sogar die Hörner bedeckten. Ihre Hände endeten in vier dicken Fingern mit schwarzer Spitze und hatten keinen Daumen. Ihre für Huftiere typischen stämmigen, mit zottigem Fell bewachsenen Beine endeten in blanken schwarzen Hufen von der Größe eines Stahlhelms. Alle trugen dieselbe Kleidung, einen Rock oder Kilt aus roter Wolle, so daß es unmöglich war, das Geschlecht der Minotauren zu erkennen.

Insgesamt waren es drei, und alle trugen eine funkelnde Streitaxt, so groß wie eine Schneeschaufel.

Immer mehr Leute drängten sich die Treppe hinauf, blieben beim Anblick der seltsamen Wesen stehen und wurden von unten vorwärtsgeschoben. Von ihren Leibwachen flankiert, trat Greensleeves vor ihren Bruder.

»Warum seid Ihr gekommen?« Der führende Minotaurus stellte die traditionelle Frage in einem gurgelnden Tonfall, bei dem Greensleeves die Rippen klapperten.

Die Erzdruidin gab die traditionelle Antwort. »Um eine Frage zu stellen.«

Der Minotaurus nickte. »Dann erhaltet eine Antwort.«

Die müden Reisenden wurden in einen großen Gemeinschaftsraum geführt – die Minotauren waren ursprünglich Herdenwesen und konnten mit dem Begriff der Privatsphäre nicht viel anfangen –, wo sie die Stiefel ausziehen, die Füße einweichen und den Schweiß abwischen konnten. Doch der Raum war kalt – alle Räume waren kalt –, und es gab keine Anzeichen für ein Feuer. Das einzige Licht fiel durch zwei Fenster, die in eine Steinmauer gehauen waren, und dieses Licht war grau und trübe. Man brachte ihnen mehrere Teller mit Essen, in erster Linie verschiedene Pilzsorten, und Wasser, so kalt, daß ihnen beim Trinken die Zähne schmerzten.

Die Gesellschaft, bestehend aus Menschen, Zwergen und einem einsamen Goblin, saß auf Fellen auf dem Boden. Je mehr die Kälte durchdrang, desto enger rückten sie zusammen, bis sie ein bepelzter dampfender Klumpen waren.

»Ich hoffe, wir bekommen die Antwort, bevor wir erfrieren.« Gull konnte seine Schwester durch die Wolken seines gefrorenen Atems kaum sehen.

Greensleeves aß die Pilze, ohne sich zu beklagen, da sie sich in ihrer Kindheit, als sie noch eine Törin gewesen war, fast ausschließlich davon ernährt hatte. »Beschwer dich nicht. Dies wird ein Höhepunkt in deinem Leben. Die HURLOON-Minotauren sind überall in den Domänen als überragende Geschichtenerzähler bekannt. Ihre Ursprünge reichen so weit zurück, daß manche Leute behaupten, die Götter hätten sie als erste Rasse erschaffen, und richtiges Vieh sei nach ihnen gestaltet worden. Sie kennen die Geschichte aller sprechenden Rassen.«

Gull schüttelte den Kopf. »Warum wissen diese dämlichen Kühe dann nicht, wie man zwei Stöcke aneinanderreibt?«

»Das kann ich sogar!« quiekte eine Goblin-Stimme aus einem Haufen zerlumpter Felle. »Ein Feuer anzünden, ein schönes fettes Huhn braten oder eine saftige Eidechse ...«

»Beherrsch dich, Egg. Ich nehme an, hier gibt es nichts, was man verbrennen könnte, und es wäre viel zu mühsam und beschwerlich, Kohle oder Holz aus dem Tal heraufzuschaffen, aber bei allen Göttern, es ist kalt! Und wir haben keine Garantie, daß sie uns überhaupt etwas sagen!«

»Hab Vertrauen, Bruder«, sagte die Druidin. »Und

so kalt ist es hier gar nicht. Frische Luft schärft den Verstand.«

Doch sie zog die Decken enger um sich und kauerte sich zwischen Kwam und ihren Leibwachen zusammen.

Nach einer kalten Nacht in dem Steinraum wurde Greensleeves in die Ratskammer bestellt.

In diesem Raum gab es nichts außer den Minotauren. Vor undenklichen Zeiten aus dem nackten Fels gehauen, blickten offene Fenster auf endlose Ketten frostiger Berggipfel. Die Minotauren hockten im Kreis auf dem Boden. Greensleeves' zwei Leibwachen mußten an der Tür bleiben, während die Druidin aufgefordert wurde, sich in den Kreis zu setzen. Zuerst war sie ob des Fehlens von Mobiliar und Zierat verwirrt, bis ihr klar wurde, daß die Geschichtenerzähler hauptsächlich in ihrer Phantasie lebten. Und sie wußten Zeremonien und lange Einleitungen zu schätzen. Jedes Ratsmitglied brauchte Stunden, um sich vorzustellen, weil es eine Zusammenfassung seiner Lebensgeschichte und Leistungen vortrug. Die Minotauren trugen Namen wie Skywatcher, Thundersong, Snowbeast und Moonbeam, redeten einander jedoch mit Scherznamen an wie ›Kleiner Blumenesser‹, ›Bohnenstupser‹, ›Schläft Am Tag‹ und ›Ließ Sechs Stöcke Fallen‹. Nachdem Greensleeves ihre Namen erfahren hatte, verlor sie ein wenig das Interesse an ihnen. Ein Großteil ihres Körpers war gefühllos geworden, da die Bergwinde ungehindert durch diese Kammer pfiffen.

Schließlich wandte sich der Rat an Greensleeves. Ein Minotaurus mit einem langen Kinnbart, Thundersong, forderte sie auf: »Seid so gut und erzählt uns von Euch.«

Die Druidin hatte lange darüber nachgedacht, was sie sagen sollte. Sie wollte einen positiven Eindruck machen und weder die Zeit der Ratsmitglieder verschwenden noch allzu kurz angebunden sein. Doch ihr

Vater hatte immer gesagt: ›Laß allen Firlefanz beiseite; sag mir, was geschehen ist.‹ Also kam sie gleich zur Sache.

»Nun, Exzellenzen, wir fanden unter unseren Besitzungen einen Steinhelm, der sehr alt ist ...«

Zwanzig dunkelbraune Augenpaare schlossen sich, also hielt sie inne. Thundersong sagte: »Es tut uns aufrichtig leid, wenn wir Euch verwirren, aber wir möchten den Hintergrund von Eurer Geschichte und Euch selbst hören. Bitte, könntet Ihr uns nicht von Euren Eltern erzählen?«

»Oh.« Greensleeves errötete. Sie war zu direkt vorgegangen, hatte sie vielleicht sogar beleidigt, weil sie so versessen auf Informationen zu sein schien. Sie holte tief – und fröstelnd – Luft und begann: »Mein Vater hieß Cinnamon Bear, meine Mutter Bittersweet. Ich hatte viele Brüder und Schwestern ...«

Die Minotauren schlossen erneut die Augen. Greensleeves stutzte. Thundersong bat mit unendlicher Geduld: »Bitte, wir brauchen den größeren Hintergrund, um Eure Schilderung zu verstehen. Wenn Ihr so freundlich wärt, mit Eurem Vater zu beginnen ... Wie hießen seine Eltern und deren Eltern und wiederum deren Eltern? Laßt Euch Zeit. Wir haben reichlich davon.«

Seine Stimme hallte wie eine Glocke in Greensleeves' Verstand. *Oje.*

Stunden später schlurften die Druidin und ihre Leibwachen zurück in den Gemeinschaftsraum.

Da es draußen ohnehin dunkel war, hatte sich die Gruppe in einen Raum ohne Fenster zurückgezogen. In völliger Dunkelheit kauerten alle unter Decken wie ein Nest Eichhörnchen, aber sie fuhren auf und stießen einander an, als Greensleeves zurückkehrte.

»Endlich!« schnaufte Gull. »Endlich kommst du zurück! Wir warten seit Stunden, während wir weiter nichts zu tun hatten, als unseren Zähnen beim Klappern zuzuhören! Hast du die Antwort? Haben sie dir gesagt, wo ...«

Greensleeves konnte kaum sprechen. Sie zitterte unkontrolliert, da sie den ganzen Tag in dem kalten Windzug gesessen und erzählt hatte. Kwam tastete in der Dunkelheit unbeholfen nach ihr, wickelte sie in seine Decke, zog sie an sich und keuchte, als er spürte, wie kalt sie war. »N-n-nein. Ich w-weiß es n-noch n-nicht. Sie haben z-zuerst ein p-p-paar F-Fragen ge-gestellt.«

»Haben *dir* Fragen gestellt?« wiederholte Gull ungläubig. Andere Leute stöhnten. »Ich dachte, *sie* wüßten alles!«

»V-vielleicht, a-aber es w-wird n-noch eine W-Weile dauern, b-bis wir d-das wissen. Ich b-bin erst bei d-dir angelangt.«

»Bei mir? *Was?*« Seine Stimme hallte laut und spröde in dem eiskalten Raum.

Sie mußten sie mit Pilzen füttern und ihre Schultern und Hände reiben, bis ihr wieder so warm war, daß sie vernünftig reden konnte. Die Minotauren, so schien es, konnten nie genug Informationen bekommen. Also hatten sie sich nach Greensleeves' Abstammung erkundigt und auch nach ihrer Heimat, nach ihrem Heimatdorf Weißfels. Als sie umständlich erklärt hatte, sie wisse nicht viel über ihre Eltern, da sie in jüngeren Jahren geistig zurückgeblieben gewesen sei, hatten die Minotauren das außerordentlich faszinierend gefunden. Also hatte sie von ihrem Leben im Wald inmitten ihrer Tierfreunde und deren Angewohnheiten und Lebensweisen erzählt.

Gull explodierte. »Du hast *neun Stunden* über Dachse und Hasen geredet? Du hast nicht einmal von der Schlacht von Weißfels und der Zerstörung des Dorfes erzählt?«

»S-soweit sind wir n-nicht gekommen. Ich h-hoffe, in ein p-paar Tagen dahin zu g-gelangen.«

»In ein paar *Tagen?*« zischte er durch zusammengebissene Zähne. Gull war fassungslos. »Dann wird es *Monate* dauern, bis du nach der Universität fragen kannst!«

»N-nein, wird es n-nicht.« Greensleeves schmiegte sich an Kwams Brust. Sie zitterte so sehr, daß er mitbebte. »B-bis dahin b-bin ich längst erfroren ...«

Tatsächlich dauerte es nur sieben Tage, bis Greensleeves ihre Geschichte beendet hatte.

Die Minotauren hatten die ganze Zeit über aufmerksam zugehört und mit geweiteten braunen Augen förmlich an ihren Lippen gehangen. Aber sie hatten auch Fragen gestellt – Hunderte von Fragen. Oft diskutierten die Minotauren über Greensleeves' Antwort, wobei jeder etwas hinzuzufügen hatte, meistens ein altes und ganz ähnliches Ereignis oder eine Parabel, die eine Ansicht verdeutlichte, und das alles aus reiner Freude an der Sache. Greensleeves fand es faszinierend, obwohl sie entsetzlich fror. Sie wünschte, Magie wäre erlaubt gewesen, dann hätte sie Holz oder Kohle oder auch Feuerbälle oder Feuerelementare beschwören können. Doch die Minotauren warnten sie vor ›Fingerübungen‹, und sie gehorchte.

Doch schließlich hatten die Minotauren genug Fragen gestellt und schwiegen.

Während er den übrigen zunickte, fragte Thundersong: »Und wie lautet Eure Frage?«

Greensleeves schrak hoch. Die Kälte machte sie schläfrig – sie hatte gehört, daß Erfrieren so ähnlich wie Einnicken war. Einen Augenblick lang starrte sie nur verständnislos ins Leere, bis sie erkannte, daß der Augenblick gekommen war. Sie mußte die Frage sorgfältig formulieren, denn die Legende besagte, daß die Minotauren der HURLOON MOUNTAINS, die alles wußten, nur eine einzige Frage gestatteten.

Ob sie sie auch beantworteten, war nicht bekannt.

Sie krächzte, da sie vom tagelangen ständigen Erzählen heiser war. »Bitte, ihr Weisen, wo liegen die Ruinen der alten Universität der Weisen von Lat-Nam?«

Ein Raunen durchlief den Raum. »Eine gute Frage«, murmelte ein Minotaurus. Doch sie ließen nicht erkennen, ob sie es wußten.

Thundersong fragte: »Wärt Ihr so freundlich, uns zu entschuldigen? Wir müssen uns beraten.«

Was beraten? fragte sie sich. Doch die Erzdruidin nickte freundlich, dankte den Minotauren fürs Zuhören und verließ den Raum.

Als sie durch die eisigen Räume schlurfte, wurde Greensleeves von einem Minotaurus angesprochen, einem jungen Vertreter seiner Art, dem kurzen Kinnbart nach zu urteilen. Er trug ein Fellbündel, das schnatternd um sich trat. »Milady, vielleicht habt Ihr etwas verloren.« Er hielt das Bündel an einem mageren graugrünen Bein.

Greensleeves hörte: »Laß los! Ich hab nichts genommen! Das waren Ratten, hinter denen ich her war! Die haben die Pilze gegessen, nicht ich! Und sie waren sowieso muffig! Laß mein Bein los!«

Der Minotaurus fragte: »Übernähmt Ihr dafür bitte die Verantwortung?«

»D-das ist ein w-w-wenig viel verlangt«, stammelte die Druidin. »A-aber gut. Micka, w-wenn du s-so nett wärst?«

Die stämmige Leibwächterin packte das magere Bein und ließ das Goblin-Bündel auf den Boden fallen, um es zum Schweigen zu bringen. »E-Erlaubnis, ihn aus d-dem F-Fenster zu werfen, M-Milady?«

Greensleeves schlurfte zitternd weiter. »N-nein, b-besser, er l-leidet mit uns a-anderen.«

Egg Suckers Proteste prallten wirkungslos von den eisigen Mauern ab. »He, laß mein Bein los! Ich hab nichts genommen – nicht viel! He ...!«

Es dauerte eine Weile, bis sie Gull und die anderen gefunden hatten.

Seit dem zweiten Tag liefen ihre Leute in den Höhlen herum, die die Höhen und Tiefen dieser Berge durchzogen. Anstatt in der Dunkelheit zu hocken oder im Hellen zu frieren, wanderten sie einfach den ganzen Tag herum – überall. Treppauf, treppab, über vereiste Vorsprünge, durch steinerne Türen, über Gipfel und durch finstere Höhlen, in denen sie ständig stolperten und fluchten. In jede verfügbare Decke und in alle ihre Kleidungsstücke gehüllt, stiegen sie zweimal am Tag den Kamin herunter, um die Kundschafter und Zentauren zu besuchen und ihnen Wasser und Pilze zu bringen. Gull und die anderen liefen, bis ihnen die Beine schmerzten. Aber ihnen war warm, und sie schliefen gut in ihrem stockfinsteren Kabuff.

Wirklich glücklich waren nur Kamee und ihre Gelehrten. Sie hatten gehofft, die Minotauren hätten eine Bibliothek, die sie besuchen könnten, fanden in den vielen einsamen Höhlen jedoch nicht ein einziges Stück Papier. Die Bibliothek existierte nur in den großen knorrigen Schädeln der Minotauren. Also suchte sich jeder Gelehrte einen Minotaurus aus, dem er folgte und mit Fragen überschüttete. Auf diese Weise erfuhren sie eine Menge, wenngleich sie oft mit dem Schreiben innehalten und an ihren gefrorenen Federn saugen mußten, obwohl sie die Tintenfässer an ihren Gürteln befestigt hatten.

Greensleeves fand die Gruppe schließlich in einer Galerie mit Fenstern auf beiden Seiten, die einen Grat des Berges spaltete. Durch sie hatte man einen unglaublichen Ausblick auf Wolken und Berggipfel, bis einem die Augäpfel vereisten.

Gull lief angesichts dieser neuerlichen Verzögerung beinahe Amok. »*Was*, in Axelrod Gunnarsons Namen, gibt es da zu *beraten?* Diese dämlichen Kühe« – er bedachte sie mit weiteren auserlesenen Bezeichnungen – »wissen entweder, wo sich diese (Eselstreiber-Flüche) Ruinen befinden, oder sie wissen es *nicht!* Warum müssen wir uns den Hintern abfrieren und warten, um festzustellen, ob ...«

An Kwams Brust geschmiegt, wartete Greensleeves, bis ihr Bruder Dampf abgelassen hatte. Seine Verwünschungen erwärmten wenigstens die Luft. Mit erzwungener Geduld sagte sie zu ihm: »Sie beraten nicht über den *Ort*, sondern über *uns!* Sie werden uns nicht erzählen, wo sich die Universität befindet, wenn wir uns nicht würdig zeigen, es zu erfahren. Vergiß nicht, daß die Ruinen seit Jahrhunderten von Zauberern gesucht werden. Zweifellos sind *Hunderte* hergekommen und haben dieselbe Frage gestellt. Und sie haben es noch *keinem* verraten!«

»Woher sollen wir das wissen?« Gull hatte sich den Bart wachsen lassen, damit dieser sein Gesicht wärme, und er sah schmuddelig, hohläugig und blaulippig aus. »Vielleicht haben sie das Geheimnis aber auch den letzten fünf Zauberern verraten! Nach allem, was wir wissen, könnten deine uralten Ruinen genausogut längst eine allgemeine Sehenswürdigkeit sein!«

Greensleeves klammerte sich nur an Kwam und zitterte.

»Gebratene Ochsen!« murmelte Gull. »Ich werde ein *Klafter* Feuerholz auf diesen Berg schaffen lassen und ein paar *junge Ochsen schlachten,* und dann werde ich außen knuspriges und innen saftiges Ochsenfleisch essen, *bis es mir zu den Ohren herausquillt!*«

Uxmal und Muley ächzten ob der Aussicht auf warmes Essen, aber die meisten zitterten nur und litten, da der Bergwind durch die Galerie und durch ihre Kleidung schnitt.

Gull war noch nicht fertig. »Wir brauchen die Antwort und müssen von diesem verdammten Berg hinunter! Mittlerweile bin ich vielleicht schon längst wieder Vater! Vater eines Sohnes oder einer weiteren Tochter!«

»Einer Tochter«, platzte es aus Greensleeves heraus, um sich gleich darauf die Hand vor den Mund zu halten.

Gull fuhr zusammen, beugte sich vor und funkelte sie mit zorngeröteten Augen an, als sie aus Kwams Decke hervorlugte. »*Was* hast du gerade gesagt?«

»Nichts.«

»Von wegen!« Er kam noch näher. Sein Atem stank: niemand konnte sich hier waschen. »Du sagtest, ich hätte eine Tochter!«

Schließlich zog Greensleeves die Decke ein wenig hinunter, so daß ihre tropfende rote Nase hervorlugte. »D-Druiden leben im Einklang mit ihrer Umwelt, weißt du nicht mehr? Irgendwann hat sich Lily gefragt, wie sie das Kind nennen soll, und da habe ich zufällig gespürt, daß es ein Mädchen ist. Ein kräftiges Mädchen.«

»Danke«, knurrte Gull, dessen Stimme eisiger war als die Felswände. »Vielleicht nenne ich sie nach ihrer Tante Plappermaul!«

Er wickelte sich in seine Decke. »Laßt uns weitergehen!«

Doch zuerst hielt Micka ihm Egg Suckers mageres Bein hin. Der Holzfäller warf sich das schnatternde Bündel über die Schulter wie ein totes Huhn und stapfte davon.

Nach den Maßstäben der Minotauren ließ die Antwort nicht lange auf sich warten. Nach nur fünftägiger Beratung fand Skywatcher sie am Rande des großen Spalts in der Felswand.

»Wir haben Neuigkeiten. Der Rat hat eine Entscheidung getroffen. Da Euer Kreuzzug der Förderung der Gerechtigkeit und des Wissens, des Aufbaus und der Verbesserung und nicht der Zerstörung dient ...« Die Minotaurin deklamierte eine Weile, während die Menschen warteten. Schließlich endete sie: »Wir werden Euch helfen, den Standort der Universität zu finden. Habt Ihr den Helm dabei?«

»Uns *helfen …*«, begann Greensleeves. Doch Kwam zog das eingepackte Artefakt mit zitternden Händen aus einem Rucksack. Die Minotaurin hielt den eiskalten Helm locker in ihren großen vierfingrigen Händen, dann schob sie Greensleeves' Kapuze zurück und setzte ihn ihr sanft auf das fettige Haar. Die Druidin versteifte sich ob des jähen Durcheinanders von Stimmen, die wie ein Wirbelsturm durch ihren Schädel tosten. Doch die tätowierte Minotaurin berührte den Helm, und die Stimmen wurden leiser.

Und über das Summen wie von einem Bienenschwarm im Sommer hinweg sah Greensleeves so leicht und mühelos, wo sich die Universität befand, als schaue sie aus einem Fenster. »Ach, *da!*«

Als die Druidin den Helm absetzte, sagte Skywatcher: »Hättet Ihr den Helm länger getragen, hättet Ihr den Ort gesehen. Alles hinterläßt auf seinem Weg durch Raum und Zeit eine Spur, ebenso wie der Weißkopfadler eine Spur am Himmel hinterläßt. Daran hättet Ihr denken sollen.«

»O ja, natürlich …« Greensleeves mied den Blick ihres Bruders, spürte jedoch sein Brennen wie die Spitze eines winzigen Pfeils auf sich ruhen.

Gull zischte leise: *»Du hättest es auch selbst herausfinden können?«*

Skywatcher beobachtete sie beide und nickte. Lächelte sie? Die Menschen konnten es nicht sagen. »So, geht jetzt wieder. Vielen Dank Euch und Eurer Gesellschaft für Euer Kommen. Wir haben die Geschichten Eurer Taten sehr genossen und hoffen, daß wir noch mehr hören. Sir Gull, ich hoffe, Ihr kommt zu Eurem Festessen mit ›gebratenen Ochsen‹, sobald Ihr dieses Jammertal ›dämlicher Kühe‹ verlassen habt.«

Gull sperrte Mund und Nase auf. »Ihr könnt … Gedanken lesen?«

Das Gesicht der Minotaurin verzog sich zu etwas wie einem Lächeln. »Was glaubt Ihr, wie wir an die ganzen Geschichten kommen? Und jetzt geht. Sammelt Euer Gefolge von hier und den Hängen unterhalb davon ein, dann kann Lady Greensleeves Euch alle zu Eurer Armee versetzen.«

Jetzt war es Greensleeves, die Mund und Nase aufsperrte. »Ich dachte, Magie sei hier nicht erlaubt …« Doch die Minotaurin winkte nur mit ihrer Stummelhand. Gull krampfte die Hände um den Schaft seiner Axt und spannte die Muskeln, anstatt zu schreien.

Menschen und Zwerge verschwendeten keine Zeit mehr. Binnen einer halben Stunde kauerten sie mit den Zentauren und Kundschaftern auf einer windumtosten Anhöhe.

Greensleeves strahlte trotz ihrer aufgesprungenen Lippen und Wangen. »Jetzt können wir uns auf den Weg nach Lat-Nam und der Universität der Weisen machen! Denkt nur daran, was wir dort finden werden!«

»Essen!« quiekte ein Bündel zu Gulls Füßen.

»Und warme Füße!« knurrte der Holzfäller. »Und jetzt bring uns endlich hier weg, ja?«

Greensleeves vergewisserte sich, daß alle anwesend waren, dann beschrieb sie einen Kreis mit den Händen und beschwor leuchtende Farben auf den windgepeitschten Felsvorsprung.

Dann waren sie verschwunden.

KAPITEL 13

»Hier ist nichts!« rief Gull. »Au! Verdammt!«

»Hier ist eher zuviel!« Greensleeves schob Zweige und Farne zur Seite, nur um von Dornengestrüpp und Kletten gestochen zu werden.

Die Vorausgesellschaft setzte sich im wesentlichen aus denselben Leuten zusammen wie die Gruppe, welche in den Bergen gelitten hatte: Gull und Greensleeves mit ihren vier Leibwachen, Klimper-Jayne und ihre verschwiegenen Kundschafter, die Zentauren, fünf D'Avenant-Bogenschützinnen, Kamee und einige Bibliothekare, Kartographen und Heiler sowie die beiden Zwerge. Sie waren zur Hauptarmee zurückgekehrt und ein wenig geblieben, um sich von den Strapazen zu erholen. Varrius berichtete, daß sie mit dem Rekrutieren gut vorankamen und sich mehr Freiwillige meldeten, als sie aufnehmen konnten, so daß sie fast wieder ihre alte Stärke hatten und sich auf eine gründliche Ausbildung konzentrierten.

Lily hatte Gull eine weitere Tochter geschenkt, ein kleines rotes Bündel, das so stürmisch und eigensinnig war, daß man sie einstweilen und nur teils im Gedenken an Gulls Mutter Bittersweet nannte. Lily, die wohlauf, aber auch erschöpft ob des schreienden, anstrengenden Kindes war, freute sich, ihren Mann zu sehen, und war traurig, als sie ihn bald danach wieder ziehen lassen mußte. Der größte Teil der Armee sah es nicht gern, daß sie gleich wieder verschwanden, doch Greensleeves versprach, die Hauptarmee nachzuholen, sobald sie die Gegend um die sagenhafte Universität ausgekundschaftet hätte.

Und so kam es, daß sie jetzt knietief im Dornengestrüpp standen. Man konnte die Vegetation kaum als Wald bezeichnen, denn die größten Bäume waren nicht höher als dreißig Fuß und spröde. Jemand hatte die Pflanzen Teebäume genannt, deren Bestand von buschigen Weißdornbäumen mit fingerlangen Nadeln durchsetzt war. Am Boden wuchs Dornengestrüpp – parasitäre Efeuranken, die die Bäume langsam abtöteten, während sie höher zum Licht kletterten. Alles war mit Dornen besetzt. Sogar das Gras war mit abgefallenen, dornenbewehrten Blättern übersät. Und aus dem Unterholz stiegen ganze Schwärme blutsaugender Insekten auf. Binnen weniger Sekunden fluchte die Gruppe lauthals vor sich hin, da alle versuchten, sich der Insekten zu erwehren. Hinzu kam, daß es in dem Gestrüpp unerträglich heiß war.

Klimper-Jaynes Kundschafter waren bereits verschwunden. Gull bellte: »Sucht einen Weg nach draußen! Schwärmt aus!«

Jeder in der Gruppe zog ein Schwert oder Messer und hackte auf das Gestrüpp ein. »Hier entlang!« rief ein Kundschafter, den sie nicht sehen konnten. Gull gab einen weiteren Befehl, und die Leute schwangen ihre Waffen und bahnten sich einen Weg durch das insektenverseuchte stachelige Gewirr.

Dann blieben sie benommen stehen.

Vor ihnen hörte der Wald plötzlich auf und gab den Blick auf eine endlose Weite frei, die so blau war wie ein Saphir. Sie seufzten, als eine kühle Meeresbrise über ihre Gesichter strich und die Insekten wegblies. Alle blinzelten im grellen Sonnenlicht.

Das Wasser war strahlend blau, als würde es einem die Hand färben, wenn man sie eintauchte. Eine felsige Bucht mit vielen Landzungen und Halbinseln bildete nahezu einen Halbkreis. In der Ferne lagen Inseln, doch nahe genug, um zu zeigen, daß sie ebenso grün und überwachsen waren wie dieser Landstrich. Näher zur Küste her schlugen weißgestreifte Delphine Purzelbäume im Meer. Die Gefährten standen auf einer Klippe aus weißem Gestein, einer Halbinsel, und gut dreißig Fuß unter ihnen schlugen die Wellen gegen die Felsen.

»Süden«, sagte Gull. »Weit im Süden wie dort, wohin Morven immer gesegelt ist, wenngleich nicht so weit im Süden wie diese wunderbare tropische Insel.«

»Das nennt man einen Gestrüppwald«, sagte Kamee, die Gelehrte. Sie kratzte sich die geschwollenen Insektenstiche im runzligen Gesicht. »Im Grunde ist es nur überwachsenes Ödland. Winzige Bäume, Ranken und Büffelgras, zu nichts nütze.«

»Das ist nicht die Schuld des Landes«, sagte Greensleeves. Sie bückte sich, bog das dünne Gras beiseite, nahm eine Handvoll Erde auf, kostete sie und spie aus. »Die Erde ist krank. Vergiftet.«

»Vergiftet?« fragte ihr Bruder. »Womit?«

»Mit allem.« Greensleeves rührte mit dem Finger in der staubigen Erde. »Arsen. Antimon. Quecksilber. Wir sind am richtigen Ort, denn hier haben schreckliche Verheerungen stattgefunden. Alchimie hat dieses Land besucht und es verunreinigt.«

Gull drehte sich um, betrachtete den schäbigen Wald, durch den sie sich einen Weg gebahnt hatten, und verzog das Gesicht. »Aber ich sehe keine Ruinen. Es sieht so aus, als hätte niemand je einen Fuß auf diese Erde gesetzt.«

Greensleeves sagte nichts, doch Kwam neben ihr zeigte auf eine Stelle. »Siehst du das dort? Diese Steine sind behauen.«

Greensleeves hielt sich an Kwam fest und stellte sich auf Zehenspitzen, um besser zu sehen. Es stimmte. Ein paar Felsen am Fuß der Klippe waren zwar gesprungen und abgesplittert und mit Seetang und Treibholz bedeckt, aber früher einmal eindeutig mit Hammer und Meißel bearbeitet worden. Kwam legte sich auf den Bauch, um über den Klippenrand zu spähen. »Unter uns sind behauene Steine, die mit Lehm bedeckt sind. Es könnte eine Straße sein oder eine Laderampe zum Meer.«

»Seht mal hier!« rief eine Kundschafterin. Sie hatte mit dem Schwert ein paar Ranken Seegras niedergemäht, die einen Feigenbaum erstickten. Gull half ihr, die Strünke auszureißen. Zum Vorschein kam eine moosbewachsene alte Mauer, aber das Moos zeichnete Linien nach, die in die Mauer geritzt waren und eine alte Schlachtszene darstellten.

Greensleeves folgte den Linien mit dem Finger, dann betrachtete sie den Gestrüppwald und die unregelmäßige Küste. »Dann müssen das hier die Überreste der Universität sein.«

Percival, der massige Kundschafter mit den blonden Zöpfen, tauchte wie ein Schatten hinter Klimper-Jayne auf. »Da ist noch mehr. Kommt und seht es euch an.«

Percival und Jayne schlugen sich seitlich durch klebrige Ranken, dornige Zweige und kniehohes Gras, das wie Rasierklingen durch die Kleidung schnitt. Die beiden Zentauren Helki und Holleb litten am stärksten, da im Bereich ihrer langen Flanken die meiste Haut entblößt war. Alle fluchten und schlugen beständig nach Mücken und Moskitos. Sie mußten viele Sackgassen umgehen, wo Bäume offenbar durch Sturmböen entwurzelt worden waren und das Gewirr der Ranken mitgezogen und dadurch noch undurchdringlicher gemacht hatten. Hin und wieder wateten sie durch Lachen stinkenden Wassers, aus dem sich noch mehr Insekten erhoben. Sie passierten Säulen aus verwittertem Stein, die mit Ranken überwachsen waren, einst Stützpfeiler eines Gebäudes, und stießen dann auf eine Doppelreihe verfallener Säulen. Sie wußten, daß es sich um eine uralte Halle handeln mußte, wenngleich unter dem Gewirr aus Blättern und Dornenranken von dem ursprünglichen Boden nichts zu sehen war.

Einmal stieß Holleb einen Schrei aus und deutete wie ein Jagdhund gen Himmel. Er wich einen Schritt zurück und trennte mit seiner Lanze ein paar verfaulte Samenkapseln ab, die ihm die Sicht versperrten. Anscheinend unzufrieden, rief er Helki etwas zu.

»Was ist los?« fragte Gull.

Holleb wollte nicht antworten, dafür meldete sich seine Frau zu Wort. »Holleb dachte, er hätte jemanden fliegen sehen.«

»Fliegen?« Bei diesem Wort fuhr Gull auf. »Wie Towser? Ist der Schweinehund etwa hier?«

»Nein«, knurrte Holleb. Der Zentaur hatte das beste Sehvermögen in der ganzen Armee und war verärgert, daß er nicht besser gesehen hatte. »Nein, es war ein fliegender Mensch. Eine Frau. Mit Flügeln.«

»Mit Flügeln?« fragte ein Dutzend Leute.

»Menschen mit Flügeln«, murmelte Gull. »Es gibt eine Bezeichnung dafür, aber ich glaube es erst, wenn ich sie mit eigenen Augen sehe.«

Greensleeves, die dicht hinter ihm war, verhielt sich still, und er fragte sie, warum. Gedankenverloren streckte sie die Hand aus, um ein dorniges Farnkraut mit fleischigen, fast fünf Fuß langen Blättern zu berühren. »Dieser Wald wächst wegen des Gifts im Boden so verdreht und ungesund. Aber dahinter steckt noch mehr. Unter uns befindet sich irgend etwas.«

»Keine Frage«, knurrte Gull. Er verscheuchte eine Mücke von seinem Ohr. »Sogar die abgefallenen Blätter stechen einen noch.«

»Nein«, sagte seine Schwester. Sie riß ihren Umhang von einem Dornenstrauch los und zog dabei blaue und rote Fäden. »Ich meine, es gibt etwas *unter* ...«

»Seht euch das an!« bellte Kwam. Alle Leute verstummten abrupt.

Ein grelles flimmerndes Licht war durch das Gestrüpp zu sehen, und als sie aus dem Waldstrich traten, blieben alle staunend stehen.

Der Wald endete ziemlich übergangslos in kleinen Ausläufern des Gestrüpps, die sich einen staubigen Abhang hinunterzogen, um schließlich auf eine Wüste zu treffen. Eine Wüste, wie sie keiner von ihnen je gesehen hatte.

Umringt von seinen vier Leibwachen, war Gull der einzige, der weiterging. In seinen schweren Stiefeln rutschte er den staubigen Hang mehr hinunter, als daß er ging. Der Boden unter seinen Füßen knirschte wie zerbrochenes Glas. Verblüfft bückte er sich und hob einen Splitter auf.

Der Splitter war bis auf ein paar graue und gelbe Streifen hauptsächlich schwarz und hatte die Größe von Gulls Handfläche. »Es sieht wie Obsidian aus, ist aber keiner …«

»Nein«, sagte seine Schwester, die ihm folgte. »Es ist tatsächlich Glas. Reines Glas. Schwarzes Glas.«

In der Tat, von Westen, wo sich Wüste und Wald begegneten, und Süden und einer schäbigen Küstenlinie erstreckte sich nach Osten und Norden zu einem Horizont grauer Hügel eine Wüste aus schwarzen Glasscherben. Hier und da wuchsen vereinzelt Kakteen oder grobe gelbe Grasbüschel, genügsame Pflanzen, die die Scherben beiseite gezwängt hatten, aber darüber hinaus gab es nur ödes, heißes Glas. Ein Kundschafter hatte sich weiter vorgewagt und rief etwas. Klimper-Jayne kam zu Gull und meldete eine etwa hundert Fuß lange niedrige Mauer aus blauem Stein, die sich dann verlief.

Gull drehte und wendete den Glassplitter in der Hand. Er wischte sich den Schweiß von der Stirn, denn die Strahlen der ohnehin heißen südlichen Sonne wurden von der gläsernen Einöde noch zurückgeworfen. »Das verstehe ich nicht.«

»Du weißt, wie man Glas macht«, erklärte seine Schwester. »Du hast schon gesehen, wie Glasbläser Flaschen herstellen. Sie erhitzen Sand und Chemikalien in einem Feuer, bis alles schmilzt, dann blasen sie die Masse durch eine Röhre, um sie zu formen.«

Gull nickte nachdenklich. »Ja, aber ... dieses Feuer ist *heiß*. Man braucht einen Hochofen, um Sand zu Glas zu schmelzen ...«

Die Druidin nickte nur. Die übrigen Mitglieder der Gruppe schwiegen, denn die Einöde war ein unheimlicher Ort, der Gespräche zum Verstummen brachte.

Die sehr ernste Kamee flüsterte: »Dann stimmt es also. Dieses Land wurde von Feuern verwüstet, die heißer als die Hölle brennen. Die Brüder haben das Land der Weisen besucht und sie ausgelöscht.«

Gull ließ die schwarze Scherbe fallen, die klirrend auf anderen Scherben landete. »Es kann nicht viel übrig sein. Ein Pfeiler, eine Säule oder zwei, ein paar behauene Quader ...«

»Und ein klein wenig Magie.« Greensleeves seufzte. »Das Land ist praktisch kahl. Meine Daumen kribbeln nur etwas. Ich fürchte, wir werden nur wenige Antworten auf unsere Fragen ...«

»Holla!« rief Muli. Sie sprang vor Gull und hob die Lanze, so daß sie steil in den Himmel ragte. »Zurück in den Wald, Milord! Schnell!«

Alle sahen in den Himmel.

Engel flogen auf sie zu. Mit Schwertern.

Die Engel sangen, während sie in die Schlacht flogen. Ihr Lied war wild und frei und hatte einen markerschütternden Rhythmus. Es klang wie der Wind in der Takelage eines Schiffes, das auf ein Riff gelaufen ist. Bei den unheimlichen Klängen sträubten sich den Abenteurern die Haare zu Berge.

Die Engel trugen blanke Silberschwerter und Schilde aus polierter Bronze, die wie kleine Sonnen leuchteten. Sie zählten mehr als hundert und erfüllten den strahlenden Himmel mit ihren breiten Flügeln und einem donnernden Rauschen. Männer wie Frauen trugen dünne Umhänge, die an einer Hüfte verknotet waren, um als Scheide für ihre Schwerter zu dienen. Sie waren alle blond und hatten eine von der südlichen Sonne gebräunte Haut. Ihre Füße waren nackt, Arme und Beine muskulös, die Brust war breit und stark gewölbt, wahrscheinlich eine Folge der mächtigen Flügel, deren Spannweite über zwanzig Fuß betrug. Die Luft erzitterte, als die geflügelte Horde zum Sturzflug auf die Eindringlinge ansetzte.

Angesichts ihrer wilden Schönheit erstarrten die Abenteurer. Dann schrie jemand eine Warnung, und die erfahrenen Krieger zogen ihre Schwerter und legten Pfeile auf die Bogensehnen, während sie sich in Richtung Wald wandten. Doch viele tapfere Krieger, Veteranen von hundert und mehr Gefechten, stöhnten bei dem Gedanken, tatsächlich gegen eine dieser fliegenden Schönheiten zu kämpfen, innerlich laut auf.

Auch nachdem er den Waldrand erreicht hatte, blieb Gull keine Zeit stehenzubleiben, denn Muley drängte sich gegen ihn und schob ihn allein mit dem Gewicht ihres stämmigen Körpers weiter. »Geht, Milord! In den Wald! Rasch! Wir bilden die Nachhut!« Gull fiel selbst in diesem Augenblick äußerster Anspannung auf, daß sie das Wort ›Rückzug‹ nicht benutzte.

Gull rannte und segnete dabei die tote Chaney, weil sie sein Knie geheilt hatte, so daß er nicht mehr hinkte, sondern laufen konnte wie ein Fohlen im Frühling. Er tauchte zwischen die Bäume und brach mit dem Kopf voran durch Farnkräuter. Seine Leibwachen waren dicht hinter ihm. Als er die Schneise erreichte, die sie in das Gestrüpp geschlagen hatten, fand er Greensleeves hinter einem Schirm breitschultriger Leibwachen. Die anderen Kämpfer hielten ihre Bogen und Lanzen bereit. Ein ganzes Stück tiefer im Wald befahl Kamee ihren Gelehrten, darunter auch Kwam, sich zu ducken. Sie wußten, wie wichtig es war, den Kämpfern bei einer Auseinandersetzung nicht in die Quere zu kommen.

Gull schaute nach oben und überlegte sich zum erstenmal in seinem Leben, wie man einen Gegner bekämpfte, der aus der Luft kam. Die Bäume waren dreißig Fuß hoch und mit Ranken behangen, aber am Rand waren die Sträucher und Farne an vielen Stellen nur schulterhoch – so daß die Köpfe seiner Kämpfer den Schwerthieben der Engel ausgesetzt wären. Er versuchte abzuschätzen, ob sie sich noch tiefer in den Wald zurückziehen konnten, bevor die Engel auf sie herabstürzen würden.

Und während er sich überlegte, wie man fliegende Wesen am besten bekämpfte, drückte seine Schwester die Bogen und Pfeile nieder, die von ihren Hüterinnen des Hains gehoben wurden, und rief den D'Avenant-Bogenschützinnen und Kundschaftern, ja sogar den beiden schwarzbärtigen Zwergen mit ihren Armbrüsten zu: »Nicht schießen! Ich verbiete es! Niemand soll auf sie schießen! Wir reden statt dessen!«

»Hör auf, Greenie!« rief ihr Bruder, der sich mittlerweile hinter einen Baum zurückgezogen hatte. »Misch dich nicht ein! Du wirst uns nur in Schwierigkeiten ...«

»Hinunter mit den Köpfen!« brüllte Holleb, wobei er seinen eigenen Rat beherzigte und Helki in eine Dornenhecke drängte.

Mit einem heulenden Refrain auf den Lippen rasten die Engel mit zischenden Schwertern durch den Wald.

Greensleeves hätte nicht gedacht, daß sie inmitten dieses Gestrüpps manövrieren konnten. Doch die Engel legten die Flügel an und stießen herab, wie Falken zwischen Bäumen hindurch nach Sperlingen jagen, wie Fischadler ins Wasser tauchen, um einen Fisch zu fangen. Sie fielen über sie her, bevor Greensleeves ein Schutzzauber eingefallen, geschweige denn von ihr gewirkt worden war.

Und wo diese Raubvögel zuschlugen, floß Blut.

Die Erzdruidin zuckte zusammen, als ein Engel die Flügel anlegte und direkt über sie hinwegschoß. Das geflügelte Wesen verlor an Höhe und lief Gefahr abzustürzen, doch bevor es dazu kam, fuhr es in der Luft herum und schlug zu. Der Angriff kam so schnell und inmitten der Bäume so unerwartet, daß Miko ihren Schild zu spät hochriß. Silberner Stahl traf mit einem furchterregenden Klirren auf grünbemaltes Eisen, und dann war die Schulter der Leibwächterin bis auf den Knochen aufgeschlitzt. Keuchend versuchte Miko den Schild oben zu halten, obwohl ihr das Blut in Strömen über die weiße Rüstung aus Ochsenleder lief.

Kuni hieb nach einem weiteren Engel, der über sie hinwegschoß, schätzte seine Geschwindigkeit jedoch falsch ein, so daß sie dem Wesen nur ein paar Zehen abhackte. Trotz dieser Verletzung griff das geflügelte Wesen die Leibwache hinter Greensleeves an und hieb eine Delle in Wichastas Stahlhelm.

»Macht Gefangene!« übertönte Gulls Stimme das Zischen der Schwerter und Pfeile und den donnernden Flügelschlag der Angreifer. »Wir brauchen mindestens einen lebendig!«

Ein Dutzend Hiebe wurde in ebenso vielen Augenblicken gewechselt. Eine von Gulls Leibwachen wurde im Gesicht getroffen und fiel wie ein Stein zu Boden. Helki stieß mit ihrer Lanze aufwärts, und die breite Stahlspitze wurde abgetrennt und klirrte gegen Hollebs Brustharnisch. Ohne auch nur einen Augenblick lang zu stutzen, ließ der Zentaur die Lanze fallen, sprang fünfzehn Fuß in die Luft und umklammerte mit seinen großen Händen die Fußknöchel des Engels. Doch der Engel trat aus, während er herumfuhr, und lachte den großen Zentaur tatsächlich aus.

Schwerthiebe klirrten und prasselten auf die Abenteurergruppe nieder wie ein Steinregen. Uxmals kleine Armbrust wurde von einem gutgezielten Schwerthieb zerschmettert. Ein Bogenschütze verlor eine Haarsträhne. Ein Kundschafter, der tief geduckt am Boden hockte, erlitt eine Schnittwunde auf dem Rücken, keine drei Fuß über der Erde. Eine von Gulls Leibwachen brach blutend und benommen zusammen, als ihr durch die Wucht eines Schwerthiebs der Schild gegen die Stirn prallte.

Doch auch die Abenteurer landeten Treffer. Zwei Bogenschützinnen warteten so lange mit dem Schuß, bis sie nur noch sonnengebräunte Haut und weiße Flügel vor sich sahen. Als sie abzogen, war das Klatschen der Pfeile, die sich in die Engel bohrten, so laut, daß alle Leute unwillkürlich zusammenzuckten. Einer der Engel wurde in die Brust getroffen und stürzte mit markerschütterndem Krachen zu Boden, wo er sofort starb. Der andere erlitt einen Bauchschuß und riß die Schützin um. Beide gingen zu Boden und kugelten in einem Durcheinander weißer Federn, schwarzer Kleidung und grüner Blätter durcheinander.

Percival, der kühlste der immer mürrischen Kundschafter, schwang sein Schwert zweihändig und spaltete einem Engel das Rückgrat. Der Engel wurde zur Seite geschleudert, flog gegen einen Baum und stürzte begleitet vom Krachen der Äste zu Boden, wo er reglos liegenblieb.

Dann waren die Engel verschwunden. Nur ein paar Tote und Sterbende lagen auf dem zertrampelten Laub und hier da ein paar weiße Federn, länger und weißer als die eines Schwans.

»Laßt Gefangene am Leben!« rief Gull. Seine Soldaten wußten, daß Informationen das Wichtigste war, was eine Armee sammeln konnte, aber in der Hitze des Kampfes wurden solche Nettigkeiten wie das Verschonen verwundeter Gegner oft vergessen.

Der General der Armee sah sich rasch um und fluchte, weil ihm das Gestrüpp die Sicht versperrte. Percivals Engel war fast in zwei Hälften durchtrennt. Seine Haut war jetzt weiß, und er sah selbst im Tod noch wunderschön aus. Der erste Engel, der von der Bogenschützin getroffen worden war, lebte ebenfalls nicht mehr. Doch derjenige, der gegen die andere Bogenschützin geprallt war, lebte noch, wenngleich ihm der Bauchschuß unerträgliche Schmerzen bereitete. Gull eilte in die entsprechende Richtung, und Greensleeves schloß sich ihm an, während die Leibwachen hinterdreineilten.

Der verwundete Engel versuchte ins Gebüsch zu kriechen, doch die D'Avenant-Bogenschützinnen packten ihn an den Flügeln und hielten ihn fest, obwohl er so heftig damit schlug, daß sie sich förmlich in das Gefieder verkrallen mußten.

Greensleeves übernahm das Kommando. »Nicht so ruppig! Das arme Ding hat große Schmerzen! Ich glaube, wir haben einen furchtbaren Fehler gemacht! Haltet ihn fest, aber sanft – oh!«

Das letzte war ein Ausruf der Überraschung. Wenngleich der blonde Engel auf den Knien lag, sich den blutenden Bauch hielt und sich vor Schmerzen krümmte, funkelte er sie mit seinen dunkelbraunen Augen so haßerfüllt und entschlossen an, daß die Druidin unwillkürlich einen Schritt zurückwich. Aber sie war auch überwältigt von Mitgefühl, denn dieser Engel würde nie wieder fliegen.

Kuni und die anderen Hüterinnen hatten ihre verwundete Kameradin zurückgelassen. Die Hauptfrau hielt ihr Schwert stoßbereit und stellte sich zwischen den verwundeten Engel und ihre Herrin. Doch selbst die nüchterne Kuni konnte nur offenen Mundes zusehen, als der Engel vorwärtssprang.

Denn sein Ziel war nicht Greensleeves, sondern Kunis Waffe.

Seine erdverschmutzte Hand schoß vor, packte Kunis Schwert am Heft und riß es nach vorn, um sich auf die scharfe Klinge zu stürzen. Beide, Kuni und der Engel, keuchten auf, als ihm der kalte Stahl tief in die Rippen fuhr und die Lunge durchbohrte.

Erst da entspannte sich der Engel, der haßerfüllte

Ausdruck verschwand aus seinen Augen und wich einem leeren Starren in die Ewigkeit. Er hustete Blut und brach dann auf dem Waldboden zusammen.

»O nein ...«, murmelte Greensleeves. Und weinte ebenso wie Kuni.

»Ich verstehe immer noch nicht, warum sie uns angreifen«, nörgelte Gull. Er hatte es bereits ein dutzendmal gesagt, also antwortete ihm niemand.

»Oder warum sie so grimmig sind«, sagte Helki. »Sie sind wie Bergadler, scharfäugig und hart.«

»Bedenkt, was sie gesehen haben«, murmelte Kamee, die immer hinter Wissen her war. »Sie fliegen am Himmel und betrachten die Welt von oben ...«

»Wir haben auch große Vögel«, sagte Uxmal. »Werden Kondor genannt. Landen nie, kreisen immer nur in der Luft, tragen Eier auf dem Rücken. Wie diese Engel.«

Die Abenteurer saßen dichtgedrängt um ein kleines Feuer auf einer Lichtung, die sie in den Gestrüppwald geschlagen hatten. Die Kundschafter hatten eine Stelle zwischen vier relativ großen Bäumen ausgesucht und dann kleinere Bäume gefällt und zu einem primitiven Dach zusammengefügt. Eventuell angreifende Engel müßten an den Wachposten vorbeikommen und sich dem Feuer zu Fuß nähern. Gull machte sich Sorgen, das Feuer könne das primitive Dach in Brand setzen, doch seine Leute waren bereit, es darauf ankommen zu lassen. Sie warfen immer wieder grüne Blätter in die Flammen, um die summenden Insekten zu vertreiben, und saßen blinzelnd und hustend in dem Rauch.

Sie hatten stundenlang über den Angriff der Engel und den Selbstmord des Überlebenden diskutiert, ohne eine Übereinstimmung zu erreichen. Manche waren der Ansicht, der Engel habe sich vor der Folter gefürchtet. Andere meinten, er habe sich nicht von Erdbewohnern besudeln lassen wollen. Wieder andere hielten es für möglich, daß seine Kultur den Tod verehrte und er seine Seele wieder dem Himmel übergeben habe, da er erkannt habe, daß er nie wieder geflogen wäre.

Nicht alle meldeten sich zu Wort, denn ein halbes Dutzend war verwundet, und entweder waren sie von Pranes Heiltränken zu benommen, oder sie litten starke Schmerzen, weil sie sich weigerten, seine Tränke zu sich zu nehmen. Die Gruppe aß von ihrem mitgebrachten Proviant, aber auch das gebratene Fleisch einiger flugunfähiger Vögel, die die Kundschafter geschossen hatten. Das Fleisch war eher als Schuhleder denn als Nahrung geeignet. Man trank Wein aus Feldflaschen.

Die toten Engel waren am Rande des Gestrüppwalds begraben worden. Die flachen Gräber, die man in der schwarzen Glaswüste aushob, hatten darunter grauen Sand zum Vorschein gebracht. Die Gräber waren eindeutig mit Pflöcken und daran befestigten losen Federn gekennzeichnet. Greensleeves hoffte, die Engel von einem weiteren Angriff abzuhalten, indem sie Achtung vor ihren Toten demonstrierte.

Die Erzdruidin lauschte der Diskussion der Leute, stimmte jedoch mit keiner Ansicht überein. Die Engel waren auf Mord aus, ja, aber sie hatte noch etwas anderes in dem haßerfüllten Blick jener funkelnden braunen Augen gesehen, eine grimmige, wache Intelligenz, und sie hatte den ganzen Abend versucht, hinter dessen Bedeutung zu kommen.

Doch sie war auch erschüttert. Sie versuchte sich vorzustellen, ein Schwert zu packen und es sich selbst in die Brust zu stoßen. Absichtlich ihr Leben wegzuwerfen – wofür? Welche Vorstellung, welche Absicht, welcher Gott oder Teufel trieb diese Leute? Wie konnte etwas so Schönes so grausam sein?

Doch die Druidin wußte auch, daß Schönheit und Grausamkeit genausowenig miteinander verbunden waren wie Schönheit und Wahrheit. Ein Tiger war schön, aber das galt auch für einen Schmetterling. Schönheit lag in der Seele.

Und die Seele dieses Engels war von – sie konnte es kaum glauben – *Liebe* erfüllt gewesen. Aber Liebe wozu? Zu diesem schäbigen Wald? Zu der verseuchten Wüste?

In Gedanken versunken, fuhr sie zusammen, als plötzlich ein Schrei ertönte.

Plötzlich war rings um die Lichtung ein Bersten und Krachen zu hören.

Und aus dem Gestrüpp brachen seltsame dunkle Männer und Frauen hervor, schuppig und naß, und griffen sie mit Dreizacken an.

KAPITEL

14

Greensleeves sah nicht viel von der anschließenden Schlacht, denn sie wurde von den ständig wachsamen Hüterinnen sofort zu Boden geworfen.

Im Morgengrauen fand man heraus, daß die Posten einer Paste zum Opfer gefallen waren, die auf Blätter in der näheren Umgebung des Lagers gerieben worden war. Die Paste war aus einer Pflanzenwurzel gewonnen worden, die Fische lähmte, und hatte die Posten betäubt, als sie mit den Blättern in Berührung gekommen waren. Anschließend waren sie von Dreizacken durchbohrt worden. Zwei Kundschafter, darunter der grimmige Percival, und eine Bogenschützin waren gestorben.

Und nach ihrem Tod stürmten die Angreifer die Lichtung.

Durch die Beine einer Leibwache konnte Greensleeves einen Blick auf die Angreifer erhaschen. Sie waren hoch aufgeschossen, muskulös und im flackernden Licht des Lagerfeuers ebenso schillernd wie Makrelen. Meeresbewohner, dachte sie, die an Land gekommen sind. Doch ihr war klar, daß sie noch mehr als das waren. Ihre Gesichter waren hager und scharf geschnitten wie die Panzer von Taschenkrebsen, die Ohren und Augenbrauen liefen spitz zu. Offensichtlich handelte es sich um Elfen, die ins Meer zurückgekehrt waren. Ihre Haare waren lang und schwarz und glänzten seidig im Feuerschein, die schuppige Haut war gescheckt, als sei sie mit tausend winzigen Perlen besetzt. Widersinnigerweise bemerkte Greensleeves, daß Blätter an den nackten Leibern klebten. Sie waren völlig nackt und anscheinend geschlechtslos, denn die Geschlechtsorgane der Männer hatten sich sichtlich zurückgebildet, und die Frauen besaßen nur noch die Andeutung von Brüsten. Zwischen den Fingern und Zehen und unter den Armen waren Schwimmhäute zu sehen. Die einzigen Waffen waren schlanke Dreizacke, deren Spitzen aus einem nichtrostenden Metall bestanden.

Sie waren lautlos und so tödlich wie Haie.

Doppelt verblüfft ob des Ausbleibens einer Warnung und des raschen Angriffs derart fremdartiger Wesen, hatten die Abenteurer kaum Zeit aufzuspringen. Waffen wurden zu spät gezückt.

Kuni wurden zwei Dreizacke in den Bauch gerammt, als drei Meermenschen die Gruppe um Greensleeves angriffen. Die Druidin sah die Spitzen aus Kunis Rücken ragen. Die ohnehin verwundete Miko wurde von einem Dreizack am Hals erwischt und starb gurgelnd und blutspeiend, doch noch im Tod packte sie den Schaft der Waffe, um die Meerfrau daran zu hindern, sich auf Greensleeves zu stürzen. Muli, die Hauptfrau von Gulls Leibwachen, mußte einen Dreizackstoß in den Oberschenkel hinnehmen, bevor sie sich auf den Angreifer stürzte und ihn aus dem Gleichgewicht brachte, während sie ihr Schwert zog. Ihr verzweifeltes Manöver gelang, da die Waffe durch die Anspannung in ihren Oberschenkelmuskeln festsaß. Einen Augenblick später versetzte sie ihrem Angreifer einen Hieb ins Gesicht. Quetoxl, Uxmals Gefährte, wurde in der Brust getroffen und vom Boden gehievt wie ein aufgespießter Lachs. Der Zwergenführer riß die Armbrust seines Freundes an sich und tötete seinen Gegner. Holleb mußte einen Treffer in die Flanke hinnehmen, und als er zu seinem Gegner herumfuhr, wurde er in der anderen Flanke getroffen. Dennoch stemmte er sich auf die Vorderhufe, trat mit den Hinterhufen aus und traf zwei Meermenschen, die mit zerschmetterter Brust ins Gestrüpp flogen. Helki wieherte, als sie einen weiteren Angreifer mit ihrer Lanze niederstach, mit der sie eine größere Reichweite hatte als die Angreifer mit ihren Dreizacken. Rings um das Lagerfeuer flackerten kurze, aber heftige Handgemenge auf. Menschliche Rufe und Schreie hallten durch die Nacht, die vom Keuchen der Kämpfer erfüllt war, und erschreckten schlafende Vögel. Die unheimlichen Meermenschen kämpften lautlos.

Gull blieb nur am Leben, weil er gerade seine Axt poliert hatte, die in dieser Meerluft rostete, und so praktisch sofort kampfbereit war. Sein erster Schlag verfehlte den vordersten Meermensch, der sich zurückwarf, streifte jedoch einen anderen an der Brust und bohrte sich schließlich in die Seite einer Meerfrau. Doch sie war so zäh, daß sie ihm die Axt noch im Fallen aus den schweißnassen Händen riß. Der ehemalige Maultiertreiber riß die Peitsche aus seinem Gürtel. Sie pfiff durch die Luft, als er ausholte und ein Ziel suchte.

Doch es gab kein Ziel.

Und der Gestrüppwald war auch nicht mehr da.

Obwohl sie zu Boden geworfen worden war und Freund und Feind über sie hinweggetrampelt waren, hatte Greensleeves einen Versetzungszauber wirken können.

Sie hatte die Gruppe nicht weit versetzt, nur etwa zwei Meilen. Die Leute stolperten, als ihre Füße auf schwarzem Glas knirschten und keine Blätter mehr zertraten.

Greensleeves rasch gewirkter Zauber hatte auch vier Meermenschen mitversetzt. Verwirrt, wie sie waren, wurden sie grausam niedergemetzelt, bevor sie auf die veränderte Situation reagieren konnten.

Tödlich verwundet, stolperte Kuni rückwärts gegen Greensleeves. Die Druidin fing sie auf, doch das Gewicht ihrer gerüsteten Leibwache zog sie beide hinab auf das schwarze Glas. Die tote Miko war zurückgelassen worden. Auch andere waren gestorben oder starben noch, und Uxmal weinte, als sein Freund Quetoxl in seinen Armen den letzten Atemzug tat. Andere fluchten lautstark, insbesondere Klimper-Jayne, weil ihre Kundschafter sie nicht gewarnt hatten. Der Heiler Prane eilte von einem Verwundeten zum anderen, um zu entscheiden, wen er zuerst behandeln sollte.

Gull fluchte lange und lästerlich, während die Peitsche schlaff in seiner Hand hing.

»Wer, zum *Teufel,* waren diese Hunde?« keuchte er schließlich.

»Wachen«, japste seine Schwester.

»Ja, Herrin?« krächzten Micka und Wichasta, die einzigen Greensleeves noch verbliebenen Hüterinnen.

Doch die Druidin schüttelte nur den Kopf. »Nein. Die Engel und die Meermenschen. Sie sind Wachen. Es wird mir erst jetzt klar, aber ich hätte es dem Ausdruck auf dem Gesicht des Engels entnehmen müssen. Seine letzten Gedanken waren von totaler Hingabe erfüllt – wie die der armen Kuni hier. Er und die anderen sind Hüter dieses Landes, dieser alten Ruine. Und wir sind in ihr Gebiet eingedrungen und haben soviel Tod gebracht, und das für nichts und wieder nichts.«

Dann brach ihr die Stimme, sie wiegte die tote Kuni in den Armen und weinte wie ein kleines verirrtes Kind.

Die Abenteurer hatten nicht den geringsten Wunsch, in den Wald zurückzukehren und sich einem neuerlichen Angriff der Meermenschen auszusetzen, aber sie wollten auch nicht in der Wüste bleiben, wo es keinen Schutz vor den Luftangriffen der Engel gab. Jayne war der Ansicht, daß die Engel bei Nacht nicht fliegen würden und sich die Meermenschen nicht in die Wüste wagen würden. Also beschlossen sie, sich gegen die uralten zerbröckelten Mauern aus blauem Stein zu lehnen und in ihre Umhänge zu hüllen, da sie kein Feuer anzünden konnten.

Er blieb unausgesprochen, aber jeder hatte denselben Gedanken: Mit einer einzigen Handbewegung konnte Greensleeves sie durch die halbe Welt versetzen. Doch die Druidin machte keine Anstalten, sie zu versetzen, und die meisten nahmen an, sie weigere sich ganz einfach, vor einem Gegner zu fliehen. Also hockten sie sich hin und versuchten zu schlafen, wobei sie sich fragten, was der Morgen bringen werde.

Bei Sonnenaufgang erscholl ein Aufschrei von Greensleeves' Leibwachen und dann von ihrem Bruder, denn die Erzdruidin war nicht mehr da. Verschwunden.

Greensleeves war nicht verschwunden, sondern hatte lediglich einen Tarnzauber gewirkt und war weggegangen, ohne eine Spur zu hinterlassen.

Sie wanderte tief in die Wüste hinein und auf die weit entfernten Berge zu, wobei sie einen langen Schatten auf das schwarze Glas warf, als der Morgen graute. Sie trug lediglich den grünen Helm in der Hand und ging hochaufgerichtet, während sie in die aufgehende Sonne blinzelte.

Die Nacht war kühl gewesen, aber das Sonnenlicht vertrieb die Kälte, und der Tau auf flachen Steinen und Senken verdunstete augenblicklich. Dünne Nebelfetzen trieben dahin, und irgendwo rief ein seltsamer Vogel unsichtbar aus seinem Felsnest. Wie immer, wenn sie irgendwohin ging, stimmte sich Greensleeves auf das Land ein, und wo andere nur eine unwirtliche Einöde sahen, spürte sie die dünnen Ranken des Lebens, die sich durch die Wüste zogen. Nahe der Waldgrenze hatten Grasbüschel inmitten der schwarzen Scherben Wurzeln geschlagen, und Unkräuter entwickelten Knospen, nicht größer als ein Kerzendocht. Eidechsen, die wie dunkle Regenbogen gefärbt waren, huschten im Schatten der Steine umher und jagten rötlich-orangefarbene Käfer. Millionen Ameisen bauten und arbeiteten, um ihren Nachwuchs zu füttern. Es waren so viele, daß Greensleeves das Gefühl hatte, ihre Fußsohlen kribbelten von ihrer rastlosen, schnellen Arbeit. Hoch am Himmel jagte ein gelblich-brauner Falke Mäuse mit langen Beinen und buschigem Schwanz, und am Waldrand stahl sich ein kleinerer Verwandter des Waschbären davon. Er war sandgelb wie der Boden, den sie gerade verlassen hatte. Greensleeves ließ den Waschbär innehalten, indem sie aus dem Mundwinkel kicherte, ein vertrauter Ruf mit einem seltsamen Akzent.

Doch Greensleeves trauerte um das Land, denn es war vergiftet wie der Boden unter dem Wald und die trüben Wasserpfützen. Bis dieser Ort wieder gesund wäre, verginge noch viel Zeit, vielleicht so viel Zeit, daß keine Männer und Frauen mehr da waren, um es zu erleben.

Die Druidin ging weiter, tiefer in die Wüste hinein und weiter weg vom Wald und dem spärlichen Leben darin. Sie hatte kein Wasser, keine Nahrung und keinen Schutz bei sich, nur ihren bestickten Umhang. Sie würde kein Wasser brauchen, wenn ihr Plan gelang.

Auch dann nicht, wenn er scheiterte.

Und wenn sie hier stürbe, würde ihr Körper wenigstens dem geschundenen Land als Nahrung dienen und ihm bei der Heilung helfen.

Dann sah sie sie, einen dunklen Ring vor der aufgehenden Sonne.

Engel, ein Dutzend oder mehr, stürzten auf die Person herab, die in die schwarze Wüste eingedrungen war, in das Land, das sie beschützen sollten. Greensleeves sah das Sonnenlicht auf den weißen Flügeln schimmern und auf den polierten Waffen blitzen. Hier draußen war sie ungeschützt und völlig allein. Die Engel konnten sie in wenigen Augenblicken in Stücke hacken.

Es sei denn …

Jetzt hörte sie sie auch. Das Schlagen der gewaltigen

weißen Flügel klang wie ein Wüstenwind, und sie ließen sich wie Adler von den warmen Luftströmungen aufwärts tragen, um dann wieder herabzustoßen. Bald würden sie sie erreicht haben und töten.

Greensleeves wartete.

Und kurz bevor sie sich zum letztenmal mit erhobenen Schwertern herabstürzten, hob sie die Hand.

Gull, der wie üblich, wenn seine Schwester aus einem ihrer Lager verschwunden war, laut herumtobte und erregt auf und ab marschierte, schickte Kundschafter in alle Richtungen aus. Nach zwei Stunden kam einer zurück und meldete, er habe ihre Spuren in der Wüste entdeckt. Die gesamte Gruppe, die Tote und Verwundete zu beklagen hatte und daher stark geschrumpft war, stand am Rande der Wüste und starrte auf die Stelle, die ihnen ein anderer Kundschafter zeigte, wo Greensleeves' Spuren wie aus dem Nichts ihren Anfang nahmen.

»Zum Henker mit ihr«, schnaubte Gull, der im übrigen jedoch wie immer, wenn eine Entscheidung gefällt werden mußte, die Ruhe selbst war. »Sogar ich kann erkennen, daß sie einen Tarnzauber gewirkt hat, um sich an unseren Wachen vorbei in die Wüste zu schleichen. Aber, bei Axelrods Armen, *warum?*«

Holleb, der die schärfsten Augen von allen hatte, schaute plötzlich hoch, als wittere er etwas. Er hob die Lanze und zeigte damit in den Himmel. »Die Engel kommen zurück!«

Die Gelehrten machten den Soldaten sofort Platz, die einen geschlossenen Ring um Gull bildeten. Nur der Holzfäller blieb stehen und sah blinzelnd in den Himmel. Etwas flog nicht, sondern flatterte. Als …

»Was tragen sie da?«

Holleb schnaubte wieder, und Helki stieß einen gurgelnden Laut aus, eine Frage. »Es ist – Greensleeves!«

Dann trat Gull vor, und Soldaten und Leibwachen mußten ihm folgen. Der General stapfte mit riesigen

Schritten über das schwarze Glas, das unter seinen Stiefeln knirschte. Dann blieb er stehen, die Axt in der rechten Hand.

Die Horde der Engel wurde größer vor dem blauweißen Himmel, bis sie wie eine Gewitterwolke aussah, welche die Sonne verdeckte. Es waren viel mehr Engel als zuvor, viele hundert. Die Menschen unterschieden jüngere Engel, Kinder, aber auch schwächere Alte, die links und rechts von kräftigeren Engeln getragen wurden. Die meisten Engel sahen stark und kräftig aus, setzten aber wie Vögel keinerlei Fett an, so daß aus der hageren, strengen Schönheit der Jungen ein ausgemergeltes, verhungertes Aussehen bei den Alten wurde. Ihr Flügelschlag war wie ein Wirbelsturm, und die Soldaten und Kundschafter hoben in schweißnasser Erwartung die Waffen.

Doch Gull blieb einfach nur stehen und wartete, und die Engel landeten einer nach dem anderen außerhalb der Reichweite ihrer Bogen und liefen weiter. Kein Engel hatte ein Schwert gezogen oder trug einen Schild.

Greensleeves wurde von zwei hageren, muskulösen Engeln getragen, die mit ihren Armen einen Sitz bildeten. Die Füße der Erzdruidin baumelten herab wie die eines Kindes auf einer Schaukel, und sie kicherte atemlos, als sich die beiden Engel in den Sand hockten und sie sanft absetzten.

Immer mehr Engel landeten, bis die Wüste mit den weißen Flügeln und blonden Haaren wie ein Feld blühender Sonnenblumen aussah. Als sich der Staub gelegt hatte, drängte sich Gull an seinen Leibwachen vorbei, bis er mit seiner Schwester reden konnte.

Sein Tonfall war ein müdes Seufzen, die Stimme eines großen Bruders, der mit der Aufgabe betraut worden ist, auf seine schwierige kleine Schwester aufzupassen. »Also schön, Greenie. Was ist es *diesmal?*«

Die Druidin strich sich das Haar aus dem Gesicht

und dankte ihren beiden Trägern. Sie hielt den grünen Steinhelm hoch. »Nun, Bruder, es ist so, wie ich vermutet habe. Die Engel und die Meermenschen wurden vor Äonen zu Hütern ernannt, als die Weisen von Lat-Nam dieses Land regierten. Die Weisen haben sie erschaffen, haben Sterblichen die Kraft des Fliegens verliehen und Elfen das Meer geschenkt. Die beiden Rassen haben die Universität über lange Zeit geschützt. Als ich den Helm trug und die Vision von der endgültigen Zerstörung hatte, sah ich auch Engel mit Schwertern, die tapfer ihr Leben gaben, um die Ungeheuer abzuwehren. Aber das hatte ich wieder vergessen. Die Engel und die Meermenschen haben die Zerstörung überlebt und die Ruinen seitdem beschützt und alle Eindringlinge vertrieben. Deswegen haben sie uns angegriffen.«

Sowohl die Engel als auch die Menschen erinnerten sich an die Schlacht am Tag zuvor und an ihre toten Kameraden, und auf beiden Seiten kam Bewegung in die Reihen, aber die Disziplin hielt sie ruhig. Greensleeves fügte hinzu: »Jetzt wünschen sie sich, sie hätten nicht angreifen müssen.«

Dann fuhr sie fort: »Sobald ich meine Schlüsse gezogen hatte, mußte ich sie beweisen. Also habe ich mich aus dem Lager geschlichen – ich entschuldige mich bei den Wachen – und bin in Richtung Berge gegangen.« Sie deutete vage hinter sich. »Natürlich haben die Engel mich entdeckt und kamen angeflogen, um mich – aufzuhalten. Aber ich zeigte ihnen den Steinhelm. Das reichte, und wir redeten, und dann brachten sie mich zu ihrer Heimat in den Bergen. Ihr müßt sie euch alle irgendwann einmal ansehen; sie ist der Zerstörung durch die Brüder damals entgangen und ist wundervoll. Es gibt sprudelnde Quellen und Teiche, und man kann meilenweit sehen. Jedenfalls brachten sie mich zu ihren Gelehrten, die den Helm erkannten. Einer ihrer Ältesten setzte ihn sogar auf, um sich den

Chor der Stimmen anzuhören. Er hat eine ziemliche Überraschung erlebt.«

»Greenie...« Gull redete in einem mißbilligenden Tonfall, als wären sie im Umkreis von vielen Meilen die einzigen Lebewesen und beim Äpfelklauen erwischt worden. »Warum hast du mir nichts davon *gesagt?* Du hättest *getötet* werden können!«

Seine kleine Schwester nickte, zerknirscht angesichts seiner Sorge, zuckte dann jedoch die Achseln. »Besser, ich hätte den Tod gefunden bei dem Versuch, Frieden zu schließen, als daß sie und wir weiter unnötig gegeneinander gekämpft hätten.«

Leute schüttelten bewundernd den Kopf, ebenso die Engel. »Jedenfalls ist es jetzt besser. Da ich den Steinhelm besitze und den Lernprozeß der Weisen fortsetzen und mich gegen böse Zauberer stellen will, sind die Ältesten zu dem Schluß gekommen, daß ich die legitime Erbin der Weisen bin. Also werden sie uns helfen. Und die Meermenschen, so glauben sie, werden uns ebenfalls helfen.«

Gull – General, Holzfäller und Bruder – nickte, aber das war alles. Er widerstand dem Drang, sich umzudrehen und zum Rand der Wüste zu schauen, wo frische Gräber von Menschen, Engeln und Meermenschen angelegt waren. Obwohl sie, ebenso wie er, nur ihre Pflicht erfüllt hatten, konnte Gull ihnen nicht sofort verzeihen und bezweifelte, daß es seine Leute konnten. Also sagte der General in neutralem Tonfall: »Dann bedanke ich mich bei ihnen dafür, daß sie dich zurückgeflogen haben. Kamee und wir anderen haben uns unterhalten, und wir sehen keine andere Lösung für das Problem, das Geheimnis deiner Weisen zu finden, als die, es auszugraben. Das wird eine schmutzige und ermüdende Angelegenheit. Wenn sie uns dabei helfen wollen, nehmen wir ihre Hilfe dankend an. Mehr will ich dazu im Moment nicht sagen. Sind sie dabei?«

Greensleeves wandte sich an die Älteste in der Mitte des Schwarms, eine unglaublich hagere und verhutzelte Frau, mehr Vogel als Mensch. Die Druidin redete leise mit der Ältesten, und die Frau antwortete mit krächzender Stimme.

Greensleeves drehte sich wieder zu Gull um. »Sie werden uns helfen. Der Weise, der sie erschuf, hat sich von den Legenden über die SERRA ANGELS inspirieren lassen und sie DULER ANGELS genannt. Die Meermenschen sind der COPPER CONCH-Stamm und den Meerwesen vom PEARL TRIDENT nachempfunden, mit dem Unterschied, daß sie Beine anstatt Schwänze haben.«

»Das ist nett.« Gull wandte sich ab. Er legte sich die Axt auf die Schulter und marschierte in Richtung Gestrüppwald, wobei ihm seine Leibwachen folgten. »Laßt uns an die Arbeit gehen.«

Bevor sie die Ruinen ausgraben konnten, mußten sie jedoch den Rest der Armee in diesen leidgeprüften Landstrich nachholen.

Greensleeves holte zuerst die Zwergenpioniere, die sich gleich an die Arbeit machten und das Gelände vorbereiteten. Sie entfernten Gestrüpp, richteten ein Lager ein, fanden ein Reservoir mit Wasser, das Greensleeves reinigte, und legten Wege an. Die Kundschafter fanden heraus, daß der Wald sechs Meilen weit nach Westen reichte und dann in eine Savanne überging, wie Kamee das wellige Land mit kniehohem Gras und hohen Bäumen nannte. Das waren gute Nachrichten, da das Gras die Kavalleriepferde und das Vieh ernähren würde. Eine Straße zur Savanne wurde angelegt und Wachposten aufgestellt. Weitere Posten bezogen auf der Meeresklippe und am Rande der Wüste Stellung.

Alle wußten, warum. Es war nur eine Frage der Zeit, bis Towsers und Karlis Vereinigung der Zauberer sie fand und angriff.

Schließlich hielt Greensleeves es für sicher genug und nahm sich insgesamt vier Tage Zeit, um die Armee zu versetzen, ohne sich dabei zu verausgaben. Das Lager wurde bezogen, und die Armee begann eifrig mit der Ausbildung der neuen Rekruten und der Erforschung des Landes.

Als die eigentlichen Ausgrabungen beginnen sollten, legte Gull die ganze Verantwortung dafür in die Hände Uxmals und seiner Zwerge. Die Pioniere holten zunächst den Rat von Kundschaftern, Kartographen und Bibliothekaren ein, bevor sie mit Pflöcken und Seilen Dreiecke abtrennten, Gerüste aus Bambus bauten, Büsche und Sträucher entfernten, die Schmiede aufforderten, zusätzliche Schaufeln, Spitzhacken und Stemmeisen anzufertigen, und schließlich verkündeten, daß sie *hier*, an einer Stelle, die nicht anders als alle anderen aussah, mit den Grabungen begännen.

Nach zwei Stunden stießen sie auf ein Gesicht.

Das Gesicht war etwa vier Fuß tief in der staubigen grauen Erde begraben. Es war eine fröhliche Sonne mit dicken runden Wangen und wellenförmigen Strahlen, die von ihrem Kopf ausgingen. Das Ganze war ein Mosaik aus sorgfältig angepaßten Kacheln, die nicht größer als ein Daumenglied waren. Die Farben waren alt, aber glänzend und offenbar vor Ewigkeiten gebrannt und dann zum Bleichen in die Sonne gelegt worden. Die Sonne bestand aus hellen Blautönen wie der Sommerhimmel, Rottönen wie Rost und tiefen Bernsteinfarben. Uxmal, der Anführer der Pioniere, kniete nieder und bürstete das Gesicht sorgfältig sauber, das mit jeder Minute heller glänzte.

Die Zwerge hackten noch mehr Gestrüpp, räumten noch mehr Erde beiseite, rissen Wurzeln aus, schleppten Steine. Um die Sonne waren Planeten und die beiden Monde der Domänen angeordnet, der MIST MOON und der GLITTER MOON. Der Kreis war groß, fast zwanzig Fuß im Durchmesser. Groß genug, um darin zu tanzen, scherzte jemand.

Rings um die Planeten verlief ein handspannentiefer Graben, um Regen abzuleiten. Noch mehr Erde flog durch die Luft. Jenseits des Grabens lagen weitere Mosaike, die noch vielgestaltiger waren. Legenden, Mythen und Ungeheuer aus uralten Zeiten wurden ans Tageslicht gefördert. Alle bestanden aus gebrannten bunten Kacheln. Einige der Legenden waren vertraut: Die Leute erkannten den frommen Jaques Le Vert, der vor der Baumstadt PENDLEHAVEN gegen THE BRUTE kämpfte; Lady Evangela, die auf einem Regenbogen zum MIST MOON ritt; Marhault, der aus dem verbrannten Wrack seines Schiffs kroch und Rache schwor. Aber viele Bilder waren ihnen unbekannt, lieferten den Leuten aber eine Menge Gesprächsstoff, da sich jeder die phantastischen Bilder ansah. Ein juwelenbesetztes Schwert wurde in den Boden einer ausgedehnten grasbewachsenen Ebene gerammt, während ein Gewitter am Himmel tobte. Ein Kürbis rollte einen Hügel hinab auf einen Kessel zu, aus dem Rauch quoll. Eine brennende Frau tanzte auf einer steinernen Säulenplatte.

Die Zwerge gruben weiter, und viele Leute schlossen sich ihnen an, sogar jene, die keinen Dienst hatten. Männer, Frauen und Kinder gruben mit geborgten Schaufeln und Spaten, dann mit Löffeln und Messern, wenn alle Werkzeuge in Gebrauch waren. Der Kreis wurde immer breiter. Artefakte wurden gefunden: ein Teil von einem Uhrwerk, so groß wie ein Wagenrad, ein geschmolzenes Schwert, haufenweise Zähne – die einzigen Überreste von verbrannten und zerschmetterten Skeletten.

Gegen Mittag trafen die Engel ein und boten ihre Hilfe an, doch mit ihren großen Flügeln eigneten sie sich weder zum Graben noch zum Weiterreichen der mit Erde gefüllten Körbe, also wurden sie beiseite geschoben, da ihnen die Leute immer noch nicht verziehen hatten. Schließlich flogen sie wortlos davon, und die Armee war froh, sie verschwinden zu sehen.

Freiwillige arbeiteten auf Händen und Knien mit Bürsten und Eimern, um die Kacheln zu säubern, und sie strahlten, als seien sie dankbar dafür. Springbrunnen wurden entdeckt, deren Statuen zerbrochen und umgestürzt waren, dann die unterirdischen Zuleitungen, die sie gespeist hatten. Kreisförmige steinerne Begrenzungen wurden ans Licht gefördert, in denen sich nur Erde befand. Dieser Fund bestätigte schließlich, was Greensleeves die ganze Zeit über schon vermutet hatte.

Das Gesicht war der Mittelpunkt eines riesigen Ziergartens, eines Schaustücks für die Welt. Das Gestrüpp, das darauf gewachsen war, bestand aus den zähesten und genügsamsten Arten dieses uralten Gartens. Sie nahm an, daß ursprünglich das ganze Land bis zum Horizont Savanne gewesen war. Die Weisen hatten ihre Universität hier errichtet – niemand wußte, warum sie diesem Fleck den Vorzug gegeben hatten – und viele fremdartige Pflanzen und Lebewesen hergeholt. Und natürlich ihre eigenen erschaffen, darunter auch die Engel und Meermenschen.

Bis zum Einbruch der Dunkelheit hatten die Zwerge die leicht ansteigende Öffnung zu einem Tunnel freigelegt, der groß genug war, um ein Ochsengespann aufzunehmen. Weitere Grabungen förderten einen entsprechenden Tunnel auf der gegenüberliegenden Seite des Kreises zutage, denn der Garten war symmetrisch angelegt.

Im Licht der Feuer, in denen das Gestrüpp verbrannt wurde, berieten sich Gull, Uxmal, Kamee und Greensleeves vor dem Tunneleingang, der vollständig mit Erde verstopft war.

»Was meinst du, Greenie?« fragte Gull. »Befindet

sich dort unten dein Geheimnis des Helms oder was auch immer?«

Die Druidin zögerte. »Unter einem Garten? Ich habe keine Ahnung.«

»Was fangen wir mit der Erde an?« fragte der immer praktisch denkende Uxmal.

»Wie groß ist dieser Garten?« konterte Gull.

Der Zwerg beriet sich mit Kamee, ging kurz weg und kam dann wieder. »Wir schätzen, daß er einen Durchmesser von hunderd, vielleichd hunderdfünf Schridden hat. Menschenschridden. Ein großer Kreis.«

Gull verrenkte sich den Hals und spähte in die nahezu tropische Dunkelheit. Das Hauptlager befand sich eine Viertelmeile weiter nördlich, die niedrige Meeresklippe eine Viertelmeile südlich. Ringsumher ragte der insektenverseuchte Wald auf, in den eine ungefähr kreisförmige Lichtung geschlagen worden war.

»Wie wäre es«, sann Gull, »wenn wir das Lager auf diesen Garten verlegten? Wir könnten den Rand befestigen und das Lager so absichern.«

»Warum?« fragte Uxmal. »Das wäre doch dumm. Die Leude müßden für nichts und wieder nichts zusammenpacken, und wir würden das Lager auf der Ausgrabungsstädde errichden.«

Plötzlich verlegen, zuckte Gull die Achseln. »Ich weiß nicht ... Es gäbe irgendwie eine gute Geschichte ab, hier auf diesen alten Legenden und Geheimnissen zu lagern. Gärten sind ebenso wichtig für die Moral wie Waffen, Essen und Lieder.«

Greensleeves zwinkerte ihrem nüchternen Bruder zu. »Meine Güte, Gull, das ist aber sehr poetisch.«

Ihr Bruder verdrehte die Augen. »Es wäre nur nicht schlecht, wenn wir den Dingen, hinter denen wir her sind, auch nahe wären.« Und dann ging er, von seinen Leibwachen begleitet, von dannen.

Greensleeves betrachtete die gepreßte Erde im Tunneleingang. Der Zwerg sagte zu ihr: »Morgen graben wir weider. Und finden eine Menge.«

»Aber was? Das frage ich mich.«

Zwei Tage später brach ein Ungeheuer aus dem Loch hervor.

KAPITEL 15

Gruppen von Menschen und Zwergen arbeiteten stetig, um den Garten zu räumen, während andere die Tunnel freischaufelten und wieder andere an den Befestigungen des Lagers arbeiteten.

Neu ausgegrabene Erde und Steine wurden gleich benutzt. Uxmal überwachte das Aufschütten von Bollwerken aus grauer Erde und Steinen um den gesamten Kreis und das Ausschachten der Gräben davor. Gefällte Bäume wurden als Palisaden in die Schutzwälle eingebaut, und in Abständen von dreißig Fuß wurden Wachtürme errichtet. Zwei Eingänge mit massiven Toren wiesen nach Osten und Westen. Alles in allem bot es einen absonderlichen Anblick, der hohe Erdwall und die Türme aus geschälten Baumstämmen mit reisiggedeckten Dächern, die einen frisch geschrubbten Kreis glänzender Mosaikkacheln umgaben, welche von alten Ruhmestaten erzählten, und dazu ein Lager aus Zelten und Kochstellen und aufgespannten Wäscheleinen inmitten der leeren Blumenbeete. Je weiter der Wald zurückwich und mehr Garten zum Vorschein kam, desto mehr breiteten sich die Leute aus. Doch das Land wurde nicht völlig entblößt. In dem einen oder anderen Blumenbeet ließ man Bäume und Sträucher als Schattenspender stehen. Die Leute gingen ihren üblichen Beschäftigungen nach, andere schrubbten und polierten Kacheln und sangen dabei, denn die Armee war voller Eifer – die Leute hatten das Gefühl, eine bedeutende Arbeit zu verrichten, die eines Tages ebenfalls ihren Niederschlag in den Legenden fände. Schmuddelige Kinder mit Holzschwertern führten

Phantasiekriege, spielten die Mosaikszenen nach und liefen sich schwindlig, wenn sie die labyrinthartigen Muster abschritten.

Von den Engeln und Meermenschen war keine Spur zu sehen, und allmählich redeten die Leute nicht mehr über ihre launischen Verbündeten.

Dann ereignete sich die erste Katastrophe.

Allen späteren Schilderungen zufolge kamen die Pioniere mit Unterstützung der Menschen gut mit der Ausschachtung der beiden Tunnel voran. Im Licht der auf den Helmen befestigten Kerzen mühten sie sich schwitzend, die festgestampfte Erde mit Spitzhacken und Schaufeln abzutragen, und füllten Korb um Korb mit Abraum. Die Tunnel verliefen zunächst etwa dreißig Fuß weit abwärts, um dann in ebene alte Gänge überzugehen, die noch mehr Mysterien verhießen.

Dann sah ein Zwerg Gold. Sofort erhob sich lautes Geschrei, und die Ausgrabungen beschleunigten sich dramatisch. Rasch wurde eine gewölbte Kugel auf einem Stab freigelegt. Dann berührte eine Zwergin die Kugel mit bloßen Händen, und der Gegenstand erwachte ruckartig zum Leben.

Es war keine Kugel, sondern ein freigelegtes Knie.

Mit einem Rumpeln, das die Erde erbeben ließ, und einem Schwall von heißem Dampf und Gas brach ein goldenes Ungeheuer aus der gestampften Erde hervor und stapfte in den offenen Tunnel. Die Zwergin, die es berührt hatte, wurde zerquetscht. Andere weiter hinten, die Platz zum Ausweichen hatten, kamen mit Knochenbrüchen davon.

Das Lager geriet in Panik, als das Ungeheuer mit der Geschwindigkeit eines galoppierenden Pferdes aus dem Tunnel hervorbrach und dabei zischte, dampfte und klirrte wie eine Kiste mit Geschirr, die eine Treppe hinunterfällt.

Jemand rief eine Bezeichnung. Eine Drachenmaschine.

Gull war auf den Erdwällen und überwachte die Befestigungsarbeiten. Er hatte gerade Besuch von Lily und den Kindern, als das Ding plötzlich mitten im Lager auftauchte. Für ihn sah es wie das goldene Skelett eines Drachen aus. Es war eindeutig ein Verwandter der CLOCKWORK BEAST und bestand aus Messing oder vergoldetem Stahl. Der Kopf ähnelte dem eines Vogels. Anstelle der Augen hatte er leuchtendgrüne Juwelen, und aus einem Loch auf dem Kopf strömte Dampf. Räder und Kolben drehten sich und pumpten, trieben Beine mit Gelenken und Füße mit Krallen an, die so scharf waren, daß sie Zelte, Kacheln und Bauholz zerfetzten.

Grunzend, zischend, klappernd, den Kopf hin und her drehend wie eine Schlange, schüttelte das Ding Erde von seinem angelaufenen Rahmen ab – der in Höhe der Brust mit Blutspritzern übersät war –, während es durch das Lager stampfte. Die beiden Vorderpranken peitschten durch die Luft und zerfetzten alles, was ihnen in die Quere kam. Irgendein angriffslustiges Gespür trieb es auf die dichtesten Menschentrauben zu, die wie Mäuse davonhuschten. Ein alter Mann, der zu langsam war, wurde von einer klauenbewehrten Pranke erwischt und säuberlich in drei Teile zerrissen.

Der Drache wandte den Kopf, sah eine weitere Menschenansammlung und stürmte darauf los. Die Leute konnten sich durch ein Loch in der unfertigen Palisade retten. Der lange skelettartige Schwanz des Drachen peitschte frei herum. Sein Ende, das so spitz wie der Stachel eines Skorpions war, rasierte die Spitzen eines Bambusgerüsts ab.

Gull ergriff Lilys Schulter, warf Hyacinth einem Kindermädchen zu und schob die beiden Frauen und das Kind durch die Lücke in der Palisade. »Sucht euch eine Deckung, aber weiter weg!« Dann schnauzte er eine Traube gaffender Soldaten an: »Nehmt eure Lanzen und haltet das Ding auf!« Die Männer und Frauen erwachten aus ihrer Starre und erhoben Lanzen, Stangen und Hellebarden, alles, was einigermaßen lang war. Oben auf dem Wall fragte Gull Klimper-Jayne: »Was, zum Teufel, unternehmen wir *dagegen?* Wo ist Greenie? Sie kann das Ding …« Doch seine Schwester war nicht im Lager, sondern irgendwo im Wald.

Die Anführerin der Kundschafter schüttelte den Kopf. »Speere und Pfeile erzielen keine Wirkung. Die Zwerge müßten Maschinen und Vorrichtungen kennen …«

»Vielleicht können wir es einfangen«, dachte Gull laut, »und so viele Stricke oder auch Ketten über das Ding werfen, daß es sich darin verheddert. Und dann können wir es vielleicht an einem Baum festbinden, bis ihm jemand die metallenen Eingeweide zerschmettert. Vielleicht kann Stiggurs CLOCKWORK BEAST oder Liko etwas dagegen ausrichten …«

Die meisten waren dem Drachen mittlerweile aus dem Weg gegangen und entweder durch Lücken in der Palisade geflohen oder in den Tunnel gelaufen oder hatten sich hinter Bäumen versteckt. Niemand war in unmittelbarer Gefahr, weil der Drache eine Scheu davor zu haben schien, die Erdwälle zu erklimmen, aber Gull war klar, daß er das Lager evakuieren mußte.

Die ganze Zeit über hatte die Drachenmaschine gezischt, wie ein lebendiges Wesen vielleicht nach Atem gerungen hätte. Jetzt stand es einem Abschnitt der Palisade gegenüber, wo Leute um die Ecke lugten, um das Ungeheuer zu beobachten. Plötzlich schob die Maschine den Kopf vor und riß das Maul auf, als würge sie an etwas, das ihr in der Kehle steckte. Aus reiner Neugier schlichen die Leute näher.

Aus einer schrecklichen Vorahnung heraus rief Gull: »Weg mit euch! Werft euch auf den Boden!« Erschrocken gehorchten die Leute augenblicklich und huschten hinter Erdwällen und der Palisade in Deckung.

Zischend und klickend brachte die Maschine das Hemmnis zum Vorschein. Im Rachen der Maschine war plötzlich ein dünnes Rohr zu sehen. Das Klicken wurde heftiger, und hinter den goldenen Reißzähnen sprühte ein Schauer von Funken.

Noch ein Klicken, ein Funkenschauer – und *wusch!*

Ein Flammenstrahl schoß volle dreißig Fuß weit aus dem Drachenmaul und verbrannte einigen Leuten, die keine volle Deckung genommen hatten, die Kleidung.

»Gas!« rief Jayne. »Sumpfgas!«

»Bei Stanggs Steinen! Dann können wir die Bestie nicht einfangen!« Gull holte tief Luft und brüllte, so laut er konnte: *»Lauft!«*

Der Drache wütete. Seine Gasdüse, die jetzt nicht mehr durch Erde verstopft wurde, spie Höllenfeuer und verbrannte Zelte und Ausrüstung. Überall beeilten sich Leute, das Lager zu verlassen.

Gull tauchte durch die Lücke in der Palisade und fluchte ohnmächtig. Zur Hölle mit Magie und allem magischen Schnickschnack! war alles, was er denken konnte. Leute wurden verbrannt, das Lager wurde verwüstet, und er konnte nur in den Himmel schauen.

Er hörte das Tosen schlagender Flügel. Windböen brachten das Blattwerk im Wald zum Rauschen. Der Himmel füllte sich mit kleinen braunen Leibern und großen weißen Flügeln.

Die Engel waren zu ihrer Rettung gekommen.

Flügelschlagend und in elegant geschwungenen Kurven flogen die Engel durch den schwarzen Rauch ins Lager.

Gewandt und so flink wie Spatzen legten fünf, sechs Engel die Flügel an und sausten keine zehn Fuß über den Kopf der Maschine hinweg. Das mechanische Maul schnappte nach ihnen, dann legte der Drache den Kopf in den Nacken und spie Feuer, aber die Engel wichen immer im letzten Augenblick aus.

Der Drache reckte die stählernen Krallen, ließ den

Kopf kreisen und mühte sich, die frechen Flieger zu versengen oder mit den gewaltigen Kiefern zu packen, doch er verfehlte sie immer. Dann stimmten die Engel einen gemeinschaftlichen Gesang an und flogen gemeinsam zum Osttor. Knirschend und klappernd stapfte die Maschine hinterher wie ein Esel hinter einer Karotte.

Die fliegerischen Kunststücke der Engel waren mit einem hohen Risiko verbunden. Ein Engel, der zu jung und unerfahren war oder der einfach nur Pech hatte, wich einen Wimpernschlag zu spät aus, und das teuflisch heiße Drachenmaul schloß sich um die Beine des Engels. Als der Drache die rotumrandeten Kiefer wieder öffnete, fiel der verstümmelte Leib zu Boden, um gleich darauf zerquetscht zu werden.

Doch die übrigen Engel unterbrachen ihre Hänselei nicht, sondern wirbelten wie Herbstblätter vor dem schnappenden Maul des Ungeheuers herum. Die Drachenmaschine folgte den Engeln durch das Osttor, dann bogen die Engel, immer dicht vor dem Maul des Drachen, nach Süden ab.

Der Drache rannte hinterher. Die Engel folgten einer breiten Schneise, die durch den Wald gehauen worden war, doch die Maschine war noch breiter. Sie knickte Bäume und Bambus, zerfetzte Gestrüpp und Sträucher, Blattwerk und Rinde. Gull schulterte seine Axt und lief ihnen ebenso nach wie Dutzende anderer Leute. Die Zuschauer beobachteten, daß die Engel langsam ermüdeten, während sie wechselweise Baumstämmen und den zuschnappenden Kiefern der Metallbestie auswichen.

Doch dann schossen sie ins Freie, da der Wald zu Ende war.

Die geistlose Drachenmaschine bemerkte es nicht.

Die Engel legten sich noch einmal ins Zeug und wurden noch schneller, bevor sie steil in den strahlend weißblauen Himmel schossen.

Die Drachenmaschine beschleunigte ebenfalls und raste ihnen nach.

Unmittelbar über die Meeresklippe.

Im letzten Augenblick versuchte die Bestie noch anzuhalten. Die Krallen an den Hinterläufen kreischten markerschütternd, als sie Erde aufwühlten und über die marmornen Steinquader kratzten. Der Schwanz bog sich nach unten wie ein Angelhaken, um die Maschine abzubremsen, doch die Tonnen von Metall ließen sich nicht so schnell aufhalten, und die Drachenmaschine schoß über den Klippenrand hinweg. Der peitschende Schwanz schlug Splitter aus dem Marmor, dann war auch er verschwunden.

Als Gull keuchend am Klippenrand ankam, war das beängstigende Krachen, Tosen und Klirren vorbei. Ein dumpfer Knall ertönte, und ein Schwall Sumpfgas wehte über den Klippenrand. Der Holzfäller schaute über den Rand und sah die Drachenmaschine dreißig Fuß tiefer zerschmettert auf den Felsen liegen. Das Wasser der Brandung zischte, wenn es mit dem heißen Maul in Berührung kam.

Gull schüttelte den Kopf. »Stiggur wird traurig sein, daß ihm dieses CLOCKWORK-Spielzeug durch die Lappen gegangen ist.«

Das laute Flattern am Himmel hörte sich an wie eine Sturmbö. Ein Dutzend Engel landete auf der Klippe. Ihre sich rasch hebenden und senkenden Brustkörbe ließen darauf schließen, wie erschöpft sie waren. Sie konnten nicht sprechen, brauchten es aber auch nicht.

Gull nahm die Axt in seine verstümmelte linke Hand und gab jedem einzelnen der erschöpften Engel seine gesunde rechte, während er sich immer wieder überschwenglich bedankte.

Die Leute hatten sich mittlerweile am Waldrand versammelt und jubelten.

Als Greensleeves mit ihren Leibwachen von ihrem

Ausflug in den Wald zurückkehrte, wurden ihr die Neuigkeiten natürlich sofort erzählt.

Sie fand Gull vor der klaffenden Mündung eines Tunnels. »Bruder, du mußt die Grabungen sofort einstellen lassen! Was ist, wenn ein weiteres Ungeheuer ausgegraben wird?«

»Ja, was ist dann?« Gull bedachte sie mit einem merkwürdig entrückten Blick, den sie an ihm noch nie gesehen hatte.

»Was dann ist?« Die Druidin wedelte mit den Händen, während sie nach Worten suchte. »Leute wurden verletzt und getötet! Das war eine alte Kriegsmaschine, die durch Licht oder Luft oder die Berührung von irgend jemandem wiederbelebt wurde. Vielleicht ist sie sogar absichtlich als Falle dort zurückgelassen worden. Die Weisen haben sich in den letzten Tagen ihrer Apokalypse möglicherweise in diese Tunnel zurückgezogen. Hier unten könnte es noch hundert weitere Fallen geben.«

»Das ist wohl wahr.« Ihr Bruder nickte. »Und ich habe ihnen genau dasselbe gesagt. Aber dann hieß es, wenn das der Fall sei, müßte dort auch dein Geheimnis begraben liegen, wie man Zauberer beherrschen kann. Und auch noch andere Geheimnisse, die uns allen nützen würden. Vielleicht eine Karte der Domänen, auf der die Heimat aller Leute eingezeichnet ist. Vielleicht auch Schätze. Also haben sie jetzt einen Knochen zwischen den Zähnen und Geheimnisse zu lösen, und sie werden sie auch ausgraben.«

»Was?« Greensleeves schaute sich zum erstenmal bewußt im Lager um, sah, daß ein paar Leute aufräumten, sich um die Verletzten kümmerten und die Toten wegschleppten. Aber nicht viele. »Wo *sind* denn alle?«

Gull zeigte in den Tunnel. »Da drinnen. Sie graben.«

Greensleeves starrte fassungslos in die Dunkelheit.

Bei ihren Ausgrabungen stießen die Leute auf weitere Ungeheuer, und es gab weitere Tote und weitere Rettungen um Haaresbreite.

Ein Engel wurde zu Asche verbrannt, als er eine silberne Kugel in der Erde streifte. Seine Kameraden berichteten, daß seine ordentlich gefalteten Flügel einen silbernen Auswuchs berührt hätten. Dann habe es einen gewaltigen Blitz und einen lauten Knall gegeben, und lediglich ein paar versengte Federn und der Gestank nach verkohltem Fleisch sei von ihm übriggeblieben. Die Leute in der näheren Umgebung waren infolge des grellen Blitzes zwei Tage lang geblendet.

Dennoch gruben sie weiter.

Einem Zwerg wurde der Schädel eingeschlagen, als er auf eine schleimige, gummiartige Matte trat und die Matte dann plötzlich hochschnellte und ihn gegen die niedrige Decke schleuderte. Eine Schnecke, so groß wie ein Ochse, erwachte zum Leben und humpelte ihnen auf einem riesigen Fuß hinterher, während sie mit ihren klebrigen Fühlern um sich schlug. Drei mit Lanzen bewaffnete Soldaten waren nötig, um das matschige Ding zu töten, und fünf Soldaten mit Eisenhaken, um es aus dem Tunnel zu tragen und über die Klippe auf die mit Seetang bewachsenen Felsen zu werfen. Von dem Kadaver nährten sich die Meeresvögel drei Tage lang.

Dennoch grub die Armee weiter, mittlerweile Tag und Nacht.

Zwei Pioniere wurden ohnmächtig, als ein graues Gas unter einer Fliese hervorzischte, und es dauerte Stunden, in denen die Leute beständig Fackeln in den Tunnel warfen, um die giftige Luft zu reinigen. Eine Gruppe floh schreiend aus einem Tunnel, als sie eine Kolonie Feuerameisen von der Größe eines Hauses freilegten. Es bedurfte brennenden Pechs, um die Ameisen zu töten, und von ihrem metallischen Gestank wurde den Leuten noch Tage später übel.

Dennoch gruben sie weiter.

Die Soldaten gaben zu bedenken, daß sie allein graben sollten. Es sei zu gefährlich für Pioniere und Lagerhelfer, argumentierten sie. Andere erwiderten, die Soldaten wollten wohl den Ruhm nur für sich allein, und plötzlich gerieten hundertfünfzig Arbeiter in den Tunneln und oben im Sonnenlicht aneinander. Gull schritt dazwischen und entschied, daß jeder, der graben wollte, auch graben konnte. Das brachte nur noch mehr Schwierigkeiten, weil sich jetzt auch Köche, Kindermädchen und Lederhandwerker meldeten. Doch es gab nicht genug Werkzeug für alle, also zogen die Leute schließlich Lose, und Männer und Frauen fluchten, wenn sie eine Niete zogen und oben bleiben mußten.

Eine Frau starb, als sie Staub einatmete, der in einer Höhlung lag, ein starkes Gift, das offenbar noch aus dem Krieg übriggeblieben war. Viele wurden krank, husteten Blut oder wurden verbrannt, wenn sie die Erde anfaßten, so daß sich ihre Hände entzündeten und sie die Werkzeuge nicht mehr halten konnten. Diese Leute gingen erst zu den Heilern, wenn ihnen jemand anders die Schaufeln und Spitzhacken abnahm.

Und sie gruben.

»Sie sind verrückt!« jammerte Greensleeves eines Nachts beim Abendessen am Lagerfeuer. »Verrückt, daß sie ihr Leben aufs Spiel setzen!«

»Nein, sie fühlen sich herausgefordert«, erwiderte Gull. »Diese Ruine, diese untergegangene Stadt, versucht sie loszuwerden, sie zu verscheuchen, und sie sind fest entschlossen, sie in die Knie zu zwingen.«

»Ich verstehe das nicht!« Jetzt weinte die Druidin. »Sie sollten sich nicht so opfern! Was ist, wenn es gar kein Geheimnis gibt? Was ist, wenn wir gar keine Möglichkeit entdecken, wie wir Zauberer beherrschen können? Was ist, wenn Leute umsonst und nur auf mein Wort hin sterben?«

Gull runzelte die Stirn, schüttelte aber den Kopf.

»Du bist es gar nicht, für die sie sich opfern, Greenie. Sie opfern sich für etwas Größeres.«

»Wofür?« Sie schniefte, und Wichasta reichte ihr ein Taschentuch. »Bei allen Göttern, immer kämpfen wir nur, und jetzt kämpfen wir sogar gegen das Land und gegen alte Magie! Wofür sterben wir?«

Gull schüttelte nur den Kopf. »Das kann ich auch nicht so genau sagen. Wir haben uns zusammengetan, um Zauberer zu bekämpfen, und sind hergekommen, um Wissen zu sammeln. Und jetzt müssen wir mit Klauen und Zähnen darum kämpfen und... Wir sind in einer Legende gefangen, Greenie, einem Epos, das ebensogroß ist wie die Geschichte von Tobias Andrion oder Lady Caleria. Eine Geschichte, die alle Zeiten überdauern wird, und wir werden unseren Enkeln erzählen, daß wir daran teilgenommen haben.«

»Diejenigen, die überleben«, jammerte die Druidin.

»Wir werden überleben«, beharrte ihr Bruder.

Also grub die Armee und erlitt Verluste. Und schließlich grub sie noch verbissener, und die Leute weigerten sich, am Ende ihrer Schicht aufzuhören, und mußten mit Speeren aus den Tunneln getrieben werden. Und die Leute gruben und gruben und gruben.

Nach zwei Wochen machte Uxmal mit Gull und Greensleeves einen Rundgang durch die Tunnel.

Obwohl sich Soldaten, Pioniere und Gefolgsleute jeden Tag aufs neue der Gefahr stellten, ließen sie nicht zu, daß ihre geliebten Anführer die Tunnel betraten, bis Uxmal ihren Leibwachen lächelnd versicherte, der Weg sei sicher.

Die Anführer waren fasziniert. Die Wände bestanden aus bearbeitetem Stein, aus Marmor oder einem härteren Material, das immer noch so blank und so glatt wie Seide war. An einer Stelle zeigte der Anführer der Zwerge Gull dessen Spiegelbild auf einem unversehrten Steinquader. Die Wände waren hellbraun mit goldenen Sprenkeln, der Boden war weiß mit grauen

Streifen, aber alles wirkte schmutzig. Viele der Wände wiesen Sprünge auf, und hier und da zeigten sich große Lücken zwischen den Steinblöcken in Wänden und Decke.

Die Tunnel verzweigten sich, wichen Räumen, Hallen und Gängen, führten weit über die Grenzen des Mosaikgartens über ihnen hinaus. Gull mit seiner Axt und Greensleeves mit ihrem bestickten, bunten Umhang schwiegen, als sie dem Zwerg dreißig Fuß breite Treppen hinunter folgten und durch fackelerhellte Gänge kamen, die breit genug für sechs Pferde waren. Sie durchquerten Atrien mit ausgetrockneten Brunnen im Boden, stiegen Rampen hinauf und gingen an Säulen und Bögen vorbei. Und Uxmal vermutete, daß es noch mehr gab: Unter dem Wald lagen wahrscheinlich noch mehr Wege, Räumlichkeiten und kunstvoll gestaltete Mauern begraben.

Fackeln in uralten Wandhaltern leuchteten ihnen den Weg, doch Uxmal trug einen Grubenhelm mit einer Kerze darauf, von der ihm Wachs auf die Knollennase tropfte. Er erzählte beim Gehen. Seine Vermutung war, daß die Erde, die sie abtransportiert hatten, absichtlich in die Tunnel geschafft worden war. Im Hinblick auf die Knochen, die sie gefunden hatten, mußte jemand eine Lawine aus kochendem Schlamm herabgeschickt haben. Im Laufe der Jahrhunderte war durch die Lücken und Spalten zwischen den Deckenquadern genug Erde nachgesickert, um alle Hohlräume zu füllen. Nach einem ausführlichen Gespräch mit den Magiestudenten waren auch die Pioniere der Ansicht, daß die Gefahren, auf die sie im Zuge ihrer Grabungen gestoßen waren, bewußt angelegte Todesfallen waren. Selbst die Schnecke hatte sich vermutlich in einem magischen Winterschlaf befunden, und die frische Luft hatte sie wiederbelebt.

»Ja«, sagte Greensleeves zu ihnen, »ich habe die Zerstörung im Helm gesehen. Die Brüder und ihre Agenten wollten diesen Ort vermutlich aus dem Blickfeld der Menschheit entfernt haben.«

Der Anführer berichtete, daß sie jeden Raum durchsucht, aber wenig gefunden hätten. Hin und wieder waren sie auf einen verkohlten oder gespaltenen Schädel – viele davon nichtmenschlich –, auf ein zerbrochenes Schwert oder eine Lanze gestoßen. Einmal hatten sie in einer mit silbernen Bändern umwickelten gesplitterten Truhe einen Goldschatz gefunden. Zahlreiche Silberbomben waren explodiert, wenngleich dabei dank der guten Abschirmung niemand zu Schaden gekommen war. Die neugierigen Zwerge hatten versucht, eine der Kugeln intakt zu bergen, doch sie waren stets mit Blitz und Donner explodiert.

Gull und Greensleeves waren über verdreckte Marmorböden marschiert, bis ihnen schwindlig war, als Uxmal in einen breiten Korridor einbog. Grelles Sonnenlicht fiel auf erdverkrustete Mauern.

Sie hörten das Tosen der Brandung und rochen salzige Luft. Der Gang endete über dem Meer: in einem Loch in der Klippe, vielleicht zwanzig Fuß über dem Wasser und zehn Fuß unterhalb des Klippenrandes. Der Gang war mit Felsen versiegelt gewesen.

Der Tunnel hörte einfach auf. Graue Marmorfliesen endeten in einer Zickzack-Linie, da die weiterführenden Fliesen in die Brandung gefallen waren.

Von Leibwachen umringt, schauten die drei auf das unglaublich blaue Wasser. Weit draußen stieß ein Wal eine Wasserfontäne aus, dic in der Meeresbrise zerstob. In der zerklüfteten Bucht, die von schmalen Halbinseln eingerahmt wurde, schoß eine Möwe wie ein Stein aus ihrem Nest in den Klippen und tauchte wie ein Pfeil ins Wasser, um einen silbernen Fisch zu fangen.

Gull sah sich das eckige Loch genauer an und runzelte die Stirn. »Wohin sollte dieser Gang führen?«

Der Zwerg deutete auf den gähnenden Abgrund und das Meer dahinter.

»Weider nach draußen.«

»Wir sind fertig«, sagte Greensleeves.

Sie hatte die Armeeoffiziere aus dem Lager zum Klippenrand geführt. Es war spät am Abend, aber der Himmel leuchtete im Westen noch rosarot und purpurfarben. Das zerzauste Haar der Druidin flatterte im Wind, und ihr bestickter Umhang bauschte sich hinter ihr auf wie Engelsflügel.

»All diese Ausgrabungen haben zu nichts geführt. Uxmal und Kamee vermuten, daß die Universität fünfarmig wie ein Seestern angelegt war. Dies war ein Arm. In der Mitte befand sich ein zentrales Gebäude, und zwar dort, wo jetzt die Bucht liegt. Diese Inseln dort sind alles, was von den anderen Armen übriggeblieben ist.«

Die Offiziere waren niedergeschlagen. Gull murmelte: »Ich bin froh, daß die Brüder schon lange tot sind. Wenn sie die Macht hatten, meilenlange Steintunnel und eine Burg im Meer zu versenken, ist es wirklich ein Segen, daß wir nie gegen sie antreten müssen.«

»Ich würde es wagen, um des Wissens willen«, sagte die Erzdruidin. »Das ist das einzige, was mir neben meinen Freunden etwas bedeutet. Aber das, was ich in Erfahrung bringen wollte, das Geheimnis des Helms, was die Weisen aus Zeitmangel nicht mehr fertigstellen konnten, liegt dort draußen. Für immer verloren.«

Als Gull in dieser Nacht spät in sein Zelt zurückkehrte, hörte er die kleine Bittersweet weinen. Bei Kerzenlicht saß Lily in ihrem Nachtgewand auf dem Feldbett und versuchte, das Kind zu beruhigen und aufzuheitern, indem sie es abwechselnd kitzelte und sanft in den Armen wiegte, doch Bittersweet schrie nur. Ihr Gesicht war verzerrt und rot angelaufen. Als alles nichts fruchtete, brach Lily schließlich in Tränen aus.

Gull lehnte seine Axt gegen eine Zeltstange, nahm den schreienden Säugling und versuchte dasselbe. Doch das Kind wollte sich nicht beruhigen, so daß er schließlich eine Leibwache bat, ein Kindermädchen zu holen, die das immer noch schreiende Kind mitnahm.

Lily wischte sich die Tränen mit dem Handrücken ab. »Es tut mir leid, Gull. Ich bin eine schlechte Mutter.«

»Schsch.« Gull setzte sich zu ihr, zog ihren Kopf an seine Brust und streichelte sie. »Das stimmt nicht. Du bist eine gute Mutter. Hyacinth entwickelt sich prächtig.« Tatsächlich schlief ihre ältere Tochter auf einem kleinen Feldbett. Ihr Mund stand offen, und ihr Haar war völlig zerzaust.

»Ach, ich bin so müde, Gull!« Sie umarmte ihn ganz fest, hatte jedoch wenig Kraft. »Das Kind schreit die ganze Zeit, ich bin immer noch etwas schwach von der Geburt, du bist nie da ...«

»Ich weiß, ich weiß«, murmelte er.

»Ich wünschte, ich wäre ein Engel«, murmelte Lily.

Gull neigte den Kopf und blinzelte. »Ein was?«

»Ach, Gull ...«, hauchte Lily. »Hast du sie dir angesehen? *Richtig* angesehen? Sie sind so schön, und sie reiten auf dem Wind. Sie sind so frei, wie man nur sein kann. Wie ich sie beneide. Sie haben keine Verantwortung, können tun, was ihnen gefällt.«

»Sie haben Verantwortung. Sie haben die Aufgabe, dieses Land zu beschützen – oder vielmehr das, was noch davon übrig ist.« Gull legte seine Frau sanft auf das Bett und zog die Decke hoch. »Und jetzt schweig lieber, Lily. Du bist nur müde. Du weißt nicht, was du sagst.«

»Doch, ganz genau sogar.« Sie seufzte schläfrig. »Es wäre so schön, wie sie zu fliegen. Ich konnte einmal fliegen, weißt du noch? Ich konnte auch andere fliegen lassen. Das war ein wunderbares Gefühl! Ich weiß nicht mehr, wie ich es anstellen müßte, aber vielleicht kann ich es wieder lernen. Doch ich könnte die Kinder nicht allein lassen, mich meiner Verantwortung nicht entziehen ...« Sie nickte ein.

Gull wischte sich über die Stirn und zog sich langsam aus. »Meine Frau will fliegen, meine Schwester will Geheimnisse, die niemand kennt, meine Armee hat wieder einmal kein Ziel, und ich weiß nicht, was ich als nächstes tun soll. Vielleicht sollten wir einfach alle wegfliegen und Verantwortung Verantwortung sein lassen ...«

Er ließ sich auf sein Bett fallen und erschrak, als etwas unter ihm aufkreischte.

Er riß die Decke weg und fand Egg Sucker, der sich an einer Ecke der Decke festhielt. »Du hättest mich fast zerquetscht! Gib mir das wieder! Es ist kalt!«

»Ach, dir ist kalt, ja?« knurrte Gull. »Du kleiner Schleicher, ich zeige dir, was *kalt* ist!«

Gull packte den Goblin am Bein und stürmte aus dem Zelt. Erschrockene Lanzenreiter traten zurück, als Gull Anlauf nahm, sich ein-, zweimal um die eigene Achse drehte und den Goblin dann einfach losließ.

Egg Sucker flog laut schreiend hoch über die nächste Palisadenwand.

KAPITEL 16

Greensleeves, die an Kwam geschmiegt auf ihrem Doppelbett lag, erwachte von einem unterdrückten Tumult vor ihrem Zelt: Schritte, leises Grunzen, ein gedämpfter Fluch. Jemand stolperte gegen eine Zeltstange, so daß die ganze Konstruktion erbebte. Die Erzdruidin erhob sich und streifte ein Gewand über.

Draußen war es abgesehen von den Flammen der Fackeln dunkel, deren Widerschein auf den Mosaiken flackerte. Zwei Hüterinnen des Hains rangen mit einem halben Dutzend Meermenschen, die nackt und glitschig waren. Die Meermenschen versuchten sich an den Wachen vorbeizudrängen. Die Hüterinnen verwehrten ihnen den Durchgang mit ihren Lanzen. Die Meermenschen sagten kein Wort, und die Wachen flüsterten nur, um ihre Herrin nicht zu wecken.

Alle fuhren zusammen, als Greensleeves fragte: »Was geht hier vor?«

Micka, die neue Hauptfrau, antwortete, ohne die glänzenden Meermenschen aus den Augen zu lassen. »Sie bestehen darauf, Euch zu sehen, Milady, und wollen nicht wieder gehen. Ich fürchte, wir werden Gewalt anwenden …«

Die Druidin schüttelte den zerzausten Kopf. »Nein, sie müssen einen guten Grund haben. Wie kann ich euch helfen, gute Leute?«

Die Meeresbewohner kommunizierten, wie sie erfahren hatten, ausschließlich auf gedanklichem Wege miteinander, so daß sie nicht mit Landbewohnern reden konnten. An Land mimten sie. Eine schwarzhaarige Meerfrau, nackt und schuppig wie eine Makrele, krümmte schlicht die Hand. Greensleeves sollte mitkommen.

Greensleeves machte eine fragende Gebärde, doch die Antwort blieb dieselbe. *Komm mit.*

Schließlich hob Greensleeves einen Finger, um ihnen zu bedeuten, daß sie warten sollten, trat in ihr Zelt und zog ihr bestes Gewand an. Sie spürte, daß es sich um einen formellen Anlaß handelte, da die Meermenschen normalerweise für sich blieben. Sie zog sich Halbstiefel an, legte sich den Umhang um die Schultern und drehte sich dann zu Kwam um, da sie ihm zum Abschied einen Kuß geben wollte, doch der Magiestudent war aufgestanden und zog sich ebenfalls an. Greensleeves strich sich ein paarmal durch das Haar und ging dann nach draußen, um den Meermenschen zu folgen – zum Strand vermutlich. Kwam, der gähnte und sich die Augen rieb, war in seiner schwarzen Kleidung kaum zu erkennen, als er sich zusammen mit sechs Leibwachen – die Tagschicht war geweckt worden – aufmachte, der Druidin zu folgen.

Sie gingen nicht zum Klippenrand, sondern in den Gestrüppwald und einen Pfad entlang, der breit genug für zwei Personen war. Dieser Abschnitt des Waldes war unberührt, denn der Pfad folgte natürlichen Stufen und stellenweise uralten Steintreppen, die größtenteils von Wurzeln und Sträuchern überwachsen waren. Greensleeves stieg der Geruch nach Fäulnis in die Nase, doch vermengt mit der frischen Seeluft. Trotz der Hitze des vergangenen Tages war der Nachtwind kühl, der ihr um die nackten Waden spielte, und sie war froh, daß sie ihren Umhang hatte. Sie mußte auf ihre Schritte achten, denn sie gingen im Licht der Fackeln, die von ihren Leibwachen getragen wurden. Meermenschen, die an die Tiefen des Meeres gewöhnt waren, konnten im Dunkeln wie Katzen sehen.

Schließlich traten sie aus dem Gewirr schäbiger Bäume hervor auf einen flachen steinigen Strand in einer winzigen Bucht. Die Steine waren verschieden groß, es gab mannsgroße Felsbrocken, aber auch eiförmige Kiesel. Die Brandung war leise und bahnte sich träge zischend einen Weg durch den Seetang.

Greensleeves sah sich um. Am Nachthimmel leuchteten die Sterne, und sie befahl, die Fackeln zu löschen, um eine bessere Nachtsicht zu bekommen. Bald erkannte sie den silbrigen Umriß der Brandung, den Wald weiter oben, die Meermenschen. Alle sechs standen am Strand und zeigten ihre nackte Rückenansicht. Keiner bewegte sich. Sie standen nur da und warteten.

Die Hüterinnen, die an lange Nachtschichten gewöhnt waren, verfielen in einen Zustand halber Apathie, halb schlafend, halb wachend. Kwam setzte sich auf einen Felsen und döste trotz seiner angeborenen Neugier ein.

Sie warteten eine lange Zeit, während nur die Flut redete. Greensleeves unterdrückte ein Gähnen, dachte an ihr Bett. Dann rührte sich einer der Meermenschen, und nun kam Bewegung in alle.

Etwas erhob sich aus der Brandung.

Die Hüterinnen waren plötzlich hellwach, scharten sich um Greensleeves und richteten die Lanzenspitzen nach vorne. Micka befahl den Rückzug in den Wald, doch Greensleeves widersprach. Aus irgendeinem Grund war sie davon überzeugt, daß die Meermenschen ihr keinen Schaden zufügen würden. Und außerdem trieb sie die Neugier abzuwarten, um zu sehen, was geschähe.

Was es auch war – es war auf jeden Fall sehr groß.

Als erstes erkannte Greensleeves Hunderte von Fuß weit draußen eine riesige Rückenflosse wie die eines Hais, die durch das Wasser schnitt. Weit dahinter folgte eine zweite Flosse, die weicher geschwungen war.

Bevor sich Greensleeves in Gedanken ein Bild von diesem riesigen Fisch machen konnte – mit Landlebewesen kannte sie sich gut aus, aber über die Meeresbewohner wußte sie nicht viel –, wurde ihre Phantasie von der Wirklichkeit übertrumpft. Denn die große Flosse teilte die rauschenden Wellen und enthüllte das Gesicht eines Mannes.

Wie von einem Kran gezogen, erhob sich der Mann aus den Wellen, bis er vor ihnen aufragte, obwohl er immer noch hundert Fuß weit draußen war. Ein Riese.

Oder ein Gott.

Der Herr der Wellen wurde in seiner ganzen Pracht enthüllt, und alle hielten den Atem an.

Der Meeresgott brachte sein eigenes Lichtspektrum mit wie ein Komet am Himmel. Viele Einzelheiten waren wie von einem Feuer erleuchtet. Seine Haut hatte eine dunkelviolette Farbe, und sein Bauch war hellgrün wie der eines Fisches. Er war so eindrucksvoll und so reich verziert, daß sich schwer sagen ließ, was Schmuck und was natürlicher Bestandteil seiner Haut war. Die große Flosse saß wie ein Kamm auf seinem kahlen Kopf und zog sich bis zur Mitte des Rückens hinunter. Über den Ohren wuchsen noch mehr Flossen, und an den Ohren baumelten Ringe aus Perlmutt. Flossen wie Flügel wuchsen aus den Schultern wie ein wallender Umhang, und die muskulösen Oberarme waren mit Goldreifen geschmückt. Er trug Fäustlinge aus Messing oder Bronze, die mit riesigen Edelsteinen, groß wie Walaugen, besetzt waren. Der Umfang seines Leibes war so gewaltig, daß zwei Leute gemeinsam ihn nicht hätten umfassen können. Der Leib verjüngte sich nach unten hin zu einer Schlangengestalt, und dieser lange Schlangenkörper versank im Wasser und ragte weit ins Meer hinein, wo er in einer sanft geschwungenen riesigen Flosse endete. In den Händen trug er einen Speer, der wie ein Baum verzweigt war. Die Enden waren mit doppelten Widerhaken versehen und zurückgebogen.

Der Meeresgott wurde fast lautlos von der Flut angeschwemmt und richtete sich auf, wobei er sich sanft im Rhythmus der Wellen wiegte. Als er nur noch eine Speerlänge entfernt war, sprach er.

Auf der Gedankenebene.

Du bist Greensleeves. Er schickte die Botschaft direkt in ihren Verstand, so daß sie in ihrem Schädel widerhallte wie ein Schrei in einer Bergschlucht. Doch für seine gewaltige Macht und Größe war es eine sanfte und duldsame Stimme.

Ja, antwortete sie, ohne zu sprechen. *Und du bist…?*

Die Andeutung eines Lachens erscholl in ihrem Kopf. Greensleeves fielen die Worte ihres Bruders wieder ein, die Götter müßten einen beachtlichen Sinn für Humor haben, um den Menschen ihre albernen Arbeiten aufzubürden.

Die Antwort verblüffte sie dennoch.

Ich bin der Herr von Atlantis. Du sollst mit mir kommen.

Ja, antwortete sie ohne Zögern.

Micka spürte, daß zwischen ihrer Herrin und dem Meeresgott etwas geschah, sah Greensleeves einen Schritt vortreten und versperrte der Druidin den Weg mit ihrem Speer. Halb bittend, halb befehlend, rief sie: »Milady, nicht! Er hat Euch verhext! Ihr könnt nicht – Ihr werdet ertrinken…«

Micka erstarrte. Desgleichen die anderen, Meermenschen eingeschlossen. Der Meeresgott hatte sie bewegungsunfähig gemacht. Nur Greensleeves konnte gehen, und das tat sie wie im Traum – einem angenehmen Traum –, bis ihre Halbstiefel in das kalte Meerwasser tauchten.

Als sie bis zu den Knien im Wasser stand, berührte der Herr von Atlantis ihre Schulter mit seinem Speer. Er wich zurück, sie ging weiter, und zusammen tauchten sie in die Brandung und in tieferes Wasser ein.

Als das Wasser bis unter Greensleeves' Kinn stieg, umschloß sie der Meeresgott mit seinem riesigen Schwanz, und gemeinsam tauchten sie unter.

Zuerst glaubte Greensleeves, sie werde ertrinken.

Als das Wasser über ihrem Kopf zusammenschlug, wurde ihr plötzlich die Gefahr bewußt, als sei sie zuvor schlafgewandelt. Vor Panik fuhr sie zusammen, und diese Panik wurde noch verstärkt durch die Tatsache, daß sie sich in der Umschlingung des gewaltigen Schwanzes des Herrn von Atlantis befand. Verzweifelt hielt sie den Atem an.

Doch der Meergott berührte ihre Lippen mit einem dicken violetten Finger, und sie konnte atmen. Ob sie die Luft wie ein Fisch aus dem Wasser filterte oder in einer Luftblase hing, vermochte sie nicht zu sagen. Jedenfalls war sie völlig durchnäßt, aber ihr war nicht kalt, und als sie eine Hand hob, trieb sie träge abwärts wie Löwenzahnsamen. Sie mußte schweben. Oder nach unten sinken.

Doch sie hatte wenig Zeit zum Nachdenken. Der Herr von Atlantis, der in ein von ihm selbst erzeugtes weißgrünes Licht gehüllt war, erhellte das Wasser ringsumher in einem Durchmesser von vielleicht einem Dutzend Fuß. Der Meeresgott setzte sie mit seinen großen violetten Händen mühelos auf die Schultern und legte ihre Hände auf seine Schulterflossen, an denen sie sich festhielt. Dann schlug er mit dem Schwanz und beförderte sie rasend schnell in die Tiefe.

Zwei Delphine schwammen neugierig näher und wurden zurückgelassen. Weitere Fische stoben vorbei. Ein Schwarm rundlicher gelber Fische, die von einem schlanken silberweißen Raubfisch verfolgt wurden. Eine Flunder, groß und flach wie ein Faßdeckel. Und noch mehr Fische, die Greensleeves nicht kannte, darunter auch ein großer Hai, dessen Schädel wie ein Hammer geformt war. Doch selbst der machte Platz für den Herrn von Atlantis.

Während sie sich an den gummiartigen steifen Flossen festhielt und das Gefühl hatte, nasse Füße, aber ein trockenes Gesicht zu haben, kamen Greensleeves Fragen in den Sinn. Sie war unsicher, ob sie sprechen konnte – vielleicht wurde dadurch ein Bann gebrochen –, aber die Fragen blieben.

Und wurden beantwortet.

Du suchst die Weisen von Lat-Nam, ihre Geheimnisse, hallte die Antwort wie Glockenschlag in ihrem Kopf.

Woher weißt du das? stellte sie wie von selbst die Gegenfrage, bevor ihr klar wurde, daß er natürlich ihre Gedanken las.

Ich erinnere mich noch an sie, erscholl die Glocke.

Sie war verblüfft. *Tatsächlich? Aber das würde ja bedeuten …*

Ja, es ist Äonen her – für jemanden wie dich. Nicht so lange für das Meer. Es waren gute Männer und Frauen, wenn auch zu sehr nach innen gewandt.

Nach innen gewandt? fragte sie. Welch sonderbare Charakterisierung. Greensleeves fand es auch sonderbar, sich mit dem Hinterkopf von jemandem zu unterhalten, insbesondere unter Wasser.

Zu sehr auf die Magie ausgerichtet. Auf ihre guten und schlechten Seiten.

Trotz der geballten Weisheit, die dieser Meeresgott darstellte, kam er Greensleeves nicht älter vor als irgend jemandes Vater. Er war geduldig und weise und vielleicht ein wenig müde. Doch die Unterhaltung fand in der Schnelle weniger Augenblicke statt, so rasch eilten ihre Gedanken hin und her.

Die Stimme hallte in ihrem Verstand, während sie immer weiter hinausschwammen und immer tiefer sanken. Greensleeves fiel ein, daß es oben Tag oder Nacht sein, stürmen oder schneien konnte, sich hier unten indes niemals viel ändern würde. Eine Welt unendlichen Friedens.

Die Weisen haben mit Magie gespielt, sich von ihr ernährt, sie verändert, an diese Magie und an wenig sonst geglaubt. Sie waren blind und taub für die Wünsche anderer. Sie sind in mein Reich eingedrungen, indem sie den

COPPER CONCH-Stamm der Meermenschen erschaffen haben. Ich gestattete ihnen zu bleiben, warnte die Weisen jedoch davor, sich noch einmal an meinem Meer und meinen Untertanen zu schaffen zu machen. Sie erkannten die Bedrohung durch die Brüder zu spät. Maschinen und Seuchen, Feuer und Schlamm besiegten sie. Das Meer leidet heute noch darunter, denn viele meiner Untertanen werden krank oder verstümmelt geboren und sterben vor ihrer Zeit.

Greensleeves kamen viele Fragen in den Sinn, doch der Herr von Atlantis sagte zu ihr: *Es ist falsch, sich zu sehr mit der Magie, zu sehr mit irgend etwas zu beschäftigen. Ein Wesen im Gleichgewicht stellt alles in Frage, lernt aus allem, liebt alles. Verstehst du?*

Ja, erwiderte die Erzdruidin, denn eine andere Antwort gab es nicht. Sie wußte genau, was der Meergott meinte. Zuviel Magie – oder irgend etwas – brachte Körper und Geist aus dem Gleichgewicht. Es war gut, daran erinnert zu werden. *Ja, ich verspreche, mir in bezug auf das Leben – und die Magie – die richtige Perspektive zu bewahren.*

Wie ich es mir gedacht habe, kam die Antwort und mit ihr der Anflug eines trockenen Kicherns. *Und jetzt komm und lerne.*

Greensleeves blinzelte. Im Licht des Meergottes sah sie den Meeresboden. Unter ihr lag ein Wald aus Korallen, groß wie der Flüsterwald und von phantastischer Vielfalt. Fische und Schalentiere schwammen, liefen und flogen durch Bäume, Blumen, Pflanzen und Tiere in allen Farben und Größen. Seetang reckte sich nach oben, und Quallen wie Wolken trieben träge dahin, während Tintenfische hinter Fischen herjagten, die so bunt wie Vögel waren. Eine ganze Welt, die vielleicht noch nie zuvor von einem menschlichen Auge erblickt worden war, kroch und krabbelte, schwamm und trieb, lebte und starb unmittelbar unter Greensleeves' Füßen und erstreckte sich in alle Richtungen.

Sie blinzelte und hielt den Atem an, als plötzlich eine Klippe, ein unterirdischer Berg, vor ihr aufragte. Der Eingang zu einer Unterwasserhöhle tat sich vor ihr auf. Mit einem einzigen Schwanzschlag beförderte sie der Meeresgott hinein.

Die Kammer war nicht mit Luft gefüllt. Es war ein Tunnel oder ein Gang, wie ihn ihre Armee über der Erde freigelegt hatte, vielleicht zwei Dutzend Fuß breit und halb so hoch. Sie trieben den Gang entlang, und der Herr von Atlantis streckte sich dabei, damit seine gewaltige Körperfülle hindurchpaßte. Hier unten war es vollkommen dunkel, mußte seit Jahrhunderten dunkel sein, vermutete sie. Doch irgendwann einmal mußte es trocken gewesen sein, denn an den Wänden waren in regelmäßigen Abständen Halter für Fackeln angebracht. Die Mauern waren fast vollständig mit einem feinen Überzug aus Seemoos bedeckt, und der Boden war mit Korallen bewachsen, in denen weißliche Krabben hinter bläßlichen Fischen herjagten.

Dann sah sie weiter vorn ein Licht.

Vertrautes Licht.

Der Herr von Atlantis hielt an, und die Wellenbewegung, die er damit verursachte, brachte unzählige Pflanzen und Tiere zum Erbeben. Greensleeves verspürte einen leichten Stoß, als sein massiger Leib den unebenen Boden berührte, und sie kletterte vorsichtig von seinem Rücken hinab wie von einem wilden Hengst.

Sie drehte sich einmal um sich selbst und sah sich um. Die moosbewachsenen alten Mauern leuchteten, so durchdrungen waren sie von Mana.

Der Raum kam ihr bekannt vor, obwohl sie ihn noch nie zuvor gesehen hatte.

Nicht mit den Augen.

Unwillkürlich faßte sich Greensleeves an den Kopf und stellte fest, daß ihr Haar sanft im Wasser trieb und ihren Kopf wie ein Halo umgab. Ihr Kopf war nackt und fühlte sich doch bedeckt an. Als trüge sie einen Helm.

Den grünen Steinhelm, der vor Äonen von den Weisen erschaffen worden war.

Hier in diesem Raum hatten sie ihn angefertigt, ihm seine Macht verliehen. Sie stellte sie sich jetzt vor, wie sie sich anschrien, während sie die Vernichtung überrollte und Feuer, Steine und Ungeheuer den Turm zum Einstürzen brachten.

Und später hatte eine unvorstellbare Kraft das Zentrum der Universität zerstört und die Arme des Seesterns im Meer versinken lassen. Diesen ganzen Flügel irgendwie intakt – magisch geschützt – ins Reich der Fische befördert.

Hinter ihr im Tunnel beobachtete sie der Herr von Atlantis geduldig. Sie fragte sich, wonach sie suchen mußte. Auf einer Stufe stieß ihr Fuß gegen irgend etwas, und sie bückte sich langsam, um den Gegenstand aufzuheben.

Es war der Teil eines Schädels, die Hälfte des Gesichts. Er war vollständig von Muscheln und Korallen verkrustet, eine lebende Maske aus Moos und Stein. Während sie das Gesicht betrachtete, streckte eine Garnele vorsichtig die Fühler durch das einzige Augenloch.

»Wer bist du gewesen?« fragte sie laut. Die Stimme hallte ihr wegen des umgebenden Wassers unnatürlich laut in den Ohren.

Dann fiel ihr ein, was Chaney sie vor langer Zeit gelehrt hatte.

Schlaf auf einem Schädel, um mit den Toten zu kommunizieren.

Vorsichtig, damit er nicht zerbrach, hielt sich Greensleeves das Fragment an die Stirn. Es war rauh von Muscheln und Korallen, aber sie spürte auch die weiche Berührung des Mooses.

»Was war es?« flüsterte sie dem toten Weisen zu.

»Was war das Geheimnis des Steinhelms? Wie wolltet Ihr die bösen Zauberer beherrschen? Könnt Ihr mir das sagen? Denn mein Bruder und ich haben geschworen, böser Magie ein Ende zu bereiten, wo wir ihr begegnen. Wir werden unsere Arbeit fortsetzen, Herr oder Herrin, aber bitte, bitte, verratet mir das Geheimnis.«

Tief in ihrem Verstand krächzte eine heisere Stimme, die Alter und Verkrustung fast zum Verstummen gebracht hatten.

Greensleeves lauschte angestrengt.

Und der Schädel verriet ihr das Geheimnis.

Eine riesige Welle rollte auf den Strand, als die Sonne gerade aufging. Auf der Welle ritt der Herr von Atlantis. Mit einem Zucken seines Schwanzes beförderte er Greensleeves zum Strand. Sie sprang in das brusttiefe Wasser und wandte sich ihm zu, um sich noch einmal bei ihm zu bedanken, doch er war bereits verschwunden. Lediglich schäumende Wellen waren noch zu sehen.

Jemand schrie.

Greensleeves streckte einen Arm aus, um das Gleichgewicht auf dem unsicheren Kieselboden besser halten zu können, und brach durch die Schaumkrone der Welle. Sie spürte, wie die Wirkung des Zaubers, Schutz vor dem Wasser, bereits nachließ. Doch als sie aus dem Wasser trat, waren nur ihre Stiefel und der Saum ihres Gewandes naß.

Gemeinsam mit den sechs Leibwachen hatte Kwam am Strand gewartet, und jetzt rannte er in die tosende Brandung, um sie in die Arme zu schließen.

»Ich habe das Geheimnis entdeckt!« hauchte Greensleeves gegen seine Schulter, während er sie fest an sich drückte. »Ich weiß es, Kwam! Ich kenne das Geheimnis des Helms! Wir können …«

Doch er redete gleichzeitig, murmelte immer wieder. »… so froh, ich bin ja so froh! Wir konnten uns nicht bewegen, als du ins Wasser gezogen wurdest! Die

Meermenschen haben uns nichts gesagt, sondern sind gleich nach dir ebenfalls im Meer verschwunden! Wir hatten Angst vor Haien! Ich dachte ...«

Überrascht von der Angst in seiner Stimme, hörte Greensleeves auf zu reden. Sie hätte nicht gedacht, daß sich jemand um sie Sorgen machen würde. Sie hatte sich unter dem Schutz des Herrn von Atlantis jeden Augenblick sicher gefühlt. Doch trotz seiner Panik erregte es sie, daß jemandem soviel an ihr lag, daß jemand sie sosehr liebte ...

Sie wurde abgelenkt. Über dem Wald tanzte ein gelbrotes Licht. Es war nicht die Dämmerung, sondern Feuer. Große Feuer, die außer Kontrolle geraten waren. Und sie hörte ein Dröhnen, das nicht einmal die Brandung übertönen konnte. Ihre Leibwachen sahen besorgt in diese Richtung.

»Meine Güte, was geht da vor?«

Der Magiestudent berührte ihre Stirn und küßte sie dort. »Noch ein Grund, warum ich mir Sorgen gemacht habe. Wir werden wieder angegriffen. Die Streitmacht der vereinigten Zauberer hat uns gefunden.«

Von sechs Frauen mit Speeren und Schwertern flankiert, stolperten Kwam und Greensleeves im dämmrigen Licht des Morgens den Pfad zum Wald hinauf, um auf ein Rudel Säbelzahntiger zu stoßen, das trompetende Mammuts anfauchte. Eine Gruppe hellhäutiger Höhlenmenschen sah sie, brach in ein wildes Grunzen aus und machte Anstalten, die Speere nach ihnen zu werfen. Ihre Leibwachen schrien eine Warnung und hoben die Schilde, doch Greensleeves beschrieb lediglich eine Geste mit der Hand und versetzte sich und ihre Begleiter ins Lager.

Der Wahnsinn regierte. Im Licht der tosenden Feuer sah Greensleeves, daß Soldaten und Pioniere die Befestigungen um das gesamte Mosaik herum bemannt hatten und verbittert gegen Wellen kreischender Marodeure und Ungeheuer kämpften. Manche Soldaten waren ohne Helm und Stiefel, so plötzlich waren sie aus dem Schlaf gerissen worden. Einer Frau namens Hannah, die ihr Haar normalerweise zu vier Zöpfen flocht, flatterten die Haare um den Kopf wie wehende Bänder. Soldaten stachen mit Lanzen und Speeren, um die angreifenden Horden davon abzuhalten, über die Palisade zu klettern oder eine Bresche hindurchzuschlagen. Blaue Barbaren, Höhlenmenschen und dunkelhäutige Piraten schrien, fochten, fluchten und starben. Eine ganze Reihe hatte es bis auf die Befestigungen geschafft, und ihre Leichen lagen auf den Erdwällen. Im Hintergrund erscholl die rauhe Stimme des keldischen Kriegsfürsten, der sie unermüdlich nach vorn peitschte.

Und dies war nicht die einzige Schlacht. Von jenseits des Gestrüppwalds hörte Greensleeves das triumphierende Trompeten von Mammuts und das erschreckte Wiehern von Pferden. Die Kavallerie mußte ebenfalls in Bedrängnis sein.

Umringt von sechs Grünen Lanzenreitern – die anderen stopften Löcher in der Palisade –, schrie Gull Befehle und Ermutigungen, die niemand hörte. Er trug nur seinen Kilt und seine gewaltige Axt. Im gelblich flackernden Schein der Feuer glänzte seine Haut vor Schweiß und dem Blut anderer Leute.

Er hörte auf, einem Pionier Befehle zuzuschreien, um seine Schwester anzuraunzen: »Wo, zur Hölle, bist du gewesen?«

»Auf dem Meeresgrund. Woher kommen die?«

»Wer weiß?« rief er über das Klirren der Waffen und Heulen der Kämpfer hinweg. »Kannst du sie zurückschlagen?«

Anstelle einer Antwort berührte Greensleeves eine Stelle auf ihrem bestickten Umhang, wirbelte mit der Hand durch die Luft und stieß ein langgezogenes hohes Heulen wie von einem Sturm aus.

Augenblicklich wurden rings um sie herum Rauch

und Asche aufgewirbelt. Ihre Haare flatterten. Ein Sturmwind erhob sich über dem gesamten Lager, der heulte wie die Seelen der Verdammten.

Von irgendeinem sturmgepeitschten Meer beschworen, roch der Wirbelsturm nach verbrannter Luft, nach kühlem Regen und Meersalz. Greensleeves sah einen Albatros und ein paar fliegende Fische, die in ihm gefangen waren. Der Sturm war launisch und unbeständig und blies in Böen, die stark genug waren, um einen Matrosen über Bord zu reißen oder Masten zu brechen.

Als der Sturm auf die Reihen der Angreifer traf, wirbelte er sie durcheinander, blendete sie, peitschte ihnen die Luft aus den Lungen und die Gedanken aus dem Kopf.

Doch während er den Feind plagte, konnte er den Anhängern Greensleeves' nichts anhaben, da sich ein Schutzzauber bis zum Rand der Verschanzungen erstreckte. Die Druidin war das Auge des Wirbelsturms. Grüne, Rote und Weiße taumelten zurück, da eine Armeslänge entfernt ein solider Vorhang aus Sturm und Regen in der Luft hing. Als ihre Hauptleute befahlen, sich zurückfallen zu lassen, verließen Männer, Frauen und Zwerge die Befestigungen und starrten voller Verwunderung auf die kreisrunde Wand aus Wind und Wasser.

»Dehne den Sturm nicht zu weit aus!« warnte Gull. »Unsere Kavallerie und andere sind dort draußen!«

Seine Schwester hörte nicht auf ihn. Die Hände zu Fäusten geballt, hielt Greensleeves den Schutzzauber aufrecht, während sie die Stärke des Sturms noch steigerte. Über das Heulen des Windes hinweg hörten sie das Bersten und Krachen abbrechender Äste und Zweige im Wald und die Schreie von Feinden, die von umherfliegenden Gegenständen getroffen und verstümmelt wurden.

Immer heftiger blies der Sturm, bis Regen und vereinzelte Widböen den Schutzvorhang durchdrangen und das Wasser in kleinen schlammigen Bächen die Schanzwerke herunterlief. Leute bildeten mit den Händen Trichter vor dem Mund, weil das Atmen schwieriger wurde. Manch unbehaglicher Blick fiel auf die Erzdruidin, und viele fürchteten sich vor ihrer Macht, fürchteten, sie könne außer Rand und Band geraten.

Doch Greensleeves hielt den Schutzvorhang aufrecht, bis ihr die Fäuste zitterten, die Arme schmerzten, bis ihr Körper zu beben begann. Sie biß sich auf die Lippen, um noch länger durchzuhalten, doch sie hatte das Gefühl, als würde sie von wilden Pferden zerrissen.

Als sie die Gefahr sah, die Herrschaft zu verlieren, murmelte sie rasch einen Bannzauber.

Und einen Augenblick später hatte der Sturm aufgehört.

Und Greensleeves fiel in sich zusammen wie ein zerrissenes Segel.

KAPITEL 17

Leute blinzelten schweigend, benommen.

Gerade hatte noch ein Sturm wie eine bebende Granitklippe getobt, und jetzt war der Himmel klar, und sie sahen im Licht der Morgendämmerung den Wald. Äste und Zweige waren abgeknickt, nasse Blätter hingen schlaff herab, und Pfützen mit Salzwasser dampften auf dem warmen Erdboden. Inmitten des Schlamms und der Blätter lagen Dutzende gefallener Angreifer: Mit Hauern bewehrte Barbaren, deren blaue Kriegsbemalung abgewaschen worden war, Piraten in durchnäßten Kleidern, Höhlenmenschen, die den Kopf mit den Armen bedeckten, um sich vor den Himmelsgöttern zu schützen. Langsam rappelten sich die Feinde auf, versanken bis zu den Knien im Schlamm und in Blättern, sahen sich benommen um und schlichen dann wie geprügelte Hunde in den Wald. Viele erhoben sich nicht mehr, vom Sturm zu Tode gepeitscht oder im Schlamm erstickt.

Greensleeves war bewußtlos auf den Mosaikkacheln zusammengebrochen und von ihren sechs aufgeregten Leibwachen umringt. Als die Druidin die Augen öffnete, verschwamm ihr alles vor den Augen. »Der Kampf hat gerade erst begonnen, und ich bin schon mehr Last als Hilfe …«

»Ihr hattet eine lange Nacht, Herrin.« Micka, das stämmige Bauernmädchen, trug die kleine Druidin in ihr Zelt und legte sie liebevoll ins Bett.

Draußen, wo in der aufgehenden Sonne Meerwasser zu Dampf verdunstete, riefen Hauptleute und Sergeanten ihre Truppen zur Ordnung und sorgten dafür, daß die Verwundeten behandelt, Wachposten aufgestellt, Ausrüstung ersetzt und Waffen geschärft wurden. Dionne von den Skorpionen und Neith von den Robben baten um Erlaubnis, Versprengte zu töten, doch Gull lehnte mit dem Argument ab, daß es wenig Sinn habe, durch Schlamm und einen vom Feind besetzten Wald zu streifen. »Außerdem sind diese Truppen nicht der wahre Feind. Wir wollen die Zauberer und diesen verdammten Kriegsfürst. Wir sehen besser zu, daß unsere Leute Frühstück bekommen und ihre Uniform anziehen, soweit das noch nicht geschehen ist. Wir haben einen langen Tag des Kampfes vor uns.«

Er rasselte weitere Befehle herunter, dann fiel ihm auf, daß seine Schwester nicht da war. Als er sie in ihrem muffigen Zelt fand, sagte er zu ihr: »Meine Güte, du bist recht nützlich!«

Greensleeves richtete sich auf und trank einen Schluck Tee mit Honig. Sie überhörte den Widerspruch in seinen Worten: Gull haßte Magie und Zauberer und lobte doch die Zauberkunst seiner Schwester.

Zwei Lanzenreiter hatten Gulls Kleidung geholt. Er zog seine Ledertunika und die Stiefel an und setzte den Stahlhelm auf. Als man ihm getrocknetes Fleisch und Brot reichte, verschlang er beides, während er eingehend das Lager und den umliegenden Wald betrachtete. »Wir hätten den verdammten Wald noch stärker roden sollen. Sie können eine ganze Herde Mammuts darin verstecken. Aber jetzt ist es ohnehin zu spät.«

Greensleeves schüttelte den Kopf. Zwischen Schlafmangel, dem Zusammentreffen mit einem Gott, einem Besuch auf dem Meeresboden und der Beschwörung und Bannung eines Wirbelsturms konnte sie sich kaum noch an ihren Namen erinnern. Doch ihre Neugier erwies sich als stärker. »Ich frage mich, wie Towser und die gebundenen Zauberer uns gefunden haben.«

»Die *ungebundenen* Zauberer. Die Magie hat auch versagt.«

Greensleeves' Zorn flammte auf. »Ich sagte dir doch, daß ich eine Druidin bin und keine Kerkermeisterin! Ich *will nicht* für sie verantwortlich sein!«

Gull blinzelte sie an, kaute, trank warmes Bier aus einem Lederbeutel. »Ich mache dir gar keine Vorwürfe, Greenie. Diese Hunde sind das Problem aller, und wir haben es nie richtig gelöst. Ich hätte ihnen einfach den Kopf abschlagen sollen, dann wäre die Sache ein für allemal erledigt gewesen, aber das ist wieder der ewige Streit.« Er zuckte die Achseln. »Und ich habe keine Ahnung, wie sie uns aufgespürt haben. Vielleicht mit Hilfe dieser leuchtenden Artefakte, mit denen deine Schüler herumspielen. Oder vielleicht ist ein Spion in unseren Reihen, der sie verständigt hat. Vielleicht haben es ihnen auch die Minotauren erzählt oder die Vögel. Ich weiß es nicht. Sie sind hier, und nach dem Willen der Götter müssen wir sie bekämpfen. Aber eines weiß ich, ich hasse Magie!«

Greensleeves unterdrückte einen Seufzer. »Ich manchmal auch. Aber das bringt uns nicht weiter. Was tun wir jetzt?«

Nun war die Reihe an Gull, einen Seufzer zu unterdrücken. »Der andere ewige Streit. Wir kämpfen. Einige von uns werden sterben.«

Greensleeves hörte draußen vor dem Zelt Füße scharren. Ihre Hüterinnen des Hains wußten, was Sterben hieß: Sie hatten in drei Monaten sechs Mitglieder verloren. Die einzige noch verbliebene ursprüngliche Hüterin war Caltha, deren Schlüsselbein zerschmettert worden war.

Der Gedanke an noch mehr Tote und noch mehr Sterben stimmte Greensleeves traurig. Streitgespräche kamen und gingen, aber eines blieb unveränderlich: Das Hauptziel der Armee bestand darin, böse Zauberer aufzuhalten, gewöhnlich durch Kampf. Dennoch wandte sie ein: »Wir könnten uns anderswohin versetzen. An jeden beliebigen Ort in den Domänen.« Ihr Tonfall war ein wenig kläglich, und sie haßte ihn, aber sie wollte nicht, daß noch mehr Leute starben. Und ihre Probleme schienen unlösbar zu sein.

Ihr großer Bruder schüttelte den Kopf. Er zog geistesabwesend einen Schleifstein aus einem Gürtelbeutel, nahm seine Axt und machte sich daran, die Schneide zu schärfen. »Nein. Außerdem haben wir über das Thema schon oft genug gestritten. Über kurz oder lang fänden sie uns wieder. Und ich laufe nicht mehr weg. Die Götter haben uns das Schicksal zugedacht, gegen Towser und seine Hörigen bis zum Tod zu kämpfen. So sei es.«

Greensleeves erhob sich von ihrem Feldbett und lehnte sich an die Zeltstange. Im Zuge der Aufräumarbeiten wurden Leichen an ihrem Zelt vorbeigeschleppt. Männer und Frauen, die von Schwertern zerhackt, von Speeren durchbohrt, von Keulen und Peitschen geblendet worden waren. Greensleeves verspürte plötzlich den Drang zu weinen. »Ich wünschte, wir müßten überhaupt nicht kämpfen.«

»Ich wünschte, ich wäre noch Holzfäller«, murmelte Gull. »Lily wünscht, sie könnte fliegen. Männer wünschen sich Gold, eine liebende Frau und Kinder. Wünsche bedeuten gar nichts ... Was hast du heute morgen gesagt – du warst *unter Wasser*?«

»Ja.« Sie winkte ab. »Ich habe das Geheimnis des Helms erfahren, aber das nützt uns jetzt nichts. Ich muß zunächst einmal darüber nachdenken, was es bedeutet. Ich weiß nicht, was ich tun soll.«

Gull grunzte. »Wenn du es herausgefunden hast, laß es uns wissen.« Er betrachtete den Wald, der in der Sonne funkelte, und stieß den Schaft seiner Axt auf die Mosaikkacheln des Bodens. »Eins ist klar. Wir brauchen Informationen, müssen herausfinden, wer dort draußen ist, und uns dann eine Strategie zurechtlegen, damit wir nicht in Stücke gehackt werden – hm?«

Jemand schrie etwas und zeigte nach oben. Leute schirmten die Augen ab und blinzelten in den Osthimmel. Hoch oben flatterten Dutzende von Gestalten, als spielten Schwalben mit den Aufwinden. Doch das Sonnenlicht funkelte auf glänzendem Stahl und blankpolierten Helmen.

»Die Engel tragen Schwerter, aber keine Helme«, wunderte sich Gull. »Gegen wen kämpfen sie? Wer kann sonst noch fliegen?«

Greensleeves sah genauer hin. Die Engel flogen inmitten anderer Geflügelter in blauen Gewändern und goldener Rüstung. Schwerthiebe der Engel konnten die Goldenen nicht aufhalten, aber die Streiche der Goldenen verwundeten die Engel. Alle sahen mit an, wie ein Engel in einem Wirbel blutiger Federn abstürzte.

»Phantome«, murmelte Greensleeves. »Ich glaube, sie kämpfen gegen Phantome. Wesen wie Geister, die man nicht berühren kann, die aber selbst berühren können. Und töten können.«

Gull fluchte. »Noch mehr verdammte heimtückische Magie ... Wo, zur Hölle, stecken eigentlich meine Kavallerie und die Kundschafter? Ich hätte längst von ihnen hören müssen!« Er rief nach seinem Pferd und stapfte davon.

Greensleeves blieben noch ihre Hüterinnen, aber sie fühlte sich dennoch allein. »Manchmal wünsche ich mir, ich hätte nie etwas von Magie gehört ...«

Von dreißig Grünen Lanzenreitern umringt, galoppierte Gull auf dem Pfad nach Westen durch den Wald, um sich über das Schicksal seiner Kavallerie zu erkundigen, die in der Savanne biwakierte. Kleine Gruppen gegnerischer Truppen versuchten sie anzugreifen, doch die berittene Streitmacht fegte sie beiseite und ritt weiter. Bald wichen die schäbigen Bäume Sträuchern und knietiefem Gras.

Ein Posten ließ seine Trompete erschallen, und eine Abteilung Zentauren der Rosa Kompanie galoppierte Gull und seinen Leuten entgegen. An den Verbänden konnte Gull von weitem erkennen, daß sie ebenfalls Verluste erlitten hatten. Die Zentauren brachten ihn zu Hauptfrau Helkis Befehlsstand.

Die Zentaurin und ihr Stab befanden sich vor einem dichten Gehölz kleiner Bäume mit ausladenden Kronen. Sie brüteten über eine Karte. In der Nähe kümmerten sich Heiler und Sanitäter um die verwundeten Zentauren, Menschen und Pferde.

»Helki!« Gull ritt so nahe heran, daß er ihren Geruch wahrnahm, jene sonderbare Mischung aus Menschen- und Pferdeschweiß, süßem Gras, Leder und Metallpolitur. Ihr Brustharnisch war von einer scharfen Klinge verbeult worden. Einige ihrer Boten trugen Verbände, und einem fehlte der Helm. »Wie steht es?«

Helkis Gesicht war unter dem Helm gerötet. »Scharen von Reitern in Blau greifen unsere Flanken an. Wir haben zu schätzen versucht, wie viele es sind, aber wir haben zu wenige Anhaltspunkte. Wir kämpfen gegen sie, so gut wir können. Dann haben wir es noch mit Infanterie auf fliegenden Teppichen zu tun. Und in diesen kleinen Waldstücken verbergen sich Orks, die nur herauskommen, um unsere Verwundeten abzuschlachten, elende Feiglinge, die sie sind.« Einen Angriff auf die Flanken konnte sie verzeihen, denn das war Krieg. Doch die Verwundeten zu töten, versetzte sie in Zorn.

Gull musterte den Horizont, aber zu viele Wäldchen und Baumgruppen versperrten ihm die Sicht. Gelegentlich galoppierte ein Schwarm großer Laufvögel über die Savanne wie lebende Büsche. In der Ferne sah er blaugewandete Kavallerie – Karlis Wüstenreiter –, die von einer gemischten Einheit aus Menschen und Zentauren verfolgt wurde. Sie flohen, verschwanden jedoch hinter einem weiteren Gehölz, wo sie sich wahrscheinlich sammeln würden, um dann kehrtzumachen und neuerlich anzugreifen.

»Ihr seid zu weit auseinandergezogen«, sagte Gull zu seiner Hauptfrau. »Sie spielen mit uns, greifen an und ziehen sich wieder zurück, wie sie es im Flüsterwald getan haben, um uns zu zermürben. Sie haben ihren Angriff auf das Lager abgebrochen und nicht wieder aufgenommen. Sie verstecken sich und gruppieren sich neu. Wahrscheinlich wollen sie am Tag ihre Versprengten einsammeln, um uns dann in der Nacht wieder zu überfallen. Towser weiß, daß er eine Entscheidungsschlacht verlieren könnte, weil unsere Armee aus Freiwilligen und seine aus Zwangsverpflichteten besteht. Also beschränkt er sich auf Überfälle.«

Er drehte sich im Sattel und deutete auf das kleine Wäldchen, gut eine Meile entfernt gelegen. »Zieht Eure Truppen zum Waldrand zurück, aber bewahrt Euch Spielraum zum Manövrieren. Ihre Kavallerie wird sich nicht in den Wald wagen, um in Euren Rücken zu gelangen, weil er zu dicht ist. Und wenn Ihr müßt, könnt Ihr Euch über den Pfad zum Lager zurückziehen. Ich glaube, das wird sie davon abhalten, Euch festzunageln. Und wir werden herausfinden, mit wem wir es tatsächlich zu tun haben.«

»Ja.« Die Zentaurin nickte, so daß ihr Helm wackelte. »Das ist gut und wird auch gelingen, wenn das tatsächlich ihr Plan ist.« Sie fuhr herum, um ihren Boten Anweisungen zu geben, doch ein Posten zu ihrer Linken stieß einen Schrei aus. Neugierig ritten Helki und Gull in diese Richtung, um besser sehen zu können.

In zwei Bogenschußweiten Entfernung hatte eine Phalanx von dreißig oder mehr Wüstenreitern eine Angriffslinie gebildet. In ihrer Mitte befand sich eine mittlerweile vertraute Gestalt. Der keldische Kriegsfürst.

Der riesige Mann trug seinen Helm mit den Reißzähnen und einen fließenden roten Umhang sowie in einer Halterung eine lange Lanze mit einem blutroten Banner. Das Tier, auf dem er ritt, war irgendeine Mutation, unglaublich groß und stämmig, denn kein normales Pferd konnte ihn tragen. Das Tier hatte eine dunkle rostrote Farbe wie getrocknetes Blut, eine steife drahtige Mähne und nach vorn ragende Hörner wie ein wilder Stier.

Beim Anblick des Kriegsfürsten stieß Helki einen schrillen Schrei aus. Zentauren und Kavallerie galoppierten auf sie zu und bildeten ihre eigene Formation. Es war klar, daß die Zentaurin angreifen wollte. Gulls Lanzenreiter, insgesamt dreißig, sahen ihn erwartungsvoll an, da sie begierig waren, sich dem Angriff anzuschließen. Gull hob die Hand und dachte rasch nach.

Helki stieß einen neuerlichen Kriegsruf aus, und ihre Truppen beantworteten ihn. Hufe scharrten im gelben Gras, wollten unbedingt losstürmen.

»*Halt!*« rief Gull. Alle drehten sich verwirrt zu ihm um.

Seine Lanzenreiter beeilten sich, mit ihm Schritt zu halten, da Gull zwischen die beiden kampfbereiten Truppen ritt, um sein Pferd dann vor Helki zu zügeln. »Ich sagte Euch, daß Ihr Euch zum Wald zurückziehen sollt, und dieser Befehl hat immer noch Bestand!«

In ihrem geschlossenen Helm runzelte Helki die Stirn, da sie mit dem Befehl nicht einverstanden war. Doch die Disziplin behielt die Oberhand, und sie befahl ihren Truppen, die Formation aufzulösen und sich zum Wald zurückfallen zu lassen.

Aus der Savanne hallte ein lauter Schrei zu ihnen herüber. »Feiglinge! Ihr seid Feiglinge, die von einer schniefenden, wimmernden Qualle angeführt werden! Einem *Holzfäller,* der Krieg spielt!«

Gull fuhr herum. Der Kriegsfürst spottete, während seine Formation stetig vorwärts ritt.

»Wer *ist* dieser Hund, daß er mich so verfolgt?« Gull

stellte sich in die Steigbügel und rief zurück: »Jedenfalls wird die Armee von keinem Dummkopf angeführt! Ich spiele nicht dein Spiel – *ich* stelle die Regeln auf! Und jetzt such dir ein paar hilflose Gefangene, die du foltern kannst, du ...« Beschimpfungen nach Art der Maultiertreiber hallten über die Savanne.

Anstelle einer Antwort lachte der Kriegsfürst nur laut auf, senkte seine Lanze und bellte: *»Zum Angriff!«*

Bevor Gull wußte, wie ihm geschah, erwiderte seine Kavallerie den Ruf. Jemand, nicht Helki, brüllte: »Zum Angriff!« Ein Trompeter blies das Angriffssignal, und alle brüllten und bohrten ihren Reittieren die Fersen in die Flanken ...

... um sie gleich darauf verwirrt zu zügeln, da ihnen Gull den Weg versperrte. *»Ich sagte nein!«* Er ließ seine Axt über dem Kopf kreisen und deutete dann mit dem langen Schaft auf den Wald. »Zurück mit euch! Das ist ein Befehl!«

Helki, die soldatisch ausgebildet worden war, seitdem sie stehen konnte, war entsetzt über die Disziplinlosigkeit ihrer Einheit. In echtem Zorn bellte und fauchte sie Befehle und ließ ihre Kavallerie in vollem Galopp durch das hohe Gras auf den Wald zustürmen. Der Kriegsfürst, der keine hundert Schritte hinter ihnen war, folgte ihnen mit seiner Reiterei.

Muli befahl den grünen Lanzenreitern, sich um Gull zu gruppieren, dann folgten sie ihren Kameraden zum Wald. Die Erde erbebte vom Getrommel Hunderter Hufe.

Von hinten kamen ein höhnischer Ausruf und die Aufforderung des Kriegsfürsten an Gull, sich zu stellen und zu kämpfen.

Gull fluchte lauthals, während ihm der Wind ins Gesicht peitschte. Er haßte es zu fliehen, aber er mußte Helkis Truppen schützen, die dem Feind zahlenmäßig unterlegen waren. Er durfte nicht zulassen, daß die Leute ihr Leben bei närrischen Sturmangriffen opferten. Er musterte die Umrisse des Waldes vor ihm und schrie: »Schräg nach links!« Pferde und Zentauren schwenkten nach halblinks.

»Ich laufe nicht gern weg!« keuchte Muli, die neben ihm galoppierte. Ihr grünes Banner flatterte im Wind. »Ich würde lieber kämpfen!«

»Ihr werdet alle viel eher kämpfen, als ihr glaubt!« Gull hob die Stimme. »Alles schwenken! Schwenken und ausschwärmen!«

Bis zur Vollkommenheit gedrillt, schwenkte Helkis Einheit in so geschlossener Formation herum wie eine Schar Spatzen. Gull hatte sie durch eine zwanzig Fuß breite Lücke zwischen zwei Dornenbuschreihen geführt: in einen zweihundert Fuß durchmessenden Kessel hinein. Ein schmaler Pfad führte in den Wald. Gull, der alles zugleich beobachtete, trieb seine Lanzenreiter weiter zum Wald und aus dem Weg der Kavallerie. Mit dem Axtschaft winkend, signalisierte er Helki, ihre Leute links und rechts zu verteilen. Die Hauptfrau verstand seinen Plan.

Binnen weniger Augenblicke war die Kavallerie hinter den Dornenbüschen und außer Sicht. Gull wartete in der Mitte des Kessels, deutlich sichtbar und von seinen Leibwachen umringt. Die Kavallerie des Kriegsfürsten lachte, als sie ihn ohne echte Reiterei sah, und glaubte, Helkis Streitmacht habe ihren Anführer im Stich gelassen und sei dem Pfad in den Wald gefolgt. Drohungen und Verwünschungen brüllend, stürmten sie in Viererreihen durch die Lücke.

Und starben.

Helkis Kavallerie griff den Feind von zwei Seiten mit Lanzen und Säbeln an. Wüstenreiter wurden von langen Lanzen mit rosafarbenen Bändern aus dem Sattel gestoßen. Andere wurden von den Schwertern zerhackt und von scharfen Hufen zertrampelt.

Aus dem Triumphgeschrei der Wüstenreiter wurde ein zorniges, empörtes Heulen. Helkis Zentauren und

Kavalleristen arbeiteten zusammen, gingen einander aus dem Weg, stachen mit ihren langen Lanzen nach dem Feind und tänzelten gewandt wie Rehe beiseite. Der Sturmangriff der Wüstenreiter endete erst, als sich die Leichen von Menschen und Tieren in der Lücke zwischen den Dornenbüschen stapelten und die hinteren Pferde scheuten und sich weigerten, durch die Lücke zu stoßen.

Doch der keldische Kriegsfürst, der zurückhing und seine Truppen sterben sah, zeigte weder Wut noch Reue. Er richtete sich auf seinem Reittier hoch auf und schüttelte die geballte Faust. »Gull, du Feigling! Du versteckst dich hinter noch unbedeutenderen Sterblichen, hinter diesem Gesindel, das aus dem Hinterhalt angreift! Du bist kein Anführer! Du bist ein Feigling, und ich werde dir mit bloßen Händen das Herz aus der Brust reißen!«

Reglos wie eine Bronzestatue saß Gull auf seinem Pferd. Seine Axt lag quer über dem Sattelknauf. Die Reiter des Kriegsfürsten wichen zurück, da sie ihre Pferde nicht mehr vorwärts treiben konnten. Helkis Truppen warteten mit in den Himmel gerichteten Lanzen, so daß Blut an den Schäften herunterrann, oder mit herabhängenden Kavalleriesäbeln. Sie sahen Gull an und fragten sich, wie er diese neuerliche Beschimpfung beantworten werde.

Gull tat nichts, sagte nichts. Er war verwirrt.

Warum? fragte er sich immer wieder. Warum haßte ihn der Kriegslord so? So leidenschaftlich, so persönlich?

Und warum, um der Liebe der Götter willen, klang seine Stimme so *vertraut?* Gull hatte diesen Mann oder überhaupt jemanden dieser Größe in seinem ganzen Leben noch nicht gesehen. Warum erinnerte ihn die Stimme des Mannes dann aber an irgend jemanden?

Der keldische Kriegsfürst fluchte und tobte noch eine Weile, dann fauchte er seine Truppen an, riß an den Zügeln seines absonderlichen Riesenpferds und machte kehrt. Das Hufgedonner der davonstürmenden Wüstenreiter verklang, der Staub legte sich.

Als die Vögel im Wald wieder zwitscherten, schrie Gull viel zu laut: »Helki, zu mir!«

Gull starrte auf die Stelle, wo der Kriegsfürst zuvor gestanden hatte, während er sagte: »Helki, Ihr müßt eine Ansprache an Eure Truppen halten. Es ist wichtig, daß sie verstehen, was geschieht. Wir werden angegriffen wie noch nie zuvor. Hunderte von Feinden wollen uns ans Leben. Und diesmal werden wir nicht fliehen, sondern bis zum Tod kämpfen.«

Die Reiter der Rosa Kavallerie und die Grünen Lanzenreiter sahen einander an, als Gull fortfuhr: »Diese Armee setzt sich ausschließlich aus Freiwilligen zusammen, nicht aus Hörigen, die von einem Zauberer beschworen wurden. Aber unsere Leute haben zu uns gefunden, weil sie kämpfen wollen, und nicht um ihr Leben wegzuwerfen. Also fordere ich Euch und alle anderen Hauptleute auf, mit den Truppen zu reden. Unsere Sache ist vielleicht hoffnungslos. Daher ...«

Der General, der hochaufgerichtet auf seinem Apfelschimmel saß, zwang sich, tief und ruhig zu atmen. »Daher rufe ich *wieder* nach Freiwilligen, nicht um zu kämpfen, sondern um zu sterben. Jeder, der leben will – jeder mit Verstand –, kann sich zurückziehen, ohne deswegen auch nur schief angesehen zu werden. Alle, die gehen wollen, sollen sich bei Sonnenaufgang auf der Mosaiksonne versammeln. Greensleeves wird sie versetzen. Zuerst gehen die Lagerhelfer und Kinder, dann die anderen. Ist das klar?«

»Vollkommen«, sagte die Zentaurin. Ihr Rücken war gerade und straff, die Lanze rührte sich nicht. Das rosafarbene Band am Ende flatterte im Wind.

»Gut. Alle Truppen, die bleiben wollen – die Götter seien ihrer Seele gnädig –, sollen sich am Waldrand postieren und Wache halten. Laßt Euch von niemandem in eine Falle locken. Wir brauchen jeden Mann, der bleibt. Verstanden? Gut. Ich reite jetzt ins Lager, um die anderen Hauptleute zu unterrichten.«

Gull wendete sein Pferd, und er und seine Leibwachen folgten dem schmalen Pfad in den Wald.

Als ihre Hufschläge verhallt waren, hob Helki die Stimme und deutete mit der Lanzenspitze auf den Pfad. »Ihr habt unseren General gehört. Jeder, der gehen will, kann jetzt gehen.«

Bei einer einfachen, hastig genossenen Mahlzeit unterhielten sich Bruder und Schwester vor ihren Zelten. Die Sonne stand tief, und auf die in verblaßten, aber unzähligen Farben dargestellten Legenden des Mosaiks fielen lange Schatten.

»... die Goldene Kavallerie kämpft in der Glaswüste gegen Krieger in brauner Rüstung, die auf Skorpionen reiten, und sogar gegen Wesen, die halb Skorpion, halb Mensch zu sein scheinen. Und gegen große schwarze Vögel wie Geier, die einem Mensch den Arm abreißen können. Und im Wald zerquetschen die Mammuts Freund und Feind gleichermaßen. Überall ringsumher finden einzelne Scharmützel statt. Unsere Kundschafter überfallen Barbaren mit nichts als mit Messern bewaffnet. Und ein Bibliothekar hat berichtet, daß die Meermenschen gegen verzauberte Haie kämpfen, die so schlau und tödlich wie Wölfe sind, aber diese weißgestreiften Wale helfen ihnen. Und ...« Ihm ging die Luft aus, und er trank einen Schluck Rotwein. »Und ich weiß nicht, was noch alles. Ich sehe kein Ende des Kampfes. Im Gegenteil, er scheint immer heftiger zu werden. Wir werden wohl nicht viel Schlaf bekommen.«

Er stand auf und staubte seine Kleidung ab, wobei er vor Müdigkeit schwankte, und legte eine Hand auf Mulis breite Schulter, um sich zu stützen.

Greensleeves erhob sich ebenfalls. Sie hatte den

Nachmittag damit verbracht, Mauern aus Dornenbüschen und Licht zu beschwören, dann Meerwasser, um Brände zu löschen, dann hatte sie kleine Erdbeben verursacht, die den Boden spalteten, um kämpfende Parteien zu trennen, und schließlich hatte sie Wolfsrudel beschworen, die den Angreifern zusetzten. Sie war so müde, daß sie hätte weinen können.

Doch mehr noch befürchtete sie, daß die Prophezeiung ihres Bruders die letzte Schlacht sein werde, die entweder ihren Tod oder den Tod der Zauberer bringen werde. Insgesamt kam sie nicht umhin zu glauben, daß alles ihre Schuld war. Hätte sie keine Magie wirken können, fände dieses Chaos nicht statt. Alle versicherten ihr, das sei Unsinn, aber tief im Innern spürte sie, daß es stimmte. Und sie hatte keine Ahnung, wie sie dem Wahnsinn ein Ende bereiten sollte.

Gull blinzelte in die untergehende Sonne. »Komm, Greenie, du mußt die Lagerhelfer und Kinder versetzen.«

Greensleeves wußte nicht, ob sie heute überhaupt noch würde beschwören können. Die Arme schmerzten sie, und die Finger brannten ihr. Ihr Kopf pochte infolge der Sorgen, die sie sich machte, und der ständigen Konzentration. Sie schaute zum Sonnenmosaik, wo sich seit einer Stunde eine Menschenmenge versammelte. Eine Menge Leute, die es zu versetzen gilt, ächzte sie innerlich.

Doch sie hakte sich bei Kwam unter – dem geduldigen Kwam, der immer willens und bereit war zu helfen – und ging mit ihrem Bruder dorthin.

Die Menge sah zu, wie ihre beiden Anführer an Lagerfeuern, Zelten und Stapeln mit Ausrüstung und Holz vorbeigingen. Als Gull die Menge mit den Augen überflog, fielen ihm Helki und Holleb auf, die beiden großen Zentauren, die ebenso ins Lager geritten waren wie andere Kavalleriesoldaten, die ihre Pferde angepflockt hatten. Doch die Menge war unheimlich still, während Gull mit lahmen Witzen und tränenreichen Abschiedsszenen gerechnet hatte. Niemand sprach, und ein weinendes Kind wurde augenblicklich beruhigt.

Wie immer war Gull von den Grünen Lanzenreitern umringt, während sich die Hüterinnen des Hains in gleicher Weise um Greensleeves kümmerten. Als sie sich der Menge näherten, bellte Muli: »Macht Platz für den General und Greensleeves!«

Die Menge teilte sich.

Gull und Greensleeves blieben wie angewurzelt stehen.

Das Sonnenmosaik war leer.

Gull und Greensleeves bemerkten nicht, daß ihnen ihre Leibwachen – zum erstenmal – nicht folgten. Kwam ließ Greensleeves' Hand los. Bruder und Schwester traten allein zur Mitte. Ihre Begleiter blieben vor dem Rand des Sonnenmosaiks stehen und kamen nicht näher.

Gull drehte sich völlig überrascht einmal um sich selbst. Greensleeves sah zu Boden auf das lächelnde dicke Gesicht der Sonne mit ihren wellenförmigen Strahlen, so als wüßte die Sonne die Antwort auf ihre Fragen. »Ich verstehe nicht …«

Gull ließ den Blick über die Menge schweifen, die sich um das Sonnenmosaik versammelt hatte. Die Leute standen in zehn und fünfzehn Personen tiefen Reihen und warteten schweigend. Doch niemand wollte einen Fuß über die Begrenzungslinie setzen. Er fragte: »Was hat das zu bedeuten? Wer will sich versetzen lassen?«

Schweigen, tief und warm, auf seiten der dichtgedrängten Leiber.

»Habt ihr Angst vorzutreten? Ich sagte, daß niemand auch nur schief angesehen wird, weil er sein Leben oder das seiner Kinder retten will. Jene, die gehen wollen, sollen vortreten.«

Niemand rührte sich. Manche erwiderten den Blick des Generals, andere sahen weg oder zu Boden, aber niemand sprach.

Greensleeves hatte ein merkwürdiges Gefühl in der Magengegend, als fiele sie.

Gull schüttelte den Kopf. »Genug der Dummheit. Wir verschwenden nur Zeit.« Er suchte sich einen Mann mit einer fleckigen Schürze vor dem Bauch aus, einen Schmied, der ein gaffendes Kind in einem Sack über der Schulter trug. »Ezno, deine Arbeit hier ist getan. Nimm deine Söhne und Töchter und …«

Der Schmied leckte sich die Lippen und schüttelte langsam den Kopf. »Die Kavallerie braucht mich, damit ich ihre Pferde beschlage, Gull. Sie kann sonst nicht kämpfen.«

Verwirrt runzelte Gull die Stirn. »Nun, dann gib dein Kind dort – hast du es nicht Carine genannt? – einem Kindermädchen. Wir werden sie versetzen.« Er zeigte auf ein Kindermädchen, eine fette Frau mit einem Kopftuch und einer Schürze mit zahlreichen Taschen. Ein halbes Dutzend Kinder hing an ihrem Rockzipfel. »Dasha, du hast Verstand. Bring die Kinder nach vorn …«

Doch Dasha schüttelte ebenfalls den Kopf. »Ich bin ein schlechtes Kindermädchen, General. Die Kinder würden mir nicht gehorchen. Und ich kann sie nicht zurücklassen.«

Greensleeves versuchte es mit Überredungskunst. »Dasha, dir ist doch klar, daß es gefährlich für die Kinder ist. Sie werden wahrscheinlich getötet, wenn wir nicht …«

»Sie wollen kämpfen«, sagte das Kindermädchen. Neben ihr hob ein kleiner Junge, der ihr bis zum Knie reichte, eine schmutzige Hand, um seinen Spielzeugbogen zu zeigen.

Greensleeves blieben die Worte im Halse stecken.

Gull schüttelte den Kopf und ging den Kreis ab.

Zum erstenmal sah er seine Gefolgsleute vor ihm zurückweichen, als wäre er ein Ungeheuer. Mitten unter ihnen stand Lily mit Bittersweet, und ein Kindermädchen hatte Hyacinth auf dem Arm. Kwam stand neben ihnen und schaute nachdenklich drein. »Helki, Ihr müßt mir helfen! Schickt die Soldaten, die sich versetzen lassen …«

»Es gibt keine, General!« rief die Zentaurin laut und deutlich. »Nicht einer will gehen!«

»Aber das ist doch …« Gull griff nach einer Köchin mit widerspenstigen Haaren und nur einer Hand. »Amissa, verschwinde von hier! Wir werden uns von kaltem Proviant …«

Die Köchin versuchte sich loszureißen, als Gull ihren von Brandnarben verunstalteten Arm packte. Sie war zu verängstigt, um etwas zu sagen, aber zu Gulls grenzenlosem Erstaunen legten sich Dutzende von Händen auf ihre Schultern und hielten sie an ihrer Kleidung fest. Vollkommen fassungslos ließ Gull sie los.

Wut stieg in ihm auf. »Ihr könnt nicht alle bleiben! Das wäre einfach dumm! Wir behalten nur eine Rumpftruppe, Leute, die nichts zu verlieren haben, mehr nicht! Amissa, du hast diese Hand verloren, als das Lager überrannt wurde! Ein Wüstenreiter hat sie dir abgehackt! Du wärst fast gestorben! Und du wirst sterben – Lily, hilf mir!« In seiner Verzweiflung wandte er sich an seine vernünftige Frau, doch die schüttelte nur den Kopf. Ihre Augen glänzten vor Tränen.

Gull gab auf. »Muli! Bring deine Lanzenreiter her, dann werden wir diese Narren abtrennen! Wir können nicht die ganze Nacht damit vergeuden …«

Ihm fiel die Kinnlade herunter, als Muli mit lauter Stimme sagte: »Nein, General Gull. Es tut mir leid, aber das kann ich nicht. Wir werden diesen Kreis nicht betreten. Jetzt nicht und auch später nicht.«

»Ich auch nicht«, erklärte Ezno der Schmied.

»Ich auch nicht«, keifte Dasha das Kindermädchen.

»Ich auch nicht«, krächzte Amissa die Köchin.

»Ich auch nicht«, rief jemand von weiter hinten. »Ich auch nicht!« wiederholte ein anderer. »Ich auch nicht! Ich auch nicht! Ich auch nicht!«

Der Chor machte die Runde durch den Kreis wie ein Lied. Gull konnte nur mit dem Kopf schütteln. Er hob die Hände, die gute rechte und die verstümmelte linke mit nur noch zwei Fingern. »Aber – versteht ihr denn nicht – es bedeutet den Tod, hier zu bleiben! Die Zauberer haben geschworen, uns zu vernichten, zu versklaven oder uns noch Schlimmeres anzutun! Sie werden …«

Der Chor der Armee wurde immer lauter: *»Ich auch nicht! Ich auch nicht! Ich auch nicht!«*

Gull versuchte sie zu übertönen, gab es aber schließlich auf, blieb einfach nur stehen und murmelte: »Ich dachte, ich sei der einzige sturköpfige verdammte Narr in dieser Armee …«

Und Greensleeves weinte, die ganz allein neben ihm stand und nicht einmal ihren geliebten Kwam bei sich hatte.

KAPITEL 18

»Warum tun sie das, Helki?« Greensleeves vergaß ihre Manieren und daß Zentauren es haßten, im wörtlichen wie im übertragenen Sinn wie Lasttiere behandelt zu werden, und ließ sich gegen die warme Flanke ihrer Freundin sinken. Die Zentaurin protestierte nicht. »Warum arbeiten, kämpfen und sterben sie für meinen Bruder und mich?«

»Das tun sie nicht«, erwiderte die Zentaurin. »Sie tun es für sich selbst.«

»Das verstehe ich nicht.«

Die Nacht war hereingebrochen, und das Lager wurde von Feuern erhellt, von größeren Feuern als gewöhnlich. Im ganzen Lager wurde gesungen und gelacht, getrunken und getanzt. Nachdem Gull es aufgegeben hatte, Leute davon überzeugen zu wollen, sich versetzen zu lassen, war man zum Abendbrot übergegangen. Und allmählich hatte sich Feierstimmung eingestellt, da die Leute ihren moralischen Sieg auskosteten, wenngleich die Palisaden immer noch mit Posten bemannt waren.

Greensleeves fand es schrecklich und verwirrend. Sie war mit Kwam durchs Lager gegangen und von vielen Leuten fröhlich gegrüßt worden, bis die Druidin ihren Zentauren-Freunden begegnete, die immer noch ihre Rüstung trugen und sich mit anderen Mitgliedern der Kavallerie unterhielten. Greensleeves hatte versucht, zusammenhängende Fragen zu stellen, und schließlich war es aus ihr herausgeplatzt: »Ich verstehe das nicht! Sie werden wahrscheinlich sterben, und doch hat es den Anschein, als freuten sie sich darauf, dieses Opfer zu bringen! Gull und ich sind so große Hingabe und Verehrung nicht wert!«

»Sie tun es nicht für Gull und für dich.« Die Zentaurin strich Greensleeves über das zerzauste Haar.

Kwam stand ein paar Fuß entfernt und hörte schweigend zu. »Die Leute bringen ihre Opfer für sich selbst. Für ihre Familien und ihre Träume von einer Heimkehr. Aber in erster Linie bringen sie sie für die Sache.«

»Für welche Sache treten wir ein?« Greensleeves starrte in die grellen Flammen der Lagerfeuer. »Ich habe es vergessen.«

»Die anderen nicht. Jeden Tag, mit jeder Aufgabe arbeiten die Leute für die gute Sache, die Gull und du begonnen haben. Es macht sie größer.«

»Was? Wie?«

Helki bemühte sich, in einer für sie fremden Sprache die richtigen Worte zu finden. »Es sind nicht der Krieg, nicht die Armee. Es ist ein Kreuzzug, um Zauberer in ihre Schranken zu verweisen. Es ist – eine Idee. Eine großartige Idee. Leute hängen sich an diese Idee und folgen ihr. Sie wachsen über sich hinaus, um der Idee im Kopf zu entsprechen.«

»Das … das verstehe ich nicht.«

Helki seufzte und scharrte mit den Hufen. Ihr Schwanz zuckte, während sie angestrengt nachdachte. »Ich werde dir eine Geschichte erzählen. Vor einiger Zeit waren wir einmal in einem Wald weit im Westen. Holleb war damals noch nicht so freundlich wie jetzt. Aber er hat sich verändert.« Der Zentaur, der in der Nähe stand, grunzte abfällig, doch Helki fuhr fort. »Hör zu, ich erzähle jetzt …«

Die Banditen waren schlau und verursachten kein Geräusch, während sie mit bereitgehaltenen langen Messern von Baum zu Baum sprangen.

Doch bei ihrer Beute, die der Spur durch den dichten

Wald folgte, handelte es sich nicht um gewöhnliche Menschen.

Holleb und Helki, zentaurische Lanzenreiter, kundschafteten für die Armee. Sie trugen Helm und Brustharnisch aus lackiertem, geriffeltem Stahl, volles Kriegsgeschirr und Lanzen, so lang wie ihre rötlichgrauen Leiber, die mit bunten Federn geschmückt waren. Holleb, der Hengst, war fast neun Fuß hoch, Arme wie Baumstämme und federnartige weiße Strümpfe über den mächtigen Hufen. Helki, seine Gefährtin, war fast ebenso groß und bewegte sich so lautlos wie eine Wildkatze.

Als die beiden in Lumpen und gestohlene Rüstungsteile gekleideten Banditen von den Bäumen sprangen, schnaubten die beiden Zentauren einander eine Warnung zu.

Hollebs Lanze blitzte auf und traf den ersten, noch sehr jungen Bandit in den Bauch. Die scharfe, eine volle Handspanne breite Spitze fuhr durch Leber und Niere des jungen Mannes und trat im Rücken wieder aus. Während der junge Bandit starb, zog der Zentaur die Lanze wieder aus seinem Leib heraus, wobei er sie mit seinen kräftigen, rotbehaarten Händen im letzten Augenblick drehte, um die Eingeweide des Mannes noch mehr zu zerfetzen. Dann schleuderte er ihn davon, so daß sein Kopf gegen einen Baumstamm prallte. Der Räuber war tot, bevor er auf dem Boden aufschlug.

Helki hatte es mit einer Frau zu tun, die auf ihren breiten Pferderücken zu springen versuchte. Die Zentaurin trat mit den Hinterhufen aus und sprang zur Seite, so daß die Frau auf den Waldboden fiel. Die Wucht des Aufpralls raubte ihr den Atem. Helki drehte ihre Lanze um, zielte und rammte ihr das eisenbeschlagene Ende des Schafts gegen den Kopf. Ein zweiter Stoß traf das Kinn der Frau, die daraufhin ohnmächtig liegenblieb.

Helki betrachtete ihre Gefangene mit einem zufriedenen Lächeln, stieß jedoch gleich darauf einen Ausruf der Überraschung aus, als Holleb neben sie trat und der Frau seine Lanze in den Bauch stieß. Die Frau zappelte wie ein Fisch am Haken. Holleb ließ die Lanze sinken und trieb sie dann aufwärts, um das Herz zu durchbohren. Die Frau zuckte, spie hellrotes Blut und starb.

»Warum hast du sie getötet?« fragte Helki in der Menschensprache. Sie flüsterte, da sie auf Erkundung waren. »Gull will, daß wir unsere Feinde wenn möglich gefangennehmen!«

Holleb knurrte harsch in der schnaubenden, wiehernden Sprache der Zentauren aus der Steppe. Er redete immer so, wenn sie allein waren. »Gull ist ein Narr. Wenn man eine Ratte aus einem Getreidespeicher verscheucht, kehrt sie dann etwa nie wieder zurück? Diese Banditen überfallen unsere Vorratswagen und stehlen und plündern, also verfolgen wir sie. Und sorgen dafür, daß sie uns nie wieder bestehlen.«

Gull der Holzfäller hatte die beiden gebeten, die verschlagenen Diebe zu suchen, weil keiner ihrer menschlichen Kundschafter ihrer Spur folgen konnte. Mit Augen, die bis zum Horizont blicken konnten, war es den Zentauren möglich, ›eine Wanze auf dem Antlitz des Mondes zu verfolgen‹.

Helki begutachtete das Ende ihres Lanzenschafts, um sich zu vergewissern, daß er keinen Schaden genommen hatte. Sie stocherte mit der Lanzenspitze in der zerlumpten Kleidung der Frau herum, fand jedoch nur eine Dolchscheide und Flöhe. »Wir sind nicht in der Steppe. Die Verhältnisse haben sich geändert. Wir arbeiten *mit* den Zweibeinern. Wir müssen ihre Art respektieren.«

Holleb pflückte gelbe Blätter von einem Baum und wischte sorgfältig das Blut von seiner Lanze. Er untersuchte die Spitze auf Scharten. »Wir arbeiten *für* die

Zweibeiner, wie es unser Volk immer getan hat. Aber wir dürfen nicht wie sie werden. Sie werden nie auch nur die Hälfte von dem sein, was wir sind. Die Verhältnisse haben sich *nicht* geändert. Vergiß das nicht.«

Helki schüttelte den Kopf. Mit einer Hand zog sie die tote Frau an den Haaren hoch und schob den Kadaver durch einen Vorhang aus Ranken hinter einen Felsen. Sie versteckten die Leichen für den Fall, daß noch mehr Banditen hier entlangkamen. »Das Blut können wir nicht verbergen.«

»Gleichgültig. Wenn sie diesen Weg nehmen, sind sie auf der Flucht vor uns. Und Menschen sind blind. Sie könnten über einen Büffel stolpern. Diese hier haben sich in den Bäumen versteckt und glaubten, wir sähen sie nicht.«

Er betrachtete eingehend die Bäume vor und hinter sich. Der Spätherbst neigte sich dem Ende zu. Am Morgen hatte es geregnet, und vor Anbruch der Nacht würde es wieder regnen. Doch der Wald trug immer noch leuchtende Farben. Gelbe, orangefarbene und braune Blätter von Buchen und Eichen bildeten ein Dach wie aus nichtblendendem Sonnenlicht. Es roch feucht und ein wenig moderig nach Beeren und Eichenrinde. Die Bewegung der abfallenden Blätter lenkte ein wenig ab, doch die Zentauren hatten sich längst daran gewöhnt, alles zu mißachten, was kleiner als ein menschliches Gesicht war.

Ohne ein weiteres Wort wichen sie zwei Körperlängen auseinander und setzten ihre Jagd fort. Der Pfad unter ihren Hufen war eben, beinahe flach. Nach weiteren zweihundert Fuß gabelte er sich. An beiden Abzweigungen standen hochaufragende Ahornbäume mit so dicken Stämmen, daß ihr seitliches Wachstum Steinmauern zum Einsturz gebracht hatte.

Helki drehte sich langsam im Kreis. Zentauren drehten sich lieber im Kreis, anstatt den Kopf zu wenden, wenn sie vor Gefahren auf der Hut waren – eine Angewohnheit, die Menschen bekanntlich beunruhigte, da sie sich davor fürchteten, daß ihnen die Füße von den gewaltigen eisenbeschlagenen Hufen zerschmettert würden. Ihr Geschirr, ein Bronzeschwert, ein aufgerolltes Seil und volle Hafersäcke klirrten und knisterten leise.

»Die Hauptstraße. Ahörner waren Zierbäume.«

Holleb grunzte zustimmend. Sie hatten gewußt, daß Ruinen vor ihnen lagen, als sie auf die Straße gestoßen waren, obwohl sie mehrere Fingerbreit mit Lehm bedeckt war. Holleb folgte einer Gabelung und reckte den Kopf, um zu sehen, was jenseits der Steinmauern und Baumstämme lag, doch die terrassenförmige Anordnung des Landes und mehrere Steinruinen blockierten die Sicht. Er kehrte zu seiner Gefährtin zurück. »Riesige wildwuchernde Gärten. Viele Versteckmöglichkeiten.«

Helki hatte die andere Abzweigung ausgekundschaftet. »Alte Wohnhäuser. Ein ausgetrockneter See und ein altes Bootshaus. Aber das muß die Rückseite der Anwesen sein. Im Westen muß eine große Stadt liegen, sonst wären die Häuser nicht so riesig. Wahrscheinlich alles Ruinen, aber wir sollten Greensleeves davon erzählen. Sie kann nach Artefakten suchen, und die Kartographen und Bibliothekare können Karten zeichnen.«

Holleb schnaubte. Menschliche Geschichte kümmerte ihn nicht.

Der Hengst lugte durch die Blätter zum bedrohlich aussehenden Himmel, der Regen und früh hereinbrechende Dunkelheit verhieß, und traf eine Entscheidung, wenngleich es ihm nicht gefiel, sich von einer Gefährtin zu trennen. »Wir haben nicht genug Zeit, um alles zu durchsuchen. Du gehst nach Norden, ich nach Süden. Wenn die Straße symmetrisch ist, treffen wir uns vor der Stadt im Westen wieder. Wenn du eine Spur findest, ruf wie eine Langohreule. Warte auf mich – folge ihnen nicht allein.«

Helki verkniff sich ein Lächeln, als sie nickte. Sie wußte das alles, aber es gefiel ihr, wenn sich ihr Mann ihretwegen Umstände machte. Zentauren, die sich fürs Leben zusammentaten, kümmerten sich mehr umeinander, als Menschen verstehen konnten, vermutete Helki. Und trotz seiner schroffen Art war Holleb das rührseligste Wesen, das sie kannte. Holleb konnte kein altes Kriegslied singen oder ein Liebesgedicht aufsagen, ohne in Tränen auszubrechen. Doch es waren genau diese starken, immer dicht unter der Oberfläche brodelnden Gefühle, die ihn dazu brachten, sich nach außen hin so barsch zu geben und im Krieg und bei der Beseitigung von Gefangenen solch eine kalte Grausamkeit an den Tag zu legen. Holleb hatte manchmal derartig großes Heimweh nach ihrem untergegangenen Land, daß Helki ihn kaum aus seinem Trübsinn herausreißen konnte. Also hatte sie es begrüßt, daß Holleb genaue Anweisungen gab. Beschäftigt war er glücklich.

»Ist schön, daß wir zusammenarbeiten. Wie in den alten Zeiten.« Er bedachte sie mit einem seiner seltenen Lächeln, einem Gruß mit der Lanze und einem abschließenden »Paß auf dich auf!« Dann trottete er den Weg entlang, die Augen ständig in Bewegung.

Helki stieß einen tiefen Seufzer aus, dann machte sie kehrt und folgte ihrer Abzweigung. Irgendwo in diesem zugewachsenen Labyrinth versteckten sich Feinde, und zwar gar nicht weit entfernt.

Helki hielt nach Spuren Ausschau. Diese Banditen waren schlau. Sie trugen Schuhe aus ungegerbten, also noch behaarten Tierfellen, und schlurften beim Gehen, damit sie ihre Spuren immer sofort verwischten.

Als sie um eine Ecke nach Westen bog, bewegte sich etwas am Rande ihres Gesichtsfeldes, und sie spannte sich an. Sie beugte die Vorderbeine und starrte in einen dunklen Gang, wo sie ein beschädigtes, gedrehtes Espenblatt sah, das offenbar jemand gestreift hatte, so daß es jetzt mit der geäderten weißen Seite nach oben am Zweig hing. Helki vergewisserte sich, daß sie den Rücken frei hatte, dann kniete sie nieder, um sich den Tunnel genauer anzusehen. Es handelte sich um einen uralten Durchgang durch eine Steinmauer. Ja, dort waren Fußabdrücke von mindestens drei Menschen zu sehen, wahrscheinlich zwei Männern und einer Frau mit schmaleren Füßen. Aber sie waren Tage alt, denn die Ameisen hatten ihren zertrampelten Hügel an der tiefsten Stelle bereits wieder neu gebaut. Keine Spuren kamen heraus, also beschloß sie, den Tunnel zu umgehen und die Spur weiter im Nordwesten wiederaufzunehmen.

Der einzige Nachteil von Zentauren-Kundschaftern waren ihre enorme Größe und ihre Angst vor engen Räumen, die sie davon abhielt, durch Löcher und Tunnel zu kriechen.

Ein Donnern unter ihren Hufen warnte sie, daß sich jemand auf vier stämmigen Beinen näherte. Sie fuhr herum und richtete unwillkürlich ihre Lanze nach vorn, wobei sie sich vergewisserte, daß sie genug Raum zum Manövrieren und – falls nötig – zum Rückzug hatte. Doch sie wußte sofort, wer es war.

Holleb bog mit fliegenden Strümpfen um die Ecke. Muskeln kräuselten sich unter seinem glänzenden Fell. An seinen Strümpfen klebten abgefallene Buchenblätter. Auf zentaurisch rief er ihr zu: »Ich habe eine Spur gefunden!«

»Tatsächlich? Zeig sie mir!« sagte seine Gefährtin. Sie wartete, bis er noch eine Lanzenlänge entfernt war.

Dann stieß sie zu, wobei sie auf die Stelle oberhalb seines Brustharnischs und unterhalb seines vorspringenden Kinns zielte. Ihre Armmuskeln spannten und wölbten sich, als sie den Schaft beschleunigte, wie von einer Speerschleuder abgeschossen.

Bevor Holleb seine Lanze auch nur heben konnte, hatte die Stahlspitze seine Kehle durchbohrt, Luftröhre und Adern durchtrennt und das Rückgrat gespalten. Als Helki ihre Lanze zurückzog, spritzte eine Fontäne hellroten Blutes aus der Halswunde. Der Hengst blinzelte noch einmal, bevor sich sein halb abgetrennter Kopf zur Seite neigte und er wie vom Blitz getroffen zu Boden stürzte. Ein blutverschmierter Käfer kroch aus einer klebrigen Blutlache über die lange bronzefarbene Nase und den reglosen Augapfel.

»Narr!« spie die Zentaurin verächtlich. Sie wischte ihre Lanze am rötlichgrauen Fell des Hengstes ab, das nicht mehr glänzte, sondern matt war wie die abgefallenen Blätter. Nach kurzer Zeit hatte sich der Zentaur in ein ledriges Ding verwandelt, das wie eine aufgeplatzte Samenkapsel aussah.

Vor Aufregung trippelnd vergewisserte sich Helki, daß die Stahlspitze noch fest auf dem Schaft saß und noch scharf war.

Dann grub sie die Hufe in den Boden und galoppierte die Straße entlang.

Holleb sah die erste Bedrohung, nicht aber die zweite.

Er hatte die Steinmauern untersucht und eine ähnliche Spur gefunden wie die, welche Helki entdeckt hatte. Doch diese Spur war frisch, den scharfen feuchten Kanten der Fußabdrücke nach zu urteilen, höchstens einen Tag alt. Dieser Tunnel war sogar für den Zentauren hoch genug, wenn dieser sich bückte, denn er verlief durch einen steinernen Bogen, der keine zehn Fuß tief im Gestrüpp stand.

Der Zentaur hob herabhängende Zweige mit seiner Lanze an und schritt vorsichtig unter den Bogen. Die Sträucher waren alte Rosenbüsche, dick wie Stricke und mit spitzen Dornen und winzigen weißen Knospen übersät. Er schaute in einen ummauerten Hof, wenngleich nur drei Handspannen von Stein zu sehen waren, so dicht war der Bewuchs. Eine riesige Esche hatte Bodenplatten aufgewölbt, als hätte der Baum seine Wurzeln geschüttelt. Der Himmel über ihm wurde von Blättern mit Sägezahnrand und Dolden von dunkelgelben Beeren verdeckt.

Die Enge bereitete ihm Unbehagen, als er sich unter den Zweigen duckte und in dem Laub am Boden nach zertretenen Blättern suchte, die auf das Vorhandensein von Leuten hindeuteten. Doch er ging erst dann weiter, als etwas in dem gegenüberliegenden Torbogen erschien und er daraufhin unwillkürlich die Lanze hochriß.

»Seine Gefährtin. Helki! Was …«

Von jenseits der Steinmauern, die seinen Kopf noch um einiges überragten, sprangen vier zerlumpte Gestalten, die hinter grauen Wolken nur undeutlich zu erkennen waren.

Netze.

Holleb stieß mit dem Schaft seiner Lanze aufwärts und erwischte einen der Banditen im Unterleib. Das schmutzige Mädchen mit zotteligen Haaren grunzte und faltete sich förmlich um den Schaft. Holleb hielt sich nicht damit auf, das Mädchen abzuschütteln, sondern riß die Lanze in die entgegengesetzte Richtung und stach einem Banditen durch den Oberschenkel. Doch ein weiterer Dieb sprang ihm auf den breiten Rücken. Er verspürte einen brennenden Stich, als ein kurzes Messer in seinen Rippen versank. Er stieß den Ellbogen nach hinten, um den Angreifer abzustreifen, doch der Mann duckte sich, und der Zentaur verfehlte ihn. Holleb spürte einen weiteren Stich, knirschte mit den Zähnen und achtete nicht auf den Schmerz. Solange der Dieb nicht an seinem Rückgrat säbelte, würde er ihn über kurz oder lang ohnehin abschütteln. Ein Netz fiel über seinen rechten Arm und den Lanzenschaft, und ein anderes wickelte sich um seinen Helm und verdunkelte ihm die Sicht.

Helki eilte herbei, um ihrem Gefährten zu helfen. Sie stieß einen Kriegsruf aus und schleuderte eine Frau, die ein Netz wurfbereit hielt, in einen hohen Rhododendronbusch, in dem es zirpte und raschelte. Helkis Eingreifen gab Holleb Gelegenheit, die Netze abzustreifen. Das Netz, das sich um seinen Kopf gelegt hatte, warf er nach hinten, um den Mann zu behindern, der ihn mit dem Messer bearbeitete. Das andere nagelte er mit den Vorderhufen am Boden fest und beugte dann den Arm, um es zu zerreißen. Es war aus Hanf gewoben und stark genug, um einen Ochsen zu fesseln, aber Holleb war stärker als jeder Ochse.

Damit waren die Angriffe beendet, denn zwei Banditen liefen durch die Mauerbögen, und die Frau, die in den Busch gefallen war, kletterte wie ein Eichhörnchen an der Mauer hinauf und sprang darüber hinweg, wobei die zerrissene Tunika weiße Haut entblößte. Der letzte Bandit wand sich am Boden, wälzte sich herum und versuchte wegzukriechen. Helki betäubte die Frau mit einem gutgezielten Stoß ihres Lanzenschafts gegen den Hinterkopf.

»Wir kämpfen gut zusammen, ganz wie in alten Zeiten!« rief sie.

»Nein«, antwortete Holleb. »Die Verhältnisse haben sich verändert.«

Aus einer Entfernung von weniger als drei Fuß trieb er ihr die Lanze dicht hinter dem Brustharnisch in die Flanke. Helki schrie auf und scheute ob der schrecklichen Schmerzen, doch Holleb kam näher und drehte die Lanze, um ihr die Eingeweide zu zerreißen.

Doch die Zentaurin starrte ihn nur mit weitaufgerissenen braunen Augen kummervoll an. Als sie den Mund öffnete, spritzte Blut von ihren Lippen auf Hollebs Gesicht. Sie stöhnte: »Warum ...«

Und Holleb kam ein furchtbarer Gedanke. Daß er übereilt gehandelt und zu rasch zugestoßen haben könnte.

Daß er einen Fehler gemacht und seine Gefährtin getötet hatte.

Entsetzen packte ihn, ließ ihn erstarren. Bilder von Helki schossen ihm durch den Kopf: Wie sie wild und unbekleidet über die felsige Steppe rannte, während das Sonnenlicht auf ihren Flanken glitzerte und sie ihn spöttisch aufforderte, sie zu fangen; ihr wildes Lächeln, als sie in ihre erste Schlacht galoppiert waren, mit dem sie ihn zum Lachen gebracht hatte, um die Furcht zu verdrängen; wie sie ihm die Flanken striegelte, als sie meilenweit vom Stamm entfernt in einem kleinen Teich herumgetollt waren…

Von Entsetzen gelähmt sah Holleb nicht, wie sich eine von Helkis Händen in einen gezackten Haken wie die Klaue einer Gottesanbeterin verwandelte. Der Haken schoß nach oben, um ihm die Kehle zu durchtrennen…

…und fiel auf den von Blättern übersäten Boden, da er sauber am Gelenk abgetrennt wurde. Blut spritzte auf Hollebs Brustharnisch, doch dieses Blut war braun.

Helki – die echte Helki – war mit einem gewaltigen Satz durch den Mauerbogen gesprungen und hatte ihre rasiermesserscharfe Lanze herabsausen lassen und die Hand des Ungeheuers abgetrennt, bevor es ihrem Gatten die Kehle durchschneiden konnte.

Die Zentaurin stach noch einmal zu und schlitzte den Nacken des Ungeheuers auf, als zerschnitte sie eine Melone. Das Ungeheuer verdrehte die Augen und brach zusammen. Nach kurzer Zeit verfiel es zu einem braunen Klumpen, der in bauschiges braunes Leder gehüllt war wie ein riesiger abgelegter Kokon. Das Gesicht des Wesens war lang und eckig, muskulös und so ausgetrocknet wie eine Mumie.

Holleb stöhnte vor Erleichterung, als er sah, daß seine Gefährtin lebte, und ihm klar wurde, daß er sie nicht getötet hatte. »Aber was ist…«

Helki stieß das tote Lederbündel mit der Lanze an. »Ein Doppelgänger oder Klon. Ich weiß es nicht. Ein Ding, das nachahmt, mehr nicht. Vielleicht schlau genug, um die halbblinden Menschen zum Narren zu halten, aber nicht die Augen eines Zentauren. Eines ist zu mir gekommen und hat mit deiner Stimme geredet. Aber es hatte Blätter an den Strümpfen, wußte nicht, daß der echte Holleb sie entfernt hätte, damit sie nicht raschelten. Und ihm fehlte die Falte in deiner rechten Hinterbacke, wo dich vor langer Zeit einmal ein Pfeil getroffen hat.« Sie sah ihren Gefährten an und lächelte. »Und ihm fehlte das Lächeln, das hinter deinen Augen lauert.«

Holleb kicherte heiser, grollend. »Das habe ich auch vermißt. Seine Augen waren tot, während deine wie Sonnenlicht sind, das durch einen Wasserfall fällt. Aber ich hatte Angst, weil es sich nicht verwandelte, nachdem ich zugestoßen hatte.«

Mit einer flüssigen Handbewegung stemmte Helki die Lanze unter die Schulter des Doppelgängers und drehte ihn um. Der Stich, den Holleb ihm verpaßt hatte, saß tief am verwitterten braunen Leib der Kreatur. »Du hast dorthin gestochen, wo bei einem Zentaur Leber und Lunge wären. Aber bei diesem Ding sind da nur Gedärme. Es war kein tödlicher Stoß, also hat es an meiner Gestalt festgehalten, um mit der Klaue auf dich loszugehen. Vielleicht konnte es sich auch selbst schnell heilen.«

Holleb nickte verständnisinnig. Dann setzte er den Helm ab und wischte sich über die Stirn. Das braune Haar klebte ihm am Schädel. »Ich habe mir Sorgen gemacht, weil ich dachte, ich hätte zu rasch zugestoßen, ohne vorher nachzudenken...«

Helki lächelte, trippelte ein paar Schritte vorwärts, küßte ihn aufs Kinn und rieb ihre Nase an seiner. »Du bist zu klug, um dich lange zum Narren halten zu lassen, mein stolzer Krieger.«

Der Zentaur schaute nur ein wenig verlegen drein, während er sich den Helm wieder aufsetzte. »Laß uns die Banditen einsammeln. Es wird nicht lange dauern.«

Und es dauerte tatsächlich nicht lange. Binnen einer Stunde hatten sie die vier verbliebenen Banditen in dem Hof zusammengetrieben. Die zerlumpten Gestalten waren von Schlägen auf Kopf und Leib benommen und saßen in den Blumenbeeten, während sie starr geradeaus sahen und zitternd den Tod erwarteten.

Helki stemmte den Schaft ihrer Lanze auf den Boden, stützte sich halb darauf und fragte angelegentlich: »Was fangen wir mit ihnen an?«

Er zeigte auf sein Ohr, um anzudeuten, daß er bereit war zuzuhören, und zeigte auf die Banditen. »Reden.«

Verblüfft sahen die Banditen einander an. Schließlich winselte die älteste Frau, deren Gesicht schmutzig und deren Haare verfilzt waren: »Wir hatten keine bösen Absichten! Wir haben nur Nahrung gestohlen! Wir hatten keine andere Wahl! Diese Dinger haben uns dazu gebracht! Sie waren uralt und haben sich schon hier versteckt, als hier noch Leute gewohnt haben. Sie ernähren sich wie Vampire. Sie konnten jede Gestalt annehmen, die deiner Mutter oder deines besten Freundes ... Sie haben uns hergelockt, und wir mußten Nahrung für sie stehlen! Ein paar von uns haben zu fliehen versucht, aber die Dinger haben sie getötet ...«

Holleb hob eine Hand, und die Frau zuckte zusammen und verstummte. Er griff hinter sich und kratzte sich an den Verbänden auf dem Rücken, mit denen seine beiden Stichwunden versorgt worden waren. Die Frau verdrehte die Augen, rechnete offenbar mit dem Schlimmsten.

Schließlich sprach der Zentaur. »Wir könnten euch für eure Verbrechen töten. Das wäre vernünftig. Aber ...« Er warf einen Blick auf Helki und murmelte: »Aber Gull glaubt, daß man aus Feinden Freunde machen soll. Das hat er mit uns getan, hat uns in seine Armee aufgenommen, als wir weit von zu Hause im Stich gelassen wurden. Unsere Armee braucht Kundschafter. Wenn ihr so gut Nahrung stehlen könnt und dabei keine Spuren hinterlaßt, dann eignet ihr euch auch als Kundschafter. Seid ihr einverstanden?«

Es dauerte einen Augenblick, bis sie begriffen hatten, dann zeichnete sich Erleichterung auf ihren Mienen ab. Die Frau plapperte: »Ja, ja! Wir sind dabei! Wir tun, was Ihr sagt! Mit Freuden! Alles, um aus diesen Ruinen hinauszukommen!«

Holleb hob die Hand, um sie zum Schweigen zu bringen. Er konnte es nicht leiden, wenn die Menschen so zu schnattern anfingen. Mit einer geschmeidigen Bewegung durchtrennte er ihnen mit seiner Lanze die Fesseln. Die ehemaligen Banditen erhoben sich wachsam und vorsichtig. Holleb nickte in Richtung Mauerbogen und der Straße zum Lager. Er knurrte: »Kennt ihr den Weg?« Es dauerte ziemlich lange, bis den neuen Kundschaftern klar wurde, daß er einen Scherz gemacht hatte, und sie verlegen lachten.

Als die Gruppe durch den Herbstwald trottete, fragte Helki Holleb in der Sprache der Zentauren: »Hast du deine Ansicht geändert, mein Gatte?«

»Nein«, erklärte er, grinste dabei jedoch. »Aber die Verhältnisse haben sich tatsächlich verändert, ob es mir gefällt oder nicht. Und Gull wird sich freuen.«

Seine Gefährtin kicherte und versetzte ihm einen freundschaftlichen Stoß mit dem Hinterteil. »Das gilt auch für mich …«

»Also«, beendete Helki ihre Geschichte, »Holleb ist auf eine große Idee gestoßen und hat sie zu seiner eigenen gemacht. Aber weil die Idee größer war als er, mußte er wachsen, um ihr zu entsprechen. Verstehst du?« Die Zentaurin beschrieb einen Halbkreis, um ihrer Freundin ins Gesicht zu schauen. »Überleg doch, wie weit ihr gekommen seid. Du warst zurückgeblieben. Gull hat Bäume gefällt und hätte sein Leben lang Holzfäller bleiben können. Lily war eine Hure und hätte Männern Vergnügen bereiten können, bis sie alt und häßlich gewesen und auf der Straße gelandet wäre. Liko, ein einfältiger Riese, der Fische gefangen hat. Stiggur, ein Küchenjunge. Egg Sucker, ein Dieb. Holleb und ich, Söldner, die für jeden gekämpft haben, der uns bezahlt hat. Aber alle diese Leute haben die Idee des Kreuzzugs zu ihrer eigenen gemacht, sind gewachsen und haben gemeinsam große Dinge vollbracht.

Gull ist ein großer General geworden, weitsichtig und stark, aber gerecht. Lily ist eine gute Mutter und Quartiermeisterin. Du bist eine mächtige Zauberin, die schon vielen Leuten geholfen hat. Stiggur hat gelernt, mit Maschinen umzugehen, und ist sehr schlau. Sogar Liko hilft uns. Und vielleicht sogar Egg Sucker. Kwam, dein Freund, lernt eine Menge und erzählt uns davon. Und Holleb achtet Zweibeiner als Freunde, wie meine Geschichte zeigt.

Deswegen kämpfen und arbeiten wir, graben und bringen Opfer und sterben vielleicht sogar! Nicht grundlos, sondern weil der Kreuzzug eine gute Sache ist! Die Idee hat die Leute stark gemacht, und jetzt setzen sie sich für die Idee ein.«

»Aber das viele Kämpfen, die vielen Toten! Wenn ich nie Magie gelernt hätte ...«

Helki schüttelte das behelmte Haupt, wobei die Mähne hinter ihr flatterte. »Solange es die Armee gibt und sie Zauberer in ihre Schranken verweist, wird sie angegriffen werden. Aber was sollen wir sonst tun? Die Armee auflösen und nach Hause gehen? Die Zauberer regieren und die Leute nach Belieben tyrannisieren lassen? Diese Armee ist die Hoffnung aller gewöhnlichen Leute in den Domänen!«

Greensleeves verarbeitete die neuen Gedanken. »Aber Gull und ich ...«

»Du und Gull, ihr seid Symbole wie König und Königin oder Götter, eine Fahne oder ein Heimatland. Ihr seid die Anführer der Idee.«

»Und wir führen euch in den Kampf und in den Tod.«

»Wenn es sein muß. Aber auch in die Arbeit, indem wir aus schlechtem Land gutes Land machen. Dörfern helfen. Uns mit neuen Rassen anfreunden. Geschichte lernen. Karten zeichnen. Magische Gegenstände sammeln. Und Zauberern Lektionen erteilen.«

Greensleeves seufzte. »Ich wünschte, die Idee wäre mir ebenso klar wie allen anderen.«

Helki tätschelte den zerzausten Kopf der Erzdruidin. »Das braucht Zeit. Alles braucht seine Zeit.« Sie hakte sich bei Holleb ein, und die beiden trotteten mit zuckenden Schwänzen in die Nacht hinaus und ließen Greensleeves und Kwam allein in der Dunkelheit zurück.

»Aber wir haben keine Zeit. Überhaupt keine Zeit«, murmelte Greensleeves. Sie starrte hinauf zu den Sternen am Himmel. »Aber wenn alle diese Leute bis zum Tode dafür kämpfen, woran sie glauben ... wie könnte ich da nicht bleiben?«

»In der Tat, wie könntest du nicht bleiben?« bestätigte Kwam. Und küßte sie.

Aber sie klammerte sich weinend an seinen Hals. »Ach, Kwam. Ich will nicht, daß du stirbst!«

Der Magiestudent küßte sie auf die Stirn. »Ich will auch nicht sterben, ebensowenig wie ich will, daß du stirbst. Aber was sollen wir tun – uns anderswohin versetzen? Uns im Flüsterwald verstecken?«

»Natürlich nicht«, schniefte Greensleeves. »Ich könnte ... diese treuen Seelen ... niemals im Stich lassen ...«

Kwam lächelte und wischte ihr mit dem Finger die Tränen fort. »Ach ja, Weisheit ist schwer zu finden ...«

KAPITEL 19

Die Kämpfe wurden fortgesetzt, überall, im ganzen Land, bei Tag und Nacht.

Eine Brigade Goblins in Ballons wurde von Engeln angegriffen, deren Schwerter die Ballons aufschlitzten, so daß sie abstürzten und im Meer versanken. UTHDEN-Trolle brachen aus Tunneln hervor, um von Hämmern und Schaufeln der Zwerge bewußtlos geschlagen zu werden. Schilftrolle, die im Wald lauerten, wurden von Kundschaftern mit Wildschweinlanzen angegriffen, bis Kobolde mit Dornen nach den Augen der Kundschafter stachen und sie vertrieben. Eine Horde blaubemalter weißhaariger Barbaren wurde von einem Lindwurm dezimiert und in die Flucht geschlagen und geriet dann unter die Hufe einer Kompanie Zentauren. Doch eine Mauer aus Grabsteinen zwang die Zentauren zu einem Umweg, der sie geradewegs in ein mit Eisenstaketen gespicktes Feld führte, in dem sich viele verletzten. Elfische Bogenschützen töteten Orks zu Dutzenden und verfolgten dann im Eifer des Gefechts ihre alten Feinde, bis sie in eine Falle gerieten und von Roten Soldaten massakriert wurden. Meermenschen kämpften mit ihren Verbündeten, den Delphinen, gegen verzauberte Haie und Leute, die zur Hälfte Mörderwale waren. Bogenschützen schossen Flugdrachen vom Himmel und starben, wenn das giftige Blut auf sie herabspritzte. Schwarzbärtige Männer mit Skorpionleibern und Bronzerüstungen kämpften in der Glaswüste gegen Kavallerie.

Die Schlachten waren gewaltig und erstreckten sich meilenweit über die Savanne, oder sie waren klein und persönlich, wenn wenige keuchende Kämpfer in der Dunkelheit in Handgemenge verwickelt waren. Immugio, der Ogerriese, und seine Orks trafen im Wald auf den zweiköpfigen Liko mit seinen beiden Keulen und Stiggurs CLOCKWORK BEAST sowie ein Dutzend Lagerhelfer, die Hammer, Beile und andere provisorische Waffen schwangen. Die beiden Riesen ließen die Erde erzittern, als sie aufeinanderprallten, hin und her schwankten und dabei Freund und Feind niedertrampelten, Äste und Zweige abbrachen und Bäume entwurzelten, während Stiggur seine sechs Fuß langen Pfeile verschoß und Orks schrien, schnatterten und starben. Immugio brach den Kampf ab, indem er einen Waldbrand erzeugte, aber Liko war im Kampf ein Arm gebrochen und ein Ohr abgerissen worden. Die CLOCKWORK BEAST trug viele Verwundete und Sterbende, als sie zum Lager zurückstapfte.

Ständig wurde das Hauptlager angegriffen, aber die Angriffe konnten immer wieder abgewehrt werden. Greensleeves blieb immer nahe beim Lager und wirkte Abwehrzauber. Sie beschwor Zephire, die Wolken eines gelben Gases wegbliesen, welches Blumen zum Verwelken brachte und Leute, die es einatmeten, Mund und Kehle verbrannte. Sie beschwor Wälle aus Gestrüpp, roter Erde, Feuer, Stein und Licht, um schreiende Horden abzuwehren. Feuerkobolde erhoben sich in rauchenden Wolken, um raubgierige Geier zurückzuschlagen, die nach den Gesichtern der Soldaten hackten. Sie beschwor Dryaden, um einen Basilisken in Ranken zu verstricken, der ein Kind mit seinem bösartigen Biß in Starre versetzt hatte. Sie beschwor Wölfe, die ein Rudel Ratten verschlangen, das aus den Bäumen fiel.

Wenn sie dazu in der Lage war, versetzte sie sich mit ihren Leibwachen an andere Schauplätze, um so gut wie möglich zu helfen. Eine Wolfsmeute verscheuchte eine Kavalleriephalanx. Gegen einen Trupp Berserker wirkte sie einen Wanderlust-Zauber, so daß sie den Kampf aufgaben und, einer Vision folgend, in die Wüste rannten. Sie schuf Gräben in der Erde und fällte Bäume, um Barrikaden zu errichten, sie lenkte Bäche um, bis sich Erde in zähen Schlamm verwandelte. Sie beschwor, bis ihr schwindlig war und sie Fehler machte. Einmal versetzte sie sich an ein Lagerfeuer einer Horde Höhlenmenschen, die ein Pferd brieten. Sie ergriffen sofort ihre Waffen und fielen über die Gruppe her, und die stämmige Micka wurde enthauptet, als sie ihrer Herrin das Leben rettete, bevor Greensleeves die Gruppe erneut versetzte.

Zu diesem Zeitpunkt war sie sogar zum Weinen zu müde.

»Was mich in Zorn versetzt«, krächzte Gull, »ist die Tatsache, daß wir so wenig von den verdammten Zauberern zu sehen bekommen! Sie verstecken sich irgendwo – weit hinter den Linien – und hetzen eine Welle Hörige nach der anderen auf uns, und sie selbst holen sich dabei nicht einmal eine Schramme am Finger!«

Der General ließ sich gegen einen Erdwall sinken und nagte an einem Stück Pökelfleisch. Gulls Augen lagen tief in den Höhlen, er war unrasiert, und die Hände zitterten ihm von den tagelangen Kämpfen. Er war ohne Schlaf und Nahrung ausgekommen, aber jetzt waren selbst seine gewaltigen Kräfte erschöpft.

Sie redeten beim flackernden Licht eines Feuers, das mit den Resten eines zerschlagenen Fasses gefüttert wurde. Niemand konnte anständiges Feuerholz sammeln, und das Lager war dunkel. Greensleeves' Hüterinnen und Gulls Grüne Lanzenreiter, deren Anzahl auf die Hälfte gesunken war, standen in einem angedeuteten Kreis Wache, wobei die meisten im Stehen schliefen. Im Lager war es ruhig, da Soldaten und Helfer Ausrüstung reparierten, Wunden verbanden, Tee kochten, Barrikaden versetzten und auf den nächsten

Angriff warteten. Durch die Fußsohlen spürten sie das Hämmern der Zwerge, die in den Tunneln arbeiteten.

Gull aß, während er Selbstgespräche führte. »Diese anmaßenden Hunde lehnen sich zurück, schlürfen wahrscheinlich Rotwein und essen Honigplätzchen, während ihre Hörigen selbstmörderische Angriffe unternehmen und ihre Pferde zusammenbrechen und sterben. Ich sah Immugio und Liko aneinandergeraten und Ludoc, wie er seine Höhlenmenschen anspornte, oder vielleicht sind es auch Dwens. Dieser dreimal verfluchte keldische Kriegsfürst kämpft wie ein Gott und schickt die Kämpfer geradewegs in den Rachen des Todes. Haakon beschwört keine Dämonen mehr, das weiß ich. Dacian ist tot. Sie war betrunken und hat einen Zauber verpfuscht, und einer von Hermines Bogenschützen hat sie erwischt. Leechnip ist angeblich auch tot, aber irgend etwas hat alle Leichen im Gras aufgefressen. Fabia saß auf einem goldenen Streitwagen, der von vier Schimmeln gezogen wurde, bis sie von den Engeln angegriffen wurde und einfach verschwand. Und von Königin Thunderhead von den Goblins heißt es, daß sie geflohen sei. Aber Towser und Karli habe ich nicht einmal zu Gesicht bekommen.

Aber ich bin auch nicht schlecht im Umbringen von Truppen. Wir hatten über tausend Leute, als diese Schlacht begann. Jetzt sind es noch sechshundert, wenn wir Glück haben. Ich kann kaum einen Schritt tun, ohne über unsere Toten und Verwundeten zu stolpern.«

Greensleeves nickte müde. Zu müde, um etwas zu essen, lag sie mit dem Kopf auf einem Sattel und trank Quellwasser aus einem silbernen Becher. »Ich weiß über unsere Verluste genau Bescheid. Ich habe mehr Leichen – unsere und ihre – ganz tief in die Wüste versetzt, als ich zählen kann. Die Geier sind dick und vollgefressen. Und dann die heimtückischen Angriffe... Heute hat eine meiner Leibwachen darauf bestanden, mein Essen vorzukosten, und wäre beinahe daran gestorben, obwohl es mir ein Rätsel ist, wie das Gift in mein Essen gekommen ist. Und ich hätte von einer unsichtbaren Angreiferin einen Dolch in den Rücken bekommen, wenn Nashira nicht zufällig mit ihr zusammengestoßen wäre und sie sofort niedergeschlagen hätte. Es ist schrecklich, wenn man so gehaßt wird.«

Gull knurrte. »Ich weiß nicht einmal mehr, wofür wir kämpfen. Ich weiß nur noch, daß Towser und seine Spießgesellen uns töten und wir sie daran hindern wollen und zwischen diesen beiden Mühlsteinen Hunderte von Unschuldigen zermalmt werden.«

Greensleeves schreckte hoch, denn Gulls Worte erinnerten sie an die Klagen, die sie Helki in der Nacht zuvor vorgetragen hatte. Doch Lily antwortete für sie. »Ich weiß es noch.«

Gulls Frau war mit ihrem dunklen Umhang um die Schultern fast unsichtbar. Sie saß auf dreckigen Kacheln und stillte Bittersweet, während ein Kindermädchen die schlafende Hyacinth in den Armen wiegte. Lily war froh, in der Nähe ihres Mannes zu sein, den sie jetzt seit Tagen immer nur für ein paar Augenblicke zu Gesicht bekam. Als Quartiermeisterin koordinierte sie die Bemühungen, Nahrung, Wasser und Nachschub gleichmäßig im Lager zu verteilen und die draußen verstreuten Truppen zu versorgen, aber sie war auch dafür verantwortlich, Abfälle und Unrat aus dem Lager zu schaffen, um die Seuchen- und Ansteckungsgefahr so gering wie möglich zu halten. Ihre Hände zitterten vor Erschöpfung, als sie über das dunkle lockige Haar ihres Kindes strich.

»Der Zweck unseres Kreuzzugs war und ist, dem Mißbrauch Unschuldiger durch Zauberer ein Ende zu bereiten. Wir sind hierher zu diesen Ruinen gekommen, um Wissen zu sammeln, das uns hilft, Zauberer aufzuhalten, und sie sind gekommen, um uns zu besiegen. Aber wir werden das Wissen finden und sie zurückschlagen und in Ketten legen, damit sie nie wieder jemandem Schaden zufügen können. Das weiß ich, und das wißt ihr auch und alle in der Armee. Verliert das Ziel nicht aus den Augen.«

Gull grunzte, nickte jedoch. Greensleeves seufzte. Eine Suche nach Wissen, jetzt fiel es ihr wieder ein. Sie war mit dem Herrn von Atlantis auf den Meeresboden getaucht, um das Geheimnis zu finden, wie man die Herrschaft über Zauberer gewinnen konnte. Sie hatte einen Schädel befragt und Antworten bekommen – oder vielmehr weitere Fragen, denn der ganze Ausflug war wie ein flüchtiger Traum, ein einziges Durcheinander in ihrem Kopf.

Ein Grüner Lanzenreiter rief, »Halt! Wer da?«, und ließ dann Stiggur, Dela und Egg Sucker passieren. Der Junge hatte einen verbundenen Oberschenkel und hinkte, eine schmuddelige dünne Kopie seines Helden Gull. Egg Sucker mit seinem gestreiften Haar und dem zerlumpten Hasenfell sah wie ein Abfallhaufen aus. Der Goblin beäugte Gulls Pökelfleisch mit hungrigem Blick, und Gull seufzte und warf ihm das Stück zu.

Stiggur meldete: »Im Norden bahnt sich ein neuer Angriff an. Ich habe hundert oder noch mehr Blaue Barbaren und Höhlenmenschen gesehen. Ich war mit Knothead draußen.« Er hatte das alte CLOCKWORK HORSE nach Gulls längst verstorbenem Maultier benannt.

Der General erhob sich ächzend. Er trank einen Krug Wasser, da sie nichts anderes zu trinken hatten, und bedeutete dem Gehilfen einer Köchin, daß er etwas zu essen mitnehmen wolle. Ein Junge brachte einen Korb mit getrocknetem Hering, verschrumpelten braunen Stücken, die salzig und leicht muffig rochen. Gull nahm seine schartige Holzfälleraxt und machte Anstalten, sich eine Handvoll Heringsstücke zu nehmen. »Stiggur, lauf zur Palisade und sag den Hauptleuten Bescheid. Ich werde … *Was zur Hölle?*«

Flink wie ein Hase sprang Egg Sucker vor und riß Gull den getrockneten Fisch aus der Hand. Der Korb kippte um, und die braunen Stücke fielen zu Boden und ins Feuer.

Der todmüde Gull bebte vor Zorn. Er packte den Goblin am Kragen und schüttelte ihn. »Bei den Glocken von Kormus! Du dreckiger kleiner Nichtsnutz! Kannst du dir nicht einmal dein Essen holen, ohne es zu stehlen ...«

Er hielt inne, als Lily aufschrie.

Im düsteren Licht des Lagerfeuers lag der getrocknete Hering wie braune Rinde auf der Erde. Aber ein Dutzend Stücke bewegte sich.

Fluchend hob Gull die großen Stiefel und trampelte auf den krabbelnden braunen Dingern herum. Stiggur tat es ihm ebenso nach wie ein Teil der Leibwachen. Sie sahen aus, als führten sie einen verrückten Tanz auf.

Als sich auf den alten Fliesen nichts mehr bewegte, hockte sich Stiggur neben das Feuer und stieß die braunen Dinger mit dem Heft seines Dolchs an. »Skorpione! Zwischen dem Fisch war mindestens ein Dutzend Skorpione versteckt!«

Der Küchenjunge stand vor Entsetzen wie gelähmt ein wenig abseits der Menge. »Der Korb stand ganz einfach auf dem Tisch! Jotham sagte zu mir, ich solle ihn dem General bringen! Aber ich hatte ...«

Jemand beruhigte ihn, klopfte ihm auf die Schulter. Gull krächzte: »Es war nicht dein Fehler, Junge. Wir hatten schon öfter Attentäter im Lager, oder?«

In seiner Aufregung hatte Gull Egg Sucker nicht losgelassen. Jetzt stellte er ihn auf die Füße, doch der Goblin brach zusammen. Entsetzt kniete sich Gull neben den kleinen Dieb.

Egg Sucker zitterte wie im Fieber oder Schüttelfrost. Seine gelben Zähne klapperten. Der Goblin hielt sich das Handgelenk. Die rechte Hand war auf das Dreifache der normalen Größe angeschwollen.

»Was …?« Gull packte die Hand des Goblins. »Du bist gestochen worden! Bei der Liebe der Götter, Egg! Du hättest mir nicht mein Essen stehlen …«

Doch Lily unterbrach ihn. Sie erhob sich mit ihrem Kind im Umhang, das sie immer noch stillte. »Still, Gull. Egg Sucker hat gar nicht versucht, dir dein Essen zu stehlen. Er hat die Skorpione gesehen und sie dir aus der Hand geschlagen.«

»Was?« Völlig verblüfft sah Gull von seiner Frau zu dem zitternden Goblin. Ein wenig verlegen nahm er einen Umhang von einem Lanzenreiter entgegen und wickelte die kleine Gestalt darin ein. Egg Suckers Augen quollen aus den Höhlen, und sein Atem pfiff, da sich das Gift in seinem Körper ausbreitete. »Egg, das ergibt keinen Sinn! Du – du hast mir das Leben gerettet! Warum?«

Muli, die Hauptfrau der Lanzenreiter, antwortete für ihn: »Jeder von uns hätte dasselbe getan.«

Gull preßte Egg Sucker an die Brust, als könne er dem kleinen Wesen etwas von seiner Lebenskraft abgeben. »Greenie, kannst du nichts tun?«

Greensleeves schüttelte den Kopf, während ihr Tränen über die Wange liefen. »Nicht gegen Gift. Nein.«

Gull wiegte Egg Sucker in den Armen wie sein eigenes Kind. »Warum hast du das getan, Egg? Du warst immer – du bist nie – du hättest jederzeit zu deinem Volk zurückkehren können, weißt du? Wir haben auch gegen Goblins gekämpft. Du hättest zu ihnen gehen können.«

Egg Sucker hörte plötzlich auf zu zittern. Seine Stimme quietschte wie eine alte Türangel, als er wie aus weiter Ferne flüsterte: »Ich … mir hat es … bei euch … gefallen.« Dann war der Goblin tot.

Leute rieben sich Nase und Augen, wischten sich mit dem Ärmel über das Gesicht. Gull wiegte den toten Goblin in den Armen. »Es ist albern, um ihn zu trauern. Er war ein nichtsnutziger Wicht, der nur gestohlen und genörgelt und uns nichts als Ärger bereitet hat. Er hätte sein Leben nicht opfern müssen, um meines zu retten ...«

Dann weinte er leise und preßte die Wange gegen das strähnige Haar des Goblins.

»Es stimmt, was man sagt«, erklärte Lily leise. »Liebe überwindet alles. Und wir kämpfen aus Liebe zu anderen.«

In dieser Nacht brachen die Dämme, und die erschöpften Verteidiger konnten sich nicht länger gegen die Flut stemmen.

Die ausgedünnten und völlig erschöpften Linien der Weißen Zenturie gaben vor der anstürmenden heulenden Horde nach. Gull rief seinen Grünen Lanzenreitern zu, ihm zu folgen, und rannte zur Bresche, doch dunkelhäutige Piraten hatten die Palisade bereits an einer Stelle durchbrochen, sprangen über die Leiber der Toten und rannten auf das Sonnenmosaik. Mit Schwert, Keule, Säbel und Speer fuhren sie zwischen die Verteidiger – Männer und Frauen, Soldaten und Lagerhelfer, Alte und Kinder. Trotzig aufbrüllend, schwang Gull seine Holzfälleraxt so schnell, daß sie pfiff. Er stürzte sich wie eine Lawine auf einen Haufen Piraten, während ihm seine Leibwachen Rückendekkung gaben. Stampfend und brüllend erschlugen sie die Piraten im rauchigen roten Licht erlöschender Lagerfeuer, nur um festzustellen, daß Blaue Barbaren, Höhlenmenschen und noch mehr Piraten den Rest des Lagers verheerten.

Von Kwam gehalten, versuchte Greensleeves, das für eine Beschwörung erforderliche Mana zu sammeln. Zauber kribbelten in ihren Fingerspitzen. Weder Regen, Wind oder Erdbeben konnte sie herbeibeschwören, nicht einmal Meerwasser, das doch nur eine Viertelmeile entfernt war. Sie stieß ein Keuchen aus, hob die Hände und kippte nach hinten, als sie ohnmächtig wurde. Kwam verhinderte, daß sie mit dem Kopf auf die alten Kacheln schlug, während die Hüterinnen die Feinde mit ihren langen Lanzen abwehrten.

Gull sah seine Schwester zusammenbrechen, die letzte Hoffnung auf eine erfolgreiche Verteidigung. Er rief Muli zu: »Das Lager ist verloren! Bildet einen Kreis und laßt euch in die Schächte zurückfallen! Wir versuchen die Tunnel zu halten! Trompeter!«

Ein Signal übertönte das Geschrei und Waffengeklirr: der Befehl zum Rückzug. Wie geplant, ergriffen Männer und Frauen ihre Waffen und Kinder und eilten den beiden Rampen zu den Tunnels entgegen. Soldaten besetzten die Eingänge und riefen ihnen zu, sich zu beeilen. Gull rannte mit seinen Lanzenreitern hierhin und dorthin und schlug auf die Feinde ein, was das Zeug hielt, um seinen Leuten die Flucht zu ermöglichen. In dem Chaos aus Rauch und Feuer und der nächtlichen Dunkelheit war er nicht sicher, ob alle gerettet worden waren, doch Muli riß an seiner Tunika und flehte ihn an, sich zurückfallen zu lassen. Das taten sie auch, wobei sie jede Minute einen Lanzenreiter verloren, da die enttäuschten Angreifer auf immer weniger Feinde stießen und sich daher auf den berühmten General Gull konzentrierten.

Als Gull schließlich die Rampe erreichte, war nur noch ein Dutzend Lanzenreiter übrig. Muli blutete aus Schnittwunden am Arm und im Gesicht, und andere hatten ähnliche Wunden davongetragen. Zwar wußte er es nicht, aber Gull blutete aus Wunden am Hals, am Oberschenkel und an den Rippen. Aber er schrie die Leute förmlich in die Tunnels und war schließlich der letzte, der sich dorthin zurückzog.

Die heulende Meute der Angreifer folgte ihnen in den Schacht, aber erst als Gull den tapferen Uxmal passiert hatte, griffen die Zwerge zu ihrer letzten Abwehrmaßnahme.

Während sie einander in ihrer fremdartigen, gutturalen Sprache Kommandos zuriefen, schlugen sie Holzstützen beiseite und schoben einen zwei Fuß dicken, drehbar gelagerten Stein. Die an Gewichten hängende gewaltige Tür im Tunneleingang schlug krachend zu. Eine Hand und ein Fuß wurden abgetrennt und fielen auf den Tunnelboden. Drei Barbaren saßen im Innern des Tunnels in der Falle und wurden rasch niedergemacht.

In der plötzlichen Ruhe und Dunkelheit ließ sich Gull gegen die Wand sinken, wischte sich über die Stirn und stellte fest, daß sie klebrig von Blut war. Seinen verwundeten Gefolgsleuten und den Zwergen krächzte er nur zu: »Gute Arbeit.«

Dann tastete er sich durch die Dunkelheit, um seine Familie zu suchen.

Greensleeves kam wieder zu sich und schaute im Halbdunkel in Kwams besorgtes Gesicht. In den Wänden steckten rauchende Fackeln. Allmählich begriff sie, daß sie sich in den Tunnels befand und damit für den Augenblick in Sicherheit war. Doch als sie etwas beschwören wollte, irgend etwas an den unsichtbaren Fäden heranziehen wollte, die sie wie Spinnweben umgaben, fand sie nur Leere.

»Kwam, ich habe meine Beschwörungsfähigkeiten verloren! Ich kann nichts mehr beschwören!« Dann weinte sie, vor Angst, vor Einsamkeit, vor Sorge, vor schierer Erschöpfung. Kwam hielt sie, solange sie schluchzte, aber sie hörte rasch auf. Weinen war zu ermüdend, und außerdem hatten sie keine Zeit dazu.

Gull gesellte sich mit seinen beiden Töchtern auf dem Arm zu ihnen. Lily folgte ihm, eine Hand an seinem Gürtel. Andere Offiziere waren nicht anwesend, da sie durch die Gänge und Tunnels eilten, die Leute zusammentrommelten und sich vergewisserten, daß die Abwehrmaßnahmen ihren Zweck erfüllten. Uxmal und seine Zwerge befanden sich an den Enden verschiedener Schlupflöcher und waren mit dem Graben von Fluchtwegen zum Wald und entlang der Meeresklippe beschäftigt.

Gull verschwendete keine Zeit. Mit den Kindern auf dem Arm fragte er: »Greenie, kannst du uns von hier versetzen?«

Greensleeves lehnte den Kopf gegen das kühle Gestein, nahm von Kwam eine Wasserflasche entgegen und trank einen Schluck. Sie war nicht mehr länger von Kummer erfüllt, sondern nur schicksalsergeben, und versuchte das Beste daraus zu machen. »Nein, heute nicht mehr. Vielleicht nie mehr. Was die Magie anbelangt, bin ich im Augenblick wie eine Kerze ohne Docht. Ich bin in den letzten Tagen zu verschwenderisch mit meinen Kräften umgegangen. Ich weiß nicht einmal, ob sie überhaupt je wieder zurückkehren.«

Seltsam ruhig nickte Gull. »Nun ja, dieses letzte Gefecht ist eine einzige Katastrophe. Da ist es nur angemessen, daß wir nicht mit Hilfe der Magie fliehen können. Es hat mir sowieso nie gefallen.«

Ringsumher reinigten Soldaten ihre Waffen, strafften ihre Gürtel und formierten sich auf Befehl ihrer Hauptleute zu Gruppen. Überall lagen die Verwundeten, die laut stöhnten oder vor Schmerzen mit den Zähnen knirschten. Heiler eilten von einem zum anderen und halfen, so gut sie konnten. Fackeln kamen und gingen, seltsame Schatten huschten über die Wände und verbargen Erschöpfung und Enttäuschung auf den Gesichtern der Leute. Ein Sergeant verband eine Schramme an Mulis Kopf direkt unter dem Helmansatz, dann machte er Anstalten, Gull zu versorgen, doch der winkte nur ab und forderte ihn auf, sich um die anderen zu kümmern.

Greensleeves sagte: »Wir sitzen hier unten in der Falle. Bis die Zwerge die Fluchtwege gegraben haben.«

Gull setzte sich auf den Boden, streckte die Beine aus und zuckte zusammen, als seine Oberschenkelwunde mit der Erde in Berührung kam. »Die werden uns nicht viel weiterhelfen. Die meisten würden nur entkommen, um von Wüstenreitern, Barbaren, Trollen und was weiß ich niedergemacht zu werden. Es sei denn, Liko, Stiggur und unsere Kavallerie sind noch am Leben und können uns helfen. Aber das ist auch keine Lösung. Die Lösungen sind mir schon vor langer Zeit ausgegangen. Ich wünschte jetzt, ich hätte darauf bestanden, daß sich einige Leute versetzen lassen, aber niemand wollte gehen, also können sie niemandem die Schuld geben außer sich selbst. Obwohl sie sie auch ruhig mir geben könnten. Das würde mir nichts ausmachen.«

Lily nahm die Hände ihres Mannes in die ihren. »Sie werden bis in alle Ewigkeit Lieder über euch zwei singen und sich Legenden erzählen. Überall da, wo Leute von Zauberern unterdrückt werden, wird irgendein Geschichtenerzähler sagen: ›Ich will euch von Gull und Greensleeves erzählen und davon, wie sie bis zum letzten Atemzug gegen die Zauberei gekämpft haben.‹«

Gull kicherte. Er kitzelte seine großäugige Tochter unter dem Kinn. »Wenn sie die Steintüren aufbrechen, werden einige von uns die Tunnels verteidigen, während der Rest flieht. Das werden meine Lanzenreiter und ich sein. Du wirst unsere Töchter nehmen und mit den anderen fliehen, Lily.«

Lily widersprach nicht. Ihre Augen schimmerten feucht im matten Fackellicht.

Kwam ließ seine Wasserflasche herumgehen, bis sie leer war. Greensleeves hielt die Hand ihres Liebsten. Sie fragte sich, ob er gehen würde, wenn sie ihn darum bäte. Wahrscheinlich nicht. Er liebte sie zu sehr. Mehr, als sie es verdiente.

Sie versuchte konstruktiv zu denken. »Was können wir sonst noch tun? Könnten wir mit Towser und Karli verhandeln? Uns selbst als Geiseln anbieten, wenn er die anderen laufen läßt? Uns opfern? Würden sie sich an eine solche Abmachung halten?«

Und sie dachte wieder an Chaneys Gerede über das ›Letzte Opfer‹ und fragte sich, ob die tote Druidin ihre Schülerin jetzt beobachtete. Greensleeves war bereit, ihr Leben zu opfern, um das ihrer Gefolgsleute zu retten. Aber würde das reichen? Würde es überhaupt helfen? Sie drückte Kwams starke Hand.

Gull schnalzte mit der Zunge, wie er es vor langer Zeit immer vor seinen Maultieren getan hatte, und schüttelte den Kopf. »Vielleicht. Sie wollen uns mit Haut und Haaren, soviel steht fest. Aber sie sähen nicht zu, wie unsere Armee flieht und sich neu formiert.«

»Sie könnte sich ohne ihren General und ohne ihre Druidin nicht neu formieren«, sagte Muli in die Dunkelheit hinein.

Gull zeigte seine weißen Zähne, als er grinste. »Doch, sie würde. Sie müßte. Wir sind unwichtig. Helki könnte die Armee anführen oder auch Varrius, falls er noch lebt. Lily könnte es auch. Oder du, Muli. Nein, wir sind für die Zauberer zu gefährlich. Sie werden Ungeheuer und Mörder auf uns hetzen, bis wir nur noch eine Erinnerung sind. Also weiß ich nicht … was …«

Leute neigten den Kopf, um zu lauschen, hörten nur Stille und sahen dann, daß Gull eingeschlafen war. Sein Kopf lehnte an der Steinmauer, und seine Tochter Hyacinth hatte sich auf seiner Brust unter seiner verstümmelten Hand zusammengerollt und den Daumen im Mund.

Alle saßen schweigend da, jeder für sich allein und in Gedanken versunken.

Gull träumte.

Er hatte in letzter Zeit viele Träume gehabt, wenn er die Zeit für ein kurzes Nickerchen gefunden hatte, da sein Geist Visionen und tatsächliche Erlebnisse wild vermischte.

Diesmal war er wieder in Weißfels, seinem Geburtsort, aber das Dorf war nur noch ein Haufen Ruinen, von einem Erdbeben zerstört. Die Häuser waren eingestürzt, das Flußbett war ausgetrocknet.

Doch es waren keine Feinde in der Nähe, nur seine Familie war da.

Er stand allein inmitten des Dorfs und schwitzte in der heißen Sonne. Weit entfernt, auf dem nächsten Kamm, stand seine Familie, die in Wahrheit in einem Steinregen und an Schwäche und Seuchen gestorben war. Sein Vater Cinnamon Bear hatte kein gebrochenes Rückgrat mehr, sondern stand aufrecht und gerade und sah fast so wie Gull aus, nur daß er ergraut war. Seine Mutter Bittersweet, breit und stämmig, stand lächelnd da, und ihr Haar war im Licht der Sonne so golden wie Mais. Neben ihnen standen seine Brüder und Schwestern, Rainfall, Angelwing, Poppyseed, Lion und Cub, der so klein war, daß er noch nicht einmal einen richtigen Namen hatte, sondern nur einen Spitznamen, weil er seinem älteren Bruder immer überallhin folgte. Der einzige, der fehlte, erkannte er plötzlich, war Sparrow Hawk, sein jüngerer Bruder mit dem roten Haar und den Sommersprossen, der immer so sprunghaft war und nur Dummheiten im Kopf hatte. Er war zuletzt gesehen worden, als er hinter eine Scheune gerannt war, um gegen rote Soldaten zu kämpfen, die dreimal so groß waren wie er.

Gull fragte sich, warum Sparrow Hawk nicht bei seiner Familie war, wenn er gerade die Toten sah. Wenn Träume etwas zu bedeuten hatten (denn er wußte, daß er träumte) – bedeutete das, daß Hawk noch am Leben war?

Gull wollte zu seiner Familie laufen. Es war wunderbar, sie zu sehen, aber herzzerreißend, ihr so nahe zu sein und nicht näher zu kommen. Er wollte sie alle umarmen und halten und noch einmal an Poppyseeds Zöpfen ziehen, aber seine Beine waren auf der Stelle verwurzelt. Und das war auch richtig, wußte ein Teil von ihm, denn er lebte, und sie waren tot, und Lebende und Tote sollten sich nicht zueinander gesellen, wenngleich sie in Träumen miteinander reden konnten.

Gull rief ihnen zu: »Es tut mir leid! Es tut mir leid, daß ich es nicht schaffe, diese Zauberer zur Rechenschaft zu ziehen! Ich habe mein Bestes versucht, aber das hat nicht gereicht!«

Doch seine Familie hörte nicht zu. Sie zeigten alle auf eine Stelle hinter Gull.

Gull konnte plötzlich seine Füße wieder bewegen und drehte sich auf die in Träumen übliche quälend langsame Art um. Er sah Sparrow Hawk, der ihn von der nächsten Kuppe aus angrinste. Anstelle eines Schwerts hielt sein Bruder einen verrosteten Nagel hoch und zeigte damit auf etwas jenseits der nächsten Kuppe. In dem Nebel, aus dem Träume manchmal gemacht sind, konnte Gull nicht erkennen, was es war. Er fragte sich, wohin ihn dieser Traum führen werde, als er Sparrow Hawk folgte und seinen Eltern gehorchte, indem er sie wiederum zurückließ ...

Warum sollte er Sparrow Hawk folgen? Wohin mochte der Junge ihn führen? Und was ...

Plötzlich erwachte Gull. Und verstand.

»Gull!« Lily schüttelte ihn. Benommen öffnete er die verklebten Augen und rückte von der Mauer ab. »Gull! Ein Boot schwimmt auf dem Wasser, und Towser sitzt darin!«

Immer noch schläfrig und erschöpft, rappelte Gull sich auf. Er übergab seine große Axt einem Kindermädchen, nahm seine schlafende Tochter in die rechte Hand wie eine Waffe, bis das Kindermädchen das Kind gegen die Waffe tauschte. Dann sagte er zu Lily: »Ich bin wach. Zeig es mir. Aber was kann er wollen? Komm, Greenie.« Mit seiner unversehrten Hand half er seiner Schwester beim Aufstehen.

Über Verwundete, Nachschub und verlorene Ausrüstung stolpernd und von Fetzen seines sonderbaren Traums verfolgt, stapften Gull mit seinen Leibwachen sowie Lily und Greensleeves durch die Dunkelheit, bis sie von zwei Zwergen in Empfang genommen wurden. Sie gingen durch weitere Tunnel, bis Gull das Gefühl hatte, er träume wieder und werde diese engen, feuchten und verwirrenden Gänge nie verlassen. Doch schließlich roch er salzige Luft.

Es war das Ende des Tunnels, wo die Klippe zwei Dutzend Fuß tief steil zur Brandung abfiel. Die Zwerge hatten die Öffnung befestigt und eine hüfthohe Barrikade aus Steinen errichtet. Gull hielt nach Gefahren, nach Anzeichen für einen Hinterhalt Ausschau, fand keine und lehnte sich über die Barrikade.

Unten in der nächtlichen Schwärze schaukelte ein Fischerboot auf den Wellen, in dem Towser und die dunkelhäutige Karli saßen. Sie waren von einer Art Lampenschein umgeben, so daß sie wie Geister aussahen, die in einer sternlosen schwarzen Nacht dahintrieben. Sie waren in Bogenschußweite, schienen sich aber nicht zu fürchten. Wahrscheinlich waren sie abgeschirmt. Sechs Piraten ruderten, um gegen den Sog der Wellen anzukämpfen, die gegen die Klippe schlugen.

Vom Rauschen der Brandung begleitet, funkelte Gull seinen alten Feind an, der immer noch seinen Regenbogenumhang und seinen buschigen Schnurrbart trug und dessen Haare immer noch steif waren. Zwar kämpfte Gull jetzt seit Monaten gegen die Lakaien des Zauberers, aber bis heute hatte er Towser nicht zu Gesicht bekommen – seit jenem Tag, an dem eine Flutwelle dessen Streitmacht und Wagenzug ausgelöscht hatte. Bei seinem Anblick knirschte Gull mit den Zähnen.

»Ich sehe dich! Was willst du?«

Er stieß einen Ausruf der Überraschung aus, als ein Pirat ein Ruder hob, an dem ein weißes Tuch flatterte. Towser rang in dem schwankenden Boot um sein

Gleichgewicht, während er mit den Händen einen Trichter vor dem Mund bildete und rief: »Ich schlage einen Waffenstillstand vor! Wir sollten miteinander reden!«

»Reden?« fragte Gull, an seine Begleiter gewandt. »Was gibt es zu reden? Ich will Towser nur am Genick packen und ihm den Schädel einschlagen!«

Greensleeves legte ihm die Hand auf den Arm. »Wir müssen an andere denken, Bruder. Wir sollten mit ihm reden.«

Der Holzfäller knirschte in ohnmächtiger Wut mit den Zähnen, dann grunzte er: »Warum nicht?«

Er schrie in den Nachtwind: »In Ordnung! Laß uns miteinander reden!«

KAPITEL 20

Sie trafen sich in der Wüste aus schwarzem Glas.

Von ihren überlebenden Leibwachen flankiert, marschierten Gull und Greensleeves aus dem Gestrüppwald der farbenprächtigen Gesellschaft entgegen, die sich eine Viertelmeile weiter draußen versammelt hatte. Bruder und Schwester waren schmutzig und ungepflegt und von den endlosen Kämpfen zu Tode erschöpft, und Gull empfand das Gewicht der Axt an seinem Gürtel mittlerweile als Last. Doch sie schritten hocherhobenen Hauptes durch die Wüste.

Die Zauberer waren alle da. Immugio der Ogerriese trug den Arm infolge seines Kampfes mit Liko in der Schlinge. Dwen die Meereszauberin hielt die Kopie der Lanze des Meeres in den Händen und funkelte sie haßerfüllt an. Fabia, die in ihrem hauchdünnen roten Gewand einen prächtigen Anblick bot, saß umringt von hübsch anzusehenden Gefolgsleuten in roten Tuniken in ihrem Streitwagen, der jetzt von verschiedenfarbigen Pferden gezogen wurde. Trotz aller Gerüchte war auch Königin Thunderhead von den Goblins mit einigen schnatternden Goblins anwesend. Der grauhaarige Ludoc trug wie üblich seinen Pelz und streichelte seinen Wolf und seinen Falken. Haakon, der selbsternannte König der Brachen, sah königlich aus, denn er trug eine vollständige Rüstung, die er silbern und rot lackiert hatte, und einen langen roten Umhang um die Schultern. Er hatte sogar über seiner leeren Augenhöhle einen Rubin in den Helm eingesetzt. Wie zum Spott trug jeder Zauberer das Nova-Pentagramm, das verhinderte, daß sie von Greensleeves versetzt wurden.

Gull stellte beiläufig fest, daß Gurias von Tolaria fehlte, der von seiner Schwester im Flüsterwald getötet worden war. Von Leechnip dem Schilftroll, angeblich tot, war nichts zu sehen, aber er mochte irgendwo im Gestrüppwald lauern, da er vielleicht nicht gewillt war, die Wüste zu betreten. Ebenfalls nicht anwesend war Dacian die Rote, die einen Steinregen auf Weißfels beschworen und damit seinen Vater und andere getötet hatte. Also hatten sie den Feind um zwei oder drei Zauberer dezimiert. Das war doch etwas.

Doch Gulls ärgster Feind, Towser mit der silbernen Zunge und der hinterhältigen Art, war lebendig und wohlauf und grinste triumphierend. Neben ihm stand die dunkelhäutige weißhaarige Karli in ihrer mit Knöpfen und Medaillons übersäten Jacke, die so heimtückisch wie eine Kobra war.

Die Versammlung der Zauberer wurde von Dutzenden blaugewandeter Wüstenkrieger flankiert, die Karli treu ergeben waren und deren Krummsäbel in der grellen Sonne glitzerten. Die Rückendeckung bildete Wüstenkavallerie auf bunt aufgeputzten Pferden, die mit klingelnden Glöckchen behängt waren.

Und direkt hinter Towser, so groß wie eine Sphinx in dieser glühendheißen Wüste, stand der keldische Kriegsfürst. Trotz einer leichten Brise glänzte er vor Schweiß. Seine mächtigen Arme, so dick wie Gulls Oberschenkel, waren vor der Brust verschränkt. Die Spitze seines Bihänders streifte das schwarze Glas am Boden.

Gestern hatte Gull den Kriegsfürst noch gehaßt, aber heute nicht mehr.

Towser und Karli standen hinter einem einfachen Holztisch, auf dem ein Blatt Pergament und eine Feder in einem steinernen Tintenfaß standen. Gull und Greensleeves blieben eine Armeslänge vor dem Tisch stehen. Ihre Leibwachen versteiften sich und hielten die Lanzen aufrecht. Sie waren gespannt wie Bogensehnen. Mit Ausnahme von Gull und Greensleeves rechneten alle mit Verrat. Seltsamerweise glaubten die beiden, Towser werde sein Wort – sein selbstgegebenes Wort – halten und nur mit ihnen reden.

Der Zauberer hob beide Hände in den bauschigen Regenbogenärmeln wie zu einer Geste der Freundschaft. Sein vielfarbiges Gewand glänzte so irisierend wie eh und je, wie ein Insektenflügel, sein Haar war steif, sein Bart buschig. Doch sein Gesicht wirkte nicht mehr jung. Den Krähenfüßen in Augen- und Mundwinkeln nach zu urteilen, hätte er ein Großvater sein können. Doch er lächelte, als begrüße er alte Freunde.

»Gull, Greensleeves, wir freuen uns aufrichtig, daß ihr bereit seid, euch wie vernünftige Leute zu unterhalten. Gewiß sind wir uns alle einig, daß es genügend Gemetzel und Tote gegeben hat …«

»Nein«, warf Gull ein. »Nicht genug, denn du lebst immer noch.«

Towser blinzelte, und sein Gesicht verhärtete sich, aber er bewahrte sich seine aufgesetzte Jovialität. »Schließlich … war es nie richtig, daß Greensleeves diese anderen Zauberer« – er deutete auf die haßerfüllten Gesichter – »unterjocht und sie gezwungen hat, auf ihr Geheiß zu erscheinen. Wenn du, Greensleeves, mit Zauberern umspringst wie mit Bauern, wie kannst du dann besser sein als wir?«

Gull knurrte: »Meine Schwester ist besser als ihr, wie ein Löwe besser als ein Blutegel ist. Aber du hast recht. Wir hätten euch nie unterjochen sollen. Ich hätte euch einen Kopf kürzer gemacht. Aber meine Schwester besteht darauf, daß in jedem etwas Gutes steckt, sogar in gierigen Schweinehunden von Zauberern, also seid ihr verschont worden.«

»Ihr Großen seid es, die vielleicht verschont werden!« kreischte Königin Thunderhead, die ihre Lumpen und ihre Krone aus Hufnägeln trug. »Wir sind es, die euch an euren Lagerfeuern die Knochen abnagen werden!«

Gull musterte sie. »Dann wisse, du alte Hexe, daß die Ansicht meiner Schwester bestätigt und meine widerlegt wurde, denn ein *Goblin* hat sein Leben geopfert, um meines zu retten! Ich habe angeordnet, daß in meiner Armee in meinem Beisein kein böses Wort mehr über Goblins ausgesprochen werden soll.«

Diese verwirrende Neuigkeit sorgte für Unruhe. Towser, der einen müden Eindruck machte, hob die Hand. »Also gut, genug der Höflichkeiten. Kommen wir zur Sache. Ich habe hier ein Dokument zu eurer Einsicht vorbereitet.«

Er reichte Gull das einzelne Pergamentblatt, doch der Holzfäller warf nicht einmal einen Blick darauf. Er gab es einfach Greensleeves, die lesen konnte. Die Druidin betrachtete die verschnörkelte Handschrift und las den Text, wobei ihre Finger den Buchstaben folgten, doch nur ein paar Zeilen.

»Das sind Kapitulationsbedingungen.« Sie ließ das Pergament auf den Tisch fallen. Ein Windstoß erfaßte es und wehte es zu Boden, aber niemand bückte sich, um es aufzuheben.

Towser hob die schmalen Schultern und seufzte melodramatisch. Karli rieb sich die Nase, um ein Grinsen zu verbergen. Sie freute sich offensichtlich, daß Towser mit seinem Vorschlag abzublitzen schien, und war anscheinend auf eine Fortsetzung des Kampfes erpicht. Während Towser in den vergangenen Monaten gealtert war, wirkte Karli jünger, katzenhafter. Aber sie hatte gewaltige Reißzähne.

Der gestreifte Zauberer sagte: »Ihr habt in den letzten Wochen eine Verkehrung des Glücks erlebt, wie sie irgendwann jeder einmal erlebt. Ihr könnt hier nicht gewinnen. Wir werden eure Armee von hier vertreiben und die Herrschaft über dieses Gebiet übernehmen.

Die Geheimnisse der alten Weisen werden uns gehören …«

»Es gibt keine Geheimnisse«, unterbrach ihn Greensleeves. Ihre Stimme klang dünn in der Wüstenluft. »Wir haben ein paar Tunnels gefunden, aber sie sind leer. Ich war auf dem Meeresboden und habe nur Geister gefunden. Es gibt keine Artefakte, keine Quellen der Macht. Und dieses Land ist krank und vergiftet. Es gibt hier nichts, wofür es sich zu kämpfen oder zu sterben lohnt.«

Jetzt war Towser verwirrt. Es war ein Beweis für Greensleeves' Aufrichtigkeit, daß er ihr glaubte. »Aber … wenn ihr nicht dafür kämpft, die Geheimnisse der Weisen für euch zu behalten, wofür dann …?«

»Wir kämpfen gegen euch«, sagte Gull. »Das tun wir. Wir treten Zauberern entgegen, die ihre Macht benutzen, um Bauern, wie ihr sie nennt, zu unterdrücken. Wir halten aus, bis ihr zerschmettert und in alle Winde verstreut seid.«

»Wenn sich überhaupt jemand ergibt, dann ihr«, fügte Greensleeves hinzu. »Ihr könnt uns töten, aber niemals besiegen.«

Towsers Mund arbeitete. Er war ein gieriger Mensch und hatte natürlich angenommen, die Armee kämpfe für Reichtümer und Macht. Jetzt wußte er nicht, was er sagen sollte.

Karli schon. Mit ihrem heiseren Wüstenakzent verkündete sie: »Dann *werden* wir euch töten! In ein paar Jahren werdet ihr tot und begraben und nicht einmal mehr eine Erinnerung sein! Und wir werden unsere Truppen haben und vorwärtsmarschieren, ohne auf Widerstand zu stoßen!«

»Vielleicht«, erwiderte Greensleeves milde, »aber wir werden als Erinnerung fortleben. Das hat Lily gesagt. Überall in den Domänen werden die gewöhnlichen Leute mit der Zeit erfahren, daß andere gewöhnliche Leute Zauberer bekämpft und manchmal sogar gewonnen haben. Das wird unser Vermächtnis sein, und das reicht.«

Towser verdrehte die Augen und fuhr sich mit einer Hand über das Gesicht. Hinter ihm kam Bewegung in die Reihen der Wüstensoldaten und Kavallerie, und ein Flüstern machte die Runde unter ihnen. Towser befahl ihnen zu schweigen. »Dann soll dieser Krieg also weitergehen? Ihr werdet kämpfen, bis jeder Mann, jede Frau, jedes Kind tot sind und den Geiern zum Fraß vorgeworfen werden? Ihr würdet eure Armee wie Lemminge über die Klippen treiben? Wollt ihr das?«

»Nein«, sagte Gull. »Und um das zu verhindern, habe *ich* einen Vorschlag. Einen Gegenvorschlag. Ich schlage einen Entscheidungskampf vor.«

Towser und Karli wechselten einen verwunderten Blick. Gulls Leibwachen sahen einander verwirrt an.

Gull hob den Arm und zeigte auf den keldischen Kriegsfürst. »Als General der Armee fordere ich euren Kriegsfürst zum Zweikampf heraus. Wenn ich getötet werde, übernimmt Greensleeves die Armee und versetzt sie von hier, so daß ihr die Ruinen bekommt. Aber wenn ich gewinne, verlaßt ihr dieses Land und kehrt nie wieder zurück.«

Greensleeves und Muli riefen beide: »Nein, nicht!« Plötzlich redeten alle Leute durcheinander.

Doch Towser grinste nur und bellte: »Abgemacht!« Er kicherte vor Entzücken, da er sein Glück kaum fassen konnte. »Abgemacht! Wir sind einverstanden!«

Denn jeder konnte sehen, daß Gull, so stark und fähig er auch sein mochte, dem mächtigen Kriegsfürst nicht gewachsen war. Der Kelde würde Gull zerfetzen wie ein Falke eine Taube.

Doch der Holzfäller legte nur seine verstümmelte Hand auf die Axt in seinem Gürtel. »Dann also morgen. Am Mittag. Hier.«

»Einverstanden!« krähte Towser. »In der Zwischenzeit stellen wir alle Angriffe ein! Und wenn du gewinnst, ziehen wir uns zurück und kommen nie wieder!« Aber er lachte, denn er schmeckte den Sieg und überlegte bereits, wie er ihn für sich ausnutzen konnte.

Gull machte auf dem Absatz kehrt und ging so schnell zum Wald zurück, daß Greensleeves einen Laufschritt anschlagen mußte, um mit ihm Schritt zu halten.

»G-Gull! B-Bruder!« In ihrer Aufregung stotterte Greensleeves, eine Angewohnheit, die sie schon vor Jahren abgelegt hatte. »D-du k-kannst nicht gegen ihn k-kämpfen! Er ist zu groß! Zu stark! Er wird dich t-t-töten!«

»Vielleicht«, erwiderte Gull, ohne sie anzusehen. »Vielleicht auch nicht.«

»Aber G-Gull!« Greensleeves stolperte über den Saum ihres zerlumpten Rocks, als sie den Pfad durch den Gestrüppwald betraten. »Das war n-nicht n-nötig! Wir hätten a-alle zusammen k-kämpfen k-können …«

Doch ihr Bruder marschierte nur wortlos weiter. Greensleeves ließ sich zurückfallen und sah ihm mit Tränen in den Augen nach.

»Ich verstehe es immer noch nicht«, sagte Greensleeves zum dutzendstenmal.

Die Druidin saß mit Gull und Lily an einem kleinen Lagerfeuer auf dem Sonnenkreis. Towser hatte Wort gehalten und seine Barbaren-Armee abgezogen. Gulls und Greensleeves' Leute lagerten wieder über der Erde und hatten die Erdwälle und die Palisade repariert. Doch alle waren ruhig, betrauerten bereits den Tod ihres Anführers. Ein Kind, das schallend lachte, wurde sogleich von einem Dutzend Erwachsenen aufgefordert, leise zu sein. Von einem Ring Leibwachen umgeben, saß die Familie allein da, wurde in einer stillschweigenden Übereinkunft der anderen in Ruhe gelassen.

Gull war erstaunlich ruhig für jemanden, der am

nächsten Tag dem sicheren Tod entgegensah. Er wiegte die schlafende Hyacinth in der Beuge eines Armes und hielt die schlanke Hand seiner Schwester in seiner verstümmelten. »Dieser Zweikampf verschafft unserer Armee Zeit, auszuruhen und zu planen. Wenn ich recht habe und gewinne, müßt ihr vor Verrat auf der Hut sein. Wenn ich mich irre und verliere … vielleicht könnt ihr einen besseren Handel abschließen. So oder so könnte der Zweikampf eine Menge Leben retten.«

»Unsinn!« schniefte Greensleeves. »Das ergibt alles keinen Sinn! Du wirst tot sein, und wir werden in derselben Klemme hocken! Nur wird alles noch schlimmer sein, weil ich ohne dich nicht weiß, was ich tun soll!«

Gull drückte ihre Hand, aber sie entriß sie ihm, halb vor Angst, halb aus Wut. Er sagte: »Du kämpfst gegen Zauberer, so gut du kannst. Daran führt kein Weg vorbei. Und ein Haufen Leute in dieser Armee kann dir sagen, wie. Du hast hier ein paar der besten Köpfe der ganzen Domänen versammelt: lebenslange Soldaten, Heiler, Gelehrte und Handwerker. Ich bin fast überflüssig, denn ich bin nichts weiter als ein Holzfäller.«

Die Druidin ließ sich damit nicht abspeisen. »Du weißt, daß das nicht stimmt, aber ich will nicht mit dir streiten. Wenn du gegen diesen Kriegsfürst kämpfen mußt – obwohl ich keinen Grund dafür sehe –, darf ich dich dann wenigstens durch ein paar Zauber stärken? Keine Sorge«, fügte sie eiligst hinzu, »der Schlaf hat meinen Beschwörungsfähigkeiten sehr gut getan. Ich kann deine Kraft und Schnelligkeit vergrößern und dir eine schärfere Sicht geben. Und Kwam hat alle möglichen Artefakte: Brustharnische, die eine Klinge magisch ablenken, Helme …«

»Nein, Greenie. Ich habe die Magie noch nie gemocht und werde sie nicht gerade jetzt benutzen. Und wenn ich mich irre, nützt sie mir sowieso nichts.«

»Was soll *das* jetzt wieder heißen?« Greensleeves'

Kummer wich dem Zorn. Hyacinth schreckte bei ihrem Tonfall auf, murmelte dann aber etwas und kuschelte sich an die Brust ihres Vaters. Die Druidin flüsterte: »Wenn du dich *worin* irrst? Was geht in deinem Kopf vor?«

»Ich hatte einen Traum«, sann Gull, »einen Traum von unserer Familie. Von Bittersweet und Cinnamon Bear, von unseren Brüdern und Schwestern... Aber mehr werde ich nicht sagen, weil mir sonst die Magie der Sache abhanden kommt.« Er grinste über seine widersprüchlichen Bemerkungen zum Thema Magie. »Würdest du uns jetzt bitte entschuldigen, Greenie? Wir wollen allein sein.«

»Oh!« Greensleeves' Gefühle schlugen hohe Wellen wie in einem Sturm, und sie konnte nichts mehr sagen. Sie erhob sich, stolperte und wurde von Gull aufgefangen. Sie fuhr herum und wollte davonstürmen, änderte dann jedoch ihre Meinung und küßte ihren Bruder auf die Stirn. Dann durchbrach sie den Ring der Leibwachen und lief weinend zu Kwam.

Das einzige Geräusch war das Knistern des Lagerfeuers, als Lily leise sagte: »Sie macht sich Sorgen um dich. Sie wird dich vermissen.«

»Und du nicht?« neckte Gull.

Lily lächelte traurig, und ihre Augen glänzten feucht. »Du machst keine halben Sachen, Gull. Mir war immer klar, daß ich früh Witwe werden könnte. Die Vorstellung ängstigt mich, aber sie ist mir nicht fremd. Ich vertraue deinem Urteil, Liebster.«

»Ich habe deine Kraft immer bewundert, Lily.« Er zog sie an sich. »Du hast einen Stahlkern in dir.«

Lily beugte sich über ihr schlafendes Kind und zog ihm die Decke höher unter das Kinn. »Und du hast einen Holzkopf, so stur bist du. Aber was kann man von einem Holzfäller anderes erwarten?«

Gull seufzte. »So merkwürdig es klingt, ich wollte nie mehr sein. Es hätte mir gereicht, eine gute Frau zu heiraten, Bäume zu fällen, meinen Kindern beizubringen, wie man Holz bearbeitet, und am warmen Herd grau und fett zu werden. Aber letzten Endes haben sich all die verrückten Abenteuer gelohnt, weil ich dich getroffen habe.«

Jetzt seufzte Lily, doch aus purer Freude, als sie sich an ihren Mann lehnte. »Wenigstens haben wir ein gemeinsames Ziel. Ich wollte immer nur die Frau eines guten Mannes sein.«

»Kein Engel?« neckte er sie.

Lily schüttelte den Kopf, und ihr braunes Haar strich über seinen nackten Arm. »Ich weiß auch nicht, was ich mir dabei gedacht habe, als ich mir vorstellte, ich könnte diese Welt hinter mir lassen. Warum sollte ich fliegen wollen, wenn ein so wunderbarer, liebevoller und anständiger Mann wie du auf der Erde wandelt?«

Gull strich ihr über das Haar und küßte es. »Wenn du glücklich bist, bin ich es auch.«

»Ach, Gull ...« Dann seufzte sie, als sie an den nächsten Tag und daran dachte, daß ihre Liebe ein Ende finden würde. »Sag, Gull, was war das für ein Traum, den du erwähnt hast?«

»Ach, ja. Mein Plan, wenn man so will. Ich habe von meiner Familie geträumt ...«

Und er erzählte ihr seinen Traum. Und auch seine Botschaft.

Der Morgen kam und mit ihm weitere Vorbereitungen und Befestigungen, und schließlich war der Mittag nahe.

Auf dem Sonnenkreis ließ sich Gull bemuttern. Ohne sein Wissen hatten seine Grünen Lanzenreiter die Nacht damit verbracht, seine Ausrüstung zu säubern. Er war überrascht über Lederkilt und -tunika, die beide frisch und sauber waren und glänzten wie ein Pferdefell. Sein Helm und sein Brustharnisch, die beide verbeult und zerkratzt gewesen waren, funkelten und strahlten jetzt. Muli hielt seine gewaltige Holzfälleraxt, deren Schaft frisch geschmirgelt und deren Klinge so blank poliert war, daß man sich darin spiegeln konnte. Stiggur hatte eine neue Maultierpeitsche geknüpft. Dankbar ließ Gull sich ankleiden: Stahlhelm, Lederkleidung und hohe Stiefel, breiter Gürtel mit der Peitsche darin, stählerner Brustharnisch und ein blauer Umhang, der im Wind flatterte. Schließlich nahm Gull seine furchterregende Axt entgegen, und die Leute stießen Ohs und Ahs aus.

Aber es wurde kaum gesprochen. Nur Hyacinth, die am Rockzipfel ihrer Mutter hing, fragte: »Wohin geht Papa?«

Lily kämpfte mit den Tränen, als sie ihren gelassenen Ehemann voller Stolz betrachtete. »Papa hat Arbeit mit seiner Axt. Er kommt bald wieder.«

Gull blinzelte in die Sonne. »Es wird Zeit.«

Er folgte dem Pfad durch den Gestrüppwald, die Hälfte seiner Leibwachen vor sich, die andere Hälfte hinter sich. Der größte Teil der Armee folgte ihnen. Liko stapfte daher, und Stiggurs CLOCKWORK BEAST stampfte mit eisenbeschlagenen Füßen durch die Farnkräuter, wobei der ehemalige Küchenjunge lauthals weinte. Kavallerie, Menschen und Zentauren gleichermaßen, ritt durch das Gebüsch und die dünnen Bäume, um ihren General nicht aus den Augen zu verlieren. Und dahinter kamen Lily mit einem Kindermädchen, das Hyacinth trug, Greensleeves, Kwam und die anderen.

Rasch ließen sie den Wald hinter sich und traten in die blendende Sonne, die auf die schwarze Glaswüste niederbrannte. Engel waren von ihren entfernten Bergen hergeflogen gekommen und hatten sich am Waldrand in einer Reihe aufgestellt. Ihre weißen Flügel leuchteten in der Sonne.

Draußen in der Wüste war ein großer Halbkreis zu sehen: Towser und die Zauberer und viele Hörige in bunten Gewändern. Und vor dem Halbkreis wartete der keldische Kriegsfürst.

Zwischen Wald und Wüste blieb Gull stehen. Er sprach laut, damit seine Worte auch von den hinteren Reihen der Menge verstanden wurden, die jetzt in die Hunderte ging.

»Hier verlasse ich euch! Ich danke euch allen für eure Hilfe und Freundschaft. Vergeßt nicht, daß wir für Recht und Gerechtigkeit und für die Freiheit kämpfen, und laßt diese Hoffnung niemals – sterben.« Im Angesicht so vieler weinender Gefolgsleute versagte ihm die Stimme, und er konnte nicht weitersprechen. Er nahm Lilys Hand und küßte sie, als wäre sie eine Königin.

Neben ihm konnte sich Muli nicht beherrschen. »Bitte, General! Gull! Laßt uns mit Euch gehen!« Verlegenheit breitete sich aus, denn es war klar, daß Lily nicht die einzige Frau war, die Gull liebte. Doch er schüttelte nur den Kopf, bückte sich und küßte Muli auf ihre harte flache Wange.

Er wandte sich an Greensleeves, um ihr auch noch ein paar Worte zum Abschied zu sagen, aber ihm fiel nichts ein. Ihr auch nicht, wenngleich ihre Augen vor starrköpfigem Stolz und Liebe glänzten. Also zerzauste Gull ihr einfach das Haar, wie er es immer in angenehmeren Zeiten getan hatte, und drehte sich um.

Der keldische Kriegsfürst sah größer denn je aus, ein Berg aus Muskeln, die vor Schweiß glänzten. Seine Brust hob und senkte sich wie ein Blasebalg, und seine Glieder bebten vor Kraft. Zum Töten entschlossen, hatte er den roten Umhang und das Geweih abgelegt und trug nur einen schwarzen Kilt, einen Kriegsharnisch und den geschlossenen Eisenhelm mit den Reißzähnen und den leuchtendroten Augenjuwelen. Als er sah, daß Gull sich ihm mit seiner blitzenden Axt näherte, zog der Kriegsfürst langsam sein zweihändiges Schwert, eine Waffe, die ebensogroß wie Gull war, und hielt sie gerade nach vorn gerichtet.

Gull blieb zwölf Fuß vor dem riesigen Mann stehen, spreizte die Beine ein wenig und reckte das Kinn in die Höhe. In der leichten Brise flatterte sein blauer Umhang.

Der Kriegsfürst schnaufte, als sei ein derart winziger Gegner unter seiner Würde. Seine Stimme grollte wie Donner. »Gull, genannt der Holzfäller. Bist du bereit zu sterben?«

Gull reckte das Kinn noch höher. Weit hinter sich spürte er die Unruhe der vielen Leute, die dem Schauspiel zusahen. Vor ihm waren noch mehr Leute, Feinde, die erpicht auf seinen Tod waren. Und unter ihnen, in vorderster Reihe, auch Towser.

Doch der Holzfäller schüttelte den Kopf. »Nein. Noch nicht.«

Und er ließ seine Axt zu Boden fallen.

Ein Aufstöhnen wie aus einem Mund erhob sich aus der Menge hinter ihm, doch er beachtete es nicht.

Gull setzte seinen funkelnden Helm ab und warf ihn auf seine Axt. Er riß sich den blauen Umhang ab und ließ ihn fallen, zerrte an seinem Harnisch, um die Gurte zu zerreißen, warf ihn klirrend zu Boden. Gull zog seine Maultierpeitsche aus dem Gürtel und ließ sie auf den Haufen fallen, packte seine Ledertunika und riß sie sich von der Brust.

Dann war er fertig. Er stand nur noch in seinem Lederkilt und seinen hohen Stiefeln da, halbnackt und unbewaffnet.

Wenn der keldische Kriegsfürst verwirrt war, ließ er es sich nicht anmerken. Gull nahm an, daß er viele Feinde getötet hatte, von denen einige am Ende wahrscheinlich wahnsinnig geworden waren. Der riesige Mann hob sein Schwert, trat einen Schritt vor und knurrte: »Du willst ohne Waffe in der Hand sterben?«

»Es hätte wenig Sinn, wenn ich kämpfte«, sagte Gull. Er verschränkte die Arme vor der nackten Brust. Hinter dem Kriegsfürst beugten sich Towser und die anderen Zauberer vor, um ihre Worte besser verstehen zu können, also sprach er lauter. »In einem Zweikampf kann ich dich nicht besiegen. Aber ich habe noch einen letzten Wunsch, bevor ich sterbe.«

Der Kriegsfürst blieb stehen, wobei sein Schwert zuckte wie die Zunge einer Schlange. »Wenn es in meiner Macht steht, ihn zu erfüllen ...«

Gull zeigte auf sein Gesicht. »Setz deinen Eisenhelm ab, damit ich das Gesicht meines Henkers sehen kann.«

Im Hintergrund rief Towser: »Nein! Tu das nicht!«

Doch Gull übertönte den Befehl des Zauberers mit seinen nächsten Worten. »Es ist ein schlichter Wunsch, der keinen Schaden anrichten kann! Wenn du eine *Ehre* hast, wenn keldische Kriegsfürsten *Stolz* haben und *keine Angst* davor, den Göttern ihr Gesicht zu zeigen, wirst du meinen Wunsch erfüllen! Nun?«

Langsam senkte der Kriegsfürst sein Schwert ein wenig, immer noch kampfbereit. Mit seiner freien Hand machte er sich an den eisernen Reißzähnen zu schaffen, die vor seinem Mund hingen.

Towser rief erneut und hob die Hände, als wolle er einen Zauber wirken. »Nein! Das ist nicht Teil der Vereinbarung ...«

Doch der Helm klirrte auf das schwarze Glas der Wüste.

Ohne seine scheußliche Kopfbedeckung sah der Kriegsfürst verblüffend normal aus. Sein Gesicht war schroff und knorrig vor Muskeln, dazu von vielen Kämpfen oder einer erbarmungslosen Ausbildung vernarbt. Die Haut war blaß vom ständigen Tragen des Helms. Sein Haar war kurz geschnitten und rot wie die Bartstoppeln auf seinen Wangen.

»Wie ich es mir gedacht habe«, sagte Gull. Seine Stimme zitterte. »Sparrow Hawk.«

»Hawk!«

Der Schrei kam vom Waldrand. Gull drehte sich um

und sah Greensleeves vorwärts stolpern, gefolgt von Kwam und ihren Leibwachen. Die Druidin hatte die Hände vor den Mund geschlagen. Sie hatte ihren lange verschollenen Bruder wiedererkannt.

Gull ließ die Arme sinken und ballte sie an den Seiten zu Fäusten. Er redete, der Kriegsfürst hörte zu. »Diesen Verdacht hatte ich schon die ganze Zeit, Hawk, aber ohne es bewußt zu wissen, und das hat mir keine Ruhe gelassen. Ich habe schon bei unserem ersten Kampf bemerkt, daß dein Bart rot ist, und ich fragte mich, wer du wohl sein könntest. Deine Stimme kam mir irgendwie bekannt vor. Jetzt, da du erwachsen bist, klingt sie wie die unseres Vaters. Doch erst, als ich den Traum hatte, den Traum von unserer Familie, habe ich es begriffen. Unsere Eltern waren auf der Seite der Toten, aber du warst hinter mir, im Land der Lebenden, und sie forderten mich auf, dir zu folgen. Cinnamon Bear, Bittersweet und unsere Brüder und Schwestern, wo sie jetzt auch sein mögen, wußten, wer du bist, und haben es mir schließlich mitgeteilt.

Oder vielleicht hast *du* mir auch den Traum geschickt. Du hast die Macht, den Verstand von Menschen zu beherrschen, ihre Gedanken zu umwölken, ihre Gefühle anzustacheln und sie gehorsam und kampfeslustig zu machen. Deine starken Gedanken sind vielleicht bis zu mir durchgedrungen, als ich schlief, und haben mir Hinweise gegeben. Ich vermute, du hast mir diese Gedanken absichtlich geschickt, damit ich dich erkennen würde.«

Der Kriegsfürst schüttelte nur den muskulösen Kopf. »N-nein ...«

Gull war völlig verblüfft über die Verwandlung seines ›kleinen Bruders‹, den er zum letztenmal gesehen hatte, als dieser elf Sommer alt gewesen war. Sparrow Hawk war seinem Vater Cinnamon Bear wie aus dem Gesicht geschnitten.

»Meine Vermutung geht noch weiter!« Gull hob die

Stimme, damit der Wind sie vielleicht bis zum Waldrand trug. »Ich vermute, du wurdest in der Schlacht von Weißfels gefangengenommen. Eine Kompanie Soldaten braucht immer helle Burschen, die anfallende Arbeiten erledigen und das Soldatenhandwerk erlernen. So sind wir zu Stiggur gekommen. Aber meine Vermutung geht *noch* weiter. Ich wette, *Towser*« – Gull zeigte auf den gestreiften Zauberer –, »der auf seine heimtückische Art nach Mitteln und Wegen suchte, Greensleeves und mich zu vernichten, hat erfahren, wer du bist. Ich wette, er hat dich gekauft und dann zu den Kelden geschickt, wo du in Verbindung mit einem Zeitrafferzauber ausgebildet, mit Magie angereichert und verzaubert wurdest, damit du die Gestalt eines mächtigen Kriegsfürsten bekamst. Und Towser hat seine Zauber zur Verstandesbeherrschung benutzt, um die Liebe zu deiner Familie in Haß zu verwandeln. Warum sonst solltest du mich so hassen, nachdem wir uns doch noch nie begegnet waren? Towser hat dich davon überzeugt, daß wir dich im Stich gelassen haben, nicht wahr? Stimmen meine Vermutungen?«

»Im Stich gelassen …« sann der Kriegsfürst. »Verlassen …«

»*Jawohl!*« schrie Gull, und seine Stimme bekam einen hitzigen Unterton. »Das ist Towser, wie er leibt und lebt. Er hat mich rekrutiert, damit Greensleeves für ein *Opfer* in der Nähe wäre, und er hat Lily angeworben, um *sie* zu opfern, wenn der richtige Zeitpunkt gekommen wäre! Er muß es für einen selten guten *Witz* gehalten haben, mein eigenes Blut, meinen eigenen *Bruder* auf mich zu hetzen!«

»Töte ihn!« schrie Towser. »Hör ihm nicht zu! Töte ihn sofort!«

»Ja!« rief Gull, während er die Arme ausbreitete und dem Kriegsfürst die nackte Brust darbot. »Töte mich und verlier dich selbst! Verleugne, wer du bist! Mein

Bruder! Und der Bruder von Greensleeves, die dort hinter mir steht, Abkömmling von Cinnamon Bear und Bittersweet, ein Sohn von Weißfels! Heb dein Schwert und verleugne dich selbst! Finde dich damit ab, daß man eine Bestie aus dir gemacht hat, eine seelenlose Tötungsmaschine!« Er senkte die Stimme, und alle lauschten angestrengt. »Such deine Seele in dieser Hülle. Kehr als unser Bruder Sparrow Hawk zurück, einst verschollen, nun wiedergefunden.«

Dann breitete Gull die Arme aus.

Der Kriegsfürst hob sein Schwert und sah es an, als hätte er es noch nie zuvor gesehen. Er sah wieder zu Gull und ließ die Waffe fallen.

Und wankte vorwärts, unbeholfen und über die eigenen Füße stolpernd, kein Riese oder Kriegsfürst mehr, sondern ein elfjähriger Junge, der aus der Wildnis zurückgefunden hatte.

Breit grinsend nahm Gull den riesigen Mann in die Arme und drückte ihn an sich. »Willkommen zu Hause, Sparrow Hawk.«

Am Waldrand umklammerte Greensleeves die Hände ihrer Freunde und weinte vor Freude. »Ach, Kwam! Hast du das gesehen? Hast du sie gesehen, Lily? Ich kann es kaum glauben! Gull hat immer gesagt, wir müßten bis zum Tod kämpfen, die ganze Zeit *kämpfen,* und jetzt hat er Towser besiegt und uns unseren Bruder zurückgebracht, indem er *nicht* gekämpft hat! Ach, wie tapfer beide sind – *was?*«

Die zwei Brüder fuhren auseinander, als Towser vor Wut aufheulte. Neben ihm stand Haakon, der Zauberer-König in silberner Rüstung. Der gestreifte Zauberer schrie etwas. Reiter sprangen in den Sattel, Soldaten schwangen drohend ihre Schwerter – alle von einem wie wahnsinnig schreienden Towser und der kreischenden Karli zum Angriff beordert.

Gull und Hawk sahen die neue Entwicklung und wichen zurück. Gull drängte seinen Bruder, zum Wald zu laufen, und Hawk erhob Einwände, als Haakon auf Towsers Befehl zuschlug.

Ein Feuerball, so groß wie die Wüstensonne, knisterte in Haakons Händen. Soldaten und Zauberer und sogar Towser wichen vor der Hitze der flammenden Kugel zurück. Pferde wieherten. Greensleeves konnte den Feind in dem weißglühenden Licht kaum noch sehen.

Dann schleuderte Haakon den Feuerball.

Hawk schlang die Arme um Gull.

Und Greensleeves schrie auf, als ihre zwei Brüder in die Flammen gehüllt wurden.

KAPITEL 21

Fassungslos und entsetzt stand Greensleeves da.

Wo ihre zwei Brüder gestanden hatten, war nur noch ein Loch, eine verbrannte flache Senke mit verkohlten Klumpen am Boden.

Alles ging viel zu schnell. Sie begriff nicht, was sie sah. Gefühle brodelten in ihr und verwandelten ihren Verstand in einen reißenden Strudel. Überraschung ob Gulls Scharfsinns und der Identität ihres verschollenen Bruders. Freude über dessen Rückkehr in den Schoß der Familie. Angst, als die beiden angegriffen wurden. Kummer angesichts des sengenden Feuerballs, der sie verschlang. Bedauern über ihre eigene Dummheit und Naivität, geglaubt zu haben, Towser werde seinen Teil der Abmachung erfüllen.

Und damit kam die Wut, alles überstrahlend und die anderen Empfindungen wegbrennend wie ein Feuerball. Ein lodernder tiefer Zorn, wie sie ihn noch nie empfunden hatte.

Ringsumher wurde die Armee aktiv. Hauptleute orderten ihre Soldaten in Reih und Glied. Trompeten erschollen, Trommeln schlugen. Erzürnte und empörte Soldaten schrien herausfordernd, als sie in die Wüste hinaus traten. Muli bellte einen Befehl, und ihre Grünen Lanzenreiter setzten mit wehenden Bändern zu einem selbstmörderischen Sturmangriff an. Stiggur schnauzte Dela an, während sie sich gemeinsam bemühten, die riesige Speerschleuder an der CLOCKWORK BEAST zu laden. Liko hämmerte mit seinen beiden Keulen auf den Boden, begierig, sich dem Sturm anzuschließen. Engel zogen Schwerter, stimmten ein Kampflied an und erhoben sich unter dem Rauschen ihrer mächtigen Flügel in den Himmel. Raben und D'Avenant-Bogenschützinnen legten Pfeile auf ihre Bogensehnen und liefen den Zenturien hinterher: Rot, Blau und Weiß. Zu beiden Seiten der Armee stießen Holleb und Helki ihren Schlachtruf aus, stampften donnernd mit den Hufen, richteten die Lanzen nach vorn und stürmten vorwärts. Lagerhelfer, sogar die Magieschüler, eilten der Armee nach, um ihr zu helfen, Tod und Vernichtung in die Reihen des Feindes zu tragen.

Draußen in der Wüste, inmitten wirbelnder Sandkörner und blitzender Pferdeschweife, schrie Towser zum Angriff. Dwen schwenkte ihre Lanze und beschwor blaßhäutige Höhlenmenschen zu Dutzenden. Ludoc warf seinen flammenden Adler in die Luft und beschwor Höhlenbären und Stiere. Königin Thunderhead schnatterte mit ihren Goblins. Andere Zauberer beschworen ebenfalls Bestien und menschliche Feinde. Tausende von Gegnern wurden beschworen, die darauf brannten, Greensleeves' wenige hundert Anhänger zu vernichten. Und an der Spitze des Feindes stand der kreischende Towser mit seinem buschigen Schnurrbart und dem gestreiften Gewand und trieb sie vorwärts, verlangte das letzte von ihnen in dieser letzten Schlacht, diesem abschließenden Gemetzel.

Nur eine Person stand still: Greensleeves. Überwältigt von Gefühlen. Weil sie zum erstenmal in ihrem Leben jemanden töten wollte.

Dann, während ringsumher Chaos und Wahnsinn ausbrachen, erstarrte sie erneut, wie erschlagen von einer neuen Erkenntnis.

In einer plötzlichen Eingebung, als wäre Chaneys Geist vor ihr erschienen, verstand Greensleeves, was mit dem ›Letzten Opfer‹ gemeint war.

Sie war bereit gewesen, ihr Leben zu opfern, um diese Zauberer aufzuhalten.

Sie war sogar bereit gewesen, ihre Freunde und Anhänger zu opfern, um ihren Raubzügen ein Ende zu bereiten.

Aber tief in ihrem Innern war sie nicht bereit gewesen, ihre Prinzipien zu opfern.

Nach den Prinzipien der Druiden ausgebildet, hatte Greensleeves beständig danach getrachtet, das Gleichgewicht zu wahren: zwischen Menschen und Natur, zwischen Chaos und Ordnung, zwischen Leben und Tod, zwischen Gut und Böse. In ihrem Bemühen, dieses Gleichgewicht zu erhalten, hatte sie sich immer zurückgehalten. Sie hatte nur ein Mindestmaß an Kraft aufgewendet, um Zauberer unschädlich zu machen, nur einen Bruchteil ihrer Macht benutzt, um den Wald zu verändern, nur hier und da einen winzigen Anstoß gegeben, ihre Kräfte nur eingesetzt, um anderen Kräften zu widerstehen, nicht mehr.

Nicht jedoch die anderen. Ihre Gefolgsleute, Leibwachen, Soldaten und Lagerhelfer, hatten in jeder Schlacht alles gegeben, hatten um Leben, Heim und Freiheit gekämpft. Die Hüterinnen des Hains hatten sich immer wieder zwischen die Gefahr und ihre Herrin geworfen: Bly und Alina waren von einem Ungeheuer zerquetscht, Petalia in den Abgrund gestoßen, Doris von einem Blitz verbrannt worden. Die Soldaten, Pioniere und Lagerhelfer hatten in den tödlichen Tunnels gegraben, um für Greensleeves und sich selbst das Geheimnis zu finden. Ihre Freunde waren fast erfroren, als sie sie zu den Minotauren begleitet hatten, um sich von diesen eine Frage beantworten zu lassen. Engel und Meermenschen hatten gekämpft, um ihr geheiligtes Land zu beschützen. Gull hatte sein Leben geopfert, um Sparrow Hawk zu retten. Sogar der Goblin Egg Sucker hatte sein Leben gegeben, um das eines Menschen zu bewahren.

Und während dieser ganzen Zeit hatte Greensleeves sich zurückgehalten.

Doch jetzt war das Maß voll, war der Zeitpunkt gekommen, das letzte Opfer zu bringen. Sie mußte *sämtliche* Kraft einsetzen, *sämtlichen* Willen, *sämtliche* Fähigkeiten, um den Zauberern Einhalt zu gebieten, denn nichts weniger konnte ihre Gier, ihren Haß und ihren Neid überwinden.

Greensleeves mußte nicht nur ihr Leben und das ihrer Familie und Freunde opfern, sie mußte *alles* opfern, woran sie glaubte.

Und genau das würde sie tun.

Sie strich sich das zerzauste Haar aus der Stirn, schob die Ärmel ihres Hemdes hoch, spreizte die Hände und deutete auf Towsers Armee.

»Towser!« schrie sie. *»Bereite dich auf den Krieg vor!«*

Niemand hörte ihren Schlachtruf, denn die Wüste war ein lärmendes Chaos: Geschrei, Gebrüll, das Klirren von Schwertern auf Schilden, das Dröhnen von Hufen, das Plärren von Trompeten und das Donnern der Trommeln.

Doch mit einem Schlag bereitete Greensleeves dem ein Ende.

Sie breitete die Arme aus und wirkte einen Schildzauber, der sich Hunderte von Fuß weit in beide Richtungen erstreckte. Und wie die Arme eines Riesen oder eine gigantische Flutwelle breitete sich die unsichtbare Mauer aus und hielt jedermann in ihrem Weg auf – alle ihre Gefolgsleute.

Pferde wieherten und scheuten, als sie gegen die unsichtbare Barriere stießen. Viele warfen ihre Reiter ab, die gegen die schwammige Festigkeit prallten und zu Boden glitten. Männer und Frauen, die mit ausgestreckten Waffen dem Feind entgegenrannten, rammten plötzlich eine Leere, die so solide wie eine Steinmauer war. Je mehr auf die Mauer stießen, desto mehr Schlachtrufe und Trompeten verstummten, während die Leute verwirrt durcheinanderliefen.

Und mit einer weiteren Geste entfernte Greensleeves

sie aus der Gefahrenzone. Sie hob alle auf, Hunderte von Leuten und Pferden, und versetzte sie hinter sich an den Waldrand, wo sie ihren selbstmörderischen Sturmlauf begonnen hatten. Als sie von der Magie sanft abgesetzt wurden, konnten Soldaten und Lagerhelfer nur völlig verwirrt gaffen und zu ihrer Herrin schauen, die nun nach Gulls Tod die alleinige Befehlsgewalt über die Armee hatte.

Doch Greensleeves wandte sich nicht an ihre Gefolgschaft. Fünfzig Fuß weit innerhalb der Wüste stand sie allein da und stellte sich dem Feind. Eine Windbö strich durch ihr ohnehin zerzaustes Haar und spielte mit ihrem Rocksaum.

Greensleeves' Leibwachen heulten und jammerten, konnten den Schutzwall jedoch nicht durchbrechen. Stiggur rief etwas von seiner CLOCKWORK BEAST herunter. Lily rief ihren Namen. Andere gaben zu verstehen, daß sie ihr beistehen und kämpfen wollten.

Greensleeves, Erzdruidin des Flüsterwalds, beachtete sie nicht.

Wie zuvor ihr Bruder war sie für das Leben ihrer Leute verantwortlich. Und wie zuvor ihr Bruder würde auch sie allein kämpfen.

Dies war ganz allein ihr Kampf.

Gegen die Vereinigung der Zauberer.

Karlis Wüstenreiter, die von Westen heranritten, prallten gegen die unsichtbare Mauer, sahen ein einzelnes Ziel, das sie angreifen konnten, und stürmten der Druidin entgegen.

Sie waren die ersten, die ihren Zorn zu spüren bekamen. Vierhundert Mann stark johlten und brüllten sie und schwenkten ihre Krummsäbel über dem Kopf, um entsetzt aufzukreischen, als sich der Wüstenboden vor ihnen spaltete wie ein Fenster aus dunklem Glas und ein Wall aus Dornengestrüpp in den Himmel schoß.

Doch dies waren nicht die schlichten Dornenhecken, wie Greensleeves sie bisher beschworen hatte. Riesige braungrüne Stengel schossen Dutzende von Fuß in die Höhe, dicker als ein Pferdeleib. Gewaltige Ranken, die mit Dornen wie Reißzähnen gespickt waren, entrollten sich wie Schlangen und wanden sich so schnell und hart über den Boden, daß sie Furchen in das schwarze Glas kratzten, unter dem Sand zum Vorschein kam. Scharfkantige Stengel wippten in einem unsichtbaren Wind. Den schnelleren Reitern gelang es, ihre Pferde rechtzeitig zu wenden, oder sie sprangen einfach ab und landeten grunzend auf den Glasscherben, aber viele verfingen sich in dem Dornengestrüpp. Rosse und Reiter wurden hochgehoben, von den ständig wachsenden Dornen durchbohrt, in deren Umarmung sie sich wanden, und zwischen den hin und her peitschenden Stengeln zermalmt. Voller Panik rissen die anderen Reiter ihre Pferde herum, um blindlings in die offene Wüste zu reiten, doch die Ranken verfolgten sie fast so schnell, wie ein Pferd rennen konnte. Der in wenigen Augenblicken geschaffene Dornendschungel erfüllte die Luft mit Knirsch-, Ächz- und Knacklauten. Ein Windzug brachte den stechenden, bitteren Geruch nach dornigen Blättern und ihrem Saft mit sich.

Doch die Druidin nahm ihr Wunder kaum zur Kenntnis. Rachedurstig suchte sie nach einem neuen Angriffsziel. Und fand es.

Haakon der Erste, König der Brachen, streckte den Arm aus und schleuderte Greensleeves einen flammenden Feuerball entgegen. Die Druidin zuckte nicht einmal, als der Komet von der unsichtbaren Mauer in die Höhe geschleudert wurde, hoch über ihren Kopf hinwegflog und sich dann tief in den Gestrüppwald bohrte.

Greensleeves sah einen zweiten Feuerball in Haakons Händen leuchten und zögerte nicht. Mit einer peitschenden Armbewegung beschwor sie einen gegabelten Blitz, der den wolkenlosen Himmel spaltete und einen krachenden Donner mit sich brachte.

Der Blitz zuckte auf Haakon nieder, der sechs Fuß in die Luft geschleudert wurde. Kopf und Gliedmaßen zuckten und zappelten in der Luft, und Rauch quoll aus den Gelenken seiner verkohlten, ehemals silbernen und roten Rüstung. Er landete so schlaff wie eine Strohpuppe auf dem Boden, Arme und Beine verkrümmt. Im Innern der Rüstung gab es nur noch verkohlte Knochen und Knorpel.

Die anderen Zauberer, die ebenfalls beschworen, starrten offenen Mundes auf die Leiche. Fabia sah zu Dwen hinüber, die sich an Ludoc wandte, der wiederum Königin Thunderhead ansah. Alle richteten den Blick auf Towser und Karli, doch beide setzten gerade zu neuen Beschwörungen an. Der gestreifte Zauberer kreischte: »Greift sie an, ihr Narren! Zerschmettert sie!«

Karli berührte bestimmte Goldknöpfe an ihrer kurzen Jacke und beschwor ein halbes Dutzend rothäutiger, schwarzhaariger Ogerinnen mit dicken Lippen und langen Reißzähnen. Mit einer Geste hetzte Karli die Ogerinnen auf die Druidin. Doch Greensleeves berührte ihre Schläfe und zeigte auf die Ogerinnen, die augenblicklich ihr Vorhaben vergaßen. Verwirrt sahen sie sich wie verirrte Kinder um und warteten auf Befehle und Beistand.

Ludoc lenkte seine Stiere, eine ganze Herde, über die Glaswüste, doch Greensleeves schnippte mit den Fingern und hetzte Feuerkobolde auf sie. Als die panikerfüllten Stiere auf einen Abgrund zurasten, beschwor die Druidin einen Lindwurm, der sich plötzlich wie ein beweglicher grüner Berg auf dem Wüstenboden ausbreitete, und die Bestie verschlang einen der Stiere mit Haut und Haaren. Das halbe Dutzend Zauberer hetzte weitere Bedrohungen auf Greensleeves, eine bunte Vielfalt von Federn, Pelzen, Wolken und Schreien, zu viele Kreaturen und Ungeheuer, die für die Zuschauer in zu schneller Folge am Waldrand auftauchten, um sie auch nur zählen zu können, doch Greensleeves wehrte alle mit ihren eigenen Beschwörungen und Zaubersprüchen ab.

Towser hielt einen Steinkrug hoch und rief seinen blauen Wolkendschinn, der in der blendenden Sonne undeutlich und geisterhaft aussah. Aus den Fingerspitzen des Dschinns schossen blaue Rauchfontänen. Wo sie auf die Erde trafen, erschienen weißhaarige, blauhäutige Barbaren mit großen Hauern, Männer und Frauen mit Bronzeschwertern und obsidianbeschlagenen Keulen. Als hundert oder mehr eingetroffen waren, klatschte der Dschinn in die Hände. Die Krieger stießen einen Schrei wie aus einer Kehle aus und stürmten auf die Armee am Waldrand und die Druidin los, die vor ihr stand.

Nicht lange.

Greensleeves legte die Hände an die Hüften und krümmte die Finger, als grübe sie sie in den Erdboden, murmelte einen der ältesten dem Druidentum bekannten Zauber und spie in Richtung der Barbaren.

Die Wüste erbebte. Glassplitter flogen in alle Richtungen wie Hagelkörner. Grauer Sand flog höher, als ein Mensch greifen konnte, und an hundert Stellen brachen Geysire auf. Der Ozean lag zwar nur eine Meile entfernt, doch es war Süßwasser, das Greensleeves allein mit ihrer Willenskraft aus den Tiefen des Landes beschwor, Wasser, das seit Äonen dort lagerte und noch nie dem Sonnenlicht ausgesetzt gewesen war. Frisch und rein sprudelte es in einem unaufhaltsamen Strom nach oben und überrollte die Barbaren wie eine Flut, die zu Dutzenden von seiner Gewalt und Kraft getötet und in die Luft geschleudert wurden wie Treibgut.

Von der Macht des Angriffs beeindruckt und von Wasserkaskaden durchnäßt, ließ Towser den Steinkrug fallen, so daß er zersplitterte. Er suchte nach seinen Wüstensoldaten, den blaugekleideten Männern und Frauen, die auf Pferden und Teppichen ritten, und verlangte Schutz, doch selbst diese tapferen Krieger wichen vor den Angriffen der Druidin zurück. Towser bellte Karli an: »Tut etwas!«

»Sie war Eure Hörige!« erwiderte die Wüstenfrau benommen und erschöpft vom ständigen Wirken und Beschwören. »Ihr müßt sie beherrschen!«

»Ich werde sie aufhalten!« rief Dwen. Sie schwenkte ihre nachgemachte Lanze des Meeres und brüllte etwas in einer alten Sprache. »Ich bin die Gebieterin der Meere! Ich puste sie in den Wald!«

Die unzähligen Geysire, die immer noch hundert Fuß kerzengerade in die Höhe schossen, beugten sich dem Willen der Meereszauberin. Die Wasserfontänen bogen sich wie Weizen im Sturm, bis die Spitzen schäumten und eine gewaltige Flutwelle auf Greensleeves zurollte. Dwen biß sich auf die Lippe, da sie sich bemühte, die gigantische Wassermenge zu beherrschen und ihr ihren Willen aufzuzwingen.

Greensleeves bleckte die Zähne, knurrte wie ihr alter Dachs und schnippte mit den Fingern.

Die Wasserfontänen neigten sich augenblicklich in die andere Richtung, Wasserströme wie Lanzen, die aus riesigen Speerschleudern abgefeuert worden waren. Dwens Magie wurde beiseite gefegt wie das Geplapper eines unartigen Kindes. Die Fontänen bohrten sich in Glas und Sand und schleuderten Towsers Armee einen tödlichen Hagel entgegen, überschüttete sie mit sandigem Schlamm und riß sie von den Beinen. Halb ertrunkene und zerschundene Blaue Barbaren flohen oder schleiften Kameraden aus der Reichweite der tödlichen Wasserströme.

Greensleeves legte die Hände zusammen, als ergriffe sie eine Flasche. Als sie sich berührten, brach ein weiteres halbes Dutzend Wasserfontänen aus dem Boden und vereinigte sich zu einem Strahl, der ein Dutzend Fuß durchmaß.

Der gewaltige Wasserstrahl brandete gegen Dwen.

Ihre nachgemachte Lanze wurde ebenso gebrochen wie ihre beiden Handgelenke. Das eine Ende der gesplitterten Lanze stach ihr in die Brust und zerfetzte ihre goldbestickte blaue Tunika, das andere Ende geriet ihr zwischen die Beine und verdrehte ihr das Knie. Die Wucht der Wasserlawine riß die Meereszauberin von den Beinen und schleuderte sie gegen Immugio, den Ogerriesen, der der Gewalt der Wassermassen ebenfalls nicht standhalten konnte. Behindert durch seinen in einer Schlinge steckenden Arm, tötete er zwei Reiter und ihre Pferde, als er stolperte und auf den Rücken fiel. Dwen brach blutend in einer schlammigen Pfütze zusammen und blieb reglos liegen.

Dieses ganze wahnsinnige Treiben fand in wenigen Augenblicken statt, schneller, als es von allen außer Greensleeves wahrgenommen werden konnte. Grüne Lanzenreiter, Hüterinnen des Hains, Lily, die um ihren Mann trauerte, Greensleeves' Offiziere Varrius, Dionne, Neith, Klimper-Jayne und andere, sogar Kwam, die alle hinter ihrem Schild festsaßen, versuchten zu ihr durchzudringen und zu begreifen, was sie tat.

Towsers Armee war ein Trümmerhaufen. Fabia von der Goldenen Kehle hatte genug. Sie rief ihren Gefolgsleuten etwas zu und riß ihre Pferde herum. Königin Thunderhead drehte sich einfach um und rannte kreischend davon, gefolgt von hundert schnatternden Goblins. Ludocs Adler blieb in der Luft, da er Angst hatte, zu seinem Herrn zurückzukehren. Ludocs Wolf rannte über die Dünen davon.

Towser rief Karli zu, etwas zu unternehmen, und die Wüstenzauberin berührte wieder bestimmte Knöpfe auf ihrer bunten Jacke. Doch ihre Hörigen wichen stetig vor der wahnsinnigen Druidin zurück, die Blitze aus einem klaren Himmel, Wasserfontänen aus der Wüste und Hunderte von Wesen aus Feld und Wald beschwor.

Jemand rief: »Greensleeves! Milady! Sie sind erledigt! Sie werden sich ergeben!«

Doch Greensleeves hörte nicht hin. Die Druidin hatte nicht einmal angefangen! Sie ballte die kleinen Fäuste und knurrte mit tiefer Stimme wie ihr Bruder: »Sie wollen Macht? Ich zeige ihnen *Macht!* Ich zeige ihnen die größte Kraft, die es gibt!«

Mit einer Hand und ohne sichtbare Mühe beschrieb sie einen auf ihre Feinde gezielten kreisförmigen Schnitt in der Luft.

Augenblicklich spaltete sich die Erde an zwei Stellen, und die Spalten breiteten sich in Windeseile aus.

Wie ein Schnitt von einem riesigen unsichtbaren Messer entfernte sich der Spalt von Greensleeves, teilte die Wüste und umschloß die Zauberer und ihre Hörigen in der Ferne. Binnen weniger Augenblicke waren sie von einem Abgrund umgeben, der so tief war, daß niemand den Grund sehen konnte, und der Spalt dehnte sich aus, bis er eine halbe Bogenschußweite breit war. Fabia rettete sich gerade noch, indem sie von ihrem Streitwagen absprang. Beim Aufprall auf den Glasboden schnitt sie sich die Hände auf und verschrammte sich das Gesicht an einem Felsen. Ihre vier Pferde segelten wiehernd in den Abgrund. Königin Thunderhead stürzte zusammen mit einem Dutzend ihrer Goblins kreischend über den Rand und in die Stille hinab.

»Jetzt werdet ihr büßen!« Nun, da ihre Feinde auf einem künstlichen Plateau gefangen waren, warf Greensleeves den Kopf in den Nacken und sang, ein verrückter, wilder Schrei, der durch die Wüste hallte.

Greensleeves' eigene Gefolgsleute, Kwam eingeschlossen, wichen von der unsichtbaren Barriere zurück, denn sie hatten sie noch nie einen Zauber singen hören. Die alte Erzdruidin Chaney hatte jeden Zauber auf ein Lied reduziert, aber dieses kannte niemand: eine seltsame unheimliche Melodie mit wilden Tonsprüngen, daß ihnen das Blut in den Adern gefror.

Dann zeigte eine Kundschafterin nach Norden auf den Berg der Engel. Sie sagte kein Wort, sondern heulte nur vor Angst.

Denn dort erhob sich plötzlich eine grüne Gestalt, ein grünes Ungeheuer, höher als der Berg.

Das grüne Ungeheuer überwand den Berg mit einem Schritt und betrat die Wüste, wobei es die Sonne auslöschte. Die Gestalt war nur annähernd menschenähnlich. Sie hatte eine breite Brust, lange Arme, gewaltige Beine, einen runden Kopf mit einer Schnauze und die Andeutung von Augen. Sie war am ganzen Körper grasgrün. Sie schien nicht fest zu sein, weil auch die Erde nicht unter den Schritten ihrer breiten, flachen Füße erbebte, sondern schien flüchtig wie die Wolken zu sein. Der Himmel zog sich hinter ihr zu, bis so dichte Wolken am Himmel standen, daß die Sonne verdeckt und es plötzlich kühl in der Wüste wurde.

Und je näher das Ungeheuer kam, desto größer wurde es.

»Die Kraft der Natur!« rief Greensleeves. Ihre Worte waren an Towser und die zitternden überlebenden Zauberer gerichtet, die sie jedoch wegen des heulenden Windes nicht hören konnten. Die Druidin rief: »Die mächtigste Kraft in den Domänen! Sie ist Teil jedes Lebewesens und beherrscht alles! Dies wird dein Lohn sein, Towser, und auch deiner, Karli! Ihr werdet unter den Füßen der Macht der natürlichen Welt zerquetscht, und euer Mana wird in ihr Wesen aufgesogen, um eine Kraft des Guten zu werden!«

Towser geriet in Panik und hörte auf, Befehle zu brüllen und Drohungen auszustoßen. Er konzentrierte sich darauf, sich wegzubeschwören, irgendwohin, nur weg. Karli versuchte neben ihm dasselbe, ebenso wie die blutende Fabia, während die Zauberer, die sich nicht versetzen konnten, und alle ihre Gefolgsleute vor Furcht kreischten.

Doch ihre Zauber verpufften wirkungslos. Towsers

Fingerspitzen sprühten blaue Funken, die jedoch rasch erloschen. Karlis magische Knöpfe und Medaillons wurden dunkel. Fabia spürte, wie sie Dutzende von Jahren alterte, da sie sich ihre Jugend und Schönheit mit Magie bewahrt hatte. Ludocs Adler, der am Himmel flammte, erlosch, als würde ein Hahn zugedreht, und wurde zu einem normalen Vogel.

»Sie hat eure Magie genommen und euer Mana gestohlen, hat es sich aus jeder verfügbaren Quelle angeeignet!« Greensleeves lachte laut auf, als sie ihre Verblüffung sah.

Doch ihr entging, daß ihre eigenen Gefolgsleute zurückwichen und teilweise Hals über Kopf in den Gestrüppwald liefen, um dort Schutz zu suchen. Sogar Kwam scheute vor ihr zurück, denn dies war nicht mehr die Greensleeves, die er kannte.

Sie lachte schrill, trunken von Mana und Macht. Und wurde mit jedem Augenblick mächtiger.

Draußen in der Wüste, in einem verbrannten Loch voller Sand und trocknender Pfützen, hob Gull der Holzfäller das Gesicht von den geschwärzten Glasscherben und stöhnte vor Schmerzen.

Die Beine, der Arm, die Seite brannten ihm, als wären sie bei lebendigem Leib geröstet worden. Die Kopfhaut war an den Stellen kalt, wo ihm die Haare weggesengt worden waren. Und etwas drückte ihn nieder, etwas Großes und Schweres, Warmes und Nasses.

Er bewegte sich, versuchte sich aufzurichten, hörte ein Stöhnen und roch Blut und verbranntes Fleisch. Dann erinnerte er sich wieder.

»Hawk!« Gull blinzelte, konnte aber nicht besonders gut sehen. Der Wüstenhimmel war dunkel und bewölkt. Er versuchte sich herumzuwälzen und sog scharf die Luft ein, als sich Sand in seine verbrannte, nässende Haut bohrte, schrie vor Schmerzen, als er unter seinem Bruder hervorkroch.

Er erinnerte sich jetzt wieder. Als der flammende

Feuerball auf sie zugeschossen war, hatte Sparrow Hawk Gull umarmt und ihm das Leben gerettet, indem er ihn mit seinem eigenen riesigen Leib abgeschirmt hatte.

»Warum?« schluchzte Gull. »Warum … opfern sich alle … für mich? Ich habe nie irgend etwas – Ihr Götter, tut das weh! – Besonderes getan! Hawk! Hörst du mich?«

Er schrie, obwohl der versengte Kopf seines Bruders keine zehn Fingerbreit von seinem Mund entfernt war. Gull schrie wieder auf, als er sah, welche Verletzungen Hawk erlitten hatte. Große Mengen Haut und Muskeln waren weggebrannt worden, und aus hundert Rissen lief Blut. Sein ganzer Körper näßte. Doch er mußte noch am Leben sein, denn Gull wußte, daß Tote nicht bluteten. Vielleicht schützten die Zauber der Kelden einen Kriegsfürst vor Verletzungen, obwohl dies keine gewöhnlichen Wunden waren.

Hawk stöhnte wieder, als Gull gänzlich unter ihm hervorkroch. Der Holzfäller registrierte verwirrt das Wasser, das Dornengestrüpp, die Leichen und die Dunkelheit. Towsers Armee war in Auflösung begriffen, und auch von seiner Armee war nicht mehr viel zu sehen. Nur Greensleeves stand dort auf dem Kamm vor dem Waldrand. Vor dem Hintergrund des dunklen Waldes sah sie wie ein weißgrüner Stern aus. Sie schaute nach Norden, von wo sich ein Gewitter näherte, das einen Sand- oder Wirbelsturm vor sich her trieb. Jedenfalls vermutete Gull dies. Seine Augen waren verklebt und voller Sandkörner.

Aber er wußte, was er zu tun hatte.

»Komm schon, Hawk!« Gull packte den mächtigen Arm seines Bruders, doch er rutschte ab, da er glitschig von Blut war. »Komm schon! Steh auf! Wir müssen hier weg! Irgendwas braut sich zusammen, und es sieht ziemlich übel aus!«

Gulls Bruder stöhnte nur. Sein Rücken und die

Rückseite seiner Beine waren völlig verbrannt und blutig. Gull erkannte Rippen unter einem Film aus Staub und Blut. »Geh, Bruder. Laß mich.«

»Nein!« Gull gab es auf, an ihm zu ziehen, und versuchte statt dessen, wieder unter den riesigen Mann zu kriechen. »Ich habe dich schon einmal verloren! Ich werde dich nicht wieder verlieren!«

Schwankend und vor Schmerzen stöhnend, wuchtete Gull den Bruder auf seinen versengten Schultern hoch, richtete sich auf die Knie auf und hielt mühsam das Gleichgewicht, obwohl ihm die Schmerzen die Tränen in die Augen trieben.

»Bitte, Gull ...«, ächzte Hawk auf Gulls Rücken und wedelte schwach mit den Armen. Beide Männer waren über und über mit Sand bedeckt, der in ihren Wunden brannte und juckte. »Du hast mich vor der Sklaverei bewahrt. Das reicht ...«

Gull setzte einen Fuß auf, schrie erneut auf und erhob sich dann taumelnd. Überall wirbelte Sand, und er sah kaum, wohin er ging. Er redete ebenfalls unentwegt, konnte nicht damit aufhören. »Hör auf deinen großen Bruder! Wir gehen zusammen – oder gar nicht! Außerdem bist du mittlerweile Onkel! Du hast zwei Nichten! Und meine Frau – womit haben sie dich bloß gefüttert –, du mußt sie kennenlernen ...«

Dann hatte er keine Luft mehr, um weiterzureden, und hielt sich mühsam aufrecht, während er in die Richtung stolperte, wo seiner Meinung nach der Wald liegen mußte.

»Bei der Liebe der Götter«, flüsterte er, »wenn dieses Gewitter Greenies Werk ist, muß sie ziemlich verrückt geworden sein. Mutter war manchmal auch recht jähzornig ...«

Halb blind, taumelnd und stöhnend wankte er mit seinem sterbenden Bruder durch die dunkle wirbelnde Wüste.

Geradewegs auf einen bodenlosen Abgrund zu.

KAPITEL 22

Die Leute zerstreuten sich schreiend, als die Kraft der Natur die Wüste aus schwarzem Glas betrat.

Greensleeves' Gefolgsleute rannten in den Wald oder ritten mit ihren Pferden am Waldrand entlang, um in der Ferne Schutz zu suchen. Da es ihnen mitten in der Wüste an einer Deckung fehlte, strebten viele von Towsers Gefolgsleuten ebenfalls dem Wald entgegen, indem sie einen weiten Bogen schlugen, um den klaffenden Spalten und der unsichtbaren Barriere auszuweichen. Nach kürzester Zeit warfen sich ehemalige Feinde neben Gulls Armee in Deckung. Die blinde Panik machte alle zu Kameraden. Doch nur die wenigsten konnten etwas sehen, und so liefen sie nach Instinkt und richteten sich ganz nach dem Boden. Am Himmel zogen sich die düsteren Wolken immer dichter zusammen, und Windböen peitschten in alle Richtungen und wirbelten Sand, Glasscherben, Blätter und Gestrüpp durcheinander, bis niemand mehr wußte, wo hinten und vorne und wer sein Nachbar war. Alle hatten nur ein Ziel: Sie wollten weg von dem wütenden, gottgleichen Wesen, das auf sie zuschritt.

Alle bis auf Greensleeves, die hinter ihr hockenden Hüterinnen und ihren Liebsten Kwam.

Doch je näher die Kraft der Natur kam, immer noch weit entfernt, doch Meilen hoch, desto unstofflicher und ätherischer wurde sie, wie eine heraufziehende Nebelbank, die nicht kam.

Was daran lag, daß Greensleeves ihre Energie in sich aufnahm.

Die Erzdruidin wußte, welche Macht die Kraft der

Natur hatte, denn ihre Lehrerin, die Erzdruidin Chaney, hatte sie in Gerüchten, Geschichten, Andeutungen und Warnungen erwähnt und auch gesagt, daß mit ihr nicht zu spaßen sei und man die Finger von ihr lassen solle, wenn man nicht das Ende der Welt herbeiführen wolle.

Die Kraft war kein echtes Wesen oder ein Gott, sondern vielmehr eine Manifestation des in einem Land enthaltenen Manas, eine Gestalt, um die Macht aufzunehmen, ein Gefäß. Sie konnte in einem Land alle paar Jahrhunderte nur einmal beschworen werden, denn die Natur gab nur widerwillig Leben und Energie her. Dieses Land, auf dem Greensleeves stand, war vor langer Zeit aller Magie beraubt worden. Ihre Essenz war von den Weisen von Lat-Nam und dann von dem Angriff verzehrt worden, der sie vernichtet hatte. Doch im Norden dieses Kontinents gab es noch mehr Land, unbeschmutztes, unberührtes Land, das lange Zeit gewachsen war, und diese Quelle war es, welche die Kraft anzapfte.

Und nun, da sie angezapft war, leitete sie ihr Mana weiter, so daß Greensleeves von der Macht eines ganzen Kontinents erfüllt war.

Jede Faser ihres Körpers kribbelte. Energie kreiste durch ihre Adern und pulsierte in ihrem Verstand. Solche Macht hatte sie erst einmal verspürt, als sie den letzten Hauch der sterbenden Chaney eingeatmet hatte und eine Erzdruidin geworden war. Und diese Macht war nur die eines einzigen Zauberers gewesen, während dies die Lebenskraft eines ganzen Kontinents war. Ihr Verstand schwamm in einem Meer aus Feuer.

Und zum erstenmal in ihrem Leben wußte Greensleeves, wie es war, eine große Zauberin zu werden – eine Wandelnde zwischen den Ebenen.

Sie sah jetzt den Weg, wie sie sich erheben konnte, den nächsten Schritt, den sie tun mußte, wie sie die Menschheit hinter sich lassen konnte.

Dieses Land, diese Domänen, waren nur eine einzige aus einer unendlichen Zahl von Ebenen. Dort draußen war soviel mehr, daß nicht einmal ihr mit Mana aufgeladener Verstand alles begreifen konnte.

Mit einem einzigen Satz konnte sie zwischen den Sphären wechseln. Sie konnte die Wege zwischen den Sternen beschreiten und sich die Hände an flammenden Sonnen wärmen. Sie konnte sich zu einer Göttin machen und ganze Planeten, Sterne und Galaxien in die Arme nehmen, ihre Energie aufsaugen und sich noch mächtiger machen. Sie konnte Planeten hernehmen und sie über dem Knie zerbrechen wie Melonen. Sie konnte vom kühlen Äther der Wege zwischen den Sternen trinken. Sie konnte Sterne verschlingen.

Mit der Macht, die sie aus diesem Land zog, mit der Kraft der Natur, die sie durchströmte, konnte sie göttlich werden.

Sie konnte andere Götter besiegen, ihr Mana stehlen, sich einen Thron aus ihren Knochen bauen, ihr Fleisch benutzen, um ihre Träume damit zu düngen. Und es war so leicht. Die Macht war da und wartete darauf, benutzt zu werden, sang ein Lied wie eine Sirene …

Mit solcher Macht …

Doch etwas unterbrach ihren Gedankengang. Etwas Kleines summte. Rief ihren Namen …

»Greensleeves! *Greensleeves!*«

Zögernd sah Greensleeves sich um. Ihre Füße befanden sich noch in den Domänen, doch ihr Kopf steckte inmitten der Wolken, wo die Luft in ihren Nüstern knisterte. Sie blinzelte. Die Kraft der Natur war verschwunden, nur noch eine graugrüne Wolke am fernen Horizont. Ihre Energie, ihre Macht, das Mana, lebte jetzt in ihr. Sie konnte die Macht kanalisieren, konnte sich zu den Sternen katapultieren, zwischen den Ebenen wandeln.

Wäre da nicht diese beharrliche Stimme gewesen …

Aus ihrer großen Höhe – war sie wirklich so groß

wie die Kraft der Natur, oder war dies nur eine Illusion der Macht? – schaute sie nach unten und sah eine Ameise zu ihren Füßen: Kwam in seiner schwarzen Kleidung mit seinem langen ernsten Gesicht und den langen schwarzen Haaren. Er hatte beide Hände erhoben wie ein Bittsteller – ein Sterblicher, der einen Gott um einen Gefallen anflehte. Blinzelnd versuchte Greensleeves sich an diesen Sterblichen zu erinnern und warum er sie anbetete …

Andere Laute drangen an ihre Ohren. Ein Grunzen, Keuchen.

Weit unter ihr krabbelten noch mehr Ameisen. Eine, verbrannt und blutend, kroch auf blutenden Händen und Knien über Scherben aus schwarzem Glas. Auf dem Rücken trug die Ameise einen verkohlten Haufen: Nahrung, die sie im Nest essen könnte. Doch nein … diese andere Gestalt hatte ihr vor langer Zeit einmal etwas bedeutet. Ebenso wie die Ameise. Die schwarzweiß-rote Ameise kroch mit ihrer schweren Last durch den wirbelnden Sand und hielt direkt auf einen Abgrund zu, der so tief wie die Erde selbst war. Greensleeves konnte sich um ihr Leben nicht mehr erinnern, warum sich die Ameise die Mühe machte oder sie überhaupt einen Gedanken daran verschwendete.

Doch da waren noch mehr. Überall Ameisen. Wenn sie in ihrer neuen Rolle als Göttin nicht vorsichtig war, mochte sie sie alle zertreten. Obwohl das unwichtig war. Ameisen mußten lernen, Göttern nicht in die Quere zu kommen. Götter hatten Dinge im Kopf, die Sterbliche nicht begreifen konnten, genauso wie Chaney, als sie gestorben war, zu viele andere Dinge im Kopf gehabt hatte, um Greensleeves noch richtig helfen zu können.

Chaney, dachte Greensleeves. Wohin ist sie eigentlich gegangen? Und was hat sie für mich getan?

Und alle diese Ameisen, sie waren so lästig. Unter ihr war ein CLOCKWORK ANIMAL, ein Spielzeug, und auf seinem Rücken saßen ein Junge und ein Mädchen und mühten sich, andere zu sich hinaufzuziehen, weg von den brechenden Bäumen und fallenden Ästen. Grüngekleidete Frauen bildeten einen Ring aus Stahl um sie. Wohl um ihre Verehrer zurückzuhalten, nahm Greensleeves an. Und das war gut so. Doch überall wuselten andere herum. Eine Frau in Weiß mit Blau und Gelb hockte bei einem Kindermädchen und beschützte Kinder, und das konnte Greensleeves nicht verstehen, denn die Winde, die unten heulten, waren nur sanfte Brisen. Doch überall duckten sich die Leute vor ihnen. Am Rande der Wüste arbeiteten Soldaten der Weißen Zenturie mit Äxten, um Äste von einem umgestürzten Baum abzuhacken, und blaubemalte Barbaren halfen ihnen dabei, so daß sich Dutzende von Fremden hinter dieser Barrikade verschanzen konnten. Ein zweiköpfiger Riese ließ sich auf Hände und Knie nieder und bildete auf diese Weise ein Dach aus seinem Körper, wenngleich Äste und Steine auf ihn herabregneten, und unter ihm kauerten Dutzende schnatternder Goblins, die sich voller Angst aneinanderklammerten. Weiter weg kämpften Zwerge, um Tunnelwände am Einstürzen zu hindern, wobei ihnen Dutzende blaugekleidete Soldaten halfen. Doch die Wellen eines sturmgepeitschten Meeres schickten gewaltige Brecher gegen die Klippen und in die Tunnel und überspülten den Wald an hundert Stellen gleichzeitig. Engel kämpften gegen den Wind und die Gischt des Meeres an, um Wüstenreitern und Zentauren zu helfen, einen Ring aus lebendem Pferdefleisch zu bilden.

Greensleeves spürte die Macht in ihrer Seele singen und glaubte, dies alles sei gut. Daß die Natur auf diese Weise handeln müsse, da Menschen und andere denkende Wesen dieses Land vor langer Zeit und erst kürzlich wieder besudelt hatten, und jetzt würde sie die Natur davonschwemmen.

Denn von Zeit zu Zeit mußte die Natur das Land

reinigen. Ein Waldbrand verbrannte Spreu, so daß die Erde wieder die Sonne spüren und neu gedeihen konnte. Schmelzwasser ergoß sich aus den Bergen, um das Land bis zum Meer zu säubern. Flutwellen konnten die billigen Arbeiten der Menschen und Tiere und den Abfall wegschwemmen, das Gleichgewicht wiederherstellen. Erdbeben wühlten die Erde auf, Stürme ebneten den Wald ein, Fäule verdarb alles Getreide, um Platz für neues zu schaffen. Das war der Lauf der Natur: Zerstörung, Reinigung und neues Wachstum. Unbedeutende Menschen, Ameisen, mochten dabei sterben, aber das Gleichgewicht würde sich wieder einstellen.

Und sobald dieses Land gesäubert wäre, würde Greensleeves zwischen die Sterne treten und ihren Platz inmitten der Götter einnehmen …

»Greensleeves! Hilf uns!«

Wiederum dieses lästige Summen. Sie schaute genauer hin und entdeckte den schwarzgekleideten Mann. Er blutete im Gesicht und an den Händen, weil er sich nicht wie alle vernünftigen Kreaturen an einen geschützten Ort zurückzog, sondern weiterhin die Hände hob, um sie anzurufen. Er würde bald vom Sturm und den umherfliegenden Glasscherben getötet werden …

Warum rief er überhaupt?

Wer war er?

Etwas nagte in ihrem Hinterkopf, das von den Gedanken an Sterne, Monde, Sternenstraßen und ihr neues Leben in den Hintergrund gedrängt wurde. Der Mann hatte oft wovon gesprochen? Seiner Macht? Nein, einer anderen Macht.

Liebe. Das war es.

Undeutlich erinnerte sie sich an den Begriff Liebe. Ein Gefühl zwischen zwei Menschen, eine vorübergehende Laune.

Das war es. Kwam hatte sie geliebt.

Und sie ihn.

Jetzt erinnerte sie sich. Sie war ein Mensch gewesen, eine Frau, und hatte die Liebe eines Mannes gekannt. Nicht wie die Verehrung für eine Göttin, sondern eine starke Liebe, die sie auf eine andere Weise gewärmt hatte, auf eine andere Weise als diese Macht, die sie jetzt durchströmte.

Das war es. Sie hatte Kwam ebenfalls geliebt.

Aber wenn das stimmte, warum war sie dann hier und hatte den Kopf in den Wolken?

Gull hatte sie auch geliebt, fiel ihr wieder ein. Ihren Bruder, als sie noch sterblich gewesen war. Und Lily, Gulls Frau. Und zwei Kinder, die nach einer Blume und einer Ranke benannt waren. Und Sparrow Hawk, einen Bruder, den sie geliebt und verloren und wiedergewonnen hatte. Und ihre Hüterinnen, die sie vor Schaden bewahrten, so als benötige eine Göttin Schutz. Aber da war sie noch sterblich gewesen und hatte Liebe und Fürsorge gebraucht. Und Dutzende, nein, Hunderte hatten sie geliebt und waren von ihr geliebt worden: Soldaten und Lagerhelfer und Köche und Kartographen und Schmiede und Kinder.

Jetzt erinnerte sie sich wieder an alle. Sie hätte sie fast vergessen gehabt.

Und Kwam wollte Hilfe. Von ihr. Weil die Armee, Freund und Feind, von einer Amok laufenden Natur angegriffen wurde.

Und das – wurde ihr klar – war ihr Werk.

Mit einem jähen Ruck kam Greensleeves, halb göttlich, halb sterblich, wieder zu sich. Sie hob die Hände und sah sie vor Energie knistern, da Blitze zwischen den Wolken zuckten, sah die Wolken umherwirbeln, wenn sie ausatmete. O ja, sie hatte die Kraft der Natur beschworen, und sie säuberte das Land.

Und alle ihre Freunde gleich mit.

Sie würden sterben, würden hinweggefegt, unter umherfliegender Erde begraben, vom Ozean verschlungen und in Erdspalten geschleudert werden, die sich wie Särge über ihnen schließen würden.

Nein, das konnte sie nicht zulassen.

Weil die Leute, wie sie sich jetzt erinnerte, ebenfalls wichtig waren. Sie waren Teil des Landes, Teil des großen Plans. Und es war ihre Aufgabe, dafür zu sorgen, daß sie mit dem Land lebten und nicht auf seine Kosten.

Aber das Mana, die Energie und Lebenskraft eines Kontinents, lebte in ihr, brodelte in ihr, stand kurz vor der Explosion.

Sie mußte die Macht aufgeben, sie loslassen.

Aber wie? Wenn sie die Macht auf einmal losließ, würde sie das Land verwüsten und es so gründlich auslöschen, als wenn die Monde vom Himmel fielen.

Was sollte sie tun?

Wenn sie in diesen Domänen und ein mit der Erde verwurzelter Mensch bleiben wollte, mußte sie die kolossale Macht langsam loslassen, sie vorsichtig, behutsam abbauen. Und zwar rasch, sonst würde sie wie eine Rakete in den Himmel schießen.

Also würde sie die Macht kanalisieren.

Denn die Natur war nicht nur zerstörerisch, eine reinigende Kraft, die Quelle des Todes, sondern auch die Quelle der Wiedergeburt und des Lebens. Doch Zerstörung war leichter als Aufbau. Greensleeves, Erzdruidin, Göttin oder auch bloße Sterbliche, konnte das Mana kanalisieren, aber es war so, als wolle sie einen reißenden Fluß mit bloßen Händen umleiten. So mächtig sie auch war, sie würde einfach mitgerissen und zerschmettert werden.

Aber sie mußte es versuchen. Auch wenn es sie umbrachte.

Sie wartete noch, dachte nur nach und betrachtete die Kräfte unter Schmerzen, da die Energien sie bereits verzehrten. Sie brodelten in ihr wie Lava in einem Vulkan, wie eine kochende heiße Quelle. Ihr wunderschöner bestickter Umhang, ihr handgewebtes Grimoire, fing an zu schwelen. Die Fäden trennten sich auf, bis tausend schimmernde Fasern vom Wind davongeweht wurden.

Dies war der schwierigste Kampf, den sie je ausgetragen hatte, denn sie mußte gegen sich selbst kämpfen.

Doch sie mißachtete die Gefahr, in der sie schwebte, und konzentrierte sich. Unter ihr lag die Wüste aus schwarzem Glas, ein uralter verpesteter Ort, dessen Boden mit tausend Giften durchsetzt war. Nur die zähesten Pflanzen konnten hier wachsen, und ihr Leben war kurz. Wenn sie einen Teil ihrer Macht loswerden mußte, war dies ein guter Ort, um damit anzufangen.

Aus ihrer großen Höhe richtete sie die knisternden Hände nach unten und schoß Energieströme auf die beinahe unfruchtbare Savanne ab. Und als das Mana aus ihr herausfloß, stellte sie sich im Geiste vor, wie das Land vor langer Zeit gewesen war und vielleicht wieder werden mochte.

Und überall in der schwarzen Wüste, von Wald zu Gebirge zu Meer, bewegten sich Glassplitter, fingen an zu arbeiten, rieben sich aneinander.

Der Lärm war entsetzlich, ein unbeschreibliches Knirschen, als würde Gestein zermahlen, nur um ein vielfaches verstärkt. Alle Leute hielten sich die Ohren zu. Einige waren in die Wüste geflohen und saßen dort jetzt in der Falle, aber Greensleeves umgab sie mit Schutzhüllen aus Mana, damit ihnen nichts geschah. Die Erdspalten schlossen sich, die riesigen Dornengewächse wurden zu Staub zerrieben, die Löcher, aus denen die Wasserfontänen schossen, wurden versiegelt. Nach kurzer Zeit ebbte das donnernde Knirschen ab und hörte schließlich ganz auf. Und übrig blieb eine Wildnis aus weichem, feinem Sand, so schwarz wie der Nachthimmel und so glatt wie die Haut eines Kindes.

Doch die Energie in Greensleeves war immer noch nicht zu bändigen. Die Haare standen ihr zu Berge. Sie sah, wie ihre Ärmel Feuer fingen und ihre Haut zu dampfen begann, doch sie empfand mehr Erstaunen als Schmerz. Sie konnte das Mana immer noch nicht auf einen Schlag freigeben.

Unter dem Sand waren Gifte, die sich dort schon vor langer Zeit abgelagert und die einst lebendige Erde durchdrungen hatten. Mit rauchenden Fingern, aus denen Funken sprühten, zielte die junge Göttin tiefer in den Boden. Sie arbeitete mit Millionen unsichtbaren Fingern, spielte die Gifte gegeneinander aus, vermischte sie, verschmolz sie, neutralisierte ein Gift nach dem anderen, spaltete Giftstoffe in ihre harmlosen Bestandteile. Dämpfe stiegen aus dem Sand auf, grün, rot und gelb, und seltsame Gerüche wurden von heulenden Winden davongeweht. Nach kurzer Zeit war die Erde wieder rein und fruchtbar, bereit für Wachstum.

Greensleeves brannte jetzt. Die Macht befand sich schon zu lange in ihr. In ihren Eingeweiden rumorte es, blubberte es wie in einem Hexenkessel. Aber sie dachte an Chaney und an das Opfer und wußte, was sie zu tun hatte.

Wachstum war auf Wasser angewiesen. Greensleeves, ein wenig kleiner geworden, tastete nach dem Wasser, das sie zuvor hatte aus dem Boden schießen lassen, und beschwor es noch einmal, nicht in explodierenden Fontänen und Strahlen, sondern in Gestalt Tausender kleiner Quellen und Bäche, die aus der fruchtbaren schwarzen Erde sprudelten, sich in alle Richtungen ergossen und so das Land bewässerten.

Sturm und Gewitter beruhigten sich, die Wolken am Himmel brodelten nicht mehr. Die Blitze erloschen, und das Wasser, das jetzt überall floß, bewahrte den Sand davor, davongeweht zu werden. Und immer noch knisterte Greensleeves vor Energie. Sie sah nur noch verschwommen, als kochten ihre Augen in den

Höhlen, und ihr Blut siedete beinahe. Sie mußte noch mehr Mana loswerden.

Sie suchte mit ihren magischen Sinnen und fand jedes Samenkorn, jede Polle, jede Spore in der Luft und im Boden, und sie beschwerte alle mit Mana, damit sie sich in die Erde bohrten, und befahl ihnen, Wurzeln zu schlagen und zu gedeihen. Und ihre Macht war so groß, daß sich in der ehemaligen Wüste das Gras wie ein Waldbrand ausbreitete und viele Baumarten wuchsen, die ihre Wurzeln in den Boden schlugen und das Wasser und die Erde kosteten: rote Pinien und Lärchen, Palmen und Eichen, Eukalyptusbäume und Pappeln. Tausend verschiedene Blumen- und Kräuterarten (Hyazinthen und Rosen, Thymian und Gänseblümchen, Klee und Glockenblumen, Lilien und Rosmarin) blühten in Windeseile auf und wiegten sich in der seufzenden Brise.

Vor feurigen Schmerzen stöhnend, wirkte Greensleeves noch mehr Wunder. Sie kehrte die Menschen hierhin und dorthin, ohne ihnen Schaden zuzufügen, wie Mäuse mit einem großen Besen, sie machte die Gifte in dem Gestrüppwald unschädlich und zerlegte sie ebenfalls in ihre Bestandteile. Uralte Flüche wurden aufgehoben, und das natürliche Leben konnte sich wieder ungehindert ausbreiten. Sie grub ganz tief in der Savanne und im Meeresboden, um alle Gifte, alle Feinde des Lebens auszumerzen, bis das Land wieder in alle Richtungen und auch unter den wogenden Wellen wieder rein und fruchtbar war.

Um ihr Gleichgewicht ringend, streckte Greensleeves unsichtbare Manafühler in alle Richtungen aus, in den wiederbelebten Gestrüppwald und in das Land jenseits der Berge, um Scharen von Tieren und Vögeln zu beschwören. Hasen und Amseln, Kraniche und Eichhörnchen, Rotwild und Spinnen, Dachse und Ameisen, Bären und Schaben, Schlangen und Würmer, Tapire und Eulen belebten plötzlich das Land.

Doch die Erzdruidin, die Beinahegöttin, war noch nicht fertig. Mit einem Achselzucken und einer flüchtigen Handbewegung öffnete sie die Tunnel, die von uralter Hand geschaffen worden waren, versetzte die menschlichen Bewohner in die Sicherheit der Wälder, grub die uralten Steinblöcke und Statuen und Fresken aus und zermahlte sie zu Staub, bis keine Spur mehr von ihnen übrig war. Sie streckte ihre Gedankenfühler zum Meeresboden aus, wo sie gewesen war, schob Seetang, Fische, Krabben und Seeschlangen beiseite und pulverisierte die versunkenen Werke der Menschen, bis nichts mehr von ihnen übrig war.

Erst da, nachdem sie Himmel und Erde bewegt hatte, war Greensleeves fertig. Sie pustete einmal in den Himmel und blies die letzten dunklen Wolken weg, vertrieb die letzten Winde. Und dann spürte sie die ehrfurchtgebietenden Energien versiegen, sich auflösen wie Nebel in der Sonne und ihren gemarterten Körper schaudernd zurücklassen. Und schließlich war die Magie unter Kontrolle und summte leise in ihren Adern, Mana, mit dem sie gefahrlos umgehen konnte.

Sie faßte sich an den hämmernden Schädel, schwankte und wäre gefallen, wenn sie nicht von jemandem aufgefangen worden wäre. Natürlich von Kwam.

Blinzelnd sah Greensleeves sich um, spürte Sonne auf dem unbedeckten Kopf und den nackten Schultern und eine sanfte Brise auf den geröteten Wangen.

Sturm und Gewitter waren vorbei.

Und die Leute jubelten.

Neugierig betrachtete Greensleeves ihre Hände, die geschwärzt waren wie von Ruß. Ihre Finger waren taub, während die Knochen in ihren Armen kribbelten. Ihre Kleidung wies Rauchflecken auf, die Haarspitzen waren versengt. Die Schuhe waren ihr von den Füßen gebrannt worden, und sie streifte die verkohlten Überreste ab. Ihre grünen Ärmel waren bis zu den knochigen Schultern weggebrannt. Sie hatte wirklich knapp davorgestanden. Knapp davor, sich selbst zu vernichten und diesen Teil des Kontinents in einen Feuerball zu verwandeln, als wäre die Sonne auf die Erde geprallt.

Doch ihre todesverachtenden Bemühungen hatten sich gelohnt, denn sie sah eine Vision von Schönheit. Die Sonne schien auf ein wiederbelebtes Land. Vor ihr waren Bäume und Blumen und Bäche und helle Lichtungen und Tiere und zwitschernde Vögel, so weit das Auge reichte, vom Rand des wiedergeborenen Gestrüppwalds über üppige Wiesen bis zu den fernen Bergen der DULER-Engel und einer scharf umrissenen Küstenlinie, wo die Fische aus purer Freude aus dem Wasser sprangen.

Und überall jubelten die Leute, Freunde und Gefolgsleute und auch viele ehemalige Feinde, die aus ihren Verstecken kamen, um das Wunder der Druidin zu bestaunen. Mitten unter ihnen war Gull, der den riesigen Sparrow Hawk der Obhut der Heiler übergab und dann seine Frau Lily und seine Kinder umarmte.

Ihre pflichtbewußten Leibwachen weinten unverhohlen. Und neben Greensleeves stand Kwam mit seinem sanften Lächeln und verschrammtem, blutigem Gesicht.

»Willkommen daheim«, krächzte er. »Wir fürchteten schon, du hättest uns – verlassen.«

»Um unter den Göttern zu wandeln?« Ihre Stimme klang wie Vogelgezwitscher in der strahlenden Luft. »Nein. Ich bleibe hier bei meinen Freunden. Das ist ein Opfer, das ich mit Freuden bringe.«

Kwam zog sie an sich, und alle jubelten und sangen sich heiser.

KAPITEL 23

Die anschließenden Aufräumarbeiten dauerten eine Weile. Leute waren überall in Wald und Feld verstreut. Viele hatten sich in der neuen Umgebung verirrt und mußten von den Engeln gesucht werden. Einige Einheiten der Armeen beider Seiten hatten noch Rechnungen miteinander offen, die beglichen werden mußten. Aber nach und nach wurde überall Waffenstillstand geschlossen, wobei jeder jeden beobachtete.

Gull und Greensleeves schlugen ihr Lager auf der neuen grasbewachsenen Savanne am Waldrand auf. Die ehemals glühendheiße, unfruchtbare Wüste war jetzt eine scheinbar endlose, sanft gewellte Fläche aus Gras, Ginster, Blumen und Bäumen. Sie hatten ihre Zelte und Ausrüstung auf dem Sonnenkreis gefunden, dem einzigen Artefakt, das die Wiederbelebung des Waldes und die Säuberung der Tunnel darunter überstanden hatte. Gull und sein Befehlshaber Varrius wollten das Lager für den Fall eines hinterhältigen Angriffs mit Gräben, Schanzwerken und Palisaden befestigen lassen, doch Greensleeves widersprach den Männern, und sie stritten nicht mit ihr. Sie waren die Kämpfe gründlich leid und begrüßten einen Vorwand, sich auf die faule Haut legen zu können.

Nicht, daß es keine Arbeit gab. Hunderte von Verwundeten mußten gepflegt, Versorgungslinien neu errichtet, Reinlichkeitsvorschriften durchgesetzt, Kompanien neu ausgerüstet und formiert, Wiesen und Wälder nach Versprengten durchsucht und Abordnungen zu den Engeln und Meermenschen geschickt werden. Doch neben all diesen Arbeiten wurde gefeiert, gesungen und getanzt, und die Leute prosteten sich mit Wein und Ale zu und hatten viel Spaß. Die Kinder liefen frei umher, pflückten Blumen, spielten in dem neuen Wald Versteck und spritzten durch die Brandung. Viele Erwachsene stahlen sich von ihren Arbeiten fort und schlossen sich ihnen an.

Und einer nach dem anderen wurden die Zauberer zusammengetrieben.

Die Kraft der Natur hatte die Zauberer allen Manas beraubt, und sie erholten sich erst jetzt allmählich davon. Die Überlebenden versuchten sich zu versetzen oder über Land zu fliehen, wurden aber mühelos eingefangen und vor den Speerspitzen ins Lager getrieben.

Immugio hatte immer noch einen Arm in der Schlinge. Dwen hatte beide Handgelenke gebrochen, ein mittlerweile verbundenes Loch in der Brust und eine Kopfwunde. Die einstmals so prächtig anzusehende Fabia trottete mit gesenktem Kopf einher, da ihr Gesicht von Schrammen und Kratzern entstellt war und sie zudem zwei Zähne verloren hatte. Außerdem war sie um Jahrzehnte gealtert, das Haar war mit grauen Strähnen durchsetzt und die helle Haut faltig. Der alte Ludoc, hart und grau wie seine Berge, war unverletzt, aber sein Adler und sein Wolf hatten ihn verlassen, und ohne sie wirkte er ziemlich verloren. Die Zauberer wurden in einen Pferch getrieben. Sie bekamen Nahrung und Decken und wurden aufgefordert, sich ruhig zu verhalten.

Dennoch hatten sie Glück gehabt. Königin Thunderhead war in einen Erdspalt gestürzt, Leechnip im Wald in Stücke gehackt, Dacian von einem Pfeil durchbohrt und Haakon von einem Blitz geröstet worden. Seine Knochen und die Rüstung waren im Zuge der großen Wiederbelebung in Erde verwandelt worden, und sein Grab war lediglich durch eine einzige Pappel gekennzeichnet.

Bemerkenswerterweise hatten die Initiatoren des Angriffs, Towser und Karli, das Chaos unbeschadet überstanden. Doch ihre Mienen waren hart und verbittert. Insbesondere Towser sah aus, als habe er große Angst davor zu sterben.

Seine Angst war nicht unbegründet. Denn als er schließlich von einem Trupp der Weißen Bären ins Lager geführt wurde, stieß Gull einen lauten Schrei aus: »Da ist der Schweinehund! Holt mir meine Axt!«

Er riß einem grünen Lanzenreiter seine Holzfälleraxt aus den Händen und rannte auf die Gefangenen zu. Karli und die anderen nicht beachtend, packte Gull Towser am Kragen seines Regenbogengewandes und schüttelte ihn, wie ein Hund eine Ratte schüttelt.

»Towser!« brüllte er. »Auf diesen Tag habe ich lange gewartet! Über drei Jahre, seit du mein Dorf zerstört, meine Familie getötet und mich belogen hast, weil du mich nur angeworben hast, um meine Schwester zu fangen, damit du sie opfern konntest, denn du hast mich gebannt, damit ich nicht im Weg wäre, wenn du sie töten wolltest …«

Der gestreifte Zauberer ließ die Anklage ohne Protest über sich ergehen. Augenscheinlich hatte er sich vor diesem Tag gefürchtet. Sein ehemals jungenhaftes Gesicht war infolge der ständigen Sorge um Jahre gealtert, seine feinen Gewänder waren verschmutzt und abgetragen, und zersplitterte Glasketten an seinem Gürtel belegten, daß er sein Grimoire verloren hatte. Die Hände hingen ihm schlaff herab, während Gull durch die Aufzählung seiner Verbrechen seine Wut schürte.

Schließlich verstummte der Holzfäller. »Wir werden kurzen Prozeß machen!«

Gull schleifte den Zauberer, der keinen Widerstand leistete, zum nächsten Holzstapel und zu einem dicken Klotz, auf dem ansonsten Scheite gespalten wurden. Er warf Towser mit der Brust nach unten über den Klotz.

Gull spie in die Hände und nahm die Axt in beide Hände. Towser lag reglos und mit geschlossenen Augen da, obwohl er am ganzen Leib zitterte. Er verhielt sich passiv wie ein alter Hahn, der weiß, daß seine Zeit abgelaufen ist.

Ohne ein weiteres Wort hob Gull die Axt hoch über den Kopf, um den Zauberer zu enthaupten.

Der Schaft seiner Axt explodierte.

Gull schrie auf und schüttelte die von Holzsplittern durchbohrten Hände. Die achtpfündige Axt war auf den Reisighaufen hinter ihm gefallen. Towser lag immer noch reglos und zitternd da. Gull fluchte.

»Greenie!«

Gull funkelte seine kleine Schwester an. Für einen Augenblick hatte sich das Rad der Zeit zurückgedreht.

Die prächtige Kleidung seiner Schwester war im Zuge der Wiederbelebung des Landes bis zu den Schuhen zerstört worden. Jetzt trug sie ein schlichtes weißes Wollkleid mit zerknitterten grünen Ärmeln, das sie sich von einer Hüterin ausgeliehen hatte. Sie war barfuß und barhäuptig, und ihr Haar mußte dringend gekämmt werden. Wie in alten Zeiten stand sie mit seiner Axt (oder dem, was noch davon übrig war) auf einem Holzstapel. Gull wurde an die Zeit erinnert, als er noch ein einfacher Holzfäller und seine Schwester eine lästige Zurückgebliebene gewesen war.

Doch sie wirkte gefaßt, gelöst, Jahre reifer als Gull. Auf ihr leises Beharren, »Nein, Gull, tu ihm nicht weh«, wußte er nichts zu erwidern und gehorchte.

Er war in den letzten Jahren Zeuge einiger merkwürdiger Veränderungen geworden, aber diejenigen in seiner Schwester waren die größten.

Dennoch versuchte er zu protestieren. »Es wird ihm nicht weh tun! Ich schlage ihm schnell den Kopf ab, und es wird kein bißchen weh tun! Und damit kommt er eigentlich viel besser weg, als er es dafür verdient, was er unserer Familie, Weißfels und uns angetan hat!

Wir sollten ihn an einen Galgen hängen und langsam sterben lassen, während ihm die Krähen die Augen aushacken.«

»Hör auf.« Die kleine Druidin legte eine Hand auf den muskulösen Arm ihres Bruders. »Ich mache mir nicht um Towser Sorgen, sondern um dich.«

»Um mich?« Gull sah Lily mit Kindermädchen und Kindern im Schlepptau nahen. Er stöhnte innerlich auf. Er würde diesen Streit nicht gewinnen, nicht gegen die *beiden* Frauen in seinem Leben. Er versuchte, nicht zu quengeln. »Was habe *ich* damit zu tun?«

Greensleeves lächelte, um ihrem Bruder den Stachel der Enttäuschung zu ziehen. »Towser ist ein Feind, das stimmt. Aber er ist böse und du nicht. Ich kann nicht zulassen, daß du deine Menschlichkeit opferst, indem du ihn tötest, wenn er hilflos ist. Ich kann nicht zulassen, daß du ihn kaltblütig umbringst, welches Schicksal er auch verdient haben mag.«

»Und ich auch nicht«, sagte Lily. Sie balancierte Hyacinth auf ihrer Hüfte. »Schließlich hat er mir auch weh getan, aber ich will nicht, daß er auf diese Weise bestraft wird.«

Verdrossen zog sich Gull mit den Zähnen die Splitter aus der schwieligen Hand. »Ich soll meine Menschlichkeit nicht opfern, nein? Und auch Towsers nicht? Schön. Wenn ihr ihn nicht so bestrafen wollt, was dann? Und ich glaube, seinen Kopf auf eine Stakete zu pflanzen, würde ihn ein für allemal von seiner Bösen Art kurieren.«

Greensleeves' Lächeln erstarb, und sie biß sich auf die Lippen, da sie eine sehr ernste Entscheidung gefällt hatte. »Ich habe eine Möglichkeit, ihn unschädlich zu machen. Dies hängt mit dem Geheimnis der Weisen von Lat-Nam und dem Steinhelm zusammen …«

Nach einer Weile hatte sich der größte Teil der Armee um den Pferch versammelt, in dem die Zauberer eingesperrt waren.

Gull wartete mit verschränkten Armen, und Lily hatte sich bei ihm eingehängt. Bittersweet balancierte auf Lilys Hüfte. Sparrow Hawk oder ›Hawk‹, wie er nun, da er erwachsen war, genannt wurde, hatte sich zu ihnen gesellt. Er stand verkrümmt da, weil sein Rücken immer noch eine Masse verbrannter, nässender Haut war, an deren Wiederherstellung die Heiler die ganze Nacht gearbeitet hatten. Hawk mit seinem klobigen Gesicht würde sein Leben lang verkrüppelt bleiben, steif vor Narbengewebe, aber er lebte, war wieder mit seiner Familie vereinigt und beklagte sich nicht. Trotzdem kam es Gull merkwürdig vor, daß seine ›kleine Schwester‹ viel reifer zu sein schien als er und sein ›kleiner Bruder‹, der sie wie eine Kriegsmaschine überragte. Gull war nur aus Tradition das Familienoberhaupt. Doch Hawk lächelte, als Hyacinth ›Onkel Hawks‹ mächtigen Schenkel zu erklimmen versuchte, und hob sie dann mit einer starken Hand hoch.

Immer mehr Leute trotteten herbei, um sich die Bestrafung der Zauberer anzusehen, und Greensleeves wartete geduldig, während die Zauberer in ihrem Pferch unruhig auf und ab marschierten. Gulls Grüne Lanzenreiter und Greensleeves' Hüterinnen des Hains waren ganz in der Nähe. Liko stampfte neben der CLOCKWORK BEAST, auf der Stiggur saß, um über die Menge hinwegsehen zu können. Hauptleute und Sergeanten bellten ihre überlebenden Truppen an, die sich zu ordentlichen Reihen formierten, die Roten Skorpione, die Weißen Bären, die Blauen Robben und ein oder zwei Soldaten mit schwarzen Armbändern als Vertreter der dezimierten Schwarzen Hunde. Stolze Lagerhelfer jeder Hautfarbe und Gestalt standen ebenfalls nicht weit entfernt. Die Raben und die D'Avenant-Bogenschützinnen warteten mit ernster Miene und präsentierten ihre Bogen. Hinter ihnen ragten die Reihen der Zentauren und Kavallerie auf, deren Pferde mit ihren Schweifen nach frisch ausgeschlüpften Fliegen schlugen. Schließlich hatte sich die ganze Armee auf der ausgedehnten, lieblich riechenden, mit Blumen bewachsenen Wiese in Sichtweite der Berge der Engel und des wiedergeborenen Waldes versammelt und wartete, während in der Ferne die Wellen des Meeres leise gegen die Klippen brandeten.

Auf Greensleeves' Befehl wurden die sechs Zauberer aus ihrem Pferch getrieben und in einer Reihe vor ihr aufgestellt, wenngleich durch einen Wall von Speerspitzen getrennt, den ihre Leibwachen gebildet hatten. Greensleeves wußte, daß dies ein wichtiger Augenblick war, der Höhepunkt der Arbeit der Armee, und sie ließ die Leute ihren Sieg genießen. Doch innerlich war sie traurig.

Schließlich ergriff sie das Wort, und Stille senkte sich über das ganze Lager, so daß nur noch das Zwitschern der Vögel zu hören war. »Freunde, wir haben uns hier versammelt, um das abschließende Urteil über diese Zauberer zu fällen, die sich am Schweiß und an den Tränen anderer bereichert haben, die ihre magischen Fähigkeiten mißbraucht haben, um mit Zauberei über das gewöhnliche Volk zu herrschen, das sie Bauern nennen.

Doch anstatt sie gleich zu bestrafen, laßt sie uns bedauern. Denn trotz ihrer großen Macht haben sie kein glückliches Los. Sie haben Magie und Autorität und eine Handvoll Kinkerlitzchen gewonnen und dann alles wieder verloren, und jetzt haben sie gar nichts mehr, während wir Freundschaft und Kameradschaft, harte Arbeit, feste Ziele und – was das wichtigste ist – Liebe haben. Mit diesen Dingen haben wir gegen diese und andere Zauberer gekämpft und immer gewonnen.«

Immugio, der gewaltige Ogerriese, trat von einem Fuß auf den anderen. Dwen, die Meereszauberin, in der immer noch der Haß brodelte, verzog ob der Schmerzen in ihren gebrochenen Handgelenken das

Gesicht. Fabia schaute zu Boden. Mit ihrer Jugend und Schönheit waren auch Hochmut und Entschlossenheit von ihr gewichen. Der alte Ludoc starrte sie boshaft an. Er schien keine Angst vor dem Tod zu haben. Karli mit ihrer dunklen Haut und dem weißen Haar grinste lieber höhnisch, als ihre Niederlage zuzugeben. Towser schaute nur benommen drein. Vielleicht dachte er an die Axt, die ihm vor noch gar nicht allzu langer Zeit über dem Haupt geschwebt hatte.

Greensleeves drehte sich um und wandte sich gestikulierend an die Armee. »Wir haben gewonnen, weil wir die Notwendigkeit begriffen haben, Opfer zu bringen. Wir alle haben unsere Eigenständigkeit aufgegeben, um zusammenzuarbeiten. Jeder von uns, vom ältesten Veteranen bis zum kleinsten Kind, war gewillt, sein Leben für die gute Sache herzugeben. Und zu viele haben es auch getan, sogar ein erbärmlicher Goblin, der das Licht der Liebe sah. Und das ist der Unterschied zwischen uns und ihnen und wird es immer sein. Liebe und Opferbereitschaft haben über Eigensucht triumphiert. Es ist eine alte Moral, aber eine wahre.«

Greensleeves wandte sich wieder an die Zauberer. »Und doch sind wir mit der Last dieser Zauberer geschlagen. Wir wollen sie nicht hinrichten, gleichgültig, was sie verdienen, denn kaltblütig zu töten, befleckt unseren Kreuzzug und zieht uns zu ihnen hinab. Doch wir können sie auch nicht frei herumlaufen lassen, denn wir wissen, daß sie in ihrer Selbstsucht nach Rache dürsten werden. Das war von Anfang an unser Problem, und wir haben es schlecht gelöst. *Ich* habe es schlecht gelöst. Hätte ich es besser gelöst, wären viele unserer Kameraden heute noch am Leben …« Sie endete leise: »Aber jetzt habe ich eine Lösung, mögen uns die Götter verzeihen.«

Unter den Leuten setzte ein leises Gemurmel ein, und die Zauberer blickten entsetzter drein denn je.

Gull murmelte Lily zu. »Das stimmt. Sie hat irgendein Geheimnis auf dem Meeresboden in Erfahrung gebracht. Wir waren viel zu beschäftigt, um darüber zu reden.«

Mit ernster Miene wandte sich Greensleeves an Kwam, der bei Tybalt und den anderen Magiestudenten stand. Wortlos öffneten sie einen Holzkasten und nahmen den alten Helm aus hellgrünem Stein heraus, der mit seinen Furchen einem menschlichen Gehirn nachempfunden war. Alle wußten, daß dieser Helm vor Jahrhunderten in der Nähe dieses Ortes ersonnen worden war, um aufsässige Zauberer zur Vernunft zu bringen.

Greensleeves setzte sich den Helm auf. »Auf meinen Reisen habe ich gelernt, daß Magie eine Art zu sehen ist. So wie ein Blinder sich die Farben des Regenbogens nicht vorstellen kann, so kann sich kein Normalsterblicher die Farben der Magie vorstellen. Für ein paar Auserwählte kommt eine Zeit, wenn sie plötzlich Magie wahrnehmen und sie ihrem Willen beugen können. Niemand weiß, wie oder warum manche Leute plötzlich ›sehen‹ können und Zauberer werden. Aber ein Zusammenschluß von Zauberern hat diesen Helm geschaffen« – sie tippte sanft dagegen –, »um diesem Phänomen entgegenzuwirken. Die alten Weisen wurden von den Brüdern ausgelöscht, bevor sie den Helm fertigstellen konnten, aber ihre Geister und Knochen haben mir ihre Absicht verraten. Heute werdet ihr alle Zeugen dessen, was ich tue. Haltet ihn bitte fest.«

Greensleeves' Hüterinnen des Hains, die nur auf diesen Befehl gewartet hatten, packten Towser, zerrten ihn nach vorn und stießen ihn auf die Knie. Daraufhin schien der benommene Zauberer ein wenig zu sich zu kommen, da er protestierte, doch er wurde festgehalten.

Wortlos faßte sich Greensleeves mit der linken Hand an den Helm. Die andere Hand drückte sie fest auf Towsers steifes blondes Haar. Die Zuschauer keuchten auf, als ihre Hand bis zum Gelenk in seinem Kopf versank.

Towser schrie und kreischte, knirschte mit den Zähnen und versuchte nach Greensleeves Hand zu schnappen. Aber er konnte sich nicht bewegen, und Greensleeves' geistige Berührung dauerte nur einen Augenblick lang. Sie zog die Hand zurück und setzte den Helm ab. »Laßt ihn frei.«

Ein wenig benommen und empört rappelte sich Towser auf und befühlte seinen Schädel, als wäre er skalpiert worden. Verwirrt forschte er in seinem Verstand, bis er die Wahrheit erkannte.

»Sie ist weg! Sie ist weg! Meine Zauberkraft! Du hast sie mir gestohlen!«

Greensleeves nickte und sagte mit trauriger Stimme: »Ja, ich habe deine Macht ausgelöscht, den Faden zerrissen, deine Sehfähigkeit umgekehrt. Du wirst nie wieder beschwören. Du bist jetzt ein Bauer wie so viele, denen du in der Vergangenheit weh getan hast.«

»Nein!« Der ehemalige Zauberer faßte sich mit beiden Händen an den Kopf. »Nein! *Neeeeiiiin!!!*«

Er stieß die Hüterinnen beiseite und drängte sich durch die Menge. Als Soldaten Anstalten machten, ihn festzuhalten, schüttelte Greensleeves den Kopf. »Laßt ihn. Wir sind fertig mit ihm.«

Die Armee sah zu, wie der ehemalige Zauberer blindlings über die Wiese lief und dabei Gänseblümchen, Klee und Glockenblumen zerstampfte, bis er in einer Senke verschwand.

Mit einem Seufzer setzte Greensleeves den Helm wieder auf und wandte sich an die wartenden Zauberer. Jetzt waren alle eingeschüchtert. Sogar Dwen und Karli hatten ihr höhnisches Grinsen verloren und starrten Greensleeves entsetzt an.

Greensleeves betrachtete sie einen nach dem anderen. »Was euch betrifft …«

»Nein, bitte! Bitte, Milady!« Alle schnatterten durcheinander, sogar Ludoc. »Bitte nehmt uns nicht unsere Magie!«

Greensleeves schüttelte traurig den Kopf und zeigte auf Karli, die von den Hüterinnen gepackt und auf die Knie gezwungen wurde. Die dunkelhäutige Frau mit den weißen Haaren fing an zu jammern.

Greensleeves streckte die Hand aus und hielt dann inne. Jemand hielt sie an der Schulter fest.

Gull. »Greenie, ist das wirklich nötig?«

Ein merkwürdiger Ausdruck huschte über ihr Gesicht. »Gull, du hast die ganze Zeit gesagt, wir brauchen eine Möglichkeit, um diesen Zauberern das Handwerk zu legen …«

»Nun …« Gull warf einen Blick auf die Fußspur, die Towser im Gras hinterlassen hatte, dann betrachtete er den blauen Himmel und die wärmende Sonne. »Es kommt mir ein wenig drastisch vor, mehr nicht.«

»Es *ist* drastisch«, erwiderte die Druidin. »Es ist furchtbar. Was ich Towser angetan habe, ist gnadenlos. Als hätte ich einem normalen Menschen die Augen ausgestochen. Aber es war nötig, um ihm das Handwerk zu legen. Er hat mit der Macht gespielt und ist ihr geopfert worden.«

»Aber wir werden gut sein, Milady!« flehte Karli, die mehr denn je wie ein kleines Mädchen aussah. »Wir werden keinem mehr etwas tun! Nur blendet uns nicht! Bitte!«

Ein Murmeln durchlief die Armee, als diese darüber beriet, ob Greensleeves fortfahren solle. Lily trat vor und leckte sich die Lippen. »Wir haben uns unterhalten, Greenie, und sind beide zu dem Schluß gekommen, daß diese Zauberer mit der richtigen Motivation viel Gutes tun könnten. Wir können ihr Wissen und ihre Fähigkeiten, sich und andere zu versetzen, gut gebrauchen, um unsere Karten zu vervollständigen und die verlorenen Heimatländer unserer Armee zu finden.«

»Und sie können heilen«, grollte Hawk. »Ich habe es selbst gesehen. Viele von uns leiden noch.«

»Ja«, sagte Gull. »Und man kann sie arbeiten lassen. Sie können die Dörfer, Häuser und Burgen wiederaufbauen, die sie zerstört haben. Das hast du selbst gesagt.«

Greensleeves schüttelte verwirrt den Kopf. Die blutrünstigsten Befürworter einer Bestrafung der Zauberer baten um Nachsicht, während sie, die mit der verhaßten Aufgabe betraut war, sich um sie zu kümmern, sich ihr schließlich gestellt hatte. Es ist eine merkwürdige Welt, dachte sie, und die Magie macht sie noch merkwürdiger. Sie lauschte der Menge und hörte die Bereitschaft aus ihrem Gemurmel heraus, den Zauberern zu vergeben.

Sie strich sich die Haare aus dem Gesicht, in denen eine nach Blumen duftende Brise spielte. »Also gut. Wenn wir uns darüber einig werden, wie wir sie beherrschen können, sollen sie ihre magische Sehfähigkeit behalten. Ich mag es nicht, jemanden zu schwächen. Es ist zu grausam.«

»Gut«, sagte Gull und lächelte. »Gut. Das ist ganz meine kluge kleine Schwester.«

Greensleeves lachte, und alle lachten mit ihr.

Doch während sich die Armee und die gefangenen Zauberer entspannten und Scherze die Runde machten, beobachtete Greensleeves den Vorbeiflug einer Schar Enten und seufzte im stillen. Denn sie hatte nicht die ganze Wahrheit erzählt.

Sie hatte gelogen, als sie gesagt hatte, daß Towsers magische Fähigkeiten für immer ausgelöscht waren. Sie konnte jederzeit seinen Geist berühren und die Brücke, die Verbindung, den Faden und damit seine Zauberkraft wiederherstellen.

Tatsächlich konnte sie *jeden* zum Zauberer machen, indem sie seinen Geist berührte und die richtigen Fäden verknüpfte. Jeden. Sogar ihren Liebsten Kwam, der sich wie alle Magiestudenten mehr als alles andere nach der Fähigkeit sehnte, beschwören zu können.

Doch das konnte sie ihnen nicht erzählen, nicht jetzt. Wenn bekannt wurde, daß Greensleeves jeden zu einem Zauberer machen konnte, würden daraus Wahnsinn und Chaos entstehen, Kriege würden die Welt teilen, und sie würde frühzeitig im Grab enden. Die Domänen und die Zeit waren noch nicht bereit dafür.

Also würde sie dieses Geheimnis einstweilen für sich bewahren. Und wenn es sie innerlich verbrennen sollte, war sie bereit, dieses Opfer zu bringen.

Die Hauptleute erlaubten ihren Truppen, sich zu rühren, und die Armee verwandelte sich in eine Menge, die begierig auf ihr Mittagessen wartete. Doch Gull hatte nachgedacht und hob die Stimme. »Wartet! Wartet, ihr alle! Wir sind noch nicht fertig!«

»Wieso dies?« fragten Lily und Greensleeves. Alle anderen schauten neugierig drein. Welche Wunder würden sie heute noch zu sehen bekommen?

Gull winkte mit seiner zweifingrigen Hand. »Nein. Wir brauchen noch etwas ... Ein Gelöbnis, glaube ich.«

»Ein Gelöbnis?« fragten mehrere Dutzend Leute einstimmig.

Gull kratzte sich das Kinn und hob seine älteste Tochter hoch. »Eben etwas ... Ah, ich weiß!«

Er griff sich an den Gürtel, fand das Gesuchte nicht und rief zur CLOCKWORK BEAST hoch: »Stiggur, deine Peitsche, bitte!«

Verwirrt zückte der junge Mann seine Maultierpeitsche, die derjenigen seines Helden nachempfunden war, und warf sie hinunter. Gull ließ die Peitsche über das Gras knallen, während die Leute Platz machten. Immer noch mit seiner Tochter auf dem Arm, ließ der Holzfäller die Peitschenschnur über den Köpfen der fünf gefangenen Zauberer kreisen.

»Kniet nieder!« bellte er. Und die Peitsche knallte

und trennte eine Locke von Karlis weißem Haar ab. »Kniet nieder, ihr Hunde!«

Eiligst, aber mit ihren Wunden und Schrammen sehr unbeholfen, knieten Immugio, Fabia, Karli, Dwen und Ludoc nieder. Der Ogerriese war selbst kniend noch so groß wie ein Mensch, also ließ Gull noch einmal die Peitsche knallen, und Immugio preßte die Nase auf den Boden.

Während alle gafften, rief Gull: »Das ist besser! Greenie, stell dich vor sie! Also, ihr Hunde, ich will, daß ihr mir nachsprecht! Äh … ›Ich, und dann nennt ihr euren Namen, schwöre hiermit meiner Herrin Greensleeves ewigen Gehorsam …‹«

Die Zauberer murmelten den Eid, wobei sie ihren Namen einfügten, und dann innehielten, da Gull über die weitere Formulierung nachdachte. Schließlich sagte er: »Meiner Herrin Greensleeves, die von nun an Hohezauberin der Domänen genannt werden soll!«

»Hohezauberin der Domänen«, murmelten die Zauberer.

Greensleeves setzte zu einem Protest an. »Gull, ich will nicht …«

»Lauter!« schrie der General. Er ließ die Peitsche so laut knallen, daß seine Tochter Bittersweet zu weinen anfing. »Heil, Greensleeves, Hohezauberin der Domänen! Ruft es!«

Sie taten es. Erst murmelte jeder für sich, doch dann fanden die Gefangenen einen gemeinsamen Rhythmus und intonierten: »Heil, Greensleeves, Hohezauberin der Domänen! Heil, Greensleeves …«

Alle waren überrascht, als plötzlich Liko in den Chor einfiel. Und oben auf der CLOCKWORK BEAST stimmte Stiggur ebenfalls mit ein. Dann schlossen sich Helki und Holleb an. Und Gull und seine Frau und Kinder und Hawk. Varrius hob die Hände und bedeutete den Soldaten, sich anzuschließen, und bald riefen alle: »Heil, Greensleeves, Hohezauberin der Domänen! Heil, Greensleeves …« Sogar Kwam rief es, der lachend neben ihr stand.

Greensleeves' Proteste gingen in dem Lärm unter. »Wirklich, ich will das nicht! Und es stimmt auch nicht! Wir – es gibt immer noch *Hunderte* von Zauberern dort draußen! Zauberer, die noch nie von mir gehört haben und nicht gehorchen werden! Wir müssen … Könnt ihr nicht *aufhören?*«

Doch niemand hörte ihr zu außer Kwam, und der nahm sie nur in die Arme. Nach einer Weile lachte Greensleeves nur noch. »Nun ja, wenn alle es wollen. Dieses Opfer kann ich wohl bringen …«

Und sie küßte ihren Liebsten aufs Ohr und breitete die Arme aus, um die Familie an sich zu drücken.

MAGIC:
DIE ZUSAMMENKUNFT ™
DAS MEISTGEKAUFTE
FANTASY-KARTENSPIEL DER WELT...
MAGIC STARTER-PACK:
60 Karten plus Regelheft
Best.Nr.: WOC 2111E
Preis: DM 17,95
MAGIC BOOSTER-PACK:
15 Karten
Best.Nr.: WOC 2112E
Preis: DM 5,85
...ERHÄLTLICH IM FACHHANDEL
ODER BEI
FANTASY PRODUCTIONS
POSTFACH 1416, 40674 ERKRATH, TEL: 0211/ 9243200

HEYNE BÜCHER

DAVID WINGROVE

Die Chronik des Chung Kuo
Nach dem Untergang der westlichen Zivilisation der
Aufstieg Chinas zur Weltherrschaft

Im 22. Jahrhundert ist die Welt der Hung Mao, der »Westmenschen«, vergangen. Das große Reich der Han, der Chinesen, ist wiedererstanden. Chung Kuo, das Reich der Mitte, umspannt die ganze Erde. Sieben gewaltige Städte, Hunderte von Ebenen hoch, überwölben die Kontinente, um die riesigen Bevölkerungsmassen zu beherbergen. Sieben T'ang, Kaiser von gottgleicher Macht, herrschen über sie.

Das Reich der Mitte
06/5251

Die Domäne
06/5252

Die Kunst des Krieges
06/5253

Schutt und Asche
06/5254

Wilhelm Heyne Verlag
München